El cuco de cristal

Javier Castillo

El cuco de cristal

Penguin
Random House
Grupo Editorial

Primera edición: abril de 2023

© 2023, Javier Castillo
© 2023, Penguin Random House Grupo Editorial, S. A. U.
Travessera de Gràcia, 47-49. 08021 Barcelona

© 2023, Penguin Random House Grupo Editorial USA, LLC
8950 SW 74th Court, Suite 2010
Miami, FL 33156

Impreso en Colombia - *Printed in Colombia*

ISBN: 978-1-64473-569-5

23 24 25 26   10 9 8 7 6 5 4 3 2 1

A Verónica,
por llevar dentro, cada día,
mi corazón

No sirve de nada insuflar vida a un corazón
sumergido en las aguas de un alma inerte.

Introducción
El cuco

El cuco no es un ave cualquiera. Pertenece a la familia de los cucúlidos, entre los que están los escurridizos correcaminos, los avispados koeles o los astutos críalos. Todos ellos tienen en común la alimentación con insectos, aunque algunas de las especies de cuco practican parasitismo de puesta, un desgarrador engaño de la naturaleza que consiste en el emplazamiento de los huevos propios en nidos ajenos para que los críe, los alimente y, en definitiva, los ame otra madre.

Tras romper el cascarón y ver la luz del día la cría de cuco, nacida entre huevos de otra especie, despoja a sus hermanos adoptivos de toda esperanza, arrojándolos a un vacío que engulle a mordiscos a todo ser vivo incapaz de pelear por su vida. Arriba, en el resplandor del nido, el cuco crece bajo la calidez de una madre que lo abraza ignorante, incapaz de comprender el impacto de aquella semilla oscura plantada semanas antes mientras buscaba alimento. Ahora la cría a la que más protege, la única que recibe todo su amor, es aquella que jugó con la mentira y la avaricia para destruir todo lo que creó.

Nota del autor

Cualquier lector familiarizado con las zonas de Steelville y Park Hills en Misuri, la región de los altos
Ozarks y la amplia extensión ocupada por el Bosque
Nacional Mark Twain se dará cuenta de que he tratado
de mantener las descripciones de estos sitios lo más
cercanas a la realidad como me ha sido posible, con los
límites que impone el excesivo uso de descripciones en
el ritmo y el desarrollo de los acontecimientos. También
debo admitir que me he tomado ciertas licencias para
modificar algunos parajes, zonas de acceso y caminos
de tierra por motivos puramente dramáticos. El lugar
exacto de algunos de los emplazamientos en los que
transcurre la trama es inventado, y cualquier parecido
de esta novela con personas reales, vivas o muertas,

casos abiertos o cerrados y situaciones particulares dentro de la historia o relacionadas con ella, es fruto de la simple y omnipresente casualidad.

Capítulo 1
Charles Finley
Steelville
Misuri
2017

Todos estamos hechos de cristal.

Las manos de Charles agarraban fuerte el volante mientras el coche avanzaba a toda velocidad por una carretera empapada que brillaba bajo la implacable tristeza de una luna menguante. No podía disimular el miedo que sentía.

Lloraba. Del mismo modo que se llora cuando has perdido la esperanza, como si el alma fuese un lago que se vertía desde los ojos. Había llegado un punto en que ni siquiera notaba las lágrimas que se deslizaban por su rostro y solo veía las gotas de lluvia subir por el cristal delantero. El vehículo rugía cada vez con más intensidad. Engullía las líneas de la carretera al mismo ritmo que latía su corazón. Le dolía el pecho de vivir con miedo y pensar en el futuro.

Cambió de marcha en una suave y sinuosa curva que se perdía entre los árboles. Cuando dejó atrás el cartel de bienvenida al pueblo, recordó su rostro. Vio el pelo largo, los ojos vivos, los labios tristes y ese corazón que resurgió del fuego. Recordó el miedo a perderla y el temor de hacerle daño. Habían creado una burbuja y ahora tenía que romperla. La amaba, de eso no tenía duda, porque cada lágrima que se le escapaba estaba compuesta por pedazos de los dos. Se cruzó con los faros cegadores de un coche y cerró los ojos un instante: la vio reír, abrazarlo, y volvió a su mente la idea de que lo que habían vivido juntos era lo único inquebrantable.

—Te quiero —dijo entre sollozos.

Y abrió los ojos, pero ya era demasiado tarde. El volante vibró con fuerza al salirse de la carretera y Charles los cerró de nuevo en cuanto vio el árbol que tenía delante. El impacto sonó igual que un trueno, y los pájaros levantaron el vuelo durante un instante.

Capítulo 2
Cora Merlo
Hospital Monte Sinaí
Nueva York
2017

Olvidamos lo frágil que es la vida
hasta que un mal latido
nos lo recuerda.

Me desperté sintiendo el corazón en llamas, como si un incendio estuviese arrasando el interior de mi pecho. Tenía frío, me temblaban las manos, me faltaba el aire. Pero todo era peor por dentro. El fuego devastador que ardía bajo mi esternón parecía agotar el oxígeno que inhalaba y yo sentía cómo me devoraba sin control. Mi madre estaba postrada a los pies de la cama, con la mirada perdida en el suelo y unas ojeras que insinuaban una larga vigilia. Lloraba. Escuché sus sollozos entremezclados con el pitido de un monitor cardiaco que invadía la habitación y que marcaba, sin yo ser consciente aún, el inicio de mi caída.

Una alarma comenzó a sonar y mi madre me miró asustada. Me fijé en la pantalla y, al ver que marcaba treinta y seis pulsaciones por minuto, sentí cómo toda la esperanza se desvanecía. Me había despertado para morir. Miré con pánico a mi madre y conseguí exhalar un «te quiero» antes de que fuese demasiado tarde. No se merecía esta despedida.

—¡Cora! ¡Cora! —chilló aterrorizada—. ¡Ayuda! ¡Que venga un médico!

Yo no tenía fuerzas para decir nada más. Cerré los ojos y…, de repente, me caí al vacío engullida por las llamas en mi corazón.

Todo había comenzado un mes antes, justo el primer día de mi residencia médica en el hospital. Había sido admitida con beca a uno de los programas más importantes del país y llegaba tarde a la reunión de presentación del decano, el doctor Mathews, en la que se suponía que me asignarían el primer grupo de trabajo. Yo aspiraba a la especialización en oncología de radiación, un destino que me recordaba el brillo de las lágrimas de mi madre. Así que subí corriendo las escaleras. Al llegar a la tercera planta sentí como si estuviese participando en la maratón de Nueva York, batiendo las tres horas cuarenta de mi mejor marca personal el año anterior. Notaba el corazón desbocado y tosí como ya casi me había acostumbrado desde hacía unas semanas.

—¡Cora! —chilló una voz que reconocí al instante. Era Olivia, mi compañera de la facultad de Medicina y con quien lloré de felicidad el día en que nos admitieron—. ¡Estamos aquí! ¡Lo hemos conseguido! ¿Cómo me queda? —Posó delante de mí sonriente y luciendo la misma bata blanca que yo en la que se podía leer el nombre de la Icahn School of Medicine del Monte Sinaí bordado en el pecho, junto a dos montañas de color azul y magenta—. ¿No es increíble? ¡Las dos juntas en la residencia!

—Sí, es alucinante. Estoy… —respondí entre toses, agachada— nerviosa.

—¿Te encuentras bien? Tienes que abrigarte el culo cuando duermes, tía. Esa tos suena horrible. —Se rio, sin darle importancia.

—Estoy bien. —Respiré de nuevo—. Es solo que… creo que he cogido un catarro feo.

Me respondió con una sonrisa de ilusión, pero se preocupó un poco en cuanto volví a toser.

—¿De verdad que estás bien, Cora? Deberías mirarte esa tos y la disnea. O abrigarte más el culo, ya te lo he dicho. —Volvió a reírse.

—No seas payasa.

Se detuvo frente a mí y me puso un brazo por encima.

—No me puedo creer que estemos aquí, Cora. Vamos a ser oncólogas, tía. ¿No estudiamos medicina para esto?

Asentí con ilusión y luego añadí:

—Es un sueño. Y lo vamos a conseguir. Anoche no pude dormir pensando en que hoy comenzábamos. ¿Recuerdas cuando estábamos en primero? Míranos ahora.

—Ay, no me recuerdes primero. Para mí siempre será el año en que conocí al profesor Jonan. ¿Cómo le quedaba la bata? —Suspiró enamorada y a mí casi se me escapa una carcajada.

Adoraba la jovialidad de Olivia. Dicen que para tratar el cáncer debes tener una personalidad de hierro y un corazón de oro, y ella poseía ambas cosas ocultas en su manera de ser.

—Venga, vamos —dijo, al tiempo que me extendía una mano y tiraba de mí—. ¿Estará bueno el doctor Mathews? Me han dicho que no es muy, muy mayor —bromeó.

Me detuve en seco y tosí de nuevo.

—¿De verdad estás bien? —dijo finalmente en un tono serio—. No es normal. ¿Cómo tienes el pulso?

—Estoy bien, Olivia. Es solo un catarro. Vete avanzando tú. —Señalé hacia la puerta donde varios residentes estaban a punto de cruzar el umbral—. Ahora entro yo. Solo necesito recuperar el aliento.

—Está bien. Te veo dentro. —Conforme se alejaba, se dio la vuelta y me señaló a escondidas a otro residente joven y atractivo que le había gustado y gesticuló con la boca—: Me lo pido.

Y antes de entrar a la sala de reuniones del decano me guiñó un ojo. Allí, durante aquella pequeña fracción de segundo en que me quedé sola a las puertas de mi último escalón para ejercer como oncóloga y superar de algún modo el vacío que había dejado mi padre, intuí que todo estaba a punto de desmoronarse.

Yo siempre he sido una chica de ciencias, aferrada a los datos, los informes y las revistas científicas, las validaciones de hipótesis y las revisiones por partes. Y… ¿por qué iba a hacer caso a un pálpito de que todo estaba a punto de acabar? Que me sentía cansada era innegable, y traté de hacer memoria sobre cuándo había comenzado la tos. ¿Un mes antes? ¿Dos? Según las estadísticas, a mis veinticinco años y con mi estilo de vida que se basaba en estudiar en casa y trotar por el parque un par de veces por semana, además de contar con un saludable IMC de diecinueve, aún me quedaban unos buenos sesenta años por delante, siempre y cuando controlase los lunares sospechosos de mi piel pálida. ¿Por qué iba a tener que pasar algo malo? Alejé de mí aquella extraña sensación.

Me asomé al interior de la sala y vi que los residentes estaban ya sentados. El doctor Mathews, una auténtica eminencia en bioquímica y con el pelo ya canoso, se encontraba de pie. El decano interrumpió lo que estaba diciendo y desvió la mirada hacia mí.

—Y usted debe de ser la señorita… Merlo, si no me equivoco —dijo con tono reconfortante—. Pase y tome asiento. Estamos todos. —Dirigió la vista hacia el resto—. Tenemos que ponernos en marcha. Hoy comienza vuestra última etapa para convertiros en profesionales de oncología. Os acercaréis a los pacientes en el momento más duro de sus vidas. Os aseguro que no será fácil. Al principio lloraréis. Recordaréis siempre al primer paciente que se os fue de manera injusta. Delante de vosotros morirán personas de todo tipo y condición. Niños, ancianos, hombres y mujeres de todos los estratos sociales e ideologías. Republicanos, demócratas, empresarios ricos con millones en el banco, padres de familia que no llegan a final de mes. Veteranos de guerra que os contarán sus batallas durante las sesiones de quimio y adolescentes que os confesarán que aún no han dado su primer beso. No hay nada que equipare más a las personas que el maldito cáncer y estáis aquí para aprender a rescatar a vuestros pacientes de él. Pensaréis que el mundo es un lugar duro, pero eso ya deberíais saberlo a estas alturas. Esto es el mundo real, donde convive la vida, la muerte y, por encima de todo, la sensación de injusticia.

Aún no sabía la verdad que escondía aquella última frase, pero estaba a punto de sumergirme en un viaje en que me golpearía de bruces con cada una de sus palabras.

—¿Se piensa quedar en la puerta todo el tiempo? —Me sacó de mi ensimismamiento de golpe.

—Eh…, no —respondí confusa.

Di el primer paso rápido hacia la única silla libre que quedaba en torno a la mesa cuando, de pronto, todo se tiñó de blanco, como si una gigantesca nube se hubiese colado por la ventana y hubiera engullido a todos los allí presentes.

—¿Se encuentra bien? —escuché preguntar al doctor Mathews a lo lejos.

—Creo que… —exhalé sin completar la frase.

Escuché una risa desde la distancia, luego otras voces que no reconocí. De pronto, pasos a toda velocidad. Noté cómo el suelo temblaba bajo mis pies y, un instante después, me precipité en el interior de un pozo oscuro de olvido y desesperanza. Oí cómo gritaban mi nombre. Mi cara tocaba el suelo frío.

Tras aquello tengo recuerdos etéreos e intermitentes de una sala blanca, con cables de monitorización conectados al pecho, intubada y un catéter Swan-Ganz que entraba desde el cuello y que yo sabía que viajaba por la vena cava, me atravesaba el corazón por la aurícula y el ventrículo derechos y descansaba en la arteria pulmonar. Cuando recobré la consciencia en cuidados intensivos y me quitaron la asistencia respiratoria, el doctor Parker, un cardiólogo joven con el pelo negro y bien afeitado, dejó caer aquella bomba con una franqueza que agradecí con tristeza:

—Has tenido un fallo cardiaco, Cora. Llevas varios días en coma inducido y medicada. Durante estos últimos días hemos estado tratando de identificar la causa y… la hemos encontrado: cardiomegalia. Tu corazón es demasiado grande para latir correctamente. Ahora mismo lo ayudamos a que bombee tu sangre con algo más de fuerza gracias a la…

—Milrinona —completé la frase, aún confundida por encontrarme allí.

Sabía la medicación que necesitaba para algo así. Detrás de la falta de aire y la tos se escondía una grave patología cardiaca que había sido incapaz de intuir. Asintió con una sonrisa.

—Has estado cerca de no salir de esta —dijo—. Sé que empezabas tu residencia aquí, pero creo que la vas a tener que posponer un tiempo.

—¿Un tiempo? Con medicación quizá podría llevar una vida normal —protesté—. Solo tengo que… mantenerlo bajo control.

—Mientras estabas en coma inducido hemos probado a modular la medicación para ver cómo respondía tu corazón, pero empeora con rapidez. Podrías estar con medicación permanente, pero tampoco es una solución aceptable. Según los últimos electrocardiogramas, con la medicación hemos conseguido que el corazón bombee con fuerza, pero también aparece una taquicardia ventricular que tiene una pinta horrible. Tu función renal está cada día peor y, esto tienes que saberlo ya, tu corazón, en su estado actual, colapsará en cualquier momento. Tendrás que permanecer ingresada durante un tiempo en espera de…

No completó la frase, aunque por cómo estaba dibujando la película sabía que llevaba a una única consecuencia que temí en cuanto pronuncié yo misma su final.

—Un donante de corazón —aseveré, casi sin creer que estuviese diciendo aquellas palabras.

Respondió con una leve mueca.

—¿Lo sabe mi madre? ¿Ha venido? —inquirí, preocupada.

Fue lo único en lo que pensé nada más visualizarme a mí misma sobre una mesa de operaciones con el pecho abierto en dos. Ella iba a digerir aquella noticia peor que yo.

—Está fuera. No se ha separado de esa puerta ni un segundo durante los últimos cinco días. Si eres tan testaruda como ella, estoy deseando que te incorpores al hospital en cuanto te cambiemos el motor. —Sonrió—. La hemos ido informando de tu estado y le he dicho que íbamos a despertarte y que podría pasar en cuanto estuvieses estable. Pero aún no sabe lo del trasplante.

—¿Me ha visto así? —Oteé todos los cables, tubos y vías que salían de mí.

Me sentí pequeña al ver que llevaba puesta la bata azul de un paciente ingresado en lugar de la flamante bata blanca de residente. Asintió con una leve sonrisa.

—Pasaba los diez minutos de la visita a tu lado, cantándote una canción que decía que te gustaba de niña. —Tragué saliva. Sabía a qué canción se refería.

El doctor Parker se despidió y, a los pocos segundos, apareció mi madre que rápido se acercó a mí. No pude evitar descomponerme en cuanto crucé la mirada con ella. Tenía ojeras y los ojos inundados de lágrimas a punto de saltar al vacío.

—Cariño… —susurró, temiendo tocarme con las manos, pero abrazándome con su voz.

—Papá no se equivocaba al decir que yo tenía un corazón que no me cabía en el pecho. —Traté de sonreír.

El monitor cardiaco marcaba ciento treinta pulsaciones por minuto. La cosa no pintaba bien. Se lo conté y se derrumbó en mi regazo.

—Te daré el mío. Que te pongan mi corazón, hija —dijo de pronto.

—Mamá…, no digas tonterías. Aparecerá uno. Alguien donará. La gente es generosa.

Me incluyeron en la lista de espera para un trasplante urgente y, aunque sabía que mi caso se había priorizado y estaba en los primeros puestos, todo dependía de que apareciese un donante compatible antes de que mi corazón dejase de responder a la medicación. Esos días aprendí que, en Estados Unidos, diecisiete personas mueren cada día en espera de un trasplante. No todo era tan fácil.

A la tercera noche tras despertar del coma abrí los ojos con los sollozos de mi madre, que esperaba con la mirada perdida en la butaca de al lado a que ocurriese un milagro. Observé en silencio el mal trago que estaba sufriendo. No se merecía pasar también por esto. Ya ambas habíamos perdido a mi padre y dudaba de que pudiera aguantar un nuevo golpe. Entonces sentí como si estuviese dentro de un congelador y comencé a tiritar de frío a pesar de estar tapada hasta el cuello. Pero en mi interior todo era distinto. Me ardía el pecho, me empezó a faltar el aire. Traté de analizar los síntomas y me di cuenta de que también estaba empapada en sudor. Mi cuerpo entero era una contradicción.

—Mamá…, no me encuentro bien —susurré sin fuerza—. ¡Mamá! —Intenté alzar la voz, pero no me oía.

De pronto, una alarma comenzó a sonar y mi madre levantó la vista asustada. Me fijé en la pantalla y, al ver que marcaba treinta y seis pulsaciones por minuto, sentí cómo toda la esperanza se desvanecía. Me moría. Contemplé con pánico a mi madre y conseguí exhalar un «te quiero» antes de que fuese demasiado tarde. No se merecía esta despedida. No se merecía esa vida que se le dibujaba por delante.

—¡Cora! ¡Cora! —chilló aterrorizada—. ¡Ayuda! ¡Que venga un médico!

Yo no tenía fuerzas para decir nada más. Cerré los ojos y noté los latidos de mi pecho. Oí los gritos de mi madre, pero yo no podía responderle, decirle que sentía hacerla pasar por lo mismo. Percibí destellos en mis párpados al ritmo de mi propia muerte y supe, de algún modo, que era el fin. De repente noté una sacudida, como si alguien me zarandease, sentí una descarga fulminante en mi pecho, a la que siguieron más gritos a los que yo no podía responder. Siempre me imaginé la muerte como algo tranquilo, como una marcha en paz, pero era más bien un viaje agónico lleno de baches y golpes. Luego se hizo el silencio, vi el rostro de mi madre, sentí la calma de mi padre y me caí a un vacío ardiente engullida por las llamas en mi pecho.

Capítulo 3
Cora Merlo
Hospital Monte Sinaí
Nueva York
2017

Todo ser humano nace al menos
dos veces a lo largo de su vida.
La primera, al salir
del vientre materno;
la segunda, tras un error
en el que anhela un nuevo comienzo.

Abrí los ojos, cansada, y me encontré con las lágrimas de mi madre deslizándose por las arrugas de su cara. Todo parecía igual, pero en realidad era distinto. Ella vestía otra ropa, yo llevaba puestos unos calcetines. El monitor pitaba a un ritmo sano de sesenta y dos pulsaciones por minuto y, en cuanto moví una mano, mi madre me miró ilusionada.

—¡Cora! —exclamó por sorpresa—. ¡Doctor! ¡Que venga el doctor! ¡Cora se ha despertado! —chilló en dirección a la puerta.

El incendio parecía extinguido. Me toqué el pecho, confundida, y sentí por primera vez los latidos de un corazón extraño cargado de preguntas sin respuesta. Estoy casi segura de que la segunda vez que nací fue muy parecida a cuando vine al mundo: con mi progenitora abrazándome en una habitación fría, temblorosa por el miedo y cubierta de lágrimas.

—Cora, cariño, estás aquí —me dijo con la voz rota.

Me la imaginé diciendo aquellas mismas palabras la primera vez, veinticinco años antes.

—¿He muerto? —respondí con dificultad, sobre su hombro.

Siempre había querido decir aquella frase tras despertar de un sueño profundo.

—¡Por supuesto que no! ¡No digas tonterías, cariño! —Me abrazó con más fuerza y me di cuenta de que no estaba para bromas—. Gracias, Dios, gracias… —susurró en mi oído—. Todo ha salido bien, cielo. Todo ha salido bien. Sabía que tu padre nos ayudaría desde allá donde esté. Lo sabía. Tu padre te cuida desde allí arriba. Se fue para cuidarte.

—Mamá…, ¿qué ha pasado? —inquirí tratando de rellenar la gigantesca laguna que tenía en la cabeza, que se extendía como un breve sueño de cinco minutos, pero que crecía a medida que me daba cuenta de que mi madre estaba muy distinta de la última noche que la recordaba, cuando me miró entre sollozos.

—Tu corazón se paró, cielo. ¡Y es un milagro! Pensaba que te perdía. No podía creer que te ibas a ir igual que tu padre. Han sido días muy duros, hija. Pero estás bien. Ya estás bien. —Lloró.

—Sí, mamá.

—Te conectaron a una máquina que bombeaba la sangre por ti. El doctor Parker dijo que podía mantenerte así durante unos días, pero que todo dependía de que apareciese un corazón compatible. Han sido unas semanas largas, cariño. Pero… todo ha salido bien.

Me quedé en silencio y comprendí, por primera vez, de dónde provenía la opresión que sentía en el pecho. Me toqué el esternón y sentí, bajo los apósitos, mi nueva cicatriz que lo recorría de arriba abajo, como una cortina cerrada tras la que podía intuir un largo atardecer. Bajo ella notaba un ligero y rítmico pulso que, haciendo memoria, no recordaba tan calmado y perfecto. La tos había desaparecido y tenía la boca tan seca que me costaba juntar gotículas de saliva que tragar.

—¿Apareció un donante? —dije con dificultad.

Asintió, apretando los labios. Me fijé en el brillo de sus lágrimas, que esta vez eran de alegría.

—Justo a tiempo, Cora. El doctor Parker ha obrado un milagro. —Contuve la respiración y miré las líneas que se dibujaban en el monitor cardiaco junto a mis pulsaciones, sesenta y cuatro—. ¿No es fantástico? Tu corazón está bien. Tu nuevo corazón está sano y fuerte, cariño. Y tu cuerpo lo ha aceptado sin problema.

Aún me costaba asimilar que algo tan importante dentro de mí perteneciese antes a otra persona y que me mantuviese aún con vida.

—¡Qué buen ritmo tiene! —dijo una voz masculina desde la puerta. Era el doctor Parker, quien, al contrario que mi madre, no había cambiado un ápice desde la última vez que lo vi. Dicen que una semana de tristeza profunda equivale a cinco años de vida. Por ella parecía que habían pasado varias décadas y por el doctor apenas unos minutos—. Me alegro de que al fin hayas despertado, Cora —saludó con tono cálido—. Has tenido… un poco preocupada a tu madre. Pero creo que eso cambiará a partir de ahora. En los análisis parece que todo va correctamente y tu cuerpo no muestra ningún indicio de rechazo. ¿Tú cómo te sientes, Cora?

—¿Sentirme? Mi pulso está bien y veo en la pantalla que la presión arterial es normal. Estoy algo mareada, pero sé que se debe a la anestesia.

Sonrió, pero luego me interrumpió con un tono un poco condescendiente.

—No te he preguntado cómo están tus métricas, Cora. Hasta siendo paciente te comportas como si estuvieses en este lado. Sé que vas a ser una buena profesional, pero ahora tienes que centrarte en ti y en tus nuevas sensaciones. ¿Cansada? ¿Algún dolor que no aparezca en ningún monitor?

—Estoy… bien, supongo. Algo… confusa. ¿Cuánto tiempo llevo…?

—Tres semanas. —Sin querer calculé que a mi madre le habían supuesto quince años más—. Es normal que te sientas así. Pero espera unos días y verás que todo irá mejor. Supongo que sabes que es conveniente un periodo de reposo para ver cómo responde tu nuevo corazón y adaptarte a sus nuevos ritmos.

Miré a la pantalla y marcaba sesenta y ocho. Latía con tranquilidad y fuerza. De pronto una duda se posó en mi cabeza y no pude aguantar las ganas de decirla en voz alta.

—¿Quién era el donante?

Bufó con la nariz y me respondió con una sonrisa.

—Es un registro privado, Cora. No te lo puedo decir.

—¿No me puedes decir nada? ¿Era chica? ¿Qué edad tenía?

—Es confidencial, Cora. Pero puedes estar tranquila que si todo va bien este corazón te aguantará toda la vida. Asegúrate de tomarte bien los inmunosupresores para evitar un rechazo y todo irá sobre ruedas.

—Eso significa que tenía mi edad o algo menos.
—Pensar en aquella posibilidad me entristeció porque

significaba que otra persona joven, como yo, había perdido la vida y con su donación había salvado la mía.

El doctor sonrió como si le hubiese desarmado y luego añadió:

—Tu donante ha sido una persona muy generosa, no puedo contarte nada más. En cuanto apareció, y vista la urgencia con la que lo necesitabas, se inició el protocolo para la donación. Hay un protocolo que protege la privacidad de los implicados en la donación. No todas las personas están preparadas para aceptar que a un familiar se le extraigan algunas partes de su cuerpo para colocarlas en otras que las necesitan. La gente tiende a aferrarse mucho a los tejidos, a la parte física del cuerpo, y no quiere que nadie los toque después de muertos. Incluso quienes son creyentes y confían en la existencia de algo llamado alma también son reacios a donar. ¿Eres creyente, Cora?

—¿Creyente? —dudé porque me sorprendió su pregunta, pero mi madre aprovechó para imponerse.

—Por supuesto que Cora es creyente —dijo de golpe—. Siempre hemos ido a misa. Especialmente cuando su padre enfermó. Y no hay duda de que Dios no ha mirado para otro lado en esta ocasión. Es un milagro que el corazón de otra persona esté latiendo en su pecho.

—Es ciencia, mamá. Si estoy viva es gracias a la ciencia y a la medicina. Ningún dios me ha salvado. Ha sido el doctor Parker y su equipo —protesté.

—Y la fortuna de que apareciese un donante. ¿Acaso crees que eso no es obra de Dios?

Resoplé. No tenía energía para aquella discusión. El doctor Parker no pareció molestarse con la actitud de mi madre y me sonrió como si conociese bien su discurso. Estaría tan acostumbrado a escuchar sermones como aquel, donde menospreciaban su trabajo y lo atribuían a una especie de gracia divina, que habría aprendido a tomar distancia de estas situaciones. Lo imaginé, tranquilo, en la mesa de operaciones, mientras sacaba mi corazón parado del pecho y colocaba otro, sabiendo que mi vida estaba, física y momentáneamente, en sus manos.

—¿Puedo saber al menos de qué murió? —insistí.

—Un accidente. No te puedo decir más, Cora. De verdad. —Hizo una mueca para mostrarme su empatía, y luego continuó—: Pero podemos hacer una cosa. Si estás interesada, puedes apuntarte al registro de receptores y si la familia del donante quiere contactar contigo, lo podrá hacer. Pero te aviso, Cora, muchas familias nunca contactan. Otras, si deciden dar el paso, tardan años en hacerlo. Es doloroso para ellas. Han perdido a un ser querido y hablar con el receptor alarga el duelo o abre heridas que quizá ya se cerraron.

—Entiendo —respondí confusa—. ¿Tú qué piensas, mamá? ¿Debería apuntarme?

—¿Podemos hablarlo en privado, cariño? —vaciló.

No comprendía sus dudas.

—Como queráis —dijo el doctor Parker—. No es algo para decidir ahora mismo. Puedes pensarlo, Cora, y, más adelante, si sigues interesada en apuntarte al registro, no hay ningún problema en que lo hagas. Lo importante ahora es que te recuperes pronto y que te acostumbres a tu nuevo corazón. Si todo sigue así, en un par de semanas podrás irte a casa.

—¿A casa? —dijo sorprendida mi madre, incrédula—. ¿En serio? ¿Tan rápido?

—No hemos cambiado el motor de Cora para dejarla ahora en el garaje, ¿verdad? Tardará unos meses en volver a hacer vida normal, pero… la idea es que pronto pueda retomar su residencia. El decano pregunta a veces por ti, Cora.

—Tus compañeros, especialmente tu amiga Olivia, ha venido varias veces a ver cómo estabas —dijo mi madre.

—Gracias —susurré emocionada.

Algo se me había colado en la voz y apenas tuve fuerzas para controlar lo difícil que iban a ser los siguientes meses.

—Vuelvo mañana a echarte un vistazo, ¿vale? —dijo el doctor—. Y no te emociones demasiado. Quiero a ese corazón latiendo como el segundero de un reloj.

Asentí, con un nudo en la garganta. El doctor se marchó y nos dejó a mi madre y a mí solas en la habitación, mirándonos en silencio.

—Mamá, me gustaría apuntarme en ese registro —exhalé por fin.

—Cora… —protestó, aunque no la dejé continuar con lo que quería decirme.

—Escúchame, mamá. Es lo mínimo que puedo hacer, ¿no crees? Imagina que sus familiares quieren contactar conmigo y descubren que ni siquiera me interesé en que supiesen quién soy. No puedo hacerles eso. Si nunca me escriben o contactan, al menos estaré tranquila sabiendo que no fui yo quien cerró esa puerta.

—Creo que no es buena idea, cielo. No sabemos nada de la familia del donante. ¿Y si quieren algo más? ¿Y si piden algún tipo de compensación por salvarte la vida? Yo estoy muy agradecida, cielo, porque me han devuelto a mi niña, pero no tengo nada. Los ahorros se fueron con el tratamiento de tu padre y, gracias a Dios, esto lo ha cubierto el seguro.

Suspiré con fuerza y tragué saliva. En parte tenía razón. No sabía nada de mi donante y si América me ha enseñado algo es que no existía nada gratis. Una parte de mí pedía a gritos saber más de la persona que me había salvado la vida, pero otra, esa en la que nada el miedo sembrando inseguridades, quería cerrar aquella puerta por la que podría entrar el rencor y la desesperanza de una familia que había perdido a un ser querido.

—Está bien —cedí finalmente, aunque no estaba segura del todo.

Me agarró una mano y, entonces, fue cuando me derrumbé entre lágrimas:

—Te quiero, mamá —exhalé—. Siento que tengas que soportar todo esto. Le prometí a papá que te cuidaría y… míranos. —Sonreí con ironía.

Aquella fue la primera vez que sentí las contradicciones de un corazón todavía extraño para mí y que me di cuenta de que tendría que acostumbrarme a vivir con él. Lo que no sabía aún era que estaba lleno de secretos y que se desvelarían ante mí como un árbol de ramas intrincadas que se enredaban hasta el cielo.

Capítulo 4
Jack y Charles
Steelville
Misuri
2000
Diecisiete años antes

No vueles demasiado alto.
No te aventures por encima de los árboles.
Los buitres están atentos,
esperando tu caída.

Jack caminaba a hurtadillas descalzo sobre el suelo de madera, como había hecho treinta veces esa mañana, desde el fregadero de la cocina hasta la habitación de su hermano, donde dejó casi sin hacer ruido la última pieza de su obra maestra. Sus piernas de alambre se habían movido con la agilidad de sus diez años y con los nervios que le daba pensar que lo descubrirían antes de que terminase lo que había montado. Observó los dos vasos de plástico llenos de agua que acababa de dejar junto a otros sesenta iguales colocados alrededor de la cama de su hermano Charles. Eran las seis de la mañana, la luz del amanecer se colaba por la cortina de gasa blanca y dejaba ver los juguetes que se amontonaban en las estanterías. Jack se fijó en que su hermano dormía como un tronco y echó un vistazo rápido por el dormitorio a ver si se le ocurría cómo despertarlo.

Charles dormía con tanta profundidad que no se enteró de las idas y venidas de su hermano y solo refunfuñó en sueños cuando la pequeña televisión de dieciséis pulgadas que tenía en el dormitorio se encendió y dejó ver el logotipo de Sony dorado sobre el fondo blanco que un instante después se transformó en el de PlayStation.

—Charles, despierta. ¿Jugamos al *Crash*?

—Estoy durmiendo —protestó con la boca pegada en la almohada—. ¿Qué hora es?

—Hora de echarnos una carrera. Te pienso ganar. He aprendido a derrapar bien y vas a alucinar. No podrás cogerme.

El niño se incorporó sobre la cama y bostezó, pero no podía ignorar aquel desafío a su autoestima.

—¡Sabes que soy el mejor! —dijo, al tiempo que pegaba un salto en dirección a su hermano.

En el mismo momento en que Charles sintió que tocaba algo extraño con la punta del pie y miró hacia el suelo, se dio cuenta de que había caído en la trampa de Jack y que ya era demasiado tarde para evitar el desastre. Su pulgar derecho golpeó el primer vaso, derramando el agua que tenía dentro y haciendo que apoyase toda la planta sobre un suelo resbaladizo en el que ya poco importaban los movimientos que hizo con las manos para evitar la caída. Su pie patinó hasta golpear varios vasos más y, un instante después, todo su cuerpo se precipitó de costado junto a la cama.

—¡Ah! —chilló con fuerza, en un alarido que hizo que Jack, inconsciente, explotase en carcajadas.

—¡Te has caído! —Rio con fuerza, contando con prisa los vasos que se habían derramado. El agua se expandió hasta tocar sus pies, mientras escuchaba los gritos de su hermano, que pensó en un principio que eran de rabia—. ¡Sabía que te caerías! Te la debía, por decirle a Amy que me gusta. Se ha enterado toda la clase y ahora no puedo ni mirarla sin que se rían de mí.

—¡Ah! —lloró con más fuerza Charles, que ni siquiera había intentado levantarse del suelo—. ¡El brazo! —vociferó.

La sonrisa satisfecha de Jack se desdibujó en su rostro justo en el instante en que su hermano levantó el brazo y dejó ver, durante una fracción de segundo, cómo su antebrazo se había fracturado y su mano colgaba como un péndulo.

—¡Ah! —chilló de nuevo, con el dolor reflejado en su rostro.

—¡Charles, tu brazo! —gritó Jack horrorizado.

No calculó que aquello podía pasar. Resonaron entonces en sus oídos las repetitivas palabras de sus padres: «Ten cuidado con tu hermano». De pronto, el sonido de unos pasos caminando con prisa por el suelo de madera se coló en la habitación y Jack miró con miedo hacia el marco de la puerta, donde apareció Margaret, su madre, vestida con un camisón amarillo arrugado y con el pelo moreno recogido en una cola de caballo mal hecha.

—¿Qué pasa aquí?

Charles lloraba con tal fuerza que sus vecinos, los Rochester, oirían sus gritos y los ignorarían como hacían tantas otras veces tras decirse a sí mismos que aquellos llantos no eran de su incumbencia.

—Yo no he sido, mamá —dijo al instante Jack, asustado, sin que apenas su madre pudiese oírlo por los chillidos de Charles—. Te lo prometo. Yo no he hecho nada. Charles se ha caído y...

Margaret entró en la habitación y apretó la mandíbula en cuanto apoyó el calcetín en el charco de agua. Se fijó en su hijo pequeño, tumbado junto a la cama, sujetándose el brazo y llorando sin consuelo, y luego sus ojos se centraron en los vasos vacíos esparcidos por el suelo y en los otros llenos de agua hasta el borde.

—¡Dios mío, Jack! Pero ¿qué has hecho? —clamó—. Charles, cariño... —Corrió en su dirección y lo rodeó con sus brazos.

—¡Mamá! —Lloró el niño—. Jack..., me ha... —Trató de hablar entre sollozos, pero el dolor era tan agudo que tenía que respirar entre palabra y palabra.

—Tranquilo, cielo, déjame ver —interrumpió con prisa—. ¿Dónde te has golpeado?

—Mamá, yo... no pensaba que... —balbuceó Jack tratando en vano de que sus palabras se oyesen por encima de los llantos de su hermano.

Charles señaló entre sollozos su antebrazo que tanto le dolía, pero enseguida Margaret se dio cuenta con horror de una protuberancia que asomaba de una zona cercana al codo. Tenía el radio y el cúbito fracturados a la misma altura y el brazo del niño se iba hinchando y enrojeciendo por momentos.

—Dios santo, cariño... —susurró Margaret. Lo abrazó con fuerza mientras lo mecía en su regazo como si siguiese siendo su bebé—. Ya está, ¿vale? Mamá está aquí. No llores, cielo.

Aquella frase resonó en su cabeza como la primera vez que la pronunció cuando Charles nació ocho años antes. Le recordó que entonces pensó que los llantos agudos de Charles eran señal de que su hijo tenía los pulmones desarrollados y que saturaba el oxígeno sin complicaciones. En aquel momento, cuando el ginecólogo colocó al pequeño sobre el pecho de Margaret, ella lloró de felicidad mientras que el bebé, como más tarde descubriría, lo hacía de dolor por una dislocación de hombro que había sufrido durante el parto.

—Mamá, lo siento. De verdad. Era una broma y... —Se entrometió Jack, que observaba cómo los bajos del camisón de su madre estaban ya empapados.

—¡Fuera de aquí! —lo interrumpió de pronto, con rabia—. ¿Estás contento con lo que has hecho? ¡Fuera! —chilló.

El crío agachó la cabeza y salió de la habitación con un nudo en la garganta y el corazón retumbando en su pecho con virulencia. Necesitaba alejarse de los llantos de su hermano, que se le estaban clavando en la espalda como dagas cargadas de culpabilidad. Corrió al dormitorio principal y se detuvo bajo el marco de la puerta, temeroso.

—¿Papá? —dijo en dirección a la oscuridad del interior—. ¿Papá? —repitió.

Oteó para tratar de identificar en la penumbra a su padre dormido sobre la cama, pero vio su lado con la colcha tan estirada que comprendió al instante que no había pasado la noche en casa. Sus gafas de lectura no estaban sobre la mesilla, el olor a tabaco le golpeó la cara. El lado de su madre, en cambio, tenía la sábana abierta y la Biblia que leía todas las noches estaba apoyada junto al cenicero en el que apagaba los cigarros que fumaba mientras buscaba significado a versículos inconexos.

Era sábado por la mañana y, desde que él tenía memoria, su padre no trabajaba ese día salvo en una ocasión, en 1998, cuando un incendio asoló las casas de Bird Nest Road, un vecindario rodeado de árboles cerca del río y a las afueras de Steelville, y quemó vivas a tres personas que no pudieron escapar de las llamas. Fue un shock en el pueblo y Edwin, su padre, estuvo toda la noche del viernes y el resto del fin de semana tratando de socorrer a los afectados por el fuego. Jack volvió sobre sus pasos y se asomó al cuarto, donde su hermano seguía llorando mientras su madre lo mecía y le susurraba al oído.

—Creo que hay que llevarlo al médico, mamá —dijo Jack, tratando de buscar una solución.

—Tranquilo, cuando llegue tu padre, iremos a que lo vea el doctor Clark. Se llevó el coche ayer y no sé dónde se ha metido.

—Puedo llamar a una ambulancia.

—He dicho que iremos cuando llegue tu padre —replicó con rabia—. ¿Acaso te lo tengo que repetir? ¿No has hecho suficiente ya? —volvió a alzar la voz.

Jack tragó saliva al tiempo que una solitaria lágrima se le escapaba y se deslizaba hasta diluirse entre los labios temblorosos. Finalmente, derrotado, agachó la cabeza y asintió. Se marchó al salón y esperó impaciente alguna señal de que su padre estaba al caer. Mientras, el llanto de su hermano se fue apaciguando hasta que un silencio aplastante se apoderó de toda la casa. Jack, sin embargo, notó que la opresión que había nacido en su garganta ya se le había extendido por todo el pecho.

En aquel silencio, en aquella paz momentánea tras uno de esos recuerdos que se grabarían para siempre en la retina de la infancia, se fijó en las fotos que decoraban la mesa en las que Charles aparecía sonriendo junto a él. Sentía de verdad lo que había ocurrido y no sabía qué podía hacer para ayudar a su hermano.

De pronto lo oyó. Identificó el rugido del motor del coche de su padre, un Dodge azul de siete años con matrícula de Illinois que usaba para ir y venir a la oficina del sheriff, donde trabajaba como sargento. Se asomó a la ventana junto a la entrada y vio que acababa de aparcar frente a la entrada del garaje. Los primeros rayos de sol se insinuaban sobre las siluetas de las casas de Steelville como si se estuviesen derramando igual que un manto dorado sobre los jardines descuidados del pueblo.

Jack echó a correr a su encuentro para contarle lo que había ocurrido. Tenía que avisarle sobre la urgente necesidad de acudir al hospital para atender a Charles, pero cuando se estaba acercando al coche y vio que su padre no salía del vehículo; se detuvo en seco al notar algo extraño en su actitud: estaba inmóvil, con la mirada perdida en algún punto del volante y no llevaba puesto el uniforme, sino una camisa vaquera sin abotonar hasta arriba. Tenía manchas en la cara, como si fuesen de barro o alquitrán. El niño recordó las de hollín con las que volvió su padre tras el incendio de 1998, pero aquellas eran muy distintas. Se acercó con lentitud a la ventanilla y, confuso, la golpeó dos veces con la punta de los dedos para sacarlo de su ensimismamiento:

—¿Papá? —le preguntó, preocupado—. ¿Dónde estabas?

De repente, su padre desvió la vista hacia él y le lanzó una de las miradas más serias que nunca le había dirigido. Fue entonces cuando se dio cuenta de que no eran manchas de hollín ni de alquitrán, sino pequeñas gotas de sangre que iban cayendo por toda la cara y la camisa.

—Entra en casa, Jack, y abre el garaje desde dentro —le respondió de golpe—. He perdido las llaves.

—¿Papá? —repitió, confuso—. ¿Te encuentras bien? Tienes...

—Ahora voy, Jack —le interrumpió—. Te he dicho que entres y me abras el portón —alzó la voz, tajante, en un tono que nunca había usado con él.

Le hizo un aspaviento con las manos para que se apresurase y el crío se fijó en que también las tenía manchadas de sangre. Asustado, corrió con prisa al interior sin comprender lo que pasaba. Desde la cocina accedió al garaje y caminó en la penumbra junto a una de las paredes laterales que estaba repleta de estanterías con herramientas que pocas veces se usaban. Accionó el interruptor del portón y los chirridos que emitía al abrirse se clavaron en sus oídos, como un rato antes lo habían hecho los llantos de su hermano. Normalmente escuchar aquel sonido era un motivo de alegría. Su padre había vuelto del trabajo y tanto a Charles como a él les encantaba ese momento en que al fin podían pasar un tiempo hablando de los delitos que cometían los malos, como ellos aún llamaban a los criminales y rateros de poca monta de Steelville. Lo admiraban mucho. Sin duda los pequeños lo querían. Pero aquella mañana todo parecía haberse torcido y Jack lo observaba con una mezcla de temor y confusión. Su progenitor aparcó el coche en el interior y luego el niño cerró el portón antes de que este saliese del vehículo.

—¿Qué te ha pasado? —preguntó Jack. La camisa vaquera, con un parche en el pecho de las fiestas de Steelville de 1997, tenía pequeñas motas rojas por todas partes y alguna mancha grande en la zona del abdomen—. Estás manchado de sangre, papá. ¿Te has hecho daño?

—Ve a mi cuarto y tráeme ropa limpia. De la cocina coge una bolsa de basura, y del cuarto de baño, una toalla mojada. Rápido —aseveró—. Y evita que se acerque tu madre.

—¿Por qué? Tenemos que llevar a Charles al médico. Se ha caído.

Edwin lo miró serio y se quedó pensativo un segundo. A continuación preguntó:

—¿Se ha roto algo?

Jack asintió con la cabeza al tiempo que tragaba saliva.

—Tiene el brazo muy hinchado —respondió.

—Está bien. Haz lo que te he dicho y ahora llevamos a tu hermano al médico. ¿De acuerdo?

El niño volvió a asentir. Luego, justo cuando iba a salir del garaje, su padre lo llamó:

—Jack. —Esperó a que se volviese y lo miró serio, más de lo que nunca había visto a su padre, como si estuviese a punto de hacer un juramento—. No le digas nada de esto a tu madre. Ni a nadie. Tiene que ser nuestro secreto.

—¿Secreto? —preguntó, confuso.

No entendía nada, pero le notaba tan serio que era imposible no abrazar la importancia de sus palabras.

—Sí, Jack. Es algo entre tú y yo. Prométemelo —dijo solemne.

El muchacho tragó saliva, nervioso, y asintió.

Capítulo 5
Cora Merlo
Chester
Nueva Jersey
2017

Quizá nos cuesta aceptar
que lo que somos no es más
que la sombra de lo que fuimos.

Un mes después de despertar me sentí aturdida al entrar por la puerta de la casa en la que me había criado. Tras el alta, mi madre no aceptó que regresase a mi diminuto apartamento en Manhattan mientras me recuperaba de la operación, así que me obligó a volver un tiempo con ella a Chester, el humilde vecindario de casas de madera en Nueva Jersey en el que había nacido. Ella tenía la teoría de que en nuestra casa, rodeada de árboles en un entorno tranquilo y alejada del bullicio de la ciudad, mi nuevo corazón palpitaría con calma, pues me evitaría los atascos, el tráfico y la muchedumbre de la gran ciudad, que a ella le estresaban con solo pensarlo. También aquel periodo sería, de alguna manera, un paréntesis de mi día a día. A un lado quedaban de momento mis estudios, mis metas profesionales y mis amistades…

—Está todo desordenado, pero no lo tengas en cuenta. Ya sabes que durante estos días llegaba rápido a casa, me duchaba, me cambiaba y volvía al hospital. Así que no disponía de tiempo ni para hacer la colada. Me espera una montaña de cosas por hacer aquí, pero no sabes cuánto me alegro de tenerte de nuevo en casa, hija —dijo todo esto con una voz cálida, al tiempo que dejaba mi maleta junto a la escalera que subía a la planta superior.

Cerré los ojos y me dejé llevar por el aroma inconfundible de mi infancia. Los abrí y vislumbré a esa niña que corría escaleras arriba sin siquiera saludar tras llegar a casa en el bus escolar. Di un par de pasos al frente y mi madre me observó en silencio mientras yo me veía sumergida en momentos de mi vida que tenía olvidados.

—¿Estás bien? —preguntó, aunque casi no la oí.

Desde la entrada podía ver el salón en el que apenas había cambiado nada desde la última vez que lo vi. Un cáncer de páncreas detectado demasiado tarde se había extendido de manera sigilosa por distintos órganos, incluido su cerebro, y pasamos varios meses calmando sus dolores y viendo cómo poco a poco se apagaba.

Los muebles estaban en el mismo sitio, las fotografías y los cuadros que decoraban las paredes seguían colocados tal y como los recordaba. Incluso el cuadro de una gaviota que mis padres compraron en un mercadillo continuaba igual de inclinado que siempre. Uno de los sofás con estampado verde daba la espalda a la entrada y me pareció ver a mi padre leyendo un libro en voz alta mientras yo, con doce años, estaba tumbada con la cabeza sobre un cojín y los pies sobre su regazo.

—Voy a preparar algo de comer para las dos, aunque no creo que haya mucho. Tengo la nevera vacía —dijo mi madre, rescatándome de aquella imagen—. ¿Por qué no te sientas y descansas? El camino ha sido largo. Yo me encargo. Considéralo una vuelta a tu infancia. —Sonrió.

Le devolví la sonrisa, pero necesitaba también desempaquetar mi vida de nuevo en la casa en la que viví de niña. Llevaba tanto tiempo lejos de allí que, aunque reconocía los espacios, tenía la certeza de que formaban parte de otras experiencias lejanas.

—Quiero ver mi cuarto —dije.

—Claro, hija. Te ayudaré a subir.

—Estoy bien, mamá. Puedo sola. El doctor ha dicho que empiece poco a poco a hacer mi vida normal, sin ejercicios intensos, pero nada de quedarme tumbada todo el día.

Traté de hacerla ver que agradecía su sobreprotección, pero que de nuevo debía dejarme volar sola.

—Está bien. Pero déjame acompañarte. Yo llevo la maleta.

—Mamá… —protesté con cariño.

—¡Vale, vale! Pero deja la maleta, que yo la subiré después. —Sonrió—. Te miraré desde aquí abajo y cuando llegues arriba, me iré a hacer la comida. ¿Te parece bien?

Acepté con una sonrisa. Sabía lo testaruda que era y que siempre me trataría como a una niña, aunque ya tuviese veinticinco años, pero tras todo lo que había pasado conmigo durante las últimas semanas creo que necesitaba cuidarme y yo tenía la obligación de ceder un poco. Subí los primeros peldaños de madera y el tercer escalón emitió el mismo crujido de siempre. Había vuelto a casa. Al mirar arriba, viajé a esos instantes en que, de niña, me sentaba en el último escalón y dejaba caer muelles de colorines que se detenían a mitad de camino.

—Ten cuidado, hija —vociferó mi madre desde abajo.

Estar allí me evocaba demasiados recuerdos, todos empañados por una niebla de soledad. Era hija única y las tardes en que mis padres tenían cosas que hacer deambulaba por todos los recovecos imaginando cómo hubiese sido tener un hermano con quien pasar el tiempo y pelearme. Para eso sirven los hermanos. Para quererlos y odiarlos. Llegué arriba y miré atrás para comprobar si mi madre me había visto llegar.

—¿Ves? Todo bien. Puedo sola. Mi corazón está en plena forma.

—Si necesitas algo, llámame —dijo finalmente.

Luego me sonrió y se marchó satisfecha en dirección a la cocina. La oí abrir algunos cajones y trastear entre los muebles. Yo desvié la mirada hacia la puerta de mi dormitorio, entreabierta, y me vi de nuevo sentada en el suelo, jugando con una casita de muñecas, mientras canturreaba una canción. Me pareció, incluso, que esa niña que era yo me miraba durante un segundo para después volver a jugar con una de sus muñecas. Me acerqué y empujé la puerta, pero ya no estaba. La cama en la que me di mi primer beso con Carter estaba en el mismo sitio que entonces, bajo las estanterías blancas en las que acumulaba algunos libros del instituto y los marcos con fotos de mi pandilla del cole. ¿Qué estaría haciendo Amber ahora? ¿Y Casey? Jacky era divertidísima. Nos separamos en cuanto fuimos a la universidad, todas desperdigadas por distintos rincones del país, como si el mundo se hubiese querido asegurar de que no siguiésemos juntas, riéndonos a carcajadas. Las vi delante de mí, gritando con caras de sorpresa, mientras me tapaba la cara con un cojín tras contarles el beso de Carter: «¡¿Qué me estás contando?!», dijo Amber. «¿Te metió mano?», chilló Casey. «Pero ¡si creía que a Carter le gustaban los chicos!», exclamó Jacky entonces.

Me acerqué a mi escritorio, donde pasaba largas horas estudiando para conseguir buenas notas y acceder a la facultad de Medicina, y acaricié unas palabras que había marcado con la punta de un bolígrafo seco que decían: «Vuela alto, Cora».

Me sacó de mis pensamientos el sonido de la puerta de un coche al cerrarse y me asomé a la ventana para ver si reconocía a alguien del barrio. Una mujer con aspecto envejecido se había bajado de un taxi y se estiraba la rebeca negra que llevaba. Me llamó la atención cómo miraba a ambos lados de la calle, como si buscara algo, y luego echó un vistazo a un pequeño papel que tenía entre las manos. A su lado había una maleta pequeña negra a la que su falda larga azul acariciaba movida por la brisa. Entonces miró al frente, seria e inexpresiva, hacia mi casa, y, un instante después, levantó la vista hacia mi ventana. Dejé caer la cortina para ocultarme, aunque desde la penumbra fui consciente de que sus ojos casi podían atravesarla y verme allí. Me sentí confusa por la fuerza que desprendían sus ojos claros. Dejó de mirar en esa dirección y, para mi sorpresa, caminó hacia nuestra casa. ¿Quién era? ¿Acaso mi madre esperaba la visita de algún familiar lejano?

Unos segundos más tarde, el sonido del timbre de casa reverberó en las paredes y, aunque era incapaz de entenderlo aún, también lo hizo en mi corazón. Escuché los pasos de mi madre dirigiéndose a la puerta y salí de la habitación para curiosear. Cuando abrió, pude ver mejor el rostro de la mujer. Tenía los rasgos marcados y la piel pálida, el pelo castaño oscuro y unos ojos azules muy vivos que parecían mirar con sorpresa, como si no esperase lo que había tras la puerta.

—Hola, ¿puedo ayudarla en algo? —Mi madre parecía tan confundida como yo.

—Buenas tardes, señora. Disculpe que me presente de improviso, pero… ¿es este el 60 de Grove Street? —preguntó.

—Eh, sí. ¿Por qué quiere saberlo? ¿La envía Rachel, de la inmobiliaria? Si viene por la casa, no está en venta. Le dije a los de la inmobiliaria que retirasen el anuncio, pero por lo que veo no lo han quitado de internet.

—Eh, no. No vengo por la casa. Discúlpeme. —Su voz parecía a punto de romperse, como un hilo fino. Era como si tuviese miedo de hablar o le costase demasiado hacerlo. De pronto, le tembló el labio y pude ver cómo se le humedecieron los ojos en un instante—. Vengo buscando a la familia Merlo —terminó con la voz ya rota, al borde del llanto.

—¿Señora? ¿Se encuentra bien?

Y de repente lo dijo con las últimas fuerzas que le quedaban, antes de derrumbarse entre lágrimas:

—Cora. Cora Merlo. ¿Vive aquí?

Mi nombre. Preguntaba por mí. Mi madre se acercó a ella, confusa, tratando de consolarla sin comprender nada.

—Soy yo —alcé la voz desde arriba de la escalera, con un nudo en la garganta.

Las dos levantaron la vista y, por un segundo, tuve el presentimiento de que estaba cometiendo un error. La expresión de la mujer se transformó al instante en un gesto de sorpresa y, luego, en aquel rostro cubierto de lágrimas, identifiqué una mueca de ilusión. Me fijé en que las manos le temblaban y en que dejó caer un papel en el que, de lejos, identifiqué los colores azul y magenta del logo del hospital Monte Sinaí.

—¿Cora Merlo? —repitió, una vez más, en un tono lleno de esperanza.

Bajé las escaleras en silencio y con cuidado mientras navegaba entre mis recuerdos tratando de encontrar alguno en el que hubiese visto antes a aquella mujer.

—¿La puedo ayudar en algo? —me ofrecí, por educación y curiosidad.

Noté cómo mi madre me miraba sorprendida. Finalmente, cuando llegué abajo y me detuve junto al recibidor, la mujer soltó aquella bomba.

—Llevas el corazón de mi hijo y necesitaba conocerte.

Capítulo 6
Jack y Charles
Steelville
Misuri
2000
Diecisiete años antes

¿Qué clase de secretos eres capaz de guardar
por aquellos a los que quieres?

Edwin conducía en silencio de vuelta a casa, con Charles y Jack sentados en el asiento de atrás mirando en silencio al frente, aunque este último tenía la vista clavada en su padre. A Charles le llegaba la escayola hasta el codo y, cada pocos minutos, se recolocaba una y otra vez la tela del cabestrillo que se le clavaba en el cuello. El pequeño tenía la certeza de que en el colegio se reirían de él al día siguiente, aunque también la esperanza de que su brazo roto le confiriese el aura de una especie de herida de guerra de la que presumir. Margaret estaba en el asiento del copiloto, con la mandíbula apretada mientras buscaba cómo romper aquel silencio que la estaba rompiendo por dentro. Miraba de reojo a su marido, confusa, cargada de preguntas que no se atrevía a hacer.

—Cuando lleguemos a casa estás castigado, Jack —dijo de pronto al niño, enfadada y convencida de que aquel grito era mejor que un silencio que no paraba de lanzarle preguntas—. Sin videojuegos ni deporte hasta que a tu hermano le quiten la escayola.

—Ya he dicho que lo siento —protestó, afligido—. Era una broma. No pensaba que pasaría esto.

—Charles se ha partido el brazo por tu culpa. ¿Entiendes la gravedad de lo que has hecho? Tendrá que llevar durante dos meses la escayola. Y gracias a Dios que no se ha roto la cadera o la cabeza.

—No es justo, mamá. Fue sin querer. Yo solo quería que nos divirtiésemos. Últimamente no... —Se detuvo.

—Pero ¿qué parte de que le has roto el brazo a tu hermano no entiendes, Jack? —interrumpió Margaret—. ¿Es que tienes que destruirlo todo?

—Margaret —protestó al fin Edwin, entrometiéndose—. No puedes pagarlo siempre así con él. Lo de Maggie no fue su culpa. Olvídalo ya. Está castigado por lo que ha hecho, se acabó la conversación.

—¿De qué estás hablando ahora, Edwin? —se enfadó Margaret, que no esperaba aquella puñalada.

—De nada.

—¿A qué viene lo de Maggie? —alzó la voz, mirándolo con rabia.

—Has sido tú, Margaret. Y ya he dicho todo lo que tenía que decir. Están los niños delante. ¿Te importa si hablamos en casa?

—¿Y qué si están los niños delante? ¿Acaso te crees que no se dan cuenta? ¿Que no nos oyen discutir? ¿Eh?

Ella agarró el brazo a su esposo, tratando de que la mirase. Charles desvió la mirada por la ventanilla y quiso huir de aquella discusión, tragándose las lágrimas. Jack contuvo el aliento al tiempo que también contenía el nudo de culpabilidad que crecía en su pecho. Edwin suspiró y clavó los ojos en su mujer durante unos segundos y, de pronto, su vehículo invadió el carril contrario y se encontró de frente con otro coche que se dirigía directo hacia ellos.

—¡Papá! —chilló Jack, asustado, haciendo que volviese la vista a la calzada y girase el volante, evitando un accidente inminente.

—¿Te has vuelto loco? ¿Qué haces? ¿Acaso nos quieres matar? —gritó Margaret, desesperada—. No te reconozco, Edwin. ¿Qué diablos te pasa últimamente? —cambió el tono, preocupada—. ¿Dónde te vas por las noches? ¿Qué haces? —Hizo una pausa en la que le costó encontrar valor para pronunciar aquella frase—.

¿Has conocido a alguien? Dímelo de una vez y acaba con esta farsa.

—No te lo puedo decir, Margaret —respondió, tragando saliva.

—¿Por qué no? ¿Qué te pasa? No te reconozco. Te miro y no te veo. Te miro a los ojos y no estás en ellos. ¿Qué diablos ocurre? Cuéntamelo, por favor, y te prometo que estaré a tu lado. Pero no puedo ayudarte si desconozco qué sucede. Dime qué te estás callando, te lo suplico. Y será todo como siempre.

Edwin apretó el volante y sus ojos se inundaron de lágrimas mientras pasaban junto al cartel de entrada al pueblo, en el que se leía una frase en letras blancas sobre fondo verde: «Bienvenidos a Steelville, la capital flotante de Misuri».

Margaret se quitó el cinturón y se incorporó sobre el asiento para estar más cerca de su marido. Quería recuperarlo, arrastrarlo de algún modo otra vez junto a ella. Lo sentía perdido en algún lugar de su mente.

—¿Es por lo de esa adolescente, Amelia Marks? —preguntó de pronto, sacando el asunto que había conmocionado al pueblo. Una camarera de diecisiete años de un *diner* a las afueras del pueblo había desaparecido dos semanas antes. Edwin era el sargento encargado de llevar el caso en la oficina del sheriff y había sido quien había encontrado las manchas de sangre en el aparcamiento junto a las marcas de un neumático

Goodyear—. ¿Es eso? Desde que desapareció estás más callado que nunca, Edwin. Sé que te afecta tu trabajo, pero puedes decirme las cosas. Soy tu mujer, ¿entiendes? Cuéntamelo y te ayudaré, te lo prometo. Pero no te guardes tus secretos. Estaré a tu lado para lo que necesites, pero no puedo hacerlo si no me cuentas qué te pasa.

Edwin respondió con un largo suspiro, con el que solo alimentó aún más sus lágrimas. La miró un instante e hizo ademán de querer hablar, pero se contuvo.

—¿Es por Amelia Marks? ¿Se trata de algo relacionado con ella? —Notó en sus ojos que había identificado un hilo del que tirar.

—No te puedo decir nada, Margaret —respondió de golpe.

—Entonces ¿qué es, Edwin? —inquirió desesperada sin comprender nada.

Hacía un tiempo que había notado cómo su esposo estaba cada vez más distante, pero ya no recordaba apenas cuándo había empezado todo. Se conocieron en la licorería en la que él trabajaba en verano al cumplir los diecisiete y buscó en su memoria su primera cita en el Rich's Famous Burgers entre risas y flirteos. Se enamoraron al instante. Sus primeras citas las tuvieron a principios de los ochenta, una época en la que Steelville estaba inundada de felicidad, despreocupación y todo el que quería trabajar encontraba empleo. Ella no vivía en el pueblo, y forjaron su relación poco a poco durante los veranos, hasta que al fin los padres de Margaret se mudaron a Steelville. Se casaron felizmente en 1987 en una ceremonia íntima en la iglesia del pueblo.

—¿Qué diablos te pasa? ¿En qué momento todo se ha ido a la mierda, Edwin? ¿Por qué no me dices nada?

—Llevo mucho tiempo desangrándome por dentro, Margaret —reconoció de pronto—. Demasiado tiempo. Este trabajo te…, te destroza. Ves cosas que no deberías ver. Ves dolor en gente que no debería sufrir. ¿Acaso no notas lo horrible que se ha vuelto el mundo? Mires donde mires solo hay oscuridad. Este condado está podrido, aunque todo el mundo parezca feliz.

Los niños escucharon a su padre.

—¿Qué quieres decir con eso? ¿Qué ha pasado?

Jack estuvo a punto de hablar, pero sabía que decepcionaría a su padre.

—Para el coche y mírame. Te lo pido por favor —le suplicó su mujer, desesperada.

Él protestó con un último suspiro, pero al final cedió. Giró el volante con suavidad y se detuvo al borde de la carretera, a la altura de la estación de servicio de Cenex. Se giró hacia su esposa, conteniendo las lágrimas todo cuanto pudo, mientras ella le preguntaba dos cuestiones que le estaban provocando dolor:

—Dime adónde vas por las noches. Dime qué haces cuando sales del trabajo.

—No te gustaría saberlo, Margaret. No tienes derecho a hacer esto. Son mis cosas. No tenemos por qué saberlo todo el uno sobre el otro —respondió con dificultad.

—Te lo suplico, Edwin. —Se acercó y le acarició la cara—. Si no me contestas, asumiré que estás saliendo con otra persona y esto habrá llegado a su fin. Aquí, ahora. No puedo seguir así. No puedo vivir entre tantos secretos. Si no lo haces por mí, hazlo por los niños.

Se miraron a los ojos, pero Edwin ya había tomado una decisión. Apartó las manos de Margaret y volvió a poner las suyas al volante. Su mujer lo miró sorprendida y se derrumbó entre lágrimas.

—¿De verdad es esto lo que quieres?

—Necesito pensar —dijo, serio, tratando de sacar fuerzas de donde ya no tenía.

Luego, tras una pausa en la que sus ojos viajaron a algún recuerdo doloroso, arrancó de nuevo el coche y se incorporó a la carretera de camino a casa. Margaret agachó la vista y, a continuación, observó a sus hijos. Se dio cuenta de que también lloraban. Avanzaron durante un rato en un silencio tenso solo interrumpido por algún que otro sollozo. Una vez llegaron a casa, Margaret se bajó del coche con los niños y se quedó extrañada al ver que Edwin no salía.

—¿No vienes dentro? —preguntó, dolida.

—No puedo. No ahora —negó con la cabeza—. Esta noche hablamos. Tengo cosas que hacer. Te lo contaré todo esta noche, te lo prometo.

—Hoy es sábado, no tienes que trabajar. ¿No me vas a decir dónde vas?

—No puedo, Margaret. Todavía no. Espérame en casa. Estaré aquí antes de que anochezca. Entonces te lo contaré todo.

Luego Edwin dirigió la vista a sus dos hijos, quienes lo miraban confusos, en silencio. A Jack no se le había borrado la imagen de su padre cubierto de sangre. Estaba asustado, pero le había prometido no contarlo. Charles, en cambio, dos años más joven que su hermano, seguía tan dolorido por la fractura que solo deseaba entrar en casa y ver la televisión.

—Jack y Charles, ¿me dais un beso? —les pidió Edwin.

Charles caminó hasta la ventanilla del Dodge y acercó la cabeza para que su padre le diese un beso.

—Buen chico —dijo él.

Jack se había quedado inmóvil, observándolo desde la distancia. Aquella mañana su progenitor había cambiado mucho para él, como si el día anterior se hubiese marchado a trabajar siendo un gusano y hubiera regresado convertido en una inquietante crisálida de la que todavía no se sabía qué insecto emergería.

—¿No te despides de tu padre? —insistió Edwin, algo dolido.

Jack dudó un segundo, porque en su mente seguía teniendo las manos manchadas de sangre.

—Ven —le ordenó.

A regañadientes, el pequeño se acercó a la ventanilla y sintió el beso de su padre en el pelo.

—Prométeme que te portarás bien con tu hermano —le dijo en cuanto se separó de él.

—Claro, papá —rechistó Jack.

—No. Prométemelo. Sois hermanos. Sois uña y carne. Os tenéis el uno al otro. Algún día no estaremos ni tu madre ni yo y, entonces, comprenderás lo importante que es saber que no estás solo, que siempre os tendréis.

—Está bien —aceptó finalmente—. Te lo prometo. Cuidaré de Charly.

—Ese es mi chico —celebró orgulloso Edwin.

Después colocó las manos sobre el volante y contempló durante un segundo a su familia.

—¿Adónde vas, papá? —le interrogó Jack.

—Quizá algún día te lo cuente.

De pronto, Margaret alzó la voz cargada de dolor e incomprensión:

—Con todo lo que hemos pasado juntos, Edwin. Con todo lo que hemos luchado por estar bien y superar lo de Maggie. ¿Acaso estás tirando la toalla ahora?

¿Es eso? Dímelo. Podríamos ser felices. Éramos felices. ¿Por qué este silencio? ¿Qué te guardas ahí dentro? —suplicó desesperada una última vez, tratando de sacarle las palabras a su marido.

—Hasta esta noche, Margaret.

Edwin arrancó el coche y cogió la carretera en dirección norte. Miró por el retrovisor y vio a su esposa observando cómo se alejaba cada vez más.

Capítulo 7
Cora Merlo
Chester
Nueva Jersey
2017

*Hay errores que te atrapan y,
aunque escapes de ellos,
te persiguen toda la vida.*

Habíamos invitado a la mujer a que pasara a casa y esperaba sentada en el sofá del salón a que mi madre y yo regresáramos de la cocina con algo de beber.

—¿Agua? ¿Un té? —dijo mi madre en voz alta desde la cocina.

—Oh, no querría molestarlas. Agua está bien —gritó fuera de nuestra vista.

Tenía la voz ajada, y sonaba como si su respiración atravesase unas cuerdas vocales cubiertas de astillas. Me asomé y observé su perfil. Desde donde estaba me fijé en cómo se le marcaban los pómulos afilados en su cutis pálido y de aspecto blando. De cerca parecía tener la edad de mi madre, aunque el conjunto de canas, piel pálida y ojos claros le otorgaban un aspecto de unos diez años mayor. Quizá habría sufrido más que mi madre en la vida, no se puede juzgar la madurez sin conocer las cicatrices de una persona. Me llamó la atención ver que observaba atentamente el cuadro de la gaviota, ese que nunca estaba bien colocado. Me extrañó ver cómo extendía sus brazos delante de él, como si estuviese estirando las alas como un pájaro.

—Tienen una casa preciosa —dijo de pronto a viva voz—. Siempre he querido tener una casa con un porche de pilares blancos como el suyo.

Mi madre me clavó la mirada y luego me susurró para que no nos escuchase:

—¿Qué has hecho, Cora? ¿Te apuntaste a ese registro para que te contactaran sin decirme nada?

La verdad es que no sabía por qué lo había hecho a sus espaldas, justo después de que quedáramos en lo contrario. Quizá fue otra manera de huir de su sobreprotección.

—Sabía que te enfadarías. Por eso se lo pedí al doctor Parker una de las veces que saliste del hospital.

—Por supuesto que me enfado. Habíamos acordado no hacerlo y te has apuntado a pesar de todo. Ya te dije que esto pasaría. ¿Y ahora qué? Nos va a pedir dinero o una ayuda, y ¿qué le decimos? Gracias por el corazón de su hijo, ¿le puedo pagar a plazos?

—No hemos comprado un corazón, mamá. Nos lo han dado. Me han otorgado una segunda oportunidad y quería agradecerlo. O, al menos, dejar la puerta abierta para consolar a la familia.

—Pues muy bien. Aquí está. ¿Y ahora qué? ¿Somos amigas y hacemos una barbacoa juntas?

—Mamá, para. Quería hacerlo, ¿vale? —protesté, molesta—. Me han salvado la vida y…, no sé, debes entender que tengo un corazón de otra persona en mi pecho. ¿De verdad no quieres saber quién salvó a tu hija? ¿No te preguntas quién era la persona que me dio su corazón?

Mi madre me miró con ojos de decepción y lanzó una frase que directamente me catapultó a mi adolescencia:

—Me desoíste, Cora.

Ese susurro sonó como una bomba escondida que explotó dentro de mi cabeza.

—Ya no soy una niña, mamá.

—Pero sigues siendo mi hija. Y soy la única persona que queda en este mundo que te quiere tanto. No hay nadie que te pueda querer como yo. No permitiré que nadie nos haga daño. ¿Acaso no hemos sufrido suficiente ya?

—Mamá…, no seas injusta —exhalé, cansada de discutir—. Hubiese muerto sin este corazón. Quizá solo quiera hablar.

La mujer alzó la voz desde el salón, agarré el vaso lleno de agua que nos había pedido y caminé hacia ella con decisión.

—De verdad que no quería molestar —dijo.

Mi madre me siguió, preocupada, y cuando ya estaba a pocos pasos de la visitante, me quitó el vaso y se adelantó para dárselo.

—Deja que te ayude, cielo —soltó con cierto coraje en la voz.

Ofreció entonces el vaso de agua a la mujer, que le dio un sorbo tras cogerlo.

—¿Cómo ha dicho que se llama? —le interrogó mi madre, incisiva, al tiempo que se sentaba frente a ella en una de las butacas.

Yo me abrí paso hasta el borde del sofá, cerca de la visitante. Allí, sentadas las tres, unidas por mi operación, me sentí completamente desolada durante un instante.

—Oh, disculpen. Me llamo Margaret Finley. Soy la madre de Charles Finley, el donante de su corazón.

«Charles Finley», repetí en mi cabeza. Así se llamaba la persona que me había salvado la vida sin saberlo y cuyo corazón bombeaba con salud, enjaulado dentro de mis costillas. No sabía qué decir. Estaba agradecida por el gesto que había tenido su hijo haciéndose donante, pero también comprendía que ella había perdido a un ser querido.

—Lo siento mucho por la muerte de Charles —logré decir finalmente, porque era complicado encontrar las palabras adecuadas.

—Gracias —respondió, afligida—. Disculpen que esté nerviosa. No es fácil para mí estar aquí. —Dio un sorbo al vaso de agua para aclararse la voz y continuó—: Me ha costado mucho decidirme, ¿saben? Coger un avión, venir a la ciudad. Yo soy una persona que solo quiere tranquilidad. Pero…, bueno, cuando murió Charles me dijeron que él se había apuntado a la lista de donantes de órganos y que su muerte podía ayudar a otras personas a salir adelante. Siempre fue un buen chico, tuvo un buen… —se corrigió sin terminar la frase, con una ligera sonrisa—, tiene un buen corazón.

Estas palabras me las dirigió solo a mí. Aquella frase me hizo pensar en Charles y traté de imaginarme cómo era su vida antes de morir. ¿Cómo había sido su infancia? ¿Su adolescencia? ¿Qué sucedió para que muriese tan joven? ¿De dónde venía? ¿Quiénes eran sus amigos? ¿Salía con alguien? ¿Se había enamorado alguna vez? La presencia de su madre en mi casa me resultaba chocante, pero, al mismo tiempo, no podía apartar la vista de sus ojos azules. Cada poro de mi piel gritaba una y otra vez la misma pregunta: ¿Quién era Charles Finley? Vi a mi madre sentada en el borde de la butaca, visiblemente molesta por la presencia de Margaret en nuestra casa.

—Sin duda le debemos mucho —soltó de pronto—. Mi hija no estaría viva si no llega a ser por su donación —dijo en un tono en el que yo vislumbré sus reticencias.

—Lo sé. La vida es así de injusta, ¿no creen? Unos mueren, otros viven. Y muchas veces se van buenas personas y dejan atrás a las malas.

—¿Disculpe? —le interrogó mi madre en el tono que ella empleaba cuando estaba a punto de discutir.

—No me malinterpreten, por favor. Me alegro de que Cora esté bien, pero considero injusto lo que le ha pasado a mi hijo. Falleció hace un mes de una manera horrible. Y la vida de Cora es un milagro que ha surgido de su bondad. Pero eso no quita que no prefiera que mi hijo fuese el que estuviese vivo ahora mismo —zanjó.

Mi madre explotó de golpe, poniéndose en pie:

—Está bien, ¿qué quiere? —dijo enfadada—. ¿A qué ha venido? ¿A echarnos en cara la muerte de su hijo o, lo que es peor, a culparnos por ella?

—Mamá, tranquila —traté de calmarla—. ¿No te sentirías igual si hubiese sucedido al contrario? ¿Si fuese mi corazón el que hubiese salvado a su hijo?

—No. Nunca hubiese ido a conocer a la persona que hubieses salvado. Me dolería tanto que no podría respirar cerca de alguien que tuviese un pedazo de ti,

¿entiendes? Estaría orgullosa y feliz porque le hubieses dado otra oportunidad a alguien, pero no me hubiese entrometido en sus vidas.

—Mamá, por favor —bajé el tono—. No se trata de eso. Yo la entiendo.

—¿Cómo puedes decir que la entiendes?

—Por supuesto que sí —repliqué tratando de tomar el control de la conversación. Si dejaba que mi madre continuara saltando así, quizá mi oportunidad para saber algo más de Charles se esfumaría y nunca más podría conocer la historia del corazón que latía saludable en mi interior—. Señora Finley, discúlpela, por favor —dije acelerada.

Me toqué el pecho y sentí cómo mi corazón cabalgaba a un ritmo que no correspondía con el esfuerzo que estaba haciendo. Según el doctor Parker, aquello sería normal durante los primeros meses, mientras se restablecía el funcionamiento nervioso de las aurículas y ventrículos, algo a lo que ayudaba la medicación que estaba tomando.

—¿Te encuentras bien, cielo? —se preocupó mi madre, que modificó el tono al instante.

Margaret se incorporó y se sentó rápido a mi lado, para luego reconfortarme con sus palabras cerca del oído:

—Tranquila, Cora —dijo en tono cálido—. No se preocupe, por favor. Yo también entiendo a su madre, de quien por cierto no sé el nombre.

—Vivian. Me llamo Vivian Merlo.

Desvió la mirada hacia ella, que se había quedado rezagada y observaba cómo una extraña me protegía como si de verdad se preocupase por mí. Levanté la vista y me di cuenta de que mi madre tenía el rostro cubierto de lágrimas.

—¿Cómo puede soportarlo? —le preguntó a Margaret, finalmente—. ¿Cómo lo hace? ¿Cómo aguanta ver a mi hija aquí, sabiendo que su hijo ya no está?

—Mamá...

—Porque su corazón es lo único que queda vivo de él —admitió al fin, en voz baja.

Nos quedamos en silencio y entonces fui consciente de que aquella barrera inicial se había caído. Cuando recuperé un poco el aliento, me lancé a preguntar:

—¿Puede contarnos algo sobre Charles? Me gustaría saber cómo era. No sé si tiene cosas que hacer. Si se queda unos días en Chester, quizá podríamos tomar un café de vez en cuando y charlar. Sé que quizá no lo entienda, pero para mí también es difícil pensar que alguien que ha muerto me ha dado una oportunidad. Estoy muy agradecida y me gustaría ayudarla en lo que pueda.

Margaret me sonrió, cálida. De manera incomprensible, su rostro me resultaba amigable. Sus cejas se arqueaban hacia los lados y su sonrisa, a pesar del dolor que transmitían sus ojos, me envolvía como un abrazo.

—¿Quedarme en Chester? No puedo…, debo regresar a Steelville, en Misuri. Allí es donde tengo mi vida. Allí es donde sobrevivía con Charles y con su hermano.

—¿Charles tenía un hermano? —pregunté sorprendida al haber encontrado nuestra gran diferencia.

Charles ya tenía algo que yo siempre había anhelado. Por otra parte, no me pasó desapercibido que Margaret había dicho que sobrevivía en Steelville en vez de vivir. Eso me hacía seguir ahondando en mi percepción de que esa mujer había sufrido bastante.

—Charles nació el 24 de marzo de 1992 y era el pequeño de tres hermanos. Su hermano Jack y su hermana Maggie nacieron dos años antes que él, mellizos, aunque la niña murió por una sepsis a los pocos días. Fue tan duro perderla que aún recuerdo el olor que desprendía su piel y lo fría que se puso en pocos segundos. Según dijeron los médicos, contrajo una infección estando en mi barriga o durante el parto y, aunque la trataron con antibióticos y le hicieron mil pruebas durante sus pocas horas de vida, su corazoncito se paró cuando yo trataba de calmar su llanto por la fiebre mientras la sostenía en mis brazos. Los médicos me la arrebataron en cuanto oyeron mis gritos y, hasta unas horas después, no me la devolvieron, inerte, helada, envuelta en unas sábanas para que me despidiese de ella.

Desvié la mirada hacia mi madre y me di cuenta de que observaba a Margaret con tristeza.

—Aquello fue un golpe duro y, por un tiempo, culpé a mi hijo Jack de lo que le había pasado a su hermana. Sé que esas desgracias ocurren habitualmente, pero…, cuando te golpean, buscas culpables, incluso en un bebé que no era consciente de nada. Lo rechacé e, incluso, a veces en secreto, durante unos años, llegué a odiarlo con todas mis fuerzas. Había nacido antes que su hermana, y no me pregunten por qué, pero acabé despreciando su cariño por robarme a mi pequeña.

Me di cuenta de que mientras relataba lo ocurrido estaba reviviendo los recuerdos y navegando dentro de ellos.

—No hace falta que nos cuente todo, señora Finley. Bastante tiene con la pérdida de Charles. No quiero hacerle recordar más momentos difíciles.

—Solo recuerdo momentos duros porque son los que he tenido —respondió a modo de sentencia.

Me entristecía verla así. En un principio me pareció cortante cómo iba contando todo, pero pronto fui consciente de que esa distancia no era más que una coraza.

—Lloré. Lloré durante meses. Cuidé a Jack por inercia, pero sostenerlo en brazos me recordaba demasiado a Maggie. Olía igual que ella. Su piel tenía el mismo tacto. Habían nacido juntos y, de pronto, sufría con tan solo mirarlo. Me desapegué de él. Mi marido se encargó de cuidarlo, mientras yo trataba de no odiarme por perder a Maggie. —Extendió las manos y dejó ver una cicatriz en su muñeca derecha. Su historia me destrozaba por dentro—. Esta marca siempre me recuerda a ella. —Dio otro sorbo a su vaso de agua y nos contempló, afligida. Luego continuó—: Y entonces me quedé embarazada de Charles y todo cambió. Conforme crecía en mi barriga, me di cuenta de que había venido para rescatarme. Él me salvó de mí misma y, ahora, es irónico, también la ha rescatado a usted. —Me miró con cariño.

—¿Le puedo preguntar cómo murió Charles? —le interrogué, tratando de formular mi pregunta con respeto.

—Ha sido… una tragedia, ¿saben? —continuó—. Aunque yo llevaba muchos años pensando que en cualquier momento todo acabaría, nunca terminas creyéndotelo del todo. Charles no estaba bien. Era un niño con muchos problemas, ¿saben? Y yo sabía que aquello tarde o temprano lo mataría, como así sucedió al final. Cogió el coche de su padre, un viejo Dodge que guardábamos en el garaje. Nunca lo había usado hasta ese día. Él no tenía carnet. No sé adónde iba ni qué pretendía hacer, pero condujo hasta que perdió el control y se estampó contra un árbol. Mis mayores temores se cumplieron. Traumatismo craneoencefálico. Fracturas por todo el cuerpo.

—¿Tuvo un accidente? —pregunté.

Mi madre nos observaba en silencio, aunque yo sabía que una parte de ella quería irrumpir en la conversación y que todo terminase cuanto antes. Margaret asintió y no pudo evitar que las lágrimas se deslizaran por su rostro.

—Lo siento mucho —lamenté, tratando de animarla, pero me di cuenta de que no sirvió de nada.

De repente se puso en pie, al tiempo que se secaba las lágrimas con la mano.

—¿Saben qué? Creo que no ha sido una buena idea venir aquí. Pensaba que me sería más fácil conocerla, Cora, pero quizá su madre tenga razón. Me siento como si estuviese invadiendo sus vidas, aquí en su hogar, mientras usted se recupera de la operación. Mi hijo Jack me advirtió de que no sería fácil. Él no estaba muy de acuerdo con que hiciese esta visita, pero respeta mi opinión. Iba a acompañarme, pero está demasiado ocupado. Estoy segura de que os caeríais bien.

—¿Se va? —La historia de Charles se había quedado en el aire. Ya no había vuelta atrás. Quería saber más de ese corazón que llevaba dentro de mí. Indagar en los recovecos de aquella vida tan distinta a la mía, así que de pronto me lancé—: Me encantaría saber más de Charles. Cuando usted quiera. Donde usted quiera.

No hace falta que sea aquí. Podemos quedar en una cafetería de Chester cuando le apetezca y charlar.

Dibujó una sonrisa leve.

—No puedo —replicó con calma—. Me marcho mañana de vuelta a Steelville. Solo he venido para conocerla y…, bueno, para despedirme de lo que queda vivo de mi hijo. No tuve tiempo de hacerlo. Me hubiese gustado pasar más tiempo con él. Era un buen chico. Su hermano y él eran uña y carne.

—Quédese, insisto.

—Cora, deja que se marche. No tiene que ser fácil.

—¿Tiene un lugar donde dormir? —le pregunté.

—Paso la noche en el New Life Motel, ahí al lado. El taxista me ha dicho que desde aquí podría llegar allí andando. Mañana vuelo de nuevo a casa. Solo quería… —Se detuvo en seco y buscó la palabra exacta que deseaba emplear—. La verdad es que no sé qué quería. Supongo que me bastaba con que supiese algo de Charles. Era muy especial. —Asintió con la cabeza y la mirada perdida. Entonces lanzó aquella propuesta que se me clavó como un dardo en el pecho—. Podría venir a Steelville, si quiere, y le contaría muchas cosas sobre él.

—Muchas gracias por su propuesta —replicó mi madre de pronto, saliéndole la vena de cuidadora feroz—, pero Cora debe guardar reposo y controlar su medicación. Los médicos le han dado unas indicaciones muy claras sobre cómo debe cuidarse ahora y los ejercicios leves que debe ir haciendo. Agradezco su propuesta, pero Cora...

—Iré —dije de pronto, interrumpiendo a mi madre.

—¿Qué estás diciendo, Cora? —exclamó, incrédula.

Se acercó a mí con gesto de sorpresa y sentí la decepción flotando en sus ojos.

—Que acepto. Iré a Steelville. Me encantaría saber más sobre Charles.

—Ni hablar, Cora. Esto no está bien —dijo, al tiempo que me agarraba la mano—. Debes guardar reposo. En casa. Conmigo. Tienes mucha medicación que tomar y el doctor ha dicho que debes ir poco a poco. ¿Acaso te has vuelto loca? No estás para coger un avión y plantarte en... ¿dónde ha dicho que está? ¿Misuri? Solo hace un mes que te operaron. No puedes ir.

Pero nada podía pararme. Fue como un impulso superior a mis fuerzas y a la prudencia. Necesitaba saber más de ese corazón que latía en mi interior.

—El doctor ha dicho que mientras me lo tome con calma y siga con la medicación debo empezar a hacer vida normal. Por eso me han dado el alta, mamá.

—Me encantaría que viniese, Cora. Se podría quedar en casa, si quiere. Vivo sola y la casa es grande. Jack se mudó hace tiempo.

—No —replicó mi madre, molesta—. Me niego a perderte de nuevo. ¿Qué vas a hacer allí? ¿En un pueblo en Misuri?

Noté el miedo en sus ojos. Y la entendía, pero sentía que tenía que volar.

—Podría descansar igual que aquí —añadió Margaret—. Es un pueblo tranquilo. Se parece mucho a Chester. Árboles, vegetación y calma. Vivimos allí menos de dos mil habitantes. Tampoco es que haya mucho que hacer. Le encantaría la paz que se respira en Steelville.

—Usted no se meta —protestó—. Esto es entre mi hija y yo.

—Y también de lo que le pide su corazón.

Aquella frase nos dejó en silencio, escondía mucho dolor. Dediqué una mirada fugaz a mi madre, que esperaba mi reacción, y luego continué:

—¿Cuándo podría ir?

—¿Lo dices en serio, Cora?

Mi madre no se lo podía creer.

—Cuando quiera —respondió Margaret—. Mi vuelo sale mañana, pero podría venir cuando se encuentre preparada. Yo voy a estar allí toda la vida. He estado allí siempre y, seguramente, pasaré allí el resto de mis días.

—La semana que viene —zanjé.

—Cora… —dijo mi madre bajando el tono, desolada.

Yo comprendía su dolor, pero ella no entendía mi gratitud y la necesidad de saber más. Acababa de volver a casa y ya anunciaba mi marcha. En parte, porque necesitaba saber quién me había salvado y también porque creía que acercándome a Margaret tal vez consiguiera que sanasen mejor sus heridas. Algunas personas somos así, siempre dispuestas a pensar en los demás, aunque ello implique aproximarte a algo que te puede destrozar.

—Solo serán unos días, mamá —dije en voz baja, para que Margaret no nos oyese.

—No te irás —susurró de espaldas a la mujer.

—Voy a ir, mamá —aseveré, tajante—. Ya lo he decidido.

Me miró, enfadada y con miedo. En su rostro percibí que se preocupaba demasiado por mí.

—Estaré bien, ¿vale? Hablaremos todos los días. Me llevaré la medicación, guardaré reposo. Unos días. Una semana, máximo —bajé el tono aún más—. Si me siento incómoda o me encuentro mal, cojo el primer avión de vuelta, ¿vale?

—¿De verdad tienes que ir? ¿Y si te pasa algo? No sabemos si habrá un hospital cerca.

Intentó convencerme, sin entender lo que pasaba por mi cabeza y todas las contradicciones que estaba viviendo.

—Sí, mamá. Creo que también necesito esto. Estaré bien. Voy a Misuri, no al fin del mundo. —Me giré hacia Margaret y vi sus ojos azules—. Necesito saber cómo era la persona que me ha regalado esta segunda oportunidad.

Capítulo 8
Jack y Charles
Steelville
Misuri
2000
Diecisiete años antes

*Hay siempre un vacío en el alma
que se expande con tus miedos.*

La noche se había precipitado sobre la casa de los Finley y Margaret deambulaba de un lado a otro del salón mientras intentaba esquivar los pensamientos que se agolpaban en su cabeza. Charles, sentado junto a su hermano en el sofá, parecía haberse acostumbrado ya a la escayola. El niño tenía la vista clavada en la televisión y se reía cada pocos minutos viendo *Third Rock from the Sun*. A Jack en cambio no le hacían gracia las bromas. No paraba de pensar en su padre y en la imagen que tenía de él en el garaje con los brazos ensangrentados y pidiéndole que guardase el secreto.

Margaret se asomó por la ventana al ver el destello de las luces de un vehículo que iluminó la cortina del salón y se entristeció aún más al comprobar que pasaba de largo. Trató de rebuscar en su memoria para encontrar las primeras señales que indicasen que su matrimonio se estaba desmoronando, quería localizar el momento exacto en el que los gestos de cariño entre ellos habían desaparecido, y se dio cuenta de que durante los últimos meses incluso les había invadido una especie de dejadez que no dejaba de crecer y crecer hasta privarse incluso del simple beso de despedida que siempre se habían dado cuando él se marchaba a la comisaría a trabajar.

La última vez que se acostaron fue dos meses antes, una madrugada en la que Edwin la despertó, apestando a alcohol y a humedad, y fue todo tan abrupto que ella no pegó ojo en toda la noche preguntándose qué había pasado. Ya llevaban un tiempo sintiendo que la pasión se había apagado, él se había vuelto cada vez más tosco y esquivo, y para encontrar un abrazo de cariño tenía que retroceder dos años en el tiempo, allí donde los recuerdos se difuminaban y todo parecía ocurrir en un periodo en el que la luz del atardecer embellecía la relación. En esa época dorada y difusa ambos reían por las tardes al terminar el trabajo, las carcajadas de los niños reverberaban en los rincones de la casa y los domingos la cocina olía a tortitas y felicidad.

De pronto, el teléfono sonó y los tres levantaron la vista hacia la pared en la que estaba colgado. Margaret corrió hacia él y lo levantó con la esperanza de salvar su matrimonio.

—¿Edwin? —respondió casi de manera automática.

—¿Margaret? —dijo una voz masculina al otro lado.

—¿Quién es?

—Soy yo, Randall. ¿Está Edwin contigo? Estoy tratando de localizarlo y no lo encuentro.

La imagen del compañero de trabajo de Edwin se dibujó en su mente. Era un tipo jovial, que peinaba su pelo castaño con una raya al lado y que vestía con orgullo el uniforme de la oficina del sheriff del condado de Crawford.

—¿Randall?

—Me llamó por la tarde y me dijo que tenía que enseñarme algo en la comisaría. Llevo todo el día esperando y su teléfono no da señal alguna.

—¿Te llamó? ¿A qué hora? —le interrogó confusa Margaret.

—A eso de las seis. Por eso he llamado. Me fastidia el plan del sábado y no se presenta. ¿No sabes dónde está?

—No..., no sé nada, Randall. Salió de casa a las cuatro y... no me dijo adónde iba.

—Valiente cabrón. Toda la tarde aquí y me la juega.

El corazón de Margaret estaba lleno de preguntas y quizá Randall tuviese la respuesta a alguna de ellas. Aquella llamada era su oportunidad.

—¿Te puedo preguntar algo?

—Claro. Lo que necesites.

—¿Has notado distinto a Edwin? ¿Sabes qué le pasa últimamente?

—¿Distinto? ¿A qué te refieres?

—Cambiado. A veces creo que esconde algo y que hay cosas que lo atormentan sin que yo pueda hacer nada.

—Eh…, supongo que sí. Está muy implicado en lo de Amelia Marks. Lo de esa chica es muy extraño y…, bueno, ya sabes cómo es este trabajo. Te lo llevas todo a casa. Lo bueno y lo malo. Especialmente lo malo.

—Me refiero a antes de lo de esa chica —insistió Margaret.

—¿Antes?

—Sí. No sé decirte. Un par de años. Edwin ha cambiado mucho y… no sé qué le ocurre exactamente.

—Supongo que la vida no golpea a todos por igual. En este trabajo ves cosas horribles y no todos las aceptamos del mismo modo —disertó Randall—. Edwin es un buen tipo, eso sin duda, pero se lo toma todo muy en serio y quizá le esté pasando factura.

—Está bien —aceptó Margaret finalmente—. Gracias.

—Nada.

—Si te llama o lo localizas, ¿me podrías avisar?

—No te preocupes por él. Sabe lo que hace. Estará bien.

—Por favor —le suplicó al teléfono.

—De acuerdo. Si me entero de algo te llamo enseguida. Si quieres le digo a los chicos que estén atentos y me avisen si lo ven.

—Gracias, Randall.

—Para servirla, señora Finley —se despidió en tono cálido.

Tras colgar el teléfono las horas pasaron con rapidez y Margaret solo se despegó de la ventana cuando se dio cuenta de que sus hijos se habían quedado dormidos en el sofá con los pies entrelazados. Los iluminaba la luz azul que salía de la televisión. Se acercó en silencio a ellos y cargó al más pequeño con dificultad para llevarlo a su cuarto. Mientras andaba con él a cuestas, Margaret se fijó en las marcas que le habían dejado los cuatro clavos que tuvo en la clavícula cuando apenas tenía seis años y agradeció que aquella nueva fractura no hubiese implicado ninguna operación para asegurar que sus huesos se soldaban en el lugar adecuado. Lo dejó sobre la cama, lo arropó con cariño y sacó del armario una sábana blanca con la que cubrió a Jack en el sofá del salón. Se sentó en el suelo, junto a la mano del niño que colgaba desde el sofá, y se quedó pensativa observando las noticias locales que se emitían por la televisión, sin hacerles mucho caso. Con la mano de su hijo se acarició el rostro y suspiró hondo antes de cerrar los ojos y quedarse dormida esperando el regreso de Edwin.

La despertó el sonido de alguien que aporreaba la puerta. En la pantalla, las noticias habían dado paso a un anuncio de cuchillos en el que un hombre de pelo gris cortaba enérgicamente una lata como si fuese de mantequilla. Trató de desperezar sus músculos y miró atrás, confusa, para darse cuenta de que su hijo Jack seguía dormido. El reloj de pulsera marcaba las tres de la madrugada. Llevaba varias horas dormida. Y su esposo no había vuelto. Oyó aquellos golpes de nuevo. Alguien estaba llamando a la puerta.

—¿¡Edwin!? —vociferó.

Abrió de golpe, esperando verlo, y su mundo entero se desmoronó cuando vio el rostro de Randall.

—Margaret…

—¿Randall? ¿Qué pasa? ¿Qué haces aquí? ¿Dónde está Edwin? —dijo sorprendida.

—Por eso mismo he venido. Los chicos han… —empezó a decir, triste.

—¿Qué ocurre?

De pronto, ella fue consciente de que seguía vistiendo el uniforme.

—Los chicos han encontrado el coche de Edwin abandonado en Cave Road, a las afueras, a la altura del río. Tenía las llaves puestas y las luces apagadas.

—¿Qué? ¿Cave Road? ¿Dónde está mi marido? —alzó la voz, afectada.

—No pinta bien, Margaret. Edwin no aparece por ningún lado.

Capítulo 9
Cora Merlo
Steelville
Misuri
2017

Hay viajes que te cambian la vida,
lugares que te abren los ojos
y personas que prefieren
tenerlos cerrados.

No supe explicar por qué, pero al aterrizar en el aeropuerto de Sant Louis aquel martes de septiembre sentí que había cometido un error. Antes de volar había llamado al doctor Parker para consultarle si podía viajar tan lejos y que me dejara claras las pautas de medicación y el seguimiento tras mi operación. Todo estaba en marcha, tenía su visto bueno. Ya había pasado más de un mes desde el trasplante y la recomendación era de quince días de espera, pero no contaba con la aprobación de mi madre, que solo aceptó cuando accedí a adelantar una de las revisiones antes del vuelo.

En ella mi nuevo corazón latió como un reloj: sesenta y dos pulsaciones, la tensión arterial fue de 120-80, el electro dibujó un patrón perfecto sin síntomas de bradicardia o arritmia, no tuve visión borrosa o mareos... Mis niveles hepáticos estaban perfectos; la glucosa en sangre, en niveles saludables y, lo que fue clave: ya no me cansaba al subir las escaleras y la tos había desaparecido. A pesar de que todo había salido bien, mi madre no se calmó y consiguió transmitirme su preocupación.

Ella me preparó un neceser en el que introdujo todas las pastillas de Tacrolimus, con las que mantendría un idilio durante bastante tiempo, y el resto de la medicación destinada a que no contrajese otras infecciones al tener el sistema inmunitario sin armas con las que proteger a mi nuevo corazón. También se aseguró de que llevase un tensiómetro portátil que había comprado en la farmacia y el cargador del móvil para llamarla cada día y contarle cómo estaba. Mi Apple Watch sería un nuevo compañero imprescindible y vigilaría con precisión desde mi muñeca a qué ritmo me latía el corazón.

Finalmente mi madre y yo llegamos a un acuerdo: si me daba fiebre (el primer síntoma de rechazo), la avisaría y vendría a buscarme. Es confuso sentirse bien y saber que existe la posibilidad de que en cualquier momento todo termine. Pero ¿no era así la vida? ¿No habíamos aprendido ya la lección con mi padre?

Me bajé del avión y, cuando atravesé la puerta de salidas con mi equipaje para una semana en la casa de mi donante de corazón, me encontré a Margaret, ilusionada y con un cartel que decía: «Bienvenida a casa, Cora». Su sonrisa alegre contrastaba con el rostro de tristeza que conocí cuando nos visitó en Chester.

—¡Cora! —dijo con calidez y tuteándome desde el primer momento—. ¡Qué alegría que estés aquí! ¡Qué alegría! —repitió.

Extendí la mano para saludarla, pero ella se lanzó con un abrazo largo.

—Gracias por venir. De corazón. Es muy importante para mí.

—Le debo mucho a su hijo. Me encantará saber más de él.

Me miró un segundo, como si estar allí hubiese despertado en ella una esperanza, mientras otro grupo de viajeros abrazaban y saludaban a quienes los esperaban.

—Venga, venga. No tenemos tiempo que perder. —Agarró mi maleta y me hizo aspavientos con las manos—. Deja que te ayude. Aún nos queda hora y media de coche hasta Steelville. Te va a encantar.

Antes del viaje busqué en Google qué tipo de lugar era Steelville, y lo que me encontré cuando deambulé por Street View era exactamente lo que me imaginé cuando me dijo el nombre. Un pequeño grupo de casas esparcidas alrededor de una carretera que dividía y recorría la localidad, en mitad de una zona boscosa y rodeada de naturaleza. Según Wikipedia, el nombre se debía a un tal James Steel, uno de sus dos fundadores, y no tanto a que diera nombre a una zona con minas de hierro que fueron explotadas y vaciadas a finales del siglo XIX. A todos los efectos, Steelville era una tranquila ciudad moribunda de mil seiscientos habitantes, casi todos blancos.

Nos subimos al coche, un Toyota Camry de 2010 en color gris, y Margaret arrancó y condujo unos minutos en silencio mientras averiguaba cómo salir del aeropuerto y dirigirnos así a Steelville.

—Mi hijo Jack no ha podido venir. Siempre está ocupado. Así tenemos tiempo para hablar las dos solas. Ya lo conocerás. Es un buen chico. —Me miró de reojo como si buscase mi aprobación—. He conducido hasta aquí, pero no me manejo por Sant Louis. Conduzco bien, eso sí. Nunca he tenido un accidente, por si te preocupa. Eso se lo puedes decir a tu madre, que estaba intranquila. Tampoco he salido mucho de Steelville con el coche, si te digo la verdad. Así que, bueno, supongo que mejor no le digas nada —se corrigió—. ¿Qué tal el vuelo? ¿Te gusta volar? Yo lo detesto. El despegue me aterroriza.

Margaret hablaba con una vitalidad recobrada. Cuando había estado en casa de mi madre, se había comportado como una persona afligida y allí, en cambio, su energía era tan desbordante que me costó asimilar aquella manera de expresarse. Quizá se esforzaba demasiado en que yo me sintiese a gusto. Se notaba que, igual que yo, quería que nuestro encuentro funcionase al cien por cien.

—Bien. Todo bien. Un vuelo más, supongo. Me gusta volar. Es como… si sintieses que tienes el control y puedes llegar adonde quieras.

Miré al cielo a través de la ventanilla y vi a unos pájaros volando en la distancia justo en el mismo momento en el que nos incorporábamos en la interestatal 44.

—Bueno, ¿y a qué te dedicas? —me preguntó, curiosa, sabiendo que nos quedaba una hora de coche.

—Estudié medicina y estaba a punto de hacer la especialidad de oncología cuando…, bueno, cuando se me fastidió la patata. En el hospital me han aplazado la beca hasta que me encuentre perfecta, para que empiece en tres o seis meses.

—¿Medicina? ¿Oncología? Es increíble. Enhorabuena —dijo con una mezcla de sorpresa y orgullo.

—Bueno, gracias. También tengo una deuda monstruosa que… no sé cómo voy a pagar. ¡Esto es América! —añadí en tono jovial, lo que sacó una sonrisa a Margaret.

—Te irá bien. Eres una chica lista. Y... tienes un buen corazón, eso es innegable —añadió.

Y con aquel simple comentario la semana en Steelville parecía mejorar por momentos. Sonreí. Quizá era una oportunidad, no solo para conocer a quien me había salvado la vida, sino también para practicar juegos de palabras sobre mi nueva condición.

—Cuénteme cosas de usted. O de su hijo. Habla mucho de Jack. ¿A qué se dedica?

—Es sargento en la oficina del sheriff, como lo era su padre. Ha seguido sus pasos y tiene un buen porvenir. La gente lo respeta mucho. Quizá algún día consiga que lo elijan sheriff. Trabaja más que nadie y se conoce el pueblo mejor que yo, que llevo aquí muchos años.

—¿Sargento? Vaya.

—Es un buen chico. Tiene sus cosas, como todo el mundo, pero es bueno. Os caeréis bien. Supongo que hace tiempo que dejó de ser el niño travieso que hacía trastadas a Charles y ahora es un hombre con sus tormentos propios, como los tenía su padre.

—¿Y usted? —me atreví a preguntar.

—Oh, no. Yo..., bueno, no sé si se puede decir «dedicar». Tras la muerte de Edwin..., pues hice lo que pude por salir adelante y no sé si una persona de ciencias como tú entendería lo que hago.

—¿Es religiosa? ¿A eso se refiere? ¿Trabaja en alguna iglesia?

—No. No es nada religioso. Es una pasión que tengo y que…, bueno, me da para ganarme la vida y sobrevivir aquí en Steelville. —Hizo una pausa y luego lo soltó—: Leo las manos. Trabajé un tiempo de administrativo, pero cuando nacieron los niños me quedé en casa y empecé a ganar algo de dinero con una de mis pasiones desde que era joven.

—¿Las manos? ¿Qué quiere decir? —inquirí, fijándome en el perfil afilado y cándido que dibujaba su rostro.

—Todo aquel que quiera saber lo que el destino le depara viene a casa y le leo las manos. A veces también las cartas, pero suelo sentirme más cómoda leyendo las manos. Hay gente que además de las cartas para leer el futuro, usa los posos del café, piedras o analiza la posición de las estrellas el día en que una persona nació. Yo siempre he pensado que el camino que vamos a recorrer lo tenemos escrito en nuestro cuerpo, en las palmas de nuestras manos, para que lo veamos y lo asimilemos cuando llegue —reflexionó mientras miraba al frente y separaba su mano derecha del volante para mostrarme la palma.

Admito que me sorprendió su respuesta. Sabía que había gente que se ganaba la vida leyendo el tarot, pero siempre he visto a esas personas como charlatanes dispuestos a vender ilusión y esperanza. Cuando lo has perdido todo, un pequeño fragmento de esperanza es lo único por lo que pagarías lo que fuese, aunque en realidad te estén vendiendo una simple ilusión. Hay personas que miran al cielo y admiran las constelaciones como si pudiesen decirnos algo sobre nosotros o sobre lo que seremos. Un puñado de estrellas separadas entre sí por decenas o cientos de años luz a las que nos empeñamos en darles formas con nuestra imaginación. Por ejemplo, cuando hay tres estrellas alineadas en el cielo, decimos que es un cinturón. Cuatro aleatorias y las llamamos carro, como si de verdad se pareciese a uno. Desde que era niña, yo miraba las estrellas con la certeza de que no eran más que gigantes bolas de fuego que se iban consumiendo y que abrasaban lo que caía en ellas, y que su colocación específica con respecto a nosotros no era más que el simple azar.

—¿Y cobra por hacerlo? —le pregunté.

Su mundo me era tan ajeno que traté de indagar un poco en cómo se ganaba la vida solo por educación.

—Una propina. La casa está pagada y, bueno, con eso y con lo que aporta Jack para los gastos tengo de sobra. Es un pueblo pequeño, pero muy supersticioso, ¿sabes?

—Entiendo. ¿Y lleva haciéndolo mucho tiempo?

—Bueno. Empecé a cobrar al poco de perder a mi marido. Antes siempre había sido un hobby. ¿Te gustaría que te leyese las manos cuando lleguemos?

—No creo que…, que yo sea la persona indicada a quien leerle el destino. Lo único que me pregunto es si terminaré la especialidad y no creo que mis palmas puedan decirme nada de eso.

—Oh, te sorprendería lo que se puede llegar a ver en ellas. Pero, tranquila, lo entiendo. Esto no es para todo el mundo. —Hizo una pausa para luego continuar en voz alta—: ¡Aunque agradezco tu comprensión! No todo el mundo lo entiende, pero algo me dice que tú tienes la mente abierta —sentenció con calidez.

Continuamos por la interestatal 44 hasta llegar a un pequeño pueblo de carretera llamado Cuba en mitad de la nada y que en unos minutos dejamos atrás en cuanto nos incorporamos a la 19 en dirección sureste. De repente, el paisaje se llenó de árboles verdes y frondosos a ambos lados de la carretera y una sensación de tranquilidad me invadió al instante en cuanto me sentí tan rodeada de naturaleza. En comparación con el camino que habíamos hecho desde Sant Louis en la autopista, con el bullicio de los coches y camiones, aquella escena que se extendía delante del parabrisas era una explosión de paz. Las hojas verdes, marrones y amarillas vestían el paisaje donde quiera que mirases. Margaret aminoró la velocidad y bajó la ventanilla. Noté el silencio natural que parecía invadirlo todo.

—Ya estamos llegando —me advirtió, justo en el momento en que delante de nosotras pude leer una señal donde ponía: «Bienvenidos a Steelville, la capital flotante de Misuri».

Fue en ese instante, tras leer el cartel, cuando noté una presión en el pecho que no había sentido antes.

—¡Ah! —exhalé, tocándome el esternón.

Margaret pegó un frenazo y se giró hacia mí.

—¿Estás bien, Cora? ¿Qué te pasa? —me preguntó, confusa.

Cerré los ojos con fuerza. El pulso se me estaba acelerando. «Por favor, para. No me asustes», pensé dirigiéndome a mi corazón.

—Pal…, palpitaciones —respondí a Margaret con dificultad, aún con los ojos cerrados—. Son… normales tras una operación así.

—Respira hondo, Cora —dijo en un tono cálido. Su voz sonaba cerca—. Respira —insistió.

El pulso lo tenía acelerado a pesar de llevar más de una hora sentada en el coche. Abrí los ojos y vi a Margaret junto a mí, observándome con las cejas caídas y los ojos vidriosos. Se había desabrochado el cinturón y me vigilaba, expectante.

—¿De verdad estás bien? Podemos pasarnos por la consulta para que te revise el médico.

—No, no hace falta —le aseguré al tiempo que respiraba con suavidad—. En teoría duran solo unos minutos e irán siendo más esporádicas con el tiempo. Ya están bajando el ritmo. Lo noto.

—¿Estás segura?

—Sí —asentí.

—Ya queda poco, ¿vale? En cinco minutos estamos en casa —me informó al tiempo que se acomodaba en su asiento y se incorporaba de nuevo a la carretera.

—Estoy bien —susurré en voz baja, aunque no creo que me oyese.

Atravesamos el paso a nivel de una vía de tren que parecía que llevaba años sin usarse y avanzamos dejando atrás el tanatorio, un antro de mala muerte llamado Double Shot, dos gasolineras, una lavandería, una heladería llamada Dairy's Isle pintada en salmón y un puñado de casas esparcidas entre los árboles. Justo entonces, Margaret giró el volante para adentrarnos en las calles secundarias de Steelville, que quedaban esparcidas formando una especie de laberinto que se perdía entre los árboles.

Mientras me fijaba en la pequeña localidad, me palpé el pecho y acaricié la cicatriz sobre la blusa: una puerta de quince centímetros recorría de arriba abajo mi esternón. Por ella había salido mi corazón moribundo y había entrado el de Charles Finley. ¿Quién era? ¿Cómo era? Margaret me había prometido enseñarme fotos de mi donante cuando llegásemos a su casa. ¿Se parecería a ella? Me fijé con curiosidad en las formas de su rostro, que tenía los atributos de una persona cándida que había sufrido demasiado. Pensé en cómo se había preocupado por mí hacía tan solo un rato. Quizá lo hizo porque era una buena persona, pero también, tal vez, porque sabía que dentro de mí latía el corazón de su hijo.

—Hemos llegado —dijo de pronto, tras parar el Camry frente a una casa de madera de una sola planta pintada en beis y con el tejado marrón—. Bienvenida a casa, Cora.

Capítulo 10

Jack y Charles
Steelville
Misuri
2000
Diecisiete años antes

Olvidamos fácilmente que nadie nos avisa
cuando llega el último día.

Los faros del coche iluminaban las sinuosas curvas de una carretera oscura y sin arcén a las afueras de Steelville. Dentro del vehículo, en el asiento del copiloto, Margaret contenía las lágrimas mientras buscaba una explicación a lo que estaba pasando. Rememoraba su discusión con Edwin y su promesa de que hablarían esa misma noche. Lo recordaba sentado en el coche, mirándola serio, y trataba de encontrar en aquella imagen de su marido a punto de marcharse una pista que le dijese dónde podía estar. Randall conducía en silencio sin saber muy bien qué palabras decir delante de Jack, que viajaba con ellos en el asiento de atrás.

—Todo va a estar bien —dijo para romper el silencio, oteando al pequeño a través del espejo retrovisor.

El niño miraba por la ventanilla trasera con los ojos atentos buscando alguna sombra que se moviese entre los árboles que envolvían la carretera con la esperanza de que una de ellas fuese su padre. Su hermano se había quedado en casa durmiendo, vigilado por la señora Amber, una vecina viuda y sin hijos que vivía al lado y que no había tardado en asomarse por la ventana a curiosear en cuanto vio las luces del coche de policía. Jack, en cambio, se había despertado al escuchar la voz de Randall, pensando que era la de su padre, y con la luz azul intermitente de la policía iluminando el techo del salón donde se había quedado dormido. La televisión estaba encendida y el hombre de pelo gris que unos momentos antes cortaba una lata había pasado a anunciar un triturador de verduras. Cuando el crío se asomó a la entrada y vio a Randall en la puerta vestido de uniforme, permaneció inmóvil en la penumbra mientras intentaba encajar la figura de su padre en aquel cuerpo. No era él.

—¿Qué le ha pasado a papá? —le preguntó de repente, cuando este dejó de hablar.

—Jack, cariño… —le contestó su madre, volviéndose hacia él—. Duérmete. Todo está bien —mintió.

Pero Jack ya no era ningún niño. Y se dio cuenta al instante de que algo iba mal.

—Te tienes que quedar vigilando a tu hermano —le pidió Margaret—. Tu padre... —No se atrevió a terminar la frase.

—Papá no está. Lo he escuchado. Y no me pienso quedar aquí. Iré contigo —dijo entonces el pequeño, armado de valor.

—Cariño... —A Margaret no le salían las palabras.

—Papá nos necesita. Despertamos a Charly y vamos todos. O que venga la señora Amber y lo cuide. —Organizó el plan en unos segundos.

Margaret aceptó, sorprendida por la actitud de su hijo. Varias curvas después se encontraron de bruces con tres coches de la oficina del sheriff, aparcados en torno a una zona de tierra al lado de la carretera, mientras cinco agentes deambulaban alrededor del Dodge azul de Edwin que Jack y Margaret reconocieron al instante. Detuvieron el vehículo y ella se bajó deprisa y corrió hacia ellos con preocupación.

—¿Dónde está Edwin? —gritó en dirección a uno de los agentes que esperaban junto al coche de su marido.

Uno de ellos la recibió con gesto de preocupación y, desde el interior del vehículo, el niño no pudo oír lo que respondía, pero sí entrever lo que significaba la expresión de lamento que dibujó su cara. Randall se quedó dentro del vehículo con él y suspiró al ver que el dolor de

Margaret crecía por momentos. Luego se volvió hacia atrás y se dirigió al pequeño, que miraba al frente buscando entre aquellos hombres a su padre:

—¿Te puedo preguntar algo, chico?

Jack asintió con un nudo en la garganta. Fuera, su madre aceleraba el paso y se llevaba las manos a la cabeza una vez se acercó al cordón policial que circundaba al Dodge.

—¿Has notado algo extraño en tu padre últimamente?

Recordó la imagen de la sangre en su rostro y sus manos. Y también la promesa que le había hecho. Jack agachó la cabeza y notó que le temblaba el pulso y que los ojos se le inundaban de lágrimas. Apretó los labios y tragó saliva. No podía hablar. El crío negó con la cabeza, en silencio.

—¿Nada? ¿Alguna pelea con tu madre? ¿Algo que pudiese darnos una pista de que quería marcharse?

Volvió a tragar saliva con la mirada clavada en la alfombrilla del suelo. Su mente viajó a aquellos años dorados cuando jugaba con su padre en el jardín trasero de casa mientras su hermano observaba la escena sentado en una silla de playa. Todo era distinto entonces. Se podían pasar la tarde entera de un sábado lanzándose una vieja pelota de béisbol mientras Edwin les contaba anécdotas de cómo había capturado a un ladrón de poca monta que robaba litronas de cervezas de la tienda de ultramarinos. Jack volvió a negar justo antes de que la primera de las lágrimas se escapase.

—Está bien —dijo Randall, conforme—. Tu padre es un tipo fuerte, chico. Aparecerá. Él me ha enseñado todo lo que sé —añadió con orgullo—. Si este pueblo tiene algo de esperanza es por gente como él. Lo encontraremos, ¿vale? Que no te quepa la menor duda.

Jack asintió con un nudo en la garganta y aquella promesa reverberó en su corazón con la esperanza de quien creía que a las buenas personas les pasaban cosas buenas. Pero la vida demostraba una y otra vez que no todo era tan fácil. Randall abrió su puerta, salió del vehículo y, antes de cerrar, se dirigió al niño desde fuera:

—Quédate aquí, ¿vale? No querría que te pasara algo a ti también —añadió.

Luego se dirigió hacia Margaret, que lloraba en silencio ante la atenta mirada de su hijo, y hacia el corrillo de oficiales que se había formado en torno a ella. Jack desvió la mirada hacia la oscuridad del bosque y lo contempló con terror. Algo le decía que su padre estaba allí dentro, en algún lugar de la espesura, y que tarde o temprano aparecería entre los árboles y volvería a casa, como el ave que sabe adónde volver cuando llegan los meses fríos.

Pero pasaron los años y aquella noche, aquella oscuridad en el bosque se quedó para siempre grabada en la retina de Jack. Edwin nunca regresó. El bosque, o lo que quiera que hubiese en él, engulló a su padre y nunca más lo devolvió. Se organizaron batidas, se dividió el bosque en sectores y se patearon todos los que se extendían dentro del condado de Crawford. Se pidió ayuda al condado de Washington, limítrofe al este con el de Crawford, y durante unas semanas dos unidades de la guardia forestal buscaron sin éxito en la amplia zona arbolada que se expandía como un pulmón de vitalidad en el corazón de la reserva Huzzah. Se navegó con pequeñas lanchas y kayaks el río Meramec, con la triste esperanza de encontrar su cuerpo flotando atrapado entre las ramas. A pesar de todos los esfuerzos, un mes después de encontrar su vehículo, se abortó la búsqueda, sobre todo en cuanto llegó a oídos del sheriff la confirmación de que Margaret y Edwin no atravesaban un buen momento. El oficial Randall Boyce había transcrito una conversación que mantuvo con su mujer el día de su desaparición, en la que se confirmaba que Edwin y ella se habían distanciado y podría tratarse de un simple abandono de hogar. En Estados Unidos cualquier adulto tiene la oportunidad de desaparecer, de abandonar su vida si quiere, y no notificar ni dar explicaciones a su familia. La búsqueda en el bosque y en el río se canceló, y la unidad de personas desaparecidas del FBI lanzó una alerta nacional interna con el objetivo de encontrar movimientos en sus cuentas para comprobar que, si se había fugado, estaba sano y salvo. Pero tras dos meses sin información, sin una sola pista que confirmase su paradero, el caso volvió a la oficina del sheriff sin un solo hilo del que tirar.

Para entonces, el invierno de Misuri se había precipitado sobre Steelville y sobre el bosque, y las lluvias habían aumentado el caudal del Meramec hasta provocar inundaciones en su orilla que borraron todas las esperanzas de encontrar alguna pista en torno al río. Todo el mundo asumió que si Edwin había acabado en él, su cuerpo podría estar a esas alturas pudriéndose en el fondo del Mississippi, donde vertía sus aguas el Meramec a la altura de Sant Louis. Durante ese año el mal tiempo puso todos los impedimentos para reanudar la búsqueda del cuerpo. Cuando llegó la primavera, Edwin Finley, sargento de la oficina del sheriff del condado de Crawford, fue declarado persona desaparecida de larga duración. La carpeta con su expediente, con todas las declaraciones de su entorno sobre sus últimos pasos, fue quedando poco a poco en la memoria de sus compañeros como uno de los casos más extraños que se recordaban en la zona, junto con el de Amelia Marks, la joven camarera de un *diner* a las afueras que había desaparecido dos semanas antes que Edwin.

Capítulo 11
Cora Merlo
Steelville
Misuri
2017

*La verdad siempre está llena de prejuicios
y cuesta aceptar que no estamos
preparados para ignorarlos.*

Mi móvil sonó justo en el momento en que puse un pie en el recibidor de la casa de los Finley. Margaret se había adelantado y llevaba mi maleta hacia el interior por un pasillo, mientras yo observaba las paredes y los objetos sobre el aparador de la entrada tratando de imaginar la vida que se había respirado en aquel hogar. Vi en la pantalla del teléfono que era mi madre. Mierda.

—Mamá, no te enfades —dije nada más descolgar, sabiendo lo que me esperaba.

—Cora, me prometiste que me llamarías en cuanto aterrizase el avión.

—Lo sé, lo sé. Se me ha pasado.

—Cora, por favor.

—Lo siento. De verdad —me disculpé de nuevo, con prisa, antes de que me echase uno de sus sermones, aunque en el fondo me hacían gracia.

—Si esto va a ser así, te aseguro que voy a por ti ahora mismo.

—Mamá…

—Estoy esforzándome, Cora. Dejándote tu espacio. Pero… no me hagas pasarlo mal, ¿quieres?

—Lo siento, ¿vale? —repetí afligida. Me di cuenta de que todo esto le afectaba bastante y me entristecía verla así, aunque, al mismo tiempo, sentía una especie de rebeldía al saber que ella pretendía que volviese a ser una niña bajo su cuidado—. No tienes de qué preocuparte. Y te llamaré, ¿vale?

—Está bien —aceptó finalmente—. ¿Y cómo te encuentras? ¿Han ido a buscarte al aeropuerto?

—Sí, sí. Todo bien. Ya estoy en Steelville. Acabo de llegar a casa de Margaret. Me ha recogido ella en su coche y hemos estado hablando durante el camino. Es… interesante. Creo que os caeríais bien.

—Créeme que no, hija. Una madre no le hace eso a otra. Nos entendemos. Sabemos cuándo estamos preocupadas y nos ayudamos. Esa mujer me ha preocupado más.

—Pero su hijo me ha salvado, mamá —sentencié de golpe.

Pude oír su suspiro de resignación en el auricular.

—Bueno, ¿te has tomado la medicación de media mañana?

—Sí, todo controlado. Estoy genial —preferí mentir y omitir lo que me había pasado en el camino—. Ahora... quiero ir a ver un poco el pueblo. Parece tranquilo y agradable.

—Como Chester. Chester es tranquilo y agradable.

—Bueno, no. Aquí hay mucha naturaleza. Esto está rodeado de bosques y aire. Ojalá pudieses sentirlo.

—¿El aire? Hija, prométeme una cosa. Que no te irás de excursión al bosque. No quiero que te coma ningún oso.

No pude aguantarme la risa.

—Claro que no. —Me reí mucho con su ocurrencia. Luego bajé el tono y añadí—: Mamá...

—¿Qué, hija?

—Que te quiero. Eres genial. Gracias por preocuparte tanto.

—Yo también te quiero, cariño. Solo deseo... que nadie te haga daño. Solo eso. Ya hemos pasado mucho, ¿no crees?

Suspiré.

—Después de este viaje haremos las dos uno por carretera. ¿Vale? Alquilamos un coche y nos vamos sin rumbo por todo el país. Como querías hacer con papá. ¿Te apetece?

—Me parece el mejor plan del mundo, Cora —me respondió con la misma calidez que cuando me leía cuentos de niña en la cama.

Vi a Margaret aparecer al otro lado del pasillo con la vista clavada en mí, como si quisiese decirme algo.

—Te dejo, ¿vale? Voy a deshacer la maleta y a conocer un poco Steelville.

—Está bien, hija. ¿Hablamos esta noche?

—Claro, mamá.

—Y una cosa: si te sientes incómoda o te hartas de estar allí, coges el primer avión y vuelves a casa —sentenció con voz de madre.

Suspiré y antes de colgar le dije lo que necesitaba escuchar:

—Te lo prometo.

Una vez me vio libre, Margaret se lanzó a preguntar, sin darme tiempo a adentrarme en la casa.

—¿Tienes hambre? Supongo que sí. No sé si puedes comer de todo, pero el Rich's Famous Burgers tiene las mejores hamburguesas de por aquí. Es un poco grasiento, pero a la gente le suele gustar. Todo Steelville va a comer allí. En el Rich's tuve la primera cita con mi marido. Pero para la comida es tranquilo y perfecto. Lleva abierto desde que tengo recuerdos.

—Suena bien —dije con un ligero entusiasmo—, pero antes… me gustaría asentarme un poco y… —Me lancé—: Saber más de Charles.

Cambió la expresión y se puso seria. Quizá porque estaba tratando de retrasar esa conversación lo máximo posible. No debía de ser fácil para ella abordar el tema, rememorar a su hijo conmigo en su casa, pero el motivo del viaje era precisamente ese. Conocer a Charles Finley, descubrir cómo vivió y, quizá, aprender a convivir con el hecho de que había existido alguien ahí fuera que me había salvado la vida sin pedir nada a cambio.

—Está bien —dijo al fin con la voz quebrada. Agachó la cabeza y se dio la vuelta—. Ven conmigo. Te lo presentaré.

La seguí por el pasillo hasta que giró a la izquierda para adentrarnos a un salón en el que destacaba un sofá con un patrón de flores naranjas sobre un fondo azul. Se notaba que era viejo y que llevaba allí desde que los Finley compraron la casa, allá por el siglo pasado. Parecía tan fuera de lugar que por un segundo contemplé la posibilidad de que el estampado fuese en realidad un papel de pared. Al fondo, en una esquina, había una pequeña mesa redonda rodeada por cuatro sillas, donde imaginé que habrían comido en familia en más de una ocasión. Luego dirigí la vista hacia la otra esquina, justo hacia la que Margaret caminaba con paso lento. Allí identifiqué un pequeño mueble de madera con aspecto de aparador sobre el que descansaban varias velas encendidas junto a varios cuencos negros con ramas secas. Sobre él, una pequeña peana elevaba dos marcos de madera, uno al lado del otro, por encima del resto de objetos. También me fijé en una pequeña figura tallada con la forma de un pájaro que descansaba cerca de una de las fotografías.

Me acerqué con respeto. Margaret parecía que iba a desfallecer según se aproximaba al altar. Vio que una de las velas se había apagado y se apresuró a encenderla con una cerilla. Yo la observaba, inquieta, varios pasos por detrás, esperando el momento en que se sintiese bien para dejarme ver a su hijo. Poco después cogió una fotografía y la extendió delante de mí.

—Este es mi marido. Edwin. —Suspiró e hizo una pausa, como si esperase que yo preguntase algo más.

Era la fotografía de un hombre de unos treinta y cinco años, moreno, con barba tupida y semblante serio que miraba al frente con una determinación que parecía traspasar el papel.

—¿Cuándo falleció? —pregunté con curiosidad.

—Para mí lo hizo durante el verano del año 2000, pero conseguí que se dictara su muerte oficial hace siete años, para terminar de pagar la hipoteca con su seguro de vida.

—¿Cómo dice?

—Edwin desapareció o, bueno, se marchó, nunca lo sabré. Se despidió de nosotros una tarde tras regresar con Charles del hospital y se desvaneció. Me dejó delante de casa con los niños y nunca más volví a verlo. Encontraron su coche abandonado a la entrada del bosque. Cuando lo analizaron, las muestras revelaron algunas manchas de sangre de Edwin y, también, de otra persona a la que no lograron identificar.

—¿Manchas de sangre? ¿Qué quiere decir?

—Había restos de sangre en el salpicadero y en el volante. Las habían limpiado, pero quedaron marcas en algunas partes.

—Oh, Dios santo. Es… horrible —espeté.

—La oficina del sheriff en un principio dijo que seguramente alguien lo había asaltado y que mi esposo se habría defendido. Luego, por algún motivo, se habría bajado del coche, pues encontraron sus huellas junto a la puerta, y simplemente desapareció. No encontraron su cuerpo. Ningún rastro que seguir. A veces pienso que quedó con alguien allí, se montó en otro vehículo y se marchó. Es la única explicación.

—Cuánto lo lamento —dije, afligida por su historia.

Asintió con la cabeza en silencio y me fijé en cómo una lágrima se deslizaba por su cara.

—Pero ¿se sabe qué pudo ocurrirle? —inquirí con curiosidad al mismo tiempo que trataba de no ahondar en su dolor.

—Nada. Nunca se supo nada. La oficina del sheriff se esforzó en su búsqueda. Él era muy respetado y querido en el trabajo, pero pronto se cansaron de no avanzar. El bosque es inabarcable. Se extiende por todas partes y en todas direcciones, con pocos senderos y caminos transitables. Hay cuevas y arroyos. Últimamente han puesto merenderos y habilitado algunos caminos, pero nunca se adentran más de varios cientos de metros en él. Junto al lugar donde apareció su coche hay un camino que lleva al río Meramec. Si se hubiese caído o lo hubiesen tirado, su cuerpo podría haber aparecido en cualquier lugar o no hacerlo en absoluto. Añade además que esto es un condado pequeño de interior. Aquí las cosas van a otro ritmo. Y sin la atención mediática de las grandes ciudades, la búsqueda de mi esposo se limitó a cuatro voluntarios que pasearon por el río, recogieron colillas de excursionistas y las metieron en bolsas de plástico como si ayudasen a resolver un misterio.

—Tuvo que ser duro para usted y los niños.

—Lo fue —admitió—. En esa época no estábamos en nuestro mejor momento y su marcha me dejó destrozada. Me quedé sola cuidando de Jack y Charles, que tenían diez y ocho años entonces. Jack heredó muchos atributos de su padre. Fue un rebelde de niño, pero en el fondo muy responsable. Cuando Edwin desapareció, me ayudó mucho con Charles, que siempre fue muy…

—dudó unos segundos delante de mí, en busca de una palabra que lo describiese— frágil.

La observé con atención. La historia de su marido y de su dolor me había dejado desolada. Se dio la vuelta, dejó la foto sobre el altar y agarró el segundo marco con cuidado, como si del tacto se fuese a romper en mil pedazos.

—Él es Charles. —Y me mostró el rostro de su hijo—. Esta es la última foto que tengo de él.

Me fijé con atención y agarré el marco con mis manos. Me temblaba el pulso. Era un momento importante para mí. Charles me había salvado la vida y ahora siempre formaría parte de ella.

—Pero... ¡qué...! —exclamé sin querer, al ver la forma de su cara.

El joven de la fotografía tenía la frente desproporcionada con respecto al resto de sus facciones. Las cejas, la boca y la nariz se apelotonaban en el centro de su rostro y, lo que resultaba más llamativo de todo, en sus ojos se podía intuir la esclerótica teñida de un suave azul cielo en lugar de ser blanca. También uno de sus hombros asomaba por la parte inferior en un ángulo extraño y, a pesar de que la fotografía se intuía que estaba tomada de frente, algo fallaba en la simetría de la imagen.

—Puedes hablar sin miedo. Pregunta lo que quieras.

—¿Es Charles? —inquirí incrédula, creyendo que aquello era una broma.

Asintió con la cabeza y yo bajé de nuevo la mirada a la fotografía.

—Pero si tiene… —Traté de hacer memoria y rebuscar mentalmente en los apuntes de la carrera—: Osteogénesis imperfecta. Los ojos azules, las facciones agrupadas. Sus huesos… ¿se rompían con facilidad?

—Así es —sentenció con dolor—. Eres muy lista. Charles tenía la enfermedad de los huesos de cristal.

Capítulo 12
Edwin Finley
Steelville
Misuri
1998
Dos años antes de su desaparición

La felicidad siempre está en la calma
de un momento cotidiano
y se evapora con el miedo
a que acabe.

Era viernes por la tarde y, en una silla de playa, Charles, de seis años, aplaudía y miraba con los ojos llenos de alegría cuando su hermano Jack conseguía atrapar una bola difícil de su padre.

—¡A ver si puedes con esta! —chilló el niño al devolver la pelota de béisbol con una fuerza que él creía imparable.

Edwin estiró el brazo en alto, la capturó con el guante sin dificultad y se dio cuenta de que su hijo apretó los labios con decepción durante una fracción de segundo. Miró a Margaret, que justo en ese instante salía con una bandeja de sándwiches de maíz y atún, y le guiñó un ojo mientras bajaba la mano con el guante a la altura de su pecho:

—¡Ah! ¡Me quema! —dijo con un alarido que sorprendió a todos—. ¡Es demasiado poder! —continuó Edwin provocando que las caras de Jack y Charles dibujasen una sonrisa de ilusión—. ¡No voy a poder detenerla! ¡Me arde la mano!

Clavó las rodillas en el suelo e hizo gestos y muecas como si estuviese conteniendo aún la fuerza del lanzamiento de Jack.

—¡Necesito ayuda, Charly! ¡O no conseguiré detenerla!

Charles, con una sonrisa de oreja a oreja, pegó un salto desde la silla, decidido a detener la bala de cañón lanzada por su hermano.

—¡Voy! —gritó al tiempo que corría cojeando, se colocaba junto a su padre y lo abrazaba de lado.

—¡Ah! —gritó Edwin mientras hacía que sus brazos y su cuerpo vibraran.

Charly sentía esa vibración en todos sus huesos y se apretó más todavía contra su padre. Margaret observaba la escena y no pudo hacer otra cosa que sonreír al oír las carcajadas de los niños navegando en la luz del atardecer.

—¡No podemos! —dijo Charly—. ¡Es demasiado poderoso! ¡Jack! ¡Ayúdanos!

—¿Yo? Pero ¡si he sido quien la ha lanzado!

—¡No tenemos tiempo, Jack! —alzó la voz su padre—. ¡Necesitamos tu ayuda o moriremos! ¡Ah!

Jack tiró su guante al suelo y corrió a abrazarlos desde el otro lado. Edwin hacía vibrar sus manos y daba ligeros pasos hacia atrás, como si la pelota estuviese ganando terreno.

—¡Mamá! ¡Ayuda! —dijo Charly de pronto—. ¡Necesitamos tu ayuda!

—Venga, chicos. Ya está la cena —respondió ella con una sonrisa, dejando la bandeja sobre la mesa de jardín.

—¡Cariño, por favor! —gritó Edwin dirigiéndose a su esposa—. ¡Usa tu poder de madre! ¡Lo necesitamos! ¡No aguantaremos mucho más!

—¿Mi poder de madre? Pero ¿qué es eso? —preguntó muerta de la risa.

—¡Sí, mamá! ¡Tu poder! ¡Para esto, por favor! —Rio Jack.

Edwin parecía concentrado en aguantar la pelota y cada pocos instantes pegaba un pequeño latigazo con los brazos como si esta estuviese cobrando vida. Estaba aprisionado a ambos lados por los chicos, que lo empujaban hacia delante con sus cuerpos, en una misión imposible que estaban destinados a perder entre risas.

Margaret se acercó a los chicos que parecían estar a punto de caer hacia atrás de un momento a otro y se colocó delante de ellos. Miró a Edwin a los ojos, cómplice, con una mueca juguetona que más bien era un «te vas a enterar» y levantó un dedo en el aire, como si estuviese invocando un conjuro.

—¡Rápido, mamá! —chilló Charly al sentir que no podía hacer más fuerza para contener el cuerpo de su padre.

Margaret movió el dedo hacia el rostro de su esposo y acarició su barba. Lo pasó por sus labios y él cerró los ojos y pensó en cuánto la amaba. Pocas veces la vida te presenta un recuerdo tan simple y nítido de simple y pura felicidad. Porque la vida era eso, una risa rodeada de calma. Un momento cotidiano en el que eres consciente de que todo está en su sitio y que han pasado todos los problemas porque se quedaron en el olvido. Por un instante fue como si hubiesen dejado de oír las risas de los niños y todo fuese como cuando empezaron a salir. ¿Cómo había podido pasar tanto tiempo? Eran jóvenes y apasionados, pero su vida entera había estado llena de altibajos: el embarazo de Jack y Maggie, el duelo por la muerte de su hija, la alegría por el nacimiento de Charles, sus primeras fracturas... A raíz de tantos golpes, ambos habían interiorizado que el tiempo era lo único que no volvía. Que cada segundo que pasaban juntos era algo irrepetible. Y que era importante abrazar cada rato, sentirlo y tener claro que, cuando acabase, por un instante fue parte de uno.

—Te quiero —dijo con los labios Edwin, sin emitir sonido.

—Y yo —respondió ella.

A continuación Margaret dibujó con el dedo un pequeño círculo en el aire y dio un golpecito con él en la punta de la nariz de su marido al que le dijo con voz suave:

—Se acabó el juego. —Sonrió.

Los chicos pegaron un grito de alivio y se tiraron entre risas hacia atrás, agotados. Edwin dejó caer la pelota a un lado y jadeó junto a sus hijos tirado en el césped como si acabasen de vencer a un poder invisible. Los tres, tumbados boca arriba, sonreían satisfechos por el deber cumplido. De pronto el rostro de Edwin pasó de la risa a la preocupación.

—¿Cenamos al fin? Hay sándwiches y patatas. Es sanísimo, lo sé, pero así no ensucio la cocina —añadió Margaret.

Los niños se levantaron y corrieron hacia la mesa. Su marido no respondió. Se quedó tumbado en el césped, mirando al cielo.

—¿Qué te pasa, Ed? —preguntó ella, preocupada—. ¿Estás bien?

Edwin señaló el cielo con el rostro serio y Margaret levantó la vista y se dio cuenta de la enorme columna de humo que se estaba extendiendo sobre ellos.

—Hay un incendio —respondió, preocupado—. Tengo que ir.

—¿De verdad? ¿No puedes quedarte y esperar por si no te llaman? Trabajas en la oficina del sheriff. No tienes que apagar fuegos. Deja que trabajen los bomberos.

Edwin se incorporó y se puso a la altura de su mujer. La columna de humo nacía desde algún lugar al norte de su casa, a media milla de distancia.

—Parece grande, Margaret. Seguro que necesitan ayuda.

Ella contuvo el aliento y suspiró resignada. Sabía que en el fondo su esposo se marcharía, lo conocía. Una vez que una idea se colaba en su mente era imposible alejarlo de ella.

—Está bien —cedió—. Pero ten cuidado, ¿vale? No quiero que te pase nada.

—Tendré cuidado —dijo, bajando la vista hacia ella, serio, para luego acercarse a su boca—. Vuelvo en cuanto esté controlado, ¿vale?

Le dio un beso rápido que Margaret no tuvo tiempo de corresponder. Cogió un sándwich de la mesa, acarició el pelo a Charly, que estaba con la boca llena, y a Jack le lanzó un gesto de «te vigilo» con los dos dedos apuntando a sus ojos al tiempo que se perdía por la puerta trasera hacia el interior de la casa.

—¿Adónde va papá? —preguntó Jack a su madre.

—No lo sé, hijo —respondió ella, sin ser consciente aún de cuánta verdad escondían aquellas palabras.

Capítulo 13
Cora Merlo
Steelville
Misuri
2017

Cuando amas de verdad,
lo haces por encima de todos
y a pesar de todo.

—¿Por qué no me lo dijiste? —grité al doctor Parker.

Estaba colérica. Quería coger un avión en ese momento hasta Nueva York y tenerlo delante para exigirle explicaciones. Mi voz reverberó en el alicatado amarillento del cuarto de baño, donde me había refugiado tras ver la fotografía de Charles. Me miré al espejo mientras esperaba una respuesta y vi cómo mis ojeras delataban mi incomprensión.

—Cora, tranquilízate —me respondió con voz calmada, como si no tuviese importancia alguna el haberme

omitido la enfermedad genética grave de mi donante—.
Eso no le va a sentar bien a tu tensión.

—¿Que no le va a sentar bien a mi tensión? —Abrí
el grifo del lavabo ante el temor de que Margaret me
oyese—. Charles Finley, mi donante, tenía osteogénesis.
Creo que era un detalle importante que mencionar, ¿no
crees? ¿Acaso no comprobasteis su historial?

—Cora, relájate, de verdad. Así no es como funciona esto. Antes del trasplante analizamos todo. Revisamos el estado de cada órgano y si es apto para la operación o no. Y la verdad es que ese corazón funcionaba
perfectamente. En resumidas cuentas, la osteogénesis es
una enfermedad de los huesos, no de los tejidos blandos.
Afecta a la formación de colágeno presente en los huesos y tendones. Revisamos y consultamos todos y cada
uno de los estudios y no había ninguno que indicase que
pudiese ser contraproducente. Era un riesgo medido.

—Pero… ¿cómo sabes que funcionará? ¿Por qué
jugasteis con mi vida así? —le interrogué, tratando de
encontrar respuestas a mis preguntas, entre las que sabía
que no había ninguna buena.

—Te morías, Cora —sentenció finalmente—. Fue
el único donante que llegó a tiempo.

Me quedé en silencio sin poder responder. Bajé la
vista al suelo y lo oí hablar sin prestar atención a lo que
decía. Mencionó la enfermedad de Charles, las analíticas,
el historial y la causa de la muerte. Traumatismo cra-

neoencefálico. Fracturas por todo el cuerpo. Consiguieron salvar un riñón y, milagrosamente, el corazón. Había fragmentos óseos en el resto de órganos, como si fuesen las esquirlas de un jarrón que se había roto en mil pedazos al estamparse contra el suelo. En un instante todo se había vuelto contradictorio para mí. Por alguna absurda idea me había imaginado que Charles Finley había tenido una vida normal, con travesuras en la infancia, sobresaltos y desengaños en la adolescencia y una adultez en la que se había topado de bruces con la realidad. No sé por qué, pero por algún motivo me había aferrado a la idea de tener dentro el corazón de una persona feliz hasta el día en que murió. Quizá era porque yo había sufrido mucho tras la lenta y agónica muerte de mi padre y, de algún modo, quería sentir que un pedacito de mí no había vivido con tanto dolor.

—¿Hay manera de que me afecte de algún modo? —le pregunté con la voz rota.

—No. Al menos no debería. Tan solo tienes que pasar las revisiones periódicas y comprobaremos que todo sigue bien, que late con fuerza y que el pulso es estable —respondió con un tono que me recordó que en medicina se aprendía rápido a manejar el dolor físico, pero poco a poco se olvidaba cómo tratar el dolor emocional. En primero de carrera el profesor de Fundamentos de salud y práctica médica dejó caer una frase que en aquel momento cobraba más importancia que nunca:

«El primer paciente que se muere delante de ti te destroza, se te clava en la memoria y no te deja dormir durante días; a partir del número treinta puedes almorzar cinco minutos después de quitarte los guantes»—. Bajo todos los parámetros médicos, Cora —continuó—, tu nuevo corazón funciona como un reloj. Entiendo cómo te sientes, pero has sido muy afortunada de que apareciese tu donante. Un día más y no estaríamos teniendo esta conversación —sentenció.

Cerré los ojos y respondí con un suspiro que no consiguió que pudiera pronunciar palabra alguna. Asentí sin poder hablar, como si el doctor Parker pudiese verme, tratando de abrazar la idea de que Charles Finley me había salvado en el último momento. De pronto, la voz de Margaret sonó desde el otro lado de la puerta:

—¿Estás bien?

—Eh…, sí —mentí.

Nada estaba bien. Todo era lo contrario a estar bien. Pensé que a mi madre no le faltaba razón. No debí haber ido a Steelville. No debí indagar en la vida de Charles porque no esperaba lo que encontré. Yo había creído que descubriría anécdotas divertidas y una vida que admirar y, sin embargo, me había topado con la sensación de que mi cuerpo ahora no era más que una jaula para un corazón lleno de dolor, que además podría fallar de un momento a otro. Tuve la sensación de que la vida de Charles me destrozaría de arriba abajo y que nunca más sería la misma. Por un instante no me reconocí. Corté el agua del grifo y la llamada. Tiré de la cisterna, como si la hubiese usado, y al abrir la puerta me encontré de bruces con los ojos azules de Margaret, que se clavaron en los míos.

—¿De verdad? Tardabas mucho y estaba preocupada. Le prometí a tu madre que te cuidaría.

—Sí, estoy bien. No se preocupe, señora Finley. Es solo que… —Sus ojos me mostraron una preocupación genuina.

—¿Pasa algo, Cora? —inquirió, confusa.

—Creo que no ha sido buena idea venir —espeté de pronto—. Esto es demasiado. Debería volver a casa, recuperarme allí con mi madre y tratar de incorporarme cuanto antes a mi residencia. No sé si estoy preparada para esto. Y no me malinterprete, por favor. Usted es encantadora. Y Steelville parece un lugar tranquilo, pero… quizá es muy pronto para esto. Demasiada información.

Conforme hablaba Margaret dibujó una sonrisa comprensiva y sus ojos se iluminaron llenos de calidez.

—Te entiendo, Cora. Lo que te pasa lo he visto muchas veces. Demasiadas, quizá —dijo con tristeza—. Duele acostumbrarse a algo así, pero llevo toda la vida viendo cómo la gente cambiaba de acera cuando nos veía aparecer para evitar conversaciones y miradas incómodas sobre Charles. Aunque lo peor fue siempre el colegio.

Esos niños crueles. Se reían de él. El bicho raro, le decían. Un día uno de sus compañeros de clase lo empujó contra la taquilla y le rompió la clavícula. Era el débil, claro. Con Jack nunca se atrevieron a algo así.

—Lo siento, no era mi intención hacerla sentir mal —me disculpé, derrotada—. No es el aspecto de Charles, sino que exista la posibilidad de que algo pueda salir mal tras la operación. El hecho de estar aquí, en su casa, conociéndolo. No es fácil. Es mucha información de golpe. Siento un enorme sentimiento de gratitud hacia usted y hacia lo que hizo su hijo, pero todo es muy confuso ahora mismo.

—No te disculpes por lo que siente tu corazón, hija. Es lo que nos mantiene con vida —aseveró con una calma llena de empatía—. Si quieres, puedo llevarte de vuelta al aeropuerto mañana. Salen vuelos todos los días a Nueva York.

—De verdad que no estoy así por cómo era Charles, se lo aseguro —insistí agachando la vista y palpándome el esternón—. No quiero preocupar a mi madre. Ha sufrido mucho y yo…, soy lo último que le queda.

—Lo entiendo perfectamente, Cora. No tienes que explicarme nada más.

Noté que el corazón me latía con fuerza y lo sentí como siempre había notado el mío cuando estaba nerviosa, como si supiese lo que estaba a punto de pasar. De pronto llamaron a la puerta con dos golpes secos que parecían marcar el pulso y ambas miramos en su dirección. Tras la ventana traslúcida que lideraba la parte superior de la puerta de entrada se intuía una figura masculina y, nada más verla, Margaret cambió la expresión y sonrió.

—¿Mamá? —dijo la figura desde el otro lado, para luego golpear la puerta dos veces más.

—¡Es Jack! —alzó la voz Margaret con ilusión antes de ir corriendo a abrirla.

—¡¡Mamá!!

Tras ella apareció Jack, de unos treinta años, delgado, moreno y con una sombra gris en su mentón que desde donde yo estaba se intuía como una barba de unos pocos días. Vestía el uniforme de la oficina del sheriff, una horrible camisa beis ajustada con un pantalón marrón oscuro. Unas gotas de sudor resbalaban de su frente, que acompañaban un ligero jadeo, como si viniese con prisa. Sus ojos reflejaban preocupación.

—¿Qué pasa, hijo? ¿Por qué estás así?

—¿Por qué no cuelgas bien el teléfono? —dijo con voz grave—. Te he llamado varias veces y estaba desconectado.

—No me he dado cuenta, hijo —se disculpó con un tono en el que reconocí el de mi madre cuando yo le reprochaba algo.

—Tengo que irme. Solo he venido a comprobar que habíais llegado bien. No me puedo quedar.

—¿Irte? Pensaba que comerías con nosotras.

—Lo siento, mamá. Pero no puedo.

—Me lo prometiste, Jack. Cora está aquí —dijo Margaret dolida al tiempo que señalaba en mi dirección—. Ha venido desde Chester.

Jack suspiró, mostrando que para él aquello había sido un error. Luego levantó la mano y me saludó desde la distancia, con el rostro serio. Algo me decía que no me quería allí.

—De verdad, no puedo quedarme, mamá —insistió bajando el tono, aunque yo podía oírlo con facilidad—. Es grave.

—¿Tan grave como para dejarme sola en esto? —le preguntó su madre, visiblemente molesta, alzando la voz.

—¿No te has enterado? El pueblo es un caos. Se está organizando una batida de búsqueda para patear cada rincón y parte del bosque.

—¿Una batida de búsqueda? ¿Por el bosque? ¿A qué te refieres?

Jack volvió a mirarme y noté cómo sus ojos se clavaban en mí. No sabía si porque no me quería allí o si porque lo que había pasado en el pueblo era algo que convertía mi presencia en un verdadero inconveniente.

—Se han llevado un bebé de cuatro meses, mamá —soltó de golpe.

—¿Qué? —exclamó Margaret.

—El de la señora Corvin. Estaba en el parque con su niño de tres años y con el bebé en el carrito. En un momento se levantó a ayudar a su hijo mayor, que no hay quien lo pare, porque se había alejado demasiado y se estaba acercando al arroyo del Hoppe Spring Park. Dice que por las prisas de que el pequeño no se cayese al agua, dejó el carro junto al banco en el que estaba sentada, pero que al volver, el bebé ya no estaba.

Capítulo 14
Edwin Finley
Steelville
Misuri
1998
Dos años antes de su desaparición

Pocos están dispuestos a sacrificarse
por los demás y los que lo hacen
siempre son incomprendidos.

Edwin ni siquiera se había cambiado de ropa, no le había dado tiempo a ponerse el uniforme. Había salido con prisa de casa y, al montarse en su camioneta y mirar al frente, vio la inmensa zona al norte desde la que emergía una gigantesca columna de humo. Tragó saliva. Sobre la luna delantera caían ya ligeras motas de ceniza, como si fuese una suave nieve negra que se posaba con delicadeza en todas partes. Nunca había visto algo así. A los lados de la calle, varios vecinos observaban cómo la lengua gris crecía hacia el cielo desde algún lugar de Bird

Nest Road, al final de First Street, justo en un sitio de casas independientes rodeado de árboles.

Arrancó el vehículo y condujo hacia el norte hasta que pronto identificó en la distancia las luces rojas del camión de bomberos circulando a toda velocidad en dirección al incendio. El camión giró a la derecha y se adentró en Bird Nest Road, de donde efectivamente parecían emerger las llamas, y, cuando Edwin lo siguió, se encontró de bruces con un infierno: tres casas de madera ardían consumidas por las llamas.

El fuego parecía haber saltado con rapidez de una casa a la otra, aprovechando la arboleda, y una mujer lloraba desesperada en la acera de una de ellas. En la calle, otras tres personas se llevaban las manos a la cabeza sin saber qué hacer. El fuego, cada vez más incontrolable, trepaba por las copas de los árboles y convertía las hojas en ceniza ardiente que volaba en todas direcciones. Las llamas emitían un rugido ensordecedor que parecía invadirlo todo.

—¡Mi hijo! —gritaba la mujer—. ¡Mi hijo está dentro! Edwin saltó del coche y la abrazó con fuerza.

—¡No puede entrar!

—¡Mi hijo está dentro! —lloró con desesperación.

—¡Deje que se encarguen los bomberos! Morirá si se acerca.

—¡Mi hijo! —chillaba una y otra vez, en un cántico que a Edwin se le clavaría para siempre en la memoria, hasta que la angustia ahogó su voz y se transformó en un llanto ahogado.

El agente la contuvo, forcejó con ella, se agachó y la acompañó, tratando de calmar sus gritos. Las casas y los árboles ardían con tanta intensidad que era imposible levantar la vista hacia ellas y no sentir que el fuego abrasaba las córneas. El cañón de agua de los bomberos impactó contra aquella vivienda, convertida en una bola de fuego, y a la que parecía un suicidio acercarse. Era imposible que su hijo siguiese con vida allí dentro. Frente a ella, la mujer lloraba sin consuelo mientras los bomberos a su lado dirigían el agua a la fachada. Un segundo después Edwin vio cómo una pequeña hoguera se originaba en el tejado de otra casa adicional, esa vez en la acera de enfrente.

—¡Allí! —gritó a los bomberos, tratando de avisarlos de que el incendio se descontrolaba.

Dos de ellos desenrollaron otra manguera que conectaron con rapidez desde el otro lado del camión y dirigieron el chorro de agua a la acera de enfrente para intentar enfriar aquella vivienda antes de que corriese la misma suerte. Cuatro coches patrulla llegaron a la zona y Randall, su compañero, se bajó de uno de ellos con expresión de terror.

—¡Ed! —chilló corriendo en su dirección.

—¡Randall! —gritó él, aún sin soltar a la mujer—. ¡Quédate aquí, por favor! ¡No permitas que entre en la casa!

Randall asintió asustado y se agachó junto a la mujer tratando de consolarla, mientras ella se consumía en su desesperación. Edwin se incorporó y empezó a dar órdenes a los agentes que acababan de llegar.

—¡Que todo el mundo salga de su casa! —ordenó a uno de ellos—. Sacad a los vecinos y que mojen sus fachadas. Que usen mangueras, cubos o lo que sea —dijo a otro.

Edwin miró hacia la planta superior de la casa en llamas y, de pronto, distinguió una mano dando golpes a una de las ventanas.

—¡Está vivo! —exclamó.

Los bomberos que estaban a ese lado del camión se miraron el uno al otro y luego volvieron la vista atrás, buscando con la cabeza la confirmación del jefe de bomberos, que estaba manipulando la presión del agua de la bomba con celeridad.

—En la casa. He visto una mano golpear el cristal. Hay alguien con vida ahí —chilló Edwin en su dirección.

—¿Está seguro? Esa casa es un infierno —preguntó uno de los bomberos.

—La he visto golpear el cristal, arriba en la segunda planta —exclamó, desesperado.

La mujer lo miraba con pánico y esperanza.

—¡Arma la grúa! —gritó el jefe de bomberos al conductor.

—¡No hay tiempo! —respondió Edwin—. ¡Hay que entrar ya!

—No se puede. Se va a venir abajo de un momento a otro —vociferó otro de los bomberos.

—¡Hay un niño dentro! —protestó Edwin, enfadado.

—Ninguno de mis hombres se jugará la vida ahí. No —sentenció el jefe—. Lo primero es la seguridad del cuerpo.

No podía creérselo. Su corazón retumbaba en el pecho y donde quiera que mirase veía rostros de desesperación. Randall abrazaba a la mujer; los vecinos de enfrente salían corriendo de sus casas cargando álbumes de fotos por temor a que el fuego devorase sus recuerdos; las llamas pasaban de árbol en árbol, se extendían veloces por la zona. Edwin echó a correr sin mirar atrás y atravesó de un salto la cortina de humo y llamas que escoltaba la puerta de aquel hogar crepitante.

—¡Edwin, no! —gritó Randall, poniéndose en pie de un salto—. ¡Apunten el agua a la ventana de arriba!

Capítulo 15

Cora Merlo
Steelville
Misuri
2017

Elige bien tus guerras,
porque una sola derrota
puede acabar con la partida.

No podía creer lo que Jack acababa de decir y me preocupé en el mismo instante en que pronunció aquellas palabras: un bebé de cuatro meses había desaparecido del carro de su madre en un momento en el que ella no miraba. No me imaginaba cómo había podido ocurrir algo así sin que fuese una broma macabra de algún grupo de adolescentes fuera de control. Steelville daba la impresión de ser un lugar idílico en el que el tiempo avanzaba como si fuese una hoja precipitándose lentamente al suelo en otoño, pero aquella noticia parecía romper el espejismo que yo misma me había creado y ahora parecía dejar caer a una criatura indefensa desde la copa de un árbol.

—Pero ¿cómo va a desaparecer un bebé? —pregunté de golpe, colándome en la conversación—. ¿Quién va a hacer algo así?

Jack me miró serio y suspiró antes de dirigirse a mí.

—Cora, ¿verdad? —me contestó en un tono en el que percibí determinación.

Asentí.

—Mi madre está ilusionada con que estés aquí y quería que te contase anécdotas divertidas con mi hermano Charles, pero ya ves que no es el mejor momento para estar en Steelville —aseveró con un ligero temblor en la voz—. Te pido disculpas por no poder quedarme, pero tengo que patear cada rincón del pueblo. Algunos vecinos van al bosque. Otros están recorriendo las calles. La madre se encuentra en el hospital con una crisis de ansiedad. He pedido que avisen al padre, que trabaja en el aserradero.

Me sorprendió verlo tan afectado. No era que yo sobrase en aquel lugar, sino que estaba afligido por lo que pasaba. Lo había malinterpretado. Algo en el brillo de sus ojos me hizo dar cuenta de que le importaba aquel pueblo más de lo que su rectitud profesional era capaz de admitir. Daba la impresión de que había cruzado esa línea en la que pretendía hacer las cosas perfectas, sin margen de error, porque antes en su vida todo había ido demasiado mal. Y no lo culpaba por ello. A mí me ocurría lo mismo. Estudié medicina porque necesitaba ayudar, porque hacerlo me servía para tapar con apósitos una herida profunda producida por la muerte de mi padre. Y ocultaba mi dolor estudiando más que nadie. Así me esforzaba cada día por ser perfecta en la facultad, porque creía erróneamente que así lograría esconder todas las cicatrices que arañaban mi gigantesco e inservible corazón.

—No, no hace falta que te disculpes —dije—. Lo entiendo.

Jack asintió y rompió su aparente frialdad con un abrazo a su madre que duró un largo instante.

—Me marcho, ¿vale? Me están esperando y estamos faltos de personal. Hay mucho terreno en el que buscar —sentenció con una rectitud propia de un oficial—. Encantado de conocerte, Cora. —Extendió la mano y se la estreché y, durante una fracción de segundo, noté la fuerza de sus dedos ásperos.

—Yo podría echar una mano —me ofrecí de golpe, sabiendo que mi madre hubiese pegado un grito en ese instante.

No sé por qué lo hice. Fue uno de esos impulsos que surge de las entrañas, sin saber qué te arrastra a hacerlo ni pensar en qué significa tu decisión. Aunque en el fondo me negaba a admitir que algo en la mirada de Jack había llenado la mía de preguntas sobre él y su hermano. Deseaba respuestas. Noté los ojos azules de Margaret clavarse en los míos, confusa.

—¿Ayudar en la búsqueda? —me interrogó sorprendida—. ¿No crees que es mejor que descanses, Cora?

—Necesito salir y respirar un poco de aire. Y quiero ayudar.

Jack apretó los labios e hizo un ademán con la cabeza:

—No creo que sea lo mejor. No conoces la zona ni a los vecinos. Tampoco viene bien en esta búsqueda gente despistada preguntando quién eres. Aquí un rostro nuevo es una atracción. Y además seguro que estás débil por la operación. —Miró su reloj de pulsera, preocupado por perder más tiempo—. No puedes venir.

—Estoy bien. Y necesito andar —insistí—. Es una de las recomendaciones tras la operación. Déjame ayudar.

—No, lo siento. Me tengo que ir —dijo dispuesto a marcharse.

—Soy médico —alcé la voz—. Bueno, iba a empezar la residencia, pero soy buena. He visto que en la entrada del pueblo hay un pequeño consultorio médico. ¿Cuántos doctores hay en el pueblo? ¿Uno? Aún no ejerzo, pero puedo ser de ayuda.

Se detuvo en seco y se volvió hacia su madre con rostro serio.

—¿Qué piensas? —le preguntó.

—Que quiere ayudar. Si es solo andar y estar atenta por si ve algo o pueden servir de algo sus conocimientos médicos quizá le venga bien el paseo. —Hizo una pausa larga y añadió—: Ya conoce a tu hermano. Le he contado lo que le pasaba.

Jack me observó despacio y luego bajó la mirada al suelo, como si aquello le hubiese herido. Después volvió a comprobar su reloj.

—Está bien. Pero vienes conmigo y no te separas de mí. Vamos al bosque —aceptó al fin—, y lo último que quiero es que alguien más se pierda. Nos estamos dividiendo para poner patas arriba todo Steelville. Ese bebé tiene que aparecer —sentenció decidido y yo asentí conforme.

—¿Por qué buscar en el bosque, Jack? —le preguntó Margaret, como si aquella idea le hiciese revivir recuerdos dolorosos.

—La señora Corvin dice que un rato antes vio a alguien entre los árboles, en la zona que está al sur del parque, pero que no le dio importancia. Pensó que sería un vecino dando un paseo por allí. Es lo único que tenemos.

No era la idea que tenía en mente cuando mencioné que quería conocer el pueblo, pero me ardía el corazón por ayudar. Algo me decía que aquella búsqueda no terminaría bien. Lo que resultaba imposible de predecir es que, unas horas después, mi vida entera iba a saltar por los aires.

Capítulo 16
Edwin Finley
Steelville
Misuri
1998
Dos años antes de su desaparición

La mejor virtud de un buen enigma
es presentarse delante de ti
de una forma que nunca imaginaste.

La presión del agua de la manguera reventó los cristales de la buhardilla y el humo escapó por ella. Abajo, Randall contenía el aliento y los siguientes segundos le parecieron horas. Desde el exterior de la casa no se oía ningún sonido distinto al crepitar del fuego consumiéndolo todo. El compañero de Edwin miró a los demás agentes con expresión de terror. Los pilares crujieron dando la impresión de que la casa entera se vendría abajo de un momento a otro. Randall se llevó las manos a la cabeza al ver que Edwin no daba señales de vida. La grúa se extendió y un bombero se subió veloz por la escalera mientras la acercaban a la buhardilla. Desde allí comenzó a echar agua al interior de la ventana y unos segundos después miró abajo, en dirección a su compañero, y negó con la cabeza. Randall aguantó la respiración durante los siguientes diez segundos sin darse cuenta de que por su mente ya navegaba la idea de cómo le contaría aquello a Margaret. Y de repente, entre el humo, apareció un bulto haciendo aspavientos con la mano.

—¡Edwin! —chilló.

Entre sus brazos sostenía el cuerpecito de un niño de cuatro o cinco años, inconsciente, mientras tosía una y otra vez de manera compulsiva. La grúa se apoyó contra la ventana y el bombero le extendió el brazo tirando con fuerza en cuanto notó la firmeza con la que Edwin lo agarraba. Este se subió con el impulso en la plataforma y dos paramédicos, que habían llegado en ambulancia justo en el momento en que atravesó la puerta, corrieron hacia los pies del camión con bombonas de oxígeno y mantas térmicas. Tenía la camisa chamuscada por el codo y el cuerpo lleno de hollín. Dejó al pequeño en una camilla mientras la madre se volcaba entre sollozos de dolor primero y alegría después cuando vio que su hijo tenía los ojos entreabiertos.

—No vuelva a hacer eso, ¿me oye? —vociferó el jefe de bomberos a un Edwin que era incapaz de escucharlo—. Nos pone en riesgo a todos.

Randall se acercó a él y trató de sacarlo de sus pensamientos.

—Ed, estás loco. Eres un verdadero animal, el cabrón más zumbado que conozco —le soltó.

Pero Edwin miraba en todas las direcciones y solo veía la desolación que aún podía causar el incendio si se extendía al resto de las casas. Aquello era una pesadilla. Los vecinos lloraban, los padres corrían con sus hijos alejándose de la zona y, pronto, el único camión de bomberos que estaba allí fue insuficiente para detener el avance de las llamas. El fuego saltó a una docena de árboles y de ahí a una cuarta y quinta vivienda, por suerte ya desalojadas. Una caravana, aparcada en el camino de tierra entre dos de las casas en llamas, fue engullida y convertida en un amasijo de hierros y fibra de vidrio derretida.

Ya avanzada la madrugada, y con refuerzos provenientes de los condados de alrededor, la suerte quiso que el viento cambiase de dirección y que dirigiese el incendio contra el río Meramec, que pasaba a escasos cien metros al norte, actuando de cortafuegos natural. Allí, acorralado por retenes provenientes de toda la región, consiguieron controlar el fuego, que había reducido a escombros y cenizas una docena de casas de Bird Nest Road.

Todo Steelville pasó la noche en vela, pues temían que otro cambio de aire asolase el pueblo entero. Los vecinos que habían perdido sus casas fueron alojados en un campamento improvisado montado en el polideportivo. A la mañana siguiente, cuando por fin se dio por extinguido, Edwin fue el primero en entrar en los hogares quemados y destruidos en busca de cadáveres. En uno de ellos, encontró los cuerpos sin vida y carbonizados de los Brown, un matrimonio de jubilados que llevaba toda la vida en el pueblo. Según la autopsia oficial, los ancianos murieron por inhalación de humo, aunque poco importaba ya, dado el estado en el que habían quedado. Vivían en la tercera de las casas afectadas por el fuego y tomaron la mala decisión de encerrarse en el baño en cuanto vieron el humo entrando bajo la puerta. En las casas que el fuego arrasó cuando ya habían llegado los bomberos no hubo víctimas mortales. Todos consiguieron salir de sus hogares antes de quedar atrapados por el humo. Lo cierto es que de no haber actuado a tiempo y de no haber desalojado con rapidez a los vecinos, el resultado hubiese sido muy distinto.

La casa del pequeño que Edwin logró rescatar había sido arrasada por las llamas y convertida en polvo. Cuando al día siguiente caminó entre las brasas comprobando el desastre, comprendió por primera vez que él podría haber acabado allí, entre aquellos restos reducidos a cenizas.

Según los bomberos, el incendio se originó en la casa más al este del grupo y había pasado de una a otra con una rapidez que no dejó margen de maniobra. La construcción de esa vivienda era distinta; tenía unos grandes pilares de madera que habían conseguido sostener la estructura con robustez. Edwin entró en ella, acompañado de dos bomberos que regaban las zonas más calientes, y encontró el cadáver de una mujer acurrucada en posición fetal en el suelo de la estancia que parecía haber sido un salón.

—Joder —dijo al toparse con ella.

Tenía el cuerpo tostado, cubierto por una capa negra que dejaba ver las partes rojas de sus músculos. Randall, agotado, se quedó en la puerta sin querer pasar.

—¿Quién vivía aquí? —preguntó en voz alta.

—Los vecinos dicen que esta es la casa de los Crane. Un matrimonio con una hija de cinco o seis años.

Edwin tragó saliva y miró en todas las esquinas por si veía a la niña acurrucada en algún lugar como su madre, sin vida. Los bomberos deambulaban de un lado a otro por todas las habitaciones en busca de focos activos que apagar, y el agente no tardó en preguntarles:

—¿Habéis visto a la cría y al padre?

—Nada —respondió uno de ellos, negando con la cabeza.

Ed caminó por el resto de habitaciones, confuso por no encontrarlos allí. Salió a la calle y se fijó en que no había ningún coche aparcado en la puerta. Fuera el ajetreo de los bomberos cargados con hachas para derribar potenciales peligros y de los vecinos agolpados frente a lo que quedaba de sus hogares generaba un ruido de fondo que no le permitía pensar.

—¿Pasa algo, Ed? —dijo Randall.

—¿Dónde están el padre y la niña? —preguntó.

—Quizá por suerte no se encontraban en casa. Puede que estén de viaje. No sabemos si seguían juntos ni si vivían todos aquí. Preguntaré a los vecinos, a ver si me cuentan algo que nos sirva de pista.

—¡Chis! —interrumpió Edwin—. Un segundo.

—¿Qué pasa? —Randall estaba confuso.

—¿Oyes eso? —dijo alzando la mano y agachando la vista al suelo.

—¿El qué?

Edwin miró de nuevo a la casa y luego volvió la vista hacia su compañero.

—Ese sonido metálico. Tac. Tac.

De pronto, Randall también se percató y abrió los ojos de par en par.

—¡Tenían un búnker! —vociferó Edwin de golpe.

Entonces corrió hacia un lado de la casa, en el hueco entre las viviendas, y apartó los restos de madera quemada que se habían caído sobre una puerta metálica. Agarró el pomo con fuerza y pegó un alarido al quemarse la mano.

—¡Ah! ¡Joder! —chilló.

Oyeron un chasquido que provenía del otro lado de la trampilla. Randall se quedó un paso por detrás de él, sorprendido. Edwin se extendió la manga de la camisa para poder cubrirse la mano con ella y no volver a quemarse. Al tirar de la puerta con fuerza hacia arriba, se encontró de bruces con el rostro manchado de hollín de una niña de pelo castaño que lo miraba asustada.

Capítulo 17

Cora Merlo
Steelville
Misuri
2017

Todos estamos llenos de tragedia,
pero pocos se atreven a comprobarlo.

Jack conducía deprisa por Steelville y, aunque agarraba el volante con firmeza, se podía apreciar en él la intranquilidad de saber que había cosas que no tenía bajo control. Yo estaba a su lado, en el asiento del copiloto, y notaba el cinturón de seguridad acariciándome el esternón con cada bache en la calzada. Él tenía clavada la mirada en la carretera, pero de vez en cuando oteaba a ambos lados en busca de algo que llamase su atención. Admito que estaba nerviosa. La situación era nueva para mí. Para ser precisa, casi todo era nuevo. El lugar donde me encontraba. Jack. El corazón que latía en mi interior. Notaba su pulso en el pecho como si estuviese lanzándome preguntas en código morse, aunque en realidad sabía que era solo una sensación: ¿quién podría llevarse a un bebé a plena luz del día? ¿Para qué?

Conforme avanzábamos por el pueblo, me fijé por primera vez a qué ritmo avanzaba Steelville: dos ancianas caminaban con la compra en sus carros, un hombre paseaba tranquilo a un perro blanco con una mancha negra en el ojo, una mujer salía de una tienda de ultramarinos con una bolsa de papel. Conté cuatro locales en alquiler, un taller de coches que no tenía ninguno en su interior, vi a un grupo de adolescentes flirteando con unas chicas frente a una iglesia y me di cuenta de que no había niños jugando en la calle. La mayoría de la gente caminaba con calma. Sin embargo, en aquel coche, casi podía oír la angustia que parecía vivir Jack dentro de su cabeza. A primera vista, Steelville no era el tipo de pueblo donde pasaban cosas dramáticas. Lo cierto es que con su vegetación por todas partes, las casas bajas aisladas y pintadas con cariño y la brisa fresca y suave que mecía los árboles, todo se presentaba para crear una sensación extraña de tranquilidad permanente.

Pero cuando estudias medicina te das cuenta de que no te puedes fiar de las apariencias y debes adentrarte en las entrañas para saber qué está ocurriendo en el interior del cuerpo humano y cuál es la enfermedad que lo está devorando por dentro. Una persona puede tener un aspecto formidable, la piel reluciente y estar sonriendo mientras baila al atardecer y colapsar de una embolia cerebral en el mismo instante en que brinda con sus amigos gritando que la vida es maravillosa. En cierto modo, un cuerpo es muy parecido a un lugar, y solo sumergiéndote en él y revisando sus vísceras puedes saber, quizá, si hay algún síntoma que indique que está podrido por dentro. A veces ni siquiera el más profundo de los análisis te da una idea clara de qué ocurre, por qué todo falla, por qué el pulso cae, y solo se descubre la verdad en la mesa del forense.

Noté cómo Jack tragaba saliva. Lo sentía casi tan tenso como yo, y no sabía qué decirle para romper aquel silencio. Me daba la sensación de que, en su cabeza, estaba hablando consigo mismo, batallando contra un recuerdo que para mí era un misterio.

—Siento mucho lo que le pasó a tu hermano —dije de pronto.

Jack me miró y noté en sus ojos la tristeza de haber sacado un tema complicado. Después volvió la vista al frente para fijarse en la calle. Suspiró en silencio antes de responderme:

—Ya tendremos tiempo de hablar de eso, ¿quieres? —añadió en tono seco.

—Sí, claro. Es solo que… entiendo que no debe de ser fácil.

Apretó el volante y sus nudillos se pusieron blancos. La muerte nunca era un tema sencillo.

—¿Te ha contado mi madre cómo murió? —me preguntó sin apartar la vista de la carretera, con la voz triste.

—Sí. Un accidente de coche.

—Mi hermano se suicidó —me corrigió de golpe.

—¿Qué? —Me sorprendió su respuesta—. ¿Cómo que se suicidó? Margaret no mencionó nada de eso. Dijo que fue un accidente.

—A mi madre le conté lo que ella necesitaba oír —admitió—. Había chocado contra un árbol. Esa es la única verdad que ella tenía que saber. Le ahorré los detalles y que sintiese que no había estado para su hijo, como tampoco lo estuvo mi padre.

—¿Cómo sabes que se suicidó?

—Conducía sin cinturón y estampó el vehículo contra un árbol en un tramo recto. No había marcas de frenos. Eran las doce de la noche del 21 de junio. Hace ya mes y medio. Yo mismo estuve en el lugar del accidente. Parecía que había acelerado hasta chocar contra el árbol.

—Tu madre mencionó que no tenía carnet. Puede que no supiese conducir bien y se equivocase de pedal —dije tratando de encontrar resquicios de esperanza en Charles.

—Mi hermano estaba harto de la vida. De todo lo que le pasaba por culpa de la enfermedad. He crecido con él. Lo conozco mejor que nadie. Y a pesar de mejorar con los años, de sufrir cada vez menos fracturas, de aprender a convivir con su trastorno, su mente llevaba muchos años hundida en la rabia y en la sensación de injusticia. Todos tenemos un límite, supongo. Y no sé cuál fue la gota que hizo que Charles diese el último paso, pero él convivió durante años con ese límite hasta que, al final, decidió que ya había tenido suficiente —sentenció con seguridad al tiempo que giraba a la izquierda.

Respiré hondo y noté que mi esternón se estiraba. La imagen idílica que construí alrededor de mi nuevo corazón se había ido desmoronando desde que había llegado a Steelville y, egoístamente, hubiese preferido tener otra historia en mi interior. Algo más feliz. Un poco de alegría. Todo lo que rodeaba a mi donante parecía una tragedia en la que el destino y la mala suerte había ido destrozándolo hasta llevarlo al abismo. Me afectaba tanta tristeza en un pedazo dentro de mí, y por más que tratase de hacerme la dura, no era inmune a los sentimientos.

—¿Por qué me cuentas esto? —pregunté con la voz rota.

—Es a lo que has venido, ¿no? —respondió, derrotado—. A conocer a mi hermano.

Asentí con un nudo en la garganta que yo sabía que nacía desde mi pecho.

—Te contaré lo que quieras sobre él. Pero ahora hay que encontrar a quien se haya llevado al pequeño, ¿vale?

—Sí, claro —respondí mientras no paraban de agolparse en mi cabeza un sinfín de preguntas para las que era incapaz de encontrar explicación.

«¿De verdad te suicidaste, Charles? ¿Nadie se dio cuenta de que necesitabas ayuda? ¿Con quién hablaste en tus últimos días?».

—Solo espero que quien lo tenga devuelva al pequeño de los Corvin sano y salvo.

Hizo una pausa, como si dudara si contarme algo o no, pero luego se resignó:

—Hace unos meses se produjo un hecho parecido, ¿sabes? Se llevaron a una niña de tres años que jugaba en el porche de su casa. La encontramos al atardecer, llorando a la entrada del bosque, sentada junto a un árbol, al norte. Por eso hemos priorizado la búsqueda en la arboleda.

—¿En serio? ¿Ha pasado algo así antes?

Jack asintió algo incómodo por contarme una de las heridas de Steelville.

—¿Le hicieron algo a la niña durante esas horas?

—Si estás preguntando lo que creo, quien se la llevó no le puso un dedo encima. Los médicos lo comprobaron. Según la niña, acompañó a un hombre al bosque para que le enseñase unos pájaros que tenía. La llevó al Zahorsky y la abandonó a su suerte. Menos mal que la encontramos antes de que fuese demasiado tarde.

Tratamos de que la cría nos ayudase a identificarlo, pero no nos dijo nada que sirviese de mucho. Solo que quien lo hizo era un hombre con gafas negras.

—¿Y crees que esto es lo mismo?

—Al menos lo parece. Y sé que esto afectará el ánimo de todo el pueblo. Un perturbado paseándose por aquí, buscando críos y llevándoselos.

—Ayudaré en lo que pueda —aseveré.

—Lo sé —dijo finalmente, aceptando mi compañía.

De pronto Jack se salió del camino y frenó en un pequeño aparcamiento, junto a un edificio bajo de ladrillos marrones, en el que ya había dos coches de policía y un grupo de quince vecinos variopintos arremolinados en torno al capó de uno de ellos. Antes de bajarse del coche, se dirigió hacia mí con voz seria:

—Quédate cerca de mí por si necesitamos tu ayuda, ¿vale? Si encontramos al pequeño, ojalá no sea tarde y puedas hacer algo.

Asentí e intenté asimilar lo que significaban aquellas palabras, al tiempo que Jack abría su puerta y bajaba del vehículo. Tragué saliva y lo seguí unos pasos por detrás, mientras se acercaba al grupo.

—Capitán Boyce —dijo a modo de saludo en dirección a un oficial de unos cincuenta años que estaba coordinando a los vecinos.

Este parecía su superior, pero yo no entendía los rangos como para estar segura. Vestía el mismo uniforme de pantalón marrón oscuro y camisa beis que él, aunque el capitán llevaba una manga larga en la que destacaba un parche de galones dorados.

—Sargento Finley, estamos a punto de salir —dijo el capitán a modo de saludo en nuestra dirección, dejando ver su rostro preocupado.

—Bien. No perdamos más tiempo —respondió Jack—. Ella es Cora Merlo. Es médico —omitió parte de la verdad y me sentí como si estuviese cargando sobre mis hombros la responsabilidad de una media mentira—. Ojalá no nos haga falta y ese pequeño aparezca sano y salvo.

Una mujer de mediana edad del grupo levantó la cabeza y me saludó con un gesto. Otros emitieron un murmullo que percibí como si fuese un saludo.

—Perfecto. Bienvenida, Cora. Gracias por unirte. Dos ojos más siempre son de agradecer —respondió el capitán Boyce—. La unidad canina acaba de llegar desde Saint Louis y partirá desde el parque lo antes posible —dijo dirigiéndose a Jack. Luego alzó la voz para explicar a todos los demás la operación—: Hay ya dos grupos peinando las calles del pueblo y este partirá al sur, saliendo desde el parque donde se han llevado al pequeño Dylan hasta entrar en el bosque.

Era la primera vez que escuchaba su nombre: Dylan. Dylan Corvin, de cuatro meses. Y por alguna extraña razón intuí que nunca lo olvidaría.

—Han pasado cuatro horas desde que se lo han llevado, y cada segundo que pase podemos estar un paso más lejos del secuestrador. Entraremos por aquí… —el capitán Boyce señaló el mapa que tenía extendido sobre el capó del vehículo y el grupo se encorvó para ver sus indicaciones—… y avanzaremos por el límite de la granja de los Wishan hasta el tendido eléctrico. Nos dividiremos en parejas y cada una llevará una radio con la que contactar con los demás. Lo último que quiero es que alguien se pierda. Si veis a alguien en el bosque que no sea del grupo, si encontráis cualquier cosa, avisad por la radio y esperad a que llegue alguien del equipo. —Hizo un gesto decidido con la cabeza y sus ojos se encontraron con los míos—. Cada radio lleva un número para identificaros rápido. Venga, vamos. Los Corvin nos necesitan. Hay que darse prisa antes de que se haga de noche o todo se complicará.

Permanecimos en silencio un instante en el que entendimos lo que podía suponer para el bebé una noche sin buscarlo. Si alguien se lo había llevado, en una sola noche tendría la posibilidad de trasladarlo a cualquier estado del país. Si llevaba cuatro horas desaparecido y si quien lo retenía hubiese tratado de huir por el bosque, ya podría estar a varios kilómetros escondido entre los árboles en algún lugar apartado. En unos segundos el grupo se dispersó por parejas y algunas cogieron una radio de las que había en una caja de plástico junto al vehículo del capitán. Jack se quedó unos pasos por detrás y se acercó al capitán Boyce una vez que todos se habían adentrado en el Hopper Spring Park, el lugar donde había desaparecido el pequeño. Yo esperé a unos metros y pude oír la conversación:

—Capitán, ¿no ha venido el padre? —preguntó Jack, confuso, al no verlo por allí.

Negó con la cabeza, con el rostro serio.

—Está en comisaría prestando declaración —respondió.

—¿En comisaría? ¿Qué ha pasado?

—Anoche estuvo bebiendo en el Double Shot, y hay ya varios vecinos que lo confirman. Molestó a algunas chicas y se marchó a medianoche. Según su mujer, no lo dejó entrar en casa al llegar ebrio y se quedó dormido en el coche, aparcado frente a su hogar. Esta mañana, cuando su esposa salió para hablar con él, se encontró con que ni el coche ni su marido seguían allí, así que asumió que se habría ido temprano al trabajo. Más tarde fue al parque con ambos pequeños y luego alguien se llevó a Dylan.

—¿Y dónde estaba él en ese momento?

—Dice que de madrugada condujo hasta la gasolinera y se quedó dormido en el aparcamiento, pero cuando los chicos han ido a buscarlo al aserradero para informarle de lo que pasaba, justo estaba entrando tarde al trabajo, una hora después de que alguien se llevase a su hijo.

Capítulo 18
Edwin Finley
Steelville
Misuri
1998
Dos años antes de su desaparición

Todo el mundo acepta que el amor puede germinar
en cualquier momento,
pero muchos ignoran
que el odio crece en la misma tierra.

Edwin no podía quitarse de la cabeza la frágil mirada de la pequeña de ojos claros que habían encontrado en el búnker, ni el tacto suave de la piel del crío que él mismo había rescatado tras hallarlo agazapado en un rincón de la buhardilla, rodeado de humo y con las llamas a escasos metros. Cuando se adentró en aquella casa, pensó al instante que había sido un error. Las llamas lo habían envuelto mientras buscaba entre toses la manera de subir hasta la planta en la que había visto la mano dando golpes al cristal.

Edwin apenas prestaba atención a las palabras del teniente Wallace, a quien tenía enfrente en un despacho de paredes de cristal de la comisaría. Aún tenía el cuerpo y la cara llenos de manchas de hollín y casi podía sentir en cada poro de su piel el calor abrasador de las llamas. Era sábado y ya estaba anocheciendo. Llevaba más de veinticuatro intensas horas fuera de casa, y la adrenalina aún lo mantenía en volandas. La boca le sabía a humo y cuando tragaba saliva le parecía estar engullendo un pedazo entero de carbón.

La imagen de sus pasos subiendo por la escalera a saltos, acompañado por el humo que ascendía con él, regresaba a su mente una y otra vez. En la oscuridad de la segunda planta se perdió. Todo estaba invadido de humo, y la única luz que llegaba hasta él era la del fuego subiendo a través de las paredes exteriores. Palpó una puerta y la abrió, pero se topó con la habitación principal de la casa, con las cortinas y tejidos en llamas. No sabía cómo acceder a la buhardilla. Recordó su tos. Cómo le quemaba la garganta y cómo durante esos momentos pensó en Jack y en Charly, a quienes había dejado jugando en casa y a quienes quizá no vería nunca más. Vio el rostro de Margaret y pensó que la quería. Rememoró todo lo que habían pasado juntos: el embarazo de los mellizos, el parto de Jack y Maggie, la muerte de su hija unas horas después y cómo la vida podía cambiar en un segundo. No eran pensamientos profundos y elaborados, sino emociones que llegaban a su mente agolpadas en imágenes que él interpretaba en un instante. Vio a Charly, con su risa y su fragilidad innata. Edwin se dio cuenta de que le quedaba poco tiempo antes de caer rendido al suelo por inhalación de humo. Las llamas treparon por la escalera y, de pronto, oyó un grito, el pitido agudo de un último socorro. Corrió hacia el lugar del que provenía ese alarido, agachado y tirando de sus últimas fuerzas.

El fuego de la escalera se extendió rápido en la segunda planta, reptando por las paredes como una masa viscosa que desafiaba la gravedad, y miró arriba para hallar, en el último momento, la trampilla que daba acceso a la buhardilla. Pegó un salto y tiró de una cadena metálica que le quemó la mano, y una escalera de madera se desplegó delante de él. Trepó por ella agarrándose como pudo y, al subir, vio cómo el humo se colaba por el suelo, deslizándose entre los huecos de la madera. Un haz de luz entraba desde la única ventana que había al fondo y, en la esquina, divisó la silueta del pequeño tembloroso y a punto de desvanecerse. Justo en ese instante en que Edwin se agachó para cogerlo, un cañón de agua hizo añicos la ventana, provocando una lluvia de cristales y un frescor que abrió una vía de escape para la humareda. Notó las suelas de sus zapatos derritiéndose y se dio cuenta de que el fuego estaba insinuándose desde debajo de sus pies, trepando por el techo de la planta inferior.

—¿Mamá? —susurró entonces el pequeño.

Edwin tiró de él con fuerza y lo levantó en volandas, como si los veinte kilos que pesaba se hubiesen convertido en humo, como todo allí dentro. Corrió con él en brazos hacia la ventana, el único lugar por el que podrían escapar, y empezó a hacer aspavientos con uno de los brazos, para apartar el humo que no le dejaba respirar. Por la cabeza se le pasó la idea de saltar desde allí. Era la única opción. Se fracturaría algo, eso seguro, pero estarían a salvo. Trató de agarrar con su brazo derecho todo el peso del niño y con el izquierdo golpeó los restos de cristal que se habían quedado como cuchillas en el borde de la ventana. Dio un paso al frente y trepó con el niño en brazos, engullido por el humo, cuando de pronto, entre la humareda, vio una mano enguantada extendida delante de él y se agarró a ella con todas sus fuerzas. Sintió el tirón, el empuje hacia la claridad y el aire puro. Enseguida se descubrió a sí mismo a pie de calle, con el corazón latiendo a mil por hora sin oír nada de lo que decían a su alrededor.

—Ed —oyó al fin la voz del teniente Wallace colarse en su cabeza—. Me han contado lo que has hecho allí.

Levantó la vista hacia su superior, que lucía impoluto el uniforme de la oficina del sheriff. Era un tipo con cara simpática, bigote y pelo gris, y cuyos grandes logros se resumían en hacer que la pequeña comisaría de Steelville funcionase con poco personal, lo que era una hazaña en sí misma.

—No ha sido nada, teniente. He hecho lo que tenía que hacer —respondió abstraído aún. Seguía sintiendo el crepitar del fuego en los oídos—. ¿Cómo está el crío? ¿Se recupera bien?

—Eh..., sí. Está con sus padres en el hospital. Pero eso que has hecho ha sido un disparate, Ed. Te has jugado la vida y podrías haber complicado aún más las cosas.

—¿Cómo dice? —inquirió, incrédulo.

—Los bomberos dicen que tenían la situación controlada y estaban a punto de entrar.

—¿Controlada? ¿A punto de entrar? Unos segundos más y el niño hubiese muerto. Era imposible respirar allí. Estaba todo lleno de humo y el fuego avanzaba por la casa como si estuviese hecha de papel.

—Pero no es tu trabajo —sentenció en tono serio—. Para algo entrenan los bomberos, ¿entiendes? Ellos saben cómo y cuándo entrar. No tienes formación para rescatar personas en un incendio. Lo que hiciste fue un suicidio del que te salvaste de milagro.

—No es lo que dice mi placa, teniente.

—¿Cómo?

—Para servir y proteger. Es lo que dice la placa. He hecho lo que juré que haría cuando me incorporé al puesto.

—Lo sé. —Trató de hacerlo entrar en razón—. Pero no podrás proteger a nadie si te pasa algo.

—Creo que he obrado bien, teniente —replicó Edwin, molesto—. Esa familia no ha perdido a su hijo. No me puedo creer que estemos teniendo esta conversación.

—Claro que has obrado bien, pero también sabes que tengo razón. Créeme cuando te digo que el pueblo sería un lugar menos seguro si no estuvieses en las calles. Te necesitamos. Os necesitamos a todos. Y no puedes ir por libre, como si tú solo pudieses salvar el mundo. Somos una familia. Trabajamos unidos. Os necesito a todos, especialmente a ti. Tienes algo distinto a los demás. Una implicación que no se suele ver.

—Gracias, teniente.

—Quiero que seas sargento de la oficina, Ed.

—¿Qué? ¿Me asciende? —alzó la voz sorprendido.

—Randall dice que ya actúas como tal. Y no creo que haya alguien en el cuerpo que lo merezca más que tú. No habrá diferencia en lo que ya haces, cobrarás cien dólares más al mes y tan solo tendrás que encargarte de que los nuevos aprendan cómo funciona esto —añadió Wallace en tono serio, esperando una respuesta.

—Gracias, señor —respondió, mirándolo a los ojos—. Intentaré estar a la altura.

—Te conozco. Eres igual que tu padre, y me alegro de que hayas seguido sus pasos. Supongo que lo de ayudar a los demás va en la sangre.

Edwin asintió, conforme, y su mente volvió durante un instante a llenarse de imágenes desoladoras de los vecinos llorando y tratando de salvar lo más posible de sus hogares, de rostros derrotados y llenos de tristeza al ver cómo sus viviendas se desmoronaban con la facilidad de unos castillos de naipes en medio de un vendaval. Giró la cabeza a un lado, tratando de huir de aquellos pensamientos y vio a Randall y a Loris, una compañera que se encargaba del papeleo y de las gestiones con los juzgados, entrar en la sala con la niña que habían rescatado del búnker de una de las casas. El teniente Wallace se dio cuenta de que estaba mirando hacia allí y le preguntó:

—¿Qué sabéis de la niña del sótano? ¿Habéis localizado a algún familiar?

—De momento poco —respondió Edwin—. Es la hija de los Crane. Nora y Gavin Crane. Se llama Mara y tiene cinco años. Llevan unos doce años en Steelville. Nora Crane ha fallecido en el incendio. El cadáver estaba en el salón de la casa en la que se originó el fuego. Una familia normal, que nunca hace un ruido. El padre es el dueño de la tienda de antigüedades del centro, pero no conseguimos hablar con él. La tienda está cerrada desde hace varios días y no aparece por ningún lado. Su cuerpo no está entre los fallecidos. Uno de ellos es la madre, como le he dicho, y los otros dos pertenecen a un matrimonio de ancianos que se encerraron en el baño de una de las casas y el humo…, bueno, ya sabe. Quizá se asustaron y se metieron allí creyendo que con acceso al agua del baño podrían salvarse.

—La maldita edad te hace cometer errores. Ya te enterarás. Yo ya cada vez tengo menos cabeza.

—Hemos avisado a los de la policía local por si encuentran el coche de Gavin Crane, pero de momento no hay nada.

—Bien. Genial, Ed. Mantenme informado, ¿quieres? —dijo Wallace para finalizar.

Edwin se puso en pie, dispuesto a marcharse, pero volvió la mirada hacia la pequeña, cabizbaja, que se había sentado en una de las sillas frente a un escritorio, mientras esperaba a que Loris encendiese un ordenador. Randall estaba al fondo de la comisaría, llenando un vaso de agua de la máquina.

—¿Qué pasará con ella mientras localizamos al padre? —preguntó, al ver en ella el rostro de sus hijos.

Randall se aproximó con el vaso de plástico y lo colocó sobre la mesa, frente a la niña.

—Irá a una casa de acogida temporal. Luego…, recemos por encontrar al padre.

—¿Y si no aparece?

—Si no conseguimos localizar a nadie cercano que quiera hacerse cargo de ella, irá al orfanato del condado de Crawford, hasta que encuentre una familia de adopción.

Edwin hizo un gesto con la cabeza a modo de respuesta, sin apartar la vista de la niña, y se despidió:

—Gracias, teniente.

Salió a la sala común y saludó desde lejos a Randall con la mano, que le devolvió el gesto con un pulgar arriba. Su compañero se alejó de la pequeña y se acercó a él con prisa.

—¿Qué tal ha ido? Wallace está nervioso con lo del incendio. Es la mayor tragedia que ha pasado en el pueblo en cincuenta años.

—Bien, todo bien. Nada que destacar. El teniente se hace viejo —dijo Edwin, omitiendo su ascenso—. ¿Qué tal está la niña?

Randall lo miró un instante, sabía que le ocultaba algo, pero prefirió responder a ahondar en cómo había dado largas a su pregunta. Hacía varios años que trabajaban juntos en la oficina y lo conocía lo suficiente como para saber que no le estaba contando toda la verdad.

—¿Mara? Está en shock. No abre la boca. Estamos esperando que nos manden una psicóloga para hablar con ella. Loris tiene mucha mano con los niños, pero no hay manera. Tratamos de entretenerla hasta que se encarguen los de asuntos sociales. No conseguimos nada más allá de una mirada esquiva.

Edwin tragó saliva y sintió que engullía una tostada quemada.

—Tiene cinco años y ha sobrevivido a un incendio en el que ha perdido a su madre —continuó Randall—. Quizá necesite algo de tiempo. O…, bueno, una profesional para que poco a poco la saque del trauma.

—El fuego se originó en su casa. Estaría bien saber qué pasó.

—¿Esperamos a la psicóloga por si consigue algún avance?

—¿Me dejáis a mí?

—¿Quieres hablar con ella? Ni Loris ni los de la ambulancia han conseguido nada. Yo… lo he intentado, pero conmigo ni levanta la cabeza. Quizá sea mejor esperar.

Ed miró a la pequeña, con el pelo castaño liso, sentada con las piernas juntas y las manos entrelazadas entre las rodillas. Vestía un peto vaquero sobre una camiseta de manga larga amarilla llena de manchas negras en codos y rodillas. Se notaba que se había aseado la cara con agua, pero en las orejas y en el cuello aún tenía restos de hollín. La pequeña miraba al suelo y parecía ignorar todas las bromas que Loris le gastaba desde el otro lado de la mesa.

—¿La podéis llevar a la sala del fondo? Vuelvo en cinco minutos —les pidió, mientras se alejaba hacia la salida.

—Claro, Ed —aceptó Randall alzando la voz—. Por cierto, ha llamado Margaret. Estaba preocupada. Le he dicho que estás bien.

—Gracias —respondió, antes de perderse por la puerta.

Randall se acercó a la mesa de Loris e invitó a la pequeña a que lo acompañase a ver la oficina. Ella obedeció sin protestar lo más mínimo. Se levantó de su silla y esperó a que el agente comenzase a andar para seguir sus pasos. Por el camino, este agarró varios folios y un bolígrafo de una de las mesas.

—Ed quiere hablar contigo, es el hombre que te encontró, ¿te acuerdas? —le dijo a la niña mientras entraba a un pequeño despacho con ventanas de cristal y cortinilla de tablas, en el que solo había una mesa con un par de sillas y un televisor—. Es un poco serio, pero es un buen tipo. ¿Podrías esperar aquí pintando lo que quieras en estos papeles? Me ha dicho que vuelve enseguida.

Sin decir palabra ni levantar la cabeza, la niña entró en la habitación, rodeó la mesa y se sentó al otro lado, en una silla acolchada negra. Luego extendió las manos, bocabajo, levantó la vista y miró a Randall, quien le respondió serio con un ademán con la cabeza.

Capítulo 19
Cora Merlo
Steelville
Misuri
2017

En el bosque de la soledad,
el miedo siempre es hogar.

Antes de marcharnos hacia el parque, Jack se acercó a mí y me extendió una de las radios de la caja.

—Toma, lleva esto tú también —dijo con tono preocupado—. Vamos juntos, pero es por seguridad. Si nos separamos solo tienes que apretar el botón y hablar.

La tomé sin decir nada y él asintió antes de adelantarse unos metros hasta un pequeño puente que cruzaba el arroyo y que separaba el aparcamiento del lugar en el que se habían llevado a Dylan. Troté un poco para darle alcance y me di cuenta al instante de que no debía de haberlo hecho. Noté cómo el corazón se desbocaba en exceso durante unos segundos, el tiempo suficiente para que yo notase un sudor frío que emergía de la nuca. Palpitaciones. Otra vez. Maldita sea. ¿Me había tomado la medicación? Sí. Sí lo había hecho. Me recordé tragando agua con las pastillas antes de salir. Me detuve un instante y me encorvé hacia el suelo intentando recuperar el aliento.

—¿Cora? ¿Te encuentras bien? —Oí la voz de Jack acercarse y, sin esperarlo, noté su mano sobre mi espalda.

Cerré los ojos y respiré hondo.

—¿Qué te pasa? —insistió—. Quizá sea mejor que te quedes aquí.

—¡No! —protesté—. No es nada. Me ocurre de vez en cuando —mentí—. Es normal al principio. Este pequeño y yo tenemos que aprender a funcionar juntos.

—¿Estás segura?

No apartó la mano de mi espalda.

—Sí. Ya está. Estoy bien —dije incorporándome, aunque todavía sentía los golpes del flujo sanguíneo en la yema de los dedos.

«Vamos, Charles, déjate de sustos, por favor», me tranquilicé a mí misma. Inhalé con profundidad y traté de calmarme. Era lo único que necesitaba.

—En marcha —dije decidida.

Jack me miró a los ojos, serio, claramente preocupado, pero creo que se dio cuenta de que no podría convencerme de que me quedase sentada de brazos cruzados.

—De acuerdo —aceptó finalmente.

Avancé sobre el puente hacia la entrada al parque y Jack permaneció a mi lado durante unos segundos, quería convencerse de que estaba bien del todo. Después se adelantó y se dirigió a una verja de malla que daba acceso al parque, donde divisé una zona techada bajo la que se disponían varias mesas y bancos de madera a modo de merendero, cerca de un diminuto y solitario carrusel rojo que estaba girando. Ese espacio estaba salpicado de estructuras metálicas, balancines, columpios y árboles altos que daban al lugar un aspecto tranquilo y agradable, y a poca distancia se intuía la frondosidad del bosque extendiéndose hacia el sur. A la derecha de la entrada se hallaba una de las ramificaciones del arroyo que acabábamos de cruzar, bordeado por un murete bajo de piedra que se perdía en dirección al bosque. Una pareja de voluntarios caminaba junto al arroyo buscando al pequeño Dylan. Era duro pensar que alguna gente asumiera que podía estar ahogado flotando en cualquier parte. Aceleré el paso y di alcance a Jack. Justo cuando me puse a su altura, él comenzó a hablar.

—La señora Corvin estaba ahí —dijo Jack—, en esas mesas del merendero, y tenía el carro junto a ella. Si alguien se lo ha llevado, pudo correr hacia el aparcamiento del que venimos o hacia el bosque. Me decanto por el bosque, como la última vez, pero quién sabe. Si el pequeño estaba dormido, pudo cogerlo, montarse con él en un coche y marcharse de Steelville. Muchos vehículos de otros estados lo atraviesan por la calle principal, esto es un pueblo de paso. Si era alguien de fuera e hizo algo así, será muy difícil encontrarlo, a menos que un testigo hubiese visto algo. La persona que se lo llevó podría criarlo como si fuese su propio hijo y el pequeño nunca echaría de menos a sus padres.

Tragué saliva al comprender la vulnerabilidad de un bebé, sin habla y sin memoria.

—Si es la misma persona la que se ha llevado a Dylan y a la niña hace unos meses, ¿por qué crees que la soltó sin hacerle nada? ¿Para qué arriesgarse a que lo detengan por secuestro? —pregunté.

—No lo sé. Puede que se arrepintiese. O que tuviese claro que la íbamos a encontrar y prefirió abortar el plan. Sea lo que sea, tuvimos suerte. El bosque no es amigable cuando cae la noche.

Al llegar donde comenzaba la arboleda, una sensación de preocupación se dibujó en el rostro de Jack y el silencio invadió al grupo, que empezó a abrirse como un abanico formado por parejas. Avanzamos mientras esquivábamos árboles y vegetación y pisábamos tierra húmeda y ramas secas. La luz llegaba con más dificultad bajo aquellos árboles altos y, al respirar, me di cuenta de que una ligera nube de vaho salía de mi boca. Noté la humedad y el cambio de temperatura respecto al exterior del bosque. Al principio del camino, muy alejadas entre sí, se intuían algunas casas blancas a ambos lados del límite hacia donde nos dirigíamos, como si nos adentráramos en una lengua del bosque con ansias de lamer Steelville y algunas viviendas de madera hubiesen decidido asentarse en su borde para usar aquella zona de jardín trasero.

Pasamos una larga hora caminando en silencio y la batida de búsqueda se fue expandiendo poco a poco hasta que, llegado un punto, solo veía a Jack, que caminaba a unos metros de mí. Yo avanzaba por un pequeño sendero de tierra compacta de medio metro de ancho que parecía haberse formado por el paso de los excursionistas y Jack lo hacía entre la maleza y los troncos, en paralelo a mí, a unos diez o doce metros, agachándose y mirando a los pies de los arbustos y en el revés de los árboles. De vez en cuando me fijaba en la agilidad de sus movimientos, en la preocupación de su rostro y en cómo me miraba a veces para comprobar que seguía cerca y no me había perdido. Iba con prisa y yo trataba de seguirle el ritmo zigzagueando por el camino. Conforme nos adentrábamos en el bosque, la maleza era cada vez más salvaje, con plantas que se alzaban varios metros por encima de mi cabeza y árboles que habían crecido como rascacielos que se perdían entre las nubes. Buscábamos a un culpable en aquella paz natural. Al rato, se terminó el sendero y tuve que abrirme paso yo también entre las plantas, buscando el mejor camino para seguir.

El sonido del bosque lo había invadido todo. Se oían algunos graznidos esporádicos, el siseo de una serpiente escondiéndose entre las hojas del suelo, el crepitar de las copas de los árboles acariciándose a una veintena de metros sobre nuestras cabezas. Entre el cielo y las copas se intuía que la luz de la tarde había dejado paso a una penumbra azulada. Jack miró el reloj de pulsera y se acercó a mí.

—Se está haciendo tarde y dentro de poco anochecerá —dijo preocupado. Su voz reverberó entre los árboles y sentí como si estuviésemos los dos solos en una habitación vacía. Se plantó frente a mí y encendió su radio. A continuación se dirigió a quien estuviese al otro lado—: Aquí el sargento Finley. Sin movimiento por el oeste. ¿Habéis visto algo?

Su voz surgió también de mi radio que emitió un pitido agudo al acoplarse el sonido. Me alejé de Jack y continué avanzando mientras él llamaba de nuevo. Tras unos instantes, la voz distorsionada del capitán Boyce emergió del aparato:

—Estamos bordeando la carretera 19 desde el bosque. Ya cerca de la subestación eléctrica. Nada por aquí. Seguiremos hasta el tendido eléctrico y trataremos de salir por la carretera si se nos hace muy tarde. Si en una hora no tenemos nada, abortamos misión. ¿Podéis indicar qué tal el resto?

La voz de un hombre informó:

—Grupo tres, sin noticias.

Luego, otras voces se intercalaron con mensajes parecidos: «Grupo seis, nada. Grupo dos, sin rastro de Dylan. Grupo cuatro, tampoco». De pronto me pareció ver una mancha rojiza que se movía y se perdía entre las cortezas de los árboles a unos cincuenta metros de mí. Por un segundo pensé que había sido la sombra de un árbol de hoja caduca cuyas ramas se mecían con la brisa cada vez más fría del atardecer, pero algo en mí me avisaba de que esa descripción no encajaba en aquel extraño efecto óptico. Me acerqué con rapidez hacia el lugar donde había visto la sombra y lo vi de nuevo: la silueta lejana de una persona que vestía una chaqueta color pardo, caminando con capucha y agachándose junto a las raíces levantadas de un árbol muerto.

Dudé porque podía formar parte de la batida de búsqueda, pero no recordaba a nadie vestido así. Di un paso al frente en silencio para esconderme tras un árbol y busqué a Jack con la mirada, pero lo había perdido de vista y estaba sola. Noté entonces los movimientos suaves del desconocido, la calma con la que se levantaba, como si flotara por el bosque. Permaneció inmóvil unos segundos mirando a los pies del árbol, parecía rezar por la naturaleza moribunda. A continuación hizo algo que me dejó helada: extendió las manos delante de sí y entrelazó los pulgares. Luego, con ambas manos unidas, comenzó a aletearlas orientándolas hacia la raíz del árbol muerto, como si fuese un pequeño baile o una señal que solo entendía el bosque. ¿Qué estaba haciendo? ¿Quién era? Después extendió los brazos y los movió como si fuese un pájaro. Desde donde estaba, no podía ver más que una nariz que sobresalía del borde de la capucha. Por otra parte, el abrigo que llevaba no dejaba intuir las formas reales de su cuerpo. Di un paso más hacia un lado y vi el límite de sus cejas. Otro más e intuí el color de su piel clara. Uno más y fue entonces cuando pisé en falso y noté que el bosque se deslizaba bajo mis pies a toda velocidad. Me di un golpe en la cabeza. Cuando quise darme cuenta, estaba tumbada bocarriba, mirando al cielo entre los árboles. Sentí la adrenalina, pues había roto el silencio. Traté de incorporarme con prisa mientras oía sus pasos acelerados sobre las hojas secas y la tierra húmeda. Él corría hacia alguna parte, pero no lo veía.

—¿Hola? —grité, pero el bosque me respondió con su silencio.

De pronto apareció el marrón de su chaqueta en la distancia, huyendo a toda prisa de mí entre los árboles.

—¡Eh! ¡Pare! —chillé.

Corrí en su dirección, persiguiéndolo. Aparecía y desaparecía cada pocos metros, oculto entre los troncos y la vegetación cada vez más salvaje. Avancé deprisa para no perderlo y me arañé la cara con alguna rama. Era rápido. Demasiado para mí.

—¡Pare! —vociferé una vez más, justo en el instante en que me di cuenta de que estaba a punto de perder el equilibrio, mareada.

Me detuve en seco y traté de seguirlo con la vista, pero una neblina propia de una bajada de azúcar o una falta de oxígeno me invadió y no permitió que mis ojos pudiesen localizarlo con claridad. Mi mente me llevó hasta mis apuntes de carrera. Me toqué el esternón, intentando contener mi corazón, que latía como si estuviese a punto de abrir la herida y escapar de mi jaula de costillas. Notaba cada pulso. Cada golpe de mi nuevo inquilino en mis entrañas. Miré el reloj y marcaba ciento setenta pulsaciones. Me temblaban las manos. Había vuelto el sudor frío. Miraba a todas partes y solo veía árboles flotando en una nube borrosa.

—¿Jack? ¿Dónde estás? —susurré casi sin fuerzas.

Traté de recuperar el aliento sin apartar la vista de la figura, que se alejaba más y más, hasta que se convirtió en una mota marrón entre los árboles y, finalmente, se desvaneció entre ellos. Todo envuelto en una nebulosa etérea.

—¡Joder! —maldije.

Estaba a punto de desfallecer y no tenía fuerzas para seguir corriendo. Saqué la radio y llamé para pedir ayuda.

—¡He visto a alguien! ¡Ha huido corriendo por el bosque! Va en dirección sur. Lleva una chaqueta con capucha marrón. No puedo seguirlo. No me encuentro bien.

No pude completar la frase. Me faltaba el aire. La boca me sabía a sangre, como si mi cuerpo estuviese a punto de regurgitar los restos de mi propia alma.

—¿Cora? —dijo la voz de Jack desde la radio—. No te muevas de donde estás. Te he perdido.

Me agaché en el suelo, mareada, y traté de volver por donde había venido, arrastrándome por el suelo, sin fuerzas.

—Trata de hacer algo de ruido para que pueda encontrarte —añadió Jack con una calma que me reconfortó.

Miré al cielo, aturdida, y me di cuenta de que quedaban pocos minutos de luz.

—¿Puedes volver sobre tus pasos? ¿Recuerdas el camino hasta el sendero?

—Creo que sí —susurré.

—¿Y puedes volver? ¿Te encuentras bien? —Su voz flotó en el aire.

—No lo sé —respondí en voz baja.

—No te preocupes, Cora. Te encontraré. Trata de mantener las fuerzas. ¿Vale?

Apenas podía hablar y sentía cómo cada vez estaba más y más mareada. Gateé por la tierra, tocando con mis manos el suelo frío de Steelville, y a los pocos minutos, reconocí el árbol muerto. Las raíces se elevaban a un lado del tronco derribado.

—Hay un árbol muerto, grisáceo, con las raíces levantadas —le describí dónde me encontraba para que supiese dónde buscarme.

—Creo que lo estoy viendo —dijo Jack—. No te muevas de ahí. Voy hacia allá.

Me acerqué al árbol sacando fuerzas de donde no las tenía con la intención de descansar apoyada en él y, de pronto, junto a él me topé de bruces con los ojos azules de Dylan. Me miraba tranquilo mientras yo jadeaba. Su piel blanca resplandecía entre la negrura de unas ramas agrupadas en torno a él sobre las que estaba tumbado bocarriba, como si fuese un nido.

—¡El bebé! ¡Está aquí! —dije por la radio.

—¡¿El bebé?! —exclamó Jack, cuya voz oí a la vez en la distancia y en la radio.

—¡Aquí! ¡Dylan está aquí!

Le acaricié la mano al pequeño y él sonrió al tiempo que me agarraba el índice.

—Ey… —susurré a Dylan con mis últimas fuerzas.

Oí los pasos de Jack y cerré los ojos agotada en cuanto lo sentí a mi lado.

Capítulo 20
Edwin Finley
Steelville
Misuri
1998
Dos años antes de su desaparición

Hay secretos que anhelan salir
a la luz con fuerza
para cambiarlo todo;
otros están destinados a esconderse
y consiguen el mismo efecto.

Mara permaneció inmóvil en aquella postura, con las manos sobre la mesa y la mirada baja durante el tiempo que tardó Edwin en volver y entrar en la sala, cargado con una bolsa de papel. Sin decir nada, se acercó al televisor de la esquina, sacó una cinta de vídeo y la introdujo en el reproductor VHS que había bajo el aparato. Unos segundos después tiró del mueble de metal que lo sostenía todo, haciendo girar sus ruedecitas que chirriaban al avanzar, y lo colocó orientado hacia ellos. La pequeña levantó la mirada, confusa, y observó el empeño con el que aquel hombre movía el mueble y agarraba una silla y se sentaba en ella, dando la espalda a la pequeña, que estaba al otro lado de la mesa. Ed agarró un mando a distancia y encendió la televisión donde apareció el Pegaso de Tristar Pictures recorriendo la pantalla hasta convertirse en una ilustración. Las trompetas sonaban en la pantalla, y la pequeña Mara desvió la mirada hacia ese señor que la había sacado del búnker, sin entender nada. El hombre desparramó el resto del contenido de la bolsa sobre la mesa, dejando ver una docena de chocolatinas envueltas en papeles dorados y azules. Cogió una, rompió el envoltorio y se echó hacia atrás en la silla, para ponerse cómodo. Con el mando en una mano y la chocolatina en la otra, pulsó el *flash forward* y la imagen de la pantalla se aceleró entre dos bandas llenas de puntos de ruido magnético en el extremo inferior.

—Oh, aquí está —dijo deteniendo el avance rápido de la cinta—. Es la parte favorita de mis hijos. La de los monos destrozando la cocina.

La imagen volvió a la velocidad normal y en la pantalla dos niños abrieron una puerta blanca y se encontraron una cocina llena de monos, rompiendo la vajilla, balanceándose en una lámpara, desvalijando la nevera.

—Me encanta *Jumanji* —comentó, justo en el momento en que un mono encendía la hornilla y se quemaba el trasero.

La pequeña Mara no pudo evitar una carcajada al ver la expresión del mono al quemarse y Edwin apartó la mirada del televisor para fijarse en que debajo de aquella coraza que Mara había construido se escondía una niña idéntica a sus hijos. Continuaron viendo la película en silencio y, pasado un rato, cuando una estampida de animales atravesó la pared de la casa, la pequeña extendió una mano y agarró una de las chocolatinas. La abrió, le pegó un bocado y se le escapó un «¡Mmm, qué rica!», con una voz dulce, lo que hizo que Edwin le sonriese de oreja a oreja. Después volvió a mirar a la pantalla y la niña hizo lo mismo.

La luz del atardecer había dejado de entrar por las ventanas de la oficina y la noche cerrada se notaba en el exterior, desde el que aún se intuía un ligero hedor a quemado. Algunas lámparas iluminaban los escritorios de los agentes que se habían quedado trabajando después del incendio y que no tenían nadie que los reclamase, de momento, en sus hogares. La oficina del sheriff del condado de Crawford era pequeña y no había una gran carga de trabajo más allá de lo que exigían las disputas de borrachos que se peleaban en el callejón tras el Double Shot durante los fines de semana, así que era el tipo de trabajo que sacaba a la luz a aquellos que de algún modo ansiaban la soledad. Durante el tiempo en que Edwin estuvo dentro de la sala con la pequeña superviviente viendo la televisión, el teniente Wallace y varios agentes que habían ayudado a los afectados del incendio se fueron marchando a sus hogares, hasta el punto en que solo quedó Randall sentado sobre el escritorio de Loris, sorprendido de ver tras el cristal de la sala cómo su compañero había conseguido desarmar a la pequeña.

—Se nota que tiene hijos —le dijo Loris.

—Ha usado chocolate. Es hacer trampa.

—Admite que a ti no se te hubiese ocurrido —sentenció ella en tono burlón justo cuando intuyó que alguien abría la puerta principal.

Levantó la vista y se fijó en que dos agentes uniformados de la policía local estaban entrando en la comisaría acompañados de una mujer vestida con una falda larga de flores y una blusa negra. Randall se puso en pie y saludó a los dos agentes esperando que dijesen por qué estaban allí.

—Soy Amber Wilkins, de servicios sociales del condado —dijo la mujer extendiéndole la mano—. Hemos recibido la petición de hospedaje de Mara Crane —añadió—. Ya hemos organizado el papeleo para que pase esta noche con... —revisó sus notas—... la familia Marks. Tienen disponibilidad y son encantadores. Es un matrimonio con una hija adolescente.

—¿Y la piensan llevar así? —protestó de golpe Randall, visiblemente molesto—. ¿Escoltada como a un delincuente?

—Oh, disculpe. Es parte del protocolo. Lo ideal es que pase la noche con los Marks, pero a veces una adolescente no se toma bien el que la lleven a un hogar de acogida.

—¿Adolescente? —El agente se mostró confuso—. Tiene cinco años.

—Ah. He leído quince en el expediente.

—¿Quince? Cinco. Tiene cinco años. Es una cría, por el amor de Dios.

—Ha debido de ser un error. ¿Cómo rellenan los formularios?

—Lo he rellenado yo y sé lo que he puesto —intervino Loris, molesta.

—En cualquier caso no puede pasar la noche en una comisaría. Los Marks están avisados y esperando. Es un hogar que lleva años acogiendo a menores. Son los más indicados para que pase los primeros días de transición hasta que encontremos un familiar. La residencia de menores está hasta arriba y ellos estaban disponibles.

Dentro de la sala, las letras finales de la película asomaron desde la parte inferior de la pantalla, y Edwin volvió la vista hacia la pequeña, que ya llevaba unos minutos observándolo nerviosa.

—¿Te ha gustado? —le preguntó con voz cálida, al darse cuenta de que la cría lo miraba.

Mara tragó saliva y, con expresión de tristeza, asintió sin abrir la boca.

—Tengo dos niños de más o menos tu edad y a ellos les encanta —añadió—. La hemos visto veinte o treinta veces. Les encanta pasar la tarde viendo la parte en la que todo se desmadra. —Se cubrió la comisura de los labios, bajó el tono como si le estuviese contando un secreto y continuó—: Y a veces también les dejo comer alguna chocolatina, pero no le digas nada a nadie.

Levantó la vista y vio a Randall discutiendo con la mujer de servicios sociales, cuando, de pronto, una voz fina y delicada dijo por primera vez:

—¿Cómo se llaman?

Bajó la mirada hacia la pequeña y sintió un ligero cosquilleo en el pecho al darse cuenta de que lo había logrado.

—Jack y Charly. Son dos buenos chicos —respondió—. Un poco traviesos, pero supongo que como todos los niños de su edad.

—¿Me van a llevar con mi padre? —preguntó Mara con la voz rota.

—No. De momento, no. No sabemos dónde está. ¿Ves esa mujer de ahí fuera? —La niña miró a través del cristal y se fijó en la encargada de servicios sociales, acompañada por dos policías—. Creo que viene a por ti y te llevará a un hogar de acogida. No es nada malo. Te lo aseguro. Te buscará una familia encantadora donde pasar unos días mientras encontramos a tu padre.

La pequeña agachó la cabeza, parecía que lo que había escuchado le afectaba mucho. Ed se acercó a ella y le puso una mano en el hombro. La niña cogió su brazo por sorpresa y empezó a llorar derramando sus primeras lágrimas sobre él.

—Eh…, pequeña. No llores…, por favor. —Dejó que la cría agarrase con las manos su antebrazo—. Será rápido. Te lo prometo. Encontraremos a tu padre pronto y vendrá a por ti.

La niña levantó la vista y dejó ver su rostro cubierto de lágrimas. Miraba a Edwin a los ojos, desolada. En ese instante, con el rostro cubierto de finos hilos brillantes que le llegaban a la barbilla, masculló algo que él no llegó a comprender.

—No quiero que… —No tuvo fuerzas de completar la frase.

—¿Qué pasa, pequeña? —preguntó Ed, tratando de entenderla. Mara bajó la cabeza y lloró con más intensidad aún—. Eh, eh…, ya está —añadió—, te aseguro que estarás bien.

—No quiero que mi padre venga a por mí —repitió al fin entre sollozos.

—¿Por qué dices eso? —le preguntó, confuso—. Tu padre está deseando verte. Igual que yo estoy deseando ver a mis hijos.

—Yo no quiero que venga —dijo de golpe Mara—. Él mató a mamá y... luego... encendió el fuego.

Capítulo 21

Cora Merlo
Steelville
Misuri
2017

La mejor manera de sentir miedo
es convertirte en alguien
que nunca fuiste.

Lo viví todo a cámara lenta, oí las conversaciones como si yo no formase parte de ellas. En la distancia, como si estuviese en otra parte, escuché los gritos de Jack y las órdenes del capitán Boyce que sonaban como si fuesen ecos perdidos en el bosque. En torno a mí y a Dylan se arremolinaron miembros de la batida, agentes de policía y algunos paramédicos, que siguieron las indicaciones de Jack hasta localizarnos. Yo abría y cerraba los ojos, confusa, mientras me deslizaba por el bosque flotando en una camilla entre los haces de luz que las linternas proyectaban sobre las copas de los árboles, que iluminaban las intrincadas ramas que se perdían como arterias en el cielo. Oía las carcajadas y los balbuceos esporádicos de Dylan, que estaba en los brazos de Jack.

Un rato después conseguí abrir los ojos de nuevo bajo un cielo nocturno lleno de estrellas. Estaba tumbada a los pies de una ambulancia, rodeada de luces intermitentes de la policía. En el parque se habían aglutinado decenas de vecinos, un grupo de seis o siete agentes y ayudantes de la oficina del sheriff. Fue reconfortante encontrarme con el rostro de Jack, sentado a mi lado, que pareció alegrarse en cuanto me vio recobrar el sentido.

—Cora… —me dijo con voz suave.

—¿Cómo está Dylan? —pregunté aturdida.

—Bien. Está bien. Sano y salvo. —Hizo una pausa para observarme de arriba abajo. Yo me miré el brazo y vi que no tenía ninguna vía puesta—. Se lo han llevado para hacerle unas pruebas en el ambulatorio, pero parece que está bien. No le han puesto un dedo encima.

Tragué saliva.

—¿Cómo estás tú? —me preguntó Jack—. Perdiste el conocimiento.

—Sigo algo mareada, pero mejor —respondí.

La verdad es que notaba cómo el suelo se tambaleaba una y otra vez hacia el mismo lado, pero cada segundo que pasaba el movimiento era más y más suave.

—Los paramédicos dicen que solo necesitas reposo, que tus constantes están bien. Les he contado lo de tu operación y dicen que tienes que descansar.

—Había alguien en el bosque —dije de pronto—. Alguien dejó a Dylan allí, junto a aquel árbol muerto. No sé para qué. Llevaba una chaqueta marrón con capucha.

—¿Le pudiste ver la cara?

Negué con la cabeza.

—¿Quién le hace algo así a un niño de solo unos meses? —Estaba muy enfadada—. ¿Quién lo abandona para que lo devoren los animales del bosque?

—No pudo ser el padre. Estaba en comisaría y parece ser que decía la verdad. Han revisado las cámaras de seguridad de la gasolinera y han comprobado que aparcó el coche de madrugada en el aparcamiento. Esta mañana lo arrancó y se marchó de allí, justo poco antes de llegar tarde al trabajo. No pudo llevarse al pequeño. No le dio tiempo.

Traté de incorporarme y Jack me frenó en seco, sujetándome el brazo.

—Eh, eh…, tranquila. Tienes que descansar —susurró.

—Estoy mejor. De verdad —repliqué, nerviosa.

Toqué su mano para apartarla y me fijé en la rugosidad de su piel, en la fuerza de sus dedos. Tragué saliva. Una paramédica se acercó y me saludó con una sonrisa de oreja a oreja.

—Parece que estás mejor, chica. ¿Cómo va ese pulso? Déjame ver.

Me puso el pulgar en el interior de la muñeca y miró su reloj.

—Esto está mucho mejor —dijo—. ¿Qué tal te encuentras? ¿Notas alguna presión en el pecho? ¿El peso de un autobús aparcado en tu esternón? —bromeó, aunque me di cuenta de que esperaba mi respuesta.

—Nada. Creo que me daría cuenta si tuviese un aparcamiento en mi pecho —bromeé.

La doctora desabrochó el botón superior de mi blusa, dejando al descubierto el borde del sujetador y parte de la cicatriz, y sentí sobre ella el beso gélido del estetoscopio. Me fijé en cómo Jack miró la marca en el pecho y recordé al instante que para él yo era algo más que una simple visitante del pueblo. Me cubrí, ruborizada. Era la primera vez que alguien distinto a mi madre veía ese corte vertical en la piel. Jack fue consciente de que había invadido mi intimidad y se giró sobre sí mismo, disimulando de manera torpe.

—Ha debido de ser un síncope. Es normal. Le pasa a gente sin trasplante, así que no es raro que a veces te pase ti, especialmente si la operación es muy reciente. Tu corazón no era capaz de bombear la sangre a la velocidad que necesitaba tu cerebro y, cuando la cosa se alarga, te puedes marear y desmayarte.

Comprobó la presión sanguínea y confirmó que estaba todo bien. Me dio también un par de golpes en el muslo y me dijo que si quería podía pasar la noche en el centro de salud de Steelville, aunque con la mirada parecía decirme que no era necesario. Me cubrí el pecho, aunque Jack siguió hablándome de espaldas.

—Sé que te quedas con mi madre —dijo con la mirada perdida en la distancia—, pero es tarde. Tengo una habitación libre en mi casa. Puedes... —Dudó un instante en el que tuve tiempo de completar la frase en mi cabeza, y añadió—: Dormir allí si quieres.

—¿Tu casa? —Me pilló desprevenida.

—Alguien que te eche un ojo de vez en cuando no te vendría mal —indicó la paramédico colándose en la conversación. Yo desvié la mirada hacia ella, con vergüenza—. No es algo serio como para estar en el hospital, pero sí preferiría que alguien estuviese contigo, por si te pasa de nuevo.

—¿Qué me dices? —preguntó Jack—. Yo salgo temprano por la mañana, ya te imaginas el lío que supone todo esto que ha pasado en la comisaría, y tú podrás descansar hasta la hora que quieras sin las preguntas incisivas de mi madre. Créeme que cuando quiere, puede ser muy insistente y no te dejará descansar.

—No sé si debería... —repliqué—. Tu madre es quien me ha invitado. No deseo que sienta que la rechazo. Ella es el motivo por el que estoy en Steelville.

—Creía que la razón era que querías saber quién era mi hermano —soltó de golpe.

—Mi medicación está en casa de tu madre —dije a modo de evasiva.

En realidad nada me apetecía más que charlar con Jack sobre su hermano. Conocer su historia. Las anécdotas de los dos. Pero ya que él seguía vivo, también deseaba saber cómo era en las distancias cortas. Qué le gustaba, qué amaba o qué monstruos le acechaban cuando cerraba los ojos. Quería que me contara cómo se comportaban los dos hermanos cuando vivían juntos.

—Pasaremos por allí, recogemos tu medicación y le diré que necesito hablar contigo por todo lo sucedido en el bosque. Mi madre está mayor. No puedo dejarle la responsabilidad de vigilarte y asegurarse de que estés bien. No sé si ella tendría la iniciativa suficiente para ayudarte en caso de que te volvieses a desmayar.

Dudé, aunque en el fondo de mi corazón sabía que ya había tomado la decisión.

—Está bien —acepté al fin.

No fui consciente en ese momento de las consecuencias que tendría en mi vida aquella invitación inesperada ni pude intuir cómo todo lo que sucedió después me guiaría irremediablemente hasta las profundidades del bosque.

Capítulo 22
Edwin Finley
Steelville
Misuri
1998
Dos años antes de su desaparición

*Solo cuando permites que la maldad
se cuele en tu cabeza, es cuando te das cuenta
de que es imposible escapar de ella.*

Edwin estaba enfrente de Randall, junto a la máquina del café en la comisaría, mientras la encargada de servicios sociales había entrado a la sala con Mara y trataba de entablar una conversación con ella, a pesar de que esta la esquivaba con la mirada.

—¿Cómo dices? —Randall no daba crédito al relato que le narraba su compañero—. ¿Que su padre mató a su madre antes de quemar la casa?

—Dice que los vio discutir por unas fotos de otras mujeres. La esposa le pillaría con alguna revista porno o algo así y él se enfadó y le golpeó en la cabeza. La pequeña dice que se asustó al ver que su madre se caía al suelo con sangre en la cabeza y que corrió a esconderse en el sótano de la casa. Fue entonces cuando empezó a oler el humo. Asustada, se quedó en un rincón hasta que empezó a caer agua por la escalera y trató de salir, creyendo que el sótano se inundaría.

—¿Y crees a la niña? Solo tiene cinco años. Pudo asustarse, ver a su madre desmayarse por el humo e inventarse toda esta historia.

—¿Para qué? ¿Para qué querría mentir una niña que ha perdido a su madre?

—Quizá culpe a su padre por no estar para salvarla. Los críos se inventan historias para no afrontar algo difícil de asimilar.

—¿E inventan algo más difícil de asimilar aún? ¿Que su padre es un maltratador asesino? ¿Se sabe algo de Gavin Crane, su padre?

—Nada. Ni su coche ni él aparecen, pero no sé si lo están buscando con mucho interés.

Edwin respondió con una mueca.

—El pueblo está colapsado. Hay mucho que hacer —siguió informándole Randall.

—Los bomberos ya han confirmado que el incendio se originó en su casa, en el salón. Hay indicios que indican el uso de un acelerante. Quizá para tapar las pruebas de haber matado a su mujer. Creo que deberían buscarlo con más ganas.

—Lo sé, Ed. Pero sin una orden de detención no van a moverse demasiado.

—Pidamos una autopsia para determinar las causas de la muerte de la madre. Si es un asesinato, la conseguiremos. El forense nos podrá decir si murió por el incendio o por otro motivo. Quizá se vean coágulos de sangre formados bajo la capa de piel quemada, cortes o fracturas en el cráneo.

—El cadáver está casi calcinado. ¿Estás seguro de que quieres mover todo esto, Edwin? Tenemos una tragedia que gestionar. Hay vecinos que dormirán durante meses en el albergue hasta que se reconstruyan sus casas. ¿Crees que es necesario?

—No sé si es necesario o no, pero ¿acaso no es lo correcto?

Randall comprendió que tenía razón. Ed era un tipo terco y llevaba la justicia grabada a fuego en el corazón. Quizá tuvo una infancia complicada. Quizá debió madurar demasiado pronto cuando la vida le dio uno de esos palos que obligaban a aprender que el camino no iba a ser fácil: tenía quince años cuando su hermana Mandy, con diecisiete años, se marchó de casa para siempre y él tuvo que crecer de golpe para ayudar en un hogar en el que hacía falta dinero porque las cuotas de la hipoteca se habían duplicado durante la crisis de principios de los ochenta.

Mandy siempre había odiado Steelville, porque se sentía encerrada en una jaula en la que apenas podía mover las alas. La muchacha estudiaba durante el día y trabajaba por las tardes en un *diner* a las afueras que aún seguía en pie, con otros dueños y otro nombre. Casi todo lo que ganaba lo aportaba al hogar familiar para que se pudiera llegar a final de mes de una manera algo más desahogada. Un día, tras las clases en el instituto de secundaria, su hermana no volvió a casa. Las semanas anteriores le había contado a Edwin que tenía las maletas preparadas para marcharse a Los Ángeles, aunque nunca se las llevó.

—Me pienso marchar de este pueblo y convertirme en una actriz en Hollywood —le dijo entonces, en una conversación que Edwin repasó una y mil veces en su cabeza—. Me asfixia pensar que mi destino es quedarme aquí atrapada para siempre como camarera del Molly's —bajó la voz y la convirtió en un susurró—. Estoy ahorrando a escondidas. Y pronto tendré suficiente para marcharme —le confesó, al tiempo que le enseñaba una cajita metálica donde había ido guardando parte del dinero que ganaba en la cafetería.

Cuando Mandy se marchó, Edwin la buscó en su escondite y la encontró vacía. Durante un tiempo la buscaron, e incluso su padre, que era sargento de la oficina del sheriff de Steelville, movilizó una orden de búsqueda en el estado de California que no arrojó ningún resultado. Su hermana Mandy se desvaneció del mundo. Edwin prefirió crecer con la idea de que ella había renegado de sus orígenes en Steelville, que había decidido cortar toda conexión con su pasado y hacer como si su vida en la ciudad comenzase de cero al alcanzar la mayoría de edad.

Pero un día, un tal Billy Rogers, mientras él volvía a casa caminando desde el instituto, dejó caer la idea de que su hermana no llamaba a casa porque quizá no estaba muy orgullosa de lo que estaba haciendo en la ciudad de los sueños para ganar dinero. Que él había estado en Hollywood y que aquello era un nido de prostitutas jóvenes llegadas de todas las partes del país en busca de sueños que acababan truncados y convertidos en felaciones de diez dólares. Fue la primera vez que peleó con alguien y además le partió la nariz de un puñetazo. Y fue también la primera vez que deseó olvidarse de su hermana para siempre.

Con diecisiete años su padre lo colocó como ayudante en una licorería en el centro de Steelville. Trabajaba tan solo unas horas y fue allí donde conoció a Margaret, que visitaba la tienda con su padre. Él se armó de valor y le ofreció una cita, y aquella noche fueron al Rich's y quedaron enamorados el uno del otro de manera irremediable. Por extraño que parezca, muchas vidas se parecen unas a otras cuando se las observa desde lejos, pero es en los pequeños detalles cuando te das cuenta de que cada persona tiene un camino distinto. Pasaron el verano juntos y se enamoraron como solo se enamoran los adolescentes: llenos de vida y sin miedo al dolor. Se besaron junto al río Meramec y vivieron un amor intenso que no se disipó cuando llegó el otoño. Mantuvieron su relación por carta durante todo el año, se hacían largas llamadas por teléfono antes de irse a dormir y, al verano siguiente, la familia de Margaret regresó a Steelville para que su hija pudiese seguir viendo a Edwin. La pareja se fue consolidando cada año, fraguándose a fuego lento durante el invierno para florecer con intensidad cada verano y, cuando se quisieron dar cuenta, llevaban seis años saliendo. Durante ese periodo de tiempo, él ya había sido admitido en la oficina del sheriff, instigado por su padre.

En 1987 se casaron en la iglesia de Steelville en una ceremonia abierta a la que acudió toda la oficina del sheriff y a la que muchos habitantes del pueblo se acercaron con cariño a dar la enhorabuena al hijo del sargento. Y fue en 1990, con el cambio de década, cuando aquella racha de buena fortuna que Margaret había traído a su vida empezó a desmoronarse. Aquel año nacieron los mellizos, Jack y Maggy, pero la niña no sobrevivió a su primera semana de vida por culpa de una infección incontrolable. La casa que habían comprado se tiñó de un manto gris, pues Margaret se comportaba como un alma en pena que vagaba por la casa renegando de su otro hijo recién nacido. La depresión lo invadió todo, y Edwin capeó el temporal lo mejor que pudo, cuidando de Jack, dejándolo a veces a cargo de su madre, Eva, mientras él trabajaba junto a su padre en la oficina del sheriff.

Con el tiempo, Margaret parecía que poco a poco salía del agujero de la tristeza. Una noche esta le pidió que no recogiese a Jack de casa de su suegra porque quería celebrar con él que estaba mucho mejor. Preparó una cena especial, y cuando él llegó después del trabajo, ambos la compartieron bajo la luz de las velas e hicieron el amor como las primeras veces. Edwin se despertó de madrugada al no sentir su calor. Margaret no estaba en la cama. Él la buscó y la encontró dentro de la bañera. Se había cortado las venas. Por suerte logró llevarla a tiempo al hospital. Ella sobrevivió y también lo hizo el bebé que habían concebido esa noche. Conforme le fue creciendo la barriga, Margaret consiguió ir dando pasos firmes, alejándose de la tristeza y cuando el bebé nació, ella lloró de alegría. Por fin había salido de la depresión.

Se había hecho tarde y el teléfono de la mesa de Edwin volvió a sonar. Él supo al instante que era su mujer, a quien no había devuelto la llamada.

—¿Sí? —respondió Edwin, algo aturdido.

Justo en ese instante, la pequeña Mara salió de la sala donde había estado viendo la película y caminaba con la mirada triste y baja junto a Amber Wilkins.

—¡Edwin! —vociferó llena de alegría Margaret al otro lado—. Gracias a Dios que coges el teléfono. Me han contado que han muerto varios vecinos.

—Sí. Estoy bien. Perdona por no llamar antes. Todo ha sido un poco caótico. En un rato estoy en casa, ¿vale?

—La comida está fría, pero la caliento en cuanto llegues. ¿De verdad estás bien, Ed?

—Sí. No te preocupes. ¿Qué tal los niños?

—Jack está despierto, esperándote. No ha dejado de mirar hacia la columna de humo. Charly hace rato que está dormido.

Edwin sonrió, aunque Margaret no pudo verlo.

—Voy ya a casa, ¿vale? Solo tengo que resolver una pequeña cosa, y… estoy allí.

—No tardes, por favor. Te echo de menos.

—Y yo a ti —respondió él, al tiempo que Mara lo miraba y le sonreía con tristeza justo antes de perderse tras la puerta de la comisaría.

Capítulo 23

Cora Merlo
Steelville
Misuri
2017

*Solo tienes dos opciones: construir
una fortaleza para tu corazón
o dejarlo volar libre, sabiendo
que será el epicentro de tus mayores heridas.*

Jack detuvo el coche patrulla delante de la casa de su madre y me miró en silencio. Estábamos los dos solos en la penumbra y notaba mi corazón en el interior del pecho, tranquilo pero latiendo con fuerza, como si se sintiese cómodo por primera vez. Yo no estaba con un hombre a solas desde la fiesta de tercero de carrera, cuando salí con Olivia a una terraza en una azotea de Nueva York, y me acosté por inercia con el amigo de uno de sus ligues para no quedarme sola. Ella era la popular, la que captaba todas las atenciones cuando íbamos a tomar algo, le gustaba sentirse atractiva y observada. Yo era la tímida, la que no trataba de llamar demasiado la atención y a la que solían saludar con un «mi amigo quiere conocer a tu amiga».

En el fondo, siempre había dejado que los estudios me absorbiesen y había perdido el interés por las fiestas y el sexo opuesto, pues me había movido durante mucho tiempo en el círculo de estudiantes de la escuela médica, donde los alumnos acababan viéndote como una hembra de ser humano con todos sus órganos y una vagina funcional. Para mí, en cierto sentido era cómodo. Mi objetivo era terminar la carrera siendo una de las mejores y prepararme para la especialidad de oncología. Fue precisamente aquella diferencia de personalidades entre Olivia y yo lo que nos hizo conectar, o al menos lo que permitió que ambas permaneciésemos cerca durante toda la carrera, sabiendo que nos necesitábamos. Yo le ayudaba a no desmelenarse demasiado y a que estudiase. Ella tiraba de mí y me convencía para que levantara los codos de la mesa y no me volviese loca sobre los libros. La cosa es que ahora me encontraba allí, sola con Jack, y estaba experimentando emociones que ya había dado por perdidas.

—¿Cómo te encuentras? —me dijo en un susurro.

—Algo mejor —respondí—. Podría quedarme aquí con tu madre. Estaré bien.

—¿Ves esa luz? —me fijé que de las cortinas de la casa salía un tenue color anaranjado—. Hoy tiene sesión.

—¿Sesión?

—Lee las manos y a veces echa las cartas. Es algo que…, bueno, le gusta. Mientras la mantenga ocupada, a mí me parece bien.

—Ah, sí. Me lo comentó. Que le ayudaba a ganar algo de dinero para la casa.

—Tendrá visita. No querrás estar. Es extraño oír lo que el destino espera de alguien en las líneas de las manos o en las cartas. O mejor dicho, lo que mi madre interpreta que dicen. —Hizo una pausa para recordar—. Empezó con estas cosas cuando mi padre desapareció, creyendo que esas señales le dirían dónde estaba. Pero nunca lo hicieron. Hubo un momento en que dejó de intentarlo, sobre todo cuando en las cartas siempre le aparecía la muerte. Luego las vecinas se enteraron de que leía las manos y las cartas y comenzó a hacerlo con ellas, por inercia. Después se fueron acercando todos los que eran un poco supersticiosos en el pueblo, es decir, cada uno de sus habitantes. Cada noche viene alguna vecina o la amiga de una de ellas para que les cuente algo nuevo, y ella improvisa con lo que dicen las líneas de la mano…, como si estas cambiasen de semana en semana.

Salimos del coche y Jack se adelantó para llamar a la puerta. Mi sorpresa fue cuando en lugar de su madre, una chica de nuestra edad de pelo castaño y liso nos abrió.

—¡Jack! —saludó con los ojos abiertos de par en par—. ¡Qué alegría verte! Nunca coincidimos por el pueblo y eso que vengo muchas veces a ver a tu madre. ¿Venís a la lectura? Está ahora con la de mi madre. Es fascinante —exclamó con entusiasmo.

—Eh… —Jack dudó un instante—. Hola, Mara. Me alegro de que estés tan bien —dijo algo serio—. No nos quedamos. Hemos venido solo a recoger algunas cosas de Cora que están aquí.

—¿Cora? —preguntó sorprendida, como si ya hubiese oído hablar de mí—. ¿Eres tú? La de… —No terminó la frase, pero entendí lo que decía al desviar la mirada hacia mi pecho.

Asentí. Margaret tenía que haberle hablado sobre mí.

—Ella es Mara —me presentó Jack—. Una amiga. Pasamos mucho tiempo juntos cuando éramos pequeños y es casi parte de la familia. Mi padre la invitaba a casa de vez en cuando y jugábamos en el jardín. Luego…, bueno, vas creciendo y cambiando de amistades…

—Sí. Eso es. Siempre me acuerdo de cuando nos pilló tu madre besándonos. ¿Cuántos años teníamos? ¿Yo seis y tú ocho más o menos?

—Más o menos, sí —respondió Jack, no queriendo alargar mucho la conversación.

—Encantada, Mara —saludé, sin saber muy bien cómo dirigirme a ella.

Mara me observaba con verdadera ilusión. Era de ese tipo de personas que te miran con su propia alma. De pronto se me abalanzó y me dio un abrazo inesperado que me dejó helada. Me apretó con fuerza contra ella, con verdadero cariño, y después se separó y me miró a los ojos.

—No me puedo creer que… un pequeño trocito de Charles esté ahí dentro, en tu pecho. Es un milagro.

—Es ciencia —repliqué, casi de manera automática.

—¿Ciencia? —preguntó extrañada, como si supiese que yo estaba equivocada.

—Medicina, para ser más exactos. —Sonreí. Alguien debía defender un poco el lado de la razón entre tanto misticismo—. Décadas de estudio, experimentación, pruebas y errores hasta encontrar la forma de hacer que un corazón siga latiendo en el pecho de otra persona.

—¿Y no te parece mágico? ¿No encuentras nada especial en el motivo por el que consigue latir?

—Bueno, en el fondo, el corazón es un músculo diseñado para contraerse de una determinada forma al recibir un impulso eléctrico. Hay órganos más complejos, mucho más, en realidad. Un ojo, por ejemplo, es una de las partes del cuerpo más fascinantes que existen. O incluso una mano, con infinidad de terminaciones nerviosas, vasos sanguíneos, tendones y articulaciones. Te acabo de nombrar dos órganos que hacen que sea muy difícil un trasplante. Muy pocos centros quirúrgicos del mundo se atreven a trasplantar una mano, y un ojo, bueno, es imposible a día de hoy.

—Pero ninguna de esas dos partes te mantiene con vida, ¿verdad? —replicó Mara, dibujando una sonrisa en la que pude intuir unos dientes perfectos.

Era bellísima. Tenía un mentón afilado, con la mandíbula simétrica marcada y, al sonreír, sus cejas se arqueaban mostrando una candidez abrumadora.

—Perdona, ¿podemos pasar? —dijo Jack, que no quería perder más tiempo.

—Ah, sí. Disculpad. Es tu casa, Jack, literalmente. —Sonrió, para luego apartarse y dejarnos entrar.

Dentro, en el salón, Margaret estaba acompañada por otra mujer de más de cincuenta años, quizá de la misma edad que ella. Ambas estaban sentadas junto a la mesilla circular de la esquina, iluminadas por la tenue luz de un puñado de velas blancas. Margaret murmuraba algo que yo no entendí mientras miraba la mano extendida sobre la mesa, rodeada también por cartas de tarot que formaban un abanico en torno a su palma.

—Voy a por tus cosas, ¿vale? —me indicó Jack, adentrándose en las habitaciones—. ¿Lo tienes todo en la maleta?

—Sí —le contesté sin mirarlo, abstraída por aquella situación.

—¿Alguna vez te han leído las manos? —me susurró Mara, que estaba a mi lado.

Ambas contemplábamos cómo Margaret acariciaba la palma de aquella mujer.

—No. No es algo en lo que crea —respondí con el mismo tono.

—Y en cambio sí crees que un corazón pueda latir en el pecho de otra persona por arte de la… ¿ciencia? —Sonrió con ironía.

—Es algo que se puede comprobar —dije en voz baja—. No es que me digan que mi corazón esté latiendo dentro mí, y yo tenga que creerlo, sino que con un estetoscopio se puede escuchar, con una ecografía lo puedes ver, con un electro puedes incluso dibujar las líneas que forman sus impulsos eléctricos y si me pongo la mano en el pecho, siento cada latido.

—Pero no sabes bien por qué lo hace —quiso seguir debatiendo sobre el tema—. De dónde surgen esos latidos ni qué decide el momento exacto en que un corazón se para.

Aquella frase me dejó aturdida, pensando en que en parte tenía razón, aunque había escuchado aquel argumento una y otra vez desde distintos ángulos. La ciencia explicaba todo lo que sucedía en el mundo, buscaba explicaciones a lo que podíamos observar, pero era incapaz de definir el origen o el motivo de cosas que se escapaban a nuestro limitado aunque expansivo alcance. La medicina sabe que si un corazón deja de latir o de coordinar sus impulsos eléctricos correctamente la persona fallece pero no cómo ni por qué surge el primer latido en un feto que crece en el vientre materno. Sabemos cómo se forma un corazón, incluso encontrar malformaciones en él en el ADN de un feto en desarrollo u observarlo crecer con ecografías, pero somos incapaces de entender el origen del primer latido, y mucho menos provocarlo.

De pronto, Margaret me vio allí, de pie junto a Mara, y vociferó:

—¡Cora! ¡Qué alegría que estés aquí! —exclamó, soltando al instante la mano de la mujer—. ¿Qué tal el bebé? Dicen que lo habéis encontrado sano y salvo. Es increíble. Menos mal. Gracias a Dios. Qué horror. ¿Adónde vamos a llegar?

—Perdón, no quería interrumpir. El bebé está bien. Ha sido una suerte que lo encontráramos.

—Oh, no. No interrumpes nada, cielo —replicó Margaret poniéndose en pie. La mujer que la acompañaba hizo lo mismo y me di cuenta de que lloraba. Sobre la mesa habían dejado las cartas formando un arco justo en el lugar en el que había estado su mano—. Ya habíamos terminado.

—Mamá… —Mara se acercó a la mujer al darse cuenta de que lloraba y la abrazó.

Estaba realmente afectada y yo me sentía confusa por aquellos sentimientos tan profundos en torno a aquella farsa.

—¿Qué te han dicho las cartas, mamá? —le preguntó Mara.

—Lo de siempre, hija. —Sollozó, aunque poco a poco se iba calmando—. Que Amelia está muerta —pronunció estas palabras casi como una protesta.

Mara agachó la cabeza.

—Lo siento mucho, Charlotte —dijo Margaret—. Es algo que no va a cambiar. Las cartas siempre dicen lo mismo y por muchas veces que les preguntes, la respuesta será siempre igual.

—¿Y por qué no me dicen quién se la llevó o dónde está? —preguntó la madre de Mara.

—Porque no lo saben —sentenció Margaret—. Igual que tampoco saben dónde está mi marido.

Se hizo un silencio durante unos instantes, hasta que al fin la señora Marks habló sin tener en cuenta que había una desconocida delante.

—Se marcharon en el mismo año. Tu marido —señaló hacia el altar, en el otro extremo del salón— y mi hija desaparecieron en el 2000. Él investigaba su desaparición. Seguro que sabía algo. Nunca me contaba los avances. Siempre estaba esquivo. Quizá, incluso, se fuesen juntos —dijo, enfadada.

—Ni se te ocurra ir por ahí, Charlotte. Siempre os hemos tratado como parte de la familia y no toleraré que acuses a mi querido Edwin de algo que no puedes probar. Era un buen hombre y un buen marido. Mis hijos siempre tuvieron una buena relación con Mara por empeño de Ed, y si nuestras familias estuvieron cerca durante aquellos años fue precisamente porque él te ayudó con la acogida y la adopción.

La señora Marks se tomó aquello como una ofensa imperdonable y se marchó de golpe, enfadada, cruzándose con Jack que apareció cargando mi maleta.

—Margaret… —intervino Mara—, disculpa a mi madre. El tema de mi hermana es algo que le duele mucho. Sé que Edwin era una buena persona. Él me encontró en el incendio y me ayudó todo lo que pudo. No se lo tengas en cuenta. Es solo que la quería mucho y sigue sin respuestas sobre lo que le sucedió.

—No te preocupes, hija. Lo sé. Yo también vivo con esa losa insoportable de no saber qué sucedió entonces. Me pregunto qué demonios asolaron el pueblo durante el año 2000 para que todo se viniese abajo.

Nos quedamos en silencio y yo miré a Jack para tratar de entender aquella situación, aunque su cara mostraba la misma incertidumbre que la mía. Mara se despidió de Margaret con un abrazo y luego me miró a los ojos y se marchó siguiendo los pasos de su madre.

—Tengo tus cosas, Cora. Cuando estés lista nos podemos ir.

—¿Cómo que tus cosas? ¿Te vas, Cora? —preguntó su madre con rapidez, confusa—. Pensaba que dormirías aquí y que podríamos hablar de Charles. Me gustaría que pasáramos algo de tiempo juntas.

—No puede, mamá —respondió su hijo—. Necesita vigilancia. Ha sufrido un desmayo en el bosque cuando buscábamos al bebé de los Corvin.

—¿Por qué siempre tienes que meterte en mis cosas, Jack? —le echó en cara a su hijo.

—¿Tus cosas? —replicó él, serio—. Charles, además de tu hijo, era mi hermano. Su muerte me dolió tanto como a ti.

—¿Y por qué te fuiste distanciando de nosotros? ¿Por qué cada vez venías menos a vernos? —le soltó de repente.

Aquello fue un golpe bajo, así se lo tomó Jack, y respondió con un silencio largo en que miró a su madre sin abrir la boca. Aproveché para meterme en la conversación.

—De verdad, no quiero que mi presencia en Steelville sea motivo de una discusión. He venido porque creía que era una buena manera de honrar a Charles. Si esto va a causar problemas, dormiré en un hostal.

Margaret se contuvo lo que fuese a decir y me dedicó una sonrisa fingida.

—No, esta noche no —replicó Jack—. Hoy debes tener a alguien que controle que estás bien —me dijo. Luego se dirigió a su madre—. Mamá, estás agotada y es tarde. Deja que yo me encargue hoy. No pretendo robarte tu momento ni tu luto por Charles. Hoy ha sido un día complicado en todos los sentidos. El viaje, el bebé de los Corvin, y Cora necesita descansar. Yo también.

—Dormid aquí —propuso de pronto Margaret—. Tu cuarto está como siempre. No he movido ni una sola de tus cosas. Lo iba a usar Cora esta noche, pero ella puede dormir en el de Charles.

Jack respiró hondo y luego clavó sus ojos en los míos.

—Es lo mejor, ¿no crees? —insistió su madre—. Tú podrás estar pendiente de Cora por si le pasa algo. No tendré que encargarme yo, y además tampoco hay que ir moviendo las cosas de un lugar a otro. Como tú mismo has dicho, es tarde. Dormid los dos aquí en casa, y ya está.

Jack miró a Margaret y, aunque no estaba muy convencido, finalmente aceptó:

—Está bien. Yo me quedaré en mi cuarto y Cora dormirá en el de Charly.

La mujer sonrió satisfecha por aquella conquista y por un segundo sentí que perdía el control de mi destino. Lo peor es que no me di cuenta del nubarrón oscuro que se estaba desplegando sobre nuestras cabezas, igual que las alas de un cuervo a punto de lanzarse a devorar la carroña.

Capítulo 24
Edwin Finley
Steelville
Misuri
1998
Dos años antes de su desaparición

A veces es mejor no abrir todas las puertas
que se te muestran cerradas
porque al otro lado puede haber
una versión distinta de ti.

Edwin condujo hasta casa y, durante el camino, aunque estaba agotado, su mente no dejaba de dar vueltas una y otra vez sobre lo que le había contado Mara. Cuando aparcó en el porche de casa, su mujer abrió con alegría la puerta y fue corriendo hacia él. Ed salió del coche y ella lo abrazó durante un rato en silencio. Margaret lo había pasado mal. Durante unas horas se había extendido el rumor por el pueblo de que el hijo del antiguo sargento se había metido en una de las casas y había muerto devorado por las llamas. Los pueblos funcionaban así. En ellos se lloraban las tragedias antes de que sucediesen, se malinterpretaban los hechos y alguien acababa siempre en el cementerio. Durante unas horas la muerte de Edwin había sido una realidad, a pesar de que cualquiera podría haberlo comprobado con sus propios ojos acudiendo a Bird Nest Road y verlo allí, socorriendo a los vecinos y movilizando las tareas de rescate.

—Menos mal que estás bien —le susurró Margaret al oído, mientras él trataba de sentir el olor de su mujer para que lo alejase de las llamas y la tristeza.

Cansado, levantó la vista y vio a Jack bajo el marco de la puerta con el pijama puesto, observándolo con emoción. Edwin se separó de su esposa y el niño corrió hacia él y lo abrazó con la ilusión de un reencuentro anhelado. Jack no soltó a su padre durante un largo minuto en el que masculló un «te quiero, papá» que Edwin respondió con un «y yo a ti, enano».

Un momento después, el nuevo sargento entró en la casa y buscó a Charly en su cama. Estaba dormido profundamente y respiraba con la única paz que era capaz de calmar a un padre. Le acarició el pelo durante unos minutos. Se fijó en las formas de su cara. Le acarició el hombro y buscó el bulto que le había dejado una fractura de clavícula el año anterior. Luego, sin despertarlo, le dio un beso en la frente y se marchó al baño. Se dio una larga ducha en la que, al fin, consiguió arrancarse el olor a quemado de la piel. Mientras sentía el agua deslizarse por su cuerpo lloró sin que nadie pudiera oírlo. Luego se secó, se vistió con vaqueros y una camiseta blanca y volvió a la cocina, donde su mujer le había dejado sobre la mesa un plato de guisantes y zanahorias hervidas junto a un filete de ternera que se había puesto duro. Sentados a la mesa, para hacerle compañía, su hijo mayor y su mujer esperaron con ilusión a que Edwin se uniese a ellos.

—Papá, dicen que has rescatado a un niño en el fuego —dijo Jack en cuanto él se sentó, derrotado.

Ed asintió, sobrepasado. Los contempló durante un instante y respiró hondo. Era en la calma donde los demonios emergían. Cortó un pedazo de filete y se lo llevó a la boca. El sabor de la carne se entremezcló con el del humo que aún sentía entre los dientes y volvió a sentir cómo el fuego lo devoraba todo, cómo los pilares de las casas cedían como si fuesen cerillas y cómo lo miraban los ojos suplicantes de la pequeña Mara. La voz de su mujer lo rescató de entre las llamas:

—Prométeme que no volverás a hacer algo así, Ed —dijo Margaret, en un tono serio que resonó como una reprimenda.

—¿Qué? —preguntó, abstraído.

—Tenemos hijos. Está bien que quieras salvar a los de los demás, pero... ¿y ellos? ¿Crees que se merecen crecer sin un padre? Si te pasase algo, no sé lo que haríamos sin ti.

—Es mi trabajo, Margaret —respondió, seco.

—Pero no estás solo. Sois más en la oficina. ¿Por qué siempre eres tú el que se arriesga? ¿Acaso no te da miedo perdernos?

—Margaret —replicó él—, no duermo desde ayer. El teniente me ha ascendido a sargento y ni siquiera siento que lo deba celebrar. Tres vecinos de Steelville han fallecido. Una niña ha perdido a su madre y su padre está desaparecido. Solo quiero… —Dudó cómo continuar—: Cenar tranquilo. Estar en calma con vosotros. Todo es un caos ahí fuera. El mundo es un lugar hostil. Solo pido que esta casa sea un refugio ante todo el dolor que se vive fuera. No quiero discutir.

Los ojos de Margaret se llenaron de lágrimas y Ed se llevó otro trozo de filete a la boca. Jack observaba con preocupación a su padre, sin atreverse a entrar en la conversación. La ilusión del encuentro se transformó en un instante confuso e inquietante.

—¿Discutir? ¿Acaso es tan difícil lo que pido? —protestó su esposa—. ¿Que nos priorices por encima de tu trabajo? Si el mundo ahí fuera es tan horrible, ¿por qué jugarte la vida para salvarlo? Sálvanos a nosotros. No asumas riesgos. Cumple con tu horario y no vayas más allá. Randall vive tranquilo. Seguro que él no se metió en ninguna casa para rescatar a nadie.

—Randall no es como yo. Es buen chico, pero nunca se jugaría la vida por nadie. Es un cobarde.

—¿Y por qué tú sí? ¿Acaso no tienes nada que perder?

Edwin suspiró y prefirió no responder. Sabía que aquella conversación no iría a ninguna parte. Terminó su filete en silencio, mientras Margaret lo observaba esperando una respuesta. A continuación se levantó, puso su plato en el fregadero, se acercó a Jack y le dio un beso en la frente.

—¿Te vas? —le interrogó, sorprendida.

—Necesito terminar una cosa. No me esperes despierta.

—Edwin…, acabas de llegar —replicó su mujer—. Necesitas descansar.

—Si me tumbo, sé que no voy a poder dormir —le respondió, dirigiéndose hacia la puerta.

—¡Papá! —dijo el pequeño Jack en cuanto lo vio alejarse. Edwin se giró y lo miró a los ojos—. Te quiero.

Entonces asintió ante las palabras del niño y luego le respondió con un «Y yo» vocalizado con los labios.

—Prométeme que estarás bien —le pidió Margaret.

—Te lo prometo. Tardaré poco. De verdad. Voy a la zona de las casas quemadas, a comprobar que está todo bien.

—Te esperaré despierta —dijo, seria.

—Te he pedido que no —replicó él.

—Lo sé. Pero lo haré igual—respondió ella, acercándose a su marido y rodeándolo con los brazos.

Ed la abrazó también y luego le dio un beso en el pelo que ella interpretó como un perdón. Unos segundos más tarde, el sargento se marchó de casa y condujo por la avenida principal. Eran las once de la noche y frente a cada vivienda ya había un vehículo aparcado. La mayoría de las ventanas frontales estaban iluminadas con un tenue halo azulado de las televisiones encendidas en el interior. Las farolas se intercalaban entre los árboles e iluminaban a los escasos paseantes que se dirigían al ultramarinos o al Double Shot, los únicos lugares abiertos a esas horas. Cuando giró en dirección a Bird Nest Road, sintió cómo la oscuridad lo había invadido todo. Los árboles ennegrecidos, el suelo lleno de hollín y cenizas, las farolas apagadas porque el cableado de la calle se había fundido. Al final de la calle una brigada de bomberos empapaba la zona de troncos chamuscados sin hojas junto al río, justo donde había acabado acorralado el incendio gracias a un cambio en la dirección del viento.

Ed cogió una linterna, se bajó del coche y saludó a los bomberos desde lejos. Se movían con calma y charlaban entre ellos mientras mojaban los restos de la tragedia para evitar que se reactivase. Se acercó a la casa de los Crane, se adentró en el salón ennegrecido y descubrió que el cadáver de Nora Crane ya no estaba allí. En su lugar no habían colocado nada que indicase que allí había habido un cadáver, pero tampoco hacía falta, puesto que en el suelo se intuía la silueta que había dibujado su cuerpo quemándose sobre la madera. Edwin se dirigió hacia las escaleras y se dio cuenta de que era imposible subir por ellas. Los peldaños habían cedido y los restos de la barandilla descansaban a un lado, tirados sobre el suelo del pasillo. Se había propuesto visitar la casa de los Crane para comprobar si algún juguete de Mara se había salvado del fuego y que al menos la niña no sintiese que lo había perdido todo, pero si la escalera hacia la planta superior estaba así, arriba no encontraría nada que pudiese salvar.

Fue entonces cuando recordó dónde había encontrado a la pequeña, asustada a las puertas del sótano, y decidió ir hacia allí. Salió de la casa, la rodeó pisando un suelo embarrado cubierto de ceniza y tiró de las puertas metálicas del sótano con fuerza, cuyas bisagras chirriaron como trompetas que anunciaban que las rejas del infierno se estaban abriendo. Ed apuntó su linterna hacia el interior y en cuanto vislumbró el primer peldaño puso un pie en él para comprobar que aguantaba su peso. Después se adentró en el sótano, iluminando sus pasos y, cuando llegó al fondo, observó que aquello no era más que un almacén lleno de trastos y de estanterías repletas de comida enlatada y herramientas. Pisaba sobre mojado. Un continuo goteo se filtraba desde el techo y empapaba todo lo que había allí dentro.

Alumbró la zona en busca de algún arcón o baúl en el que los Crane hubiesen guardado objetos de la casa: recuerdos, marcos de fotos o algo que ayudase a la pequeña Mara a sentirse menos sola. Al fondo vio una mesa de trabajo con un tablero a medio cortar, sobre la que había una balda llena de diminutos relojes de madera con forma de casa que marcaban mal la hora. Dirigió el foco de la linterna a la pared del fondo, y se sorprendió al descubrir una pequeña escultura tallada en mármol negro de una mujer con el torso desnudo y los brazos extendidos en cruz. Edwin recordó que Gavin Crane, el padre de la familia, era el dueño de la tienda de antigüedades y comprendió que debía de ser algún objeto que no tenía a la venta. En una de las estanterías localizó una caja llena de piezas de madera talladas con forma de pájaro. Le pareció extraño. Cogió uno de los pajaritos y se lo guardó en el bolsillo. Al fin, junto a la escultura de la mujer, halló una caja en la que había varias muñecas con el rostro de porcelana. Edwin no sabía si eran antiguas o si Mara había jugado alguna vez con ellas, pero pensó que era lo mejor que le podía llevar a la pequeña. Se agachó para agarrar una muñeca de pelo castaño que le recordó a Mara y, tras la escultura, se fijó en un pequeño arcón cerrado que llamó su atención.

Lo iluminó con la linterna y se dio cuenta de que estaba tallado con delicadeza, repleto de dibujos de árboles con intrincadas ramas que se extendían desde la cerradura hasta la tapa. Edwin lo levantó con curiosidad y lo observó con detalle durante un instante. En la tapa, en la zona en la que terminaban las ramas, había tallado un pájaro en el interior de una jaula que flotaba en el aire. La jaula tenía la puerta abierta, pero el pájaro parecía estar tranquilo en el interior, sin intención clara de escapar de ella.

—¿Qué es esto? —dijo en voz alta, confuso.

Zarandeó el baúl y notó cómo algo ligero se movía en su interior. Lo trasladó a la mesa de trabajo y lo colocó sobre ella. Luego toqueteó la cerradura y, de repente, el cierre emitió un chasquido en el instante en que una chapa metálica se deslizó hacia abajo con rapidez, dejando ver que el mecanismo se había abierto. Ed levantó la tapa sin ser consciente de que a veces es mejor no abrir todas las puertas que se te muestran cerradas porque al otro lado puede haber otra versión de ti. Fue justo en aquel momento cuando Edwin cambió para siempre.

El agente extendió la mano hacia el fondo de la caja y agarró un puñado de papeles que levantó y colocó frente a la luz de su linterna: eran fotografías polaroid. Y en todas se veían cuerpos de mujeres, tumbados o tirados en el suelo o sobre una cama. En algunas de las fotos ellas miraban al frente, a la cámara, pero en otras tenían los ojos cerrados con el rostro cubierto de sangre y moratones por todo el cuerpo. Desfilaron ante sus ojos mujeres negras de unos treinta, chicas jóvenes blancas, algunas incluso que parecían menores de edad. Con un nudo en el pecho, incrédulo, sacó todas las fotografías y las observó con detalle, y cuando llegó a la última, se fijó en la tez pálida de una chica joven, con expresión asustada y tratando de evitar que le hiciesen la fotografía con una de sus manos. La muchacha tenía el pelo del mismo largo e idéntico color que el de su hermana Mandy cuando desapareció en 1980.

Capítulo 25
Cora Merlo
Steelville
Misuri
2017

*Cuando comienzas a jugar
sabes que siempre uno está
destinado a perder.*

El cuarto de Charles era muy distinto a como me lo había imaginado. Jack me observaba adentrarme en el dormitorio desde el arco de la puerta mientras Margaret apagaba y recogía las velas del salón. La cama estaba cubierta por una colcha verde aceituna en la que se intuía un patrón de pájaros pintados en un color más oscuro. La habitación entera estaba repleta de estanterías cargadas con libros de biología, botánica y ornitología. También había novelas de distintos géneros y autores, aunque no tantas como el espacio que ocupaban las enciclopedias sobre biodiversidad. En otras paredes colgaban cuadros de mariposas y plantas disecadas, dos mapas en tono sepia de Estados Unidos con ilustraciones de especies de animales dibujadas en distintas partes y una zona donde colgaban varios dibujos arrancados de algún manual antiguo de zoología.

—Le encantaba la naturaleza —dijo Jack desde la entrada—. Y odiaba no poder correr sin miedo por ella. Es raro, no recordaba que tuviese tantos libros sobre pájaros aquí.

Era fascinante estar allí, caminar por el mismo suelo en el que Charles había pasado tantas horas de su vida, y sabiendo cómo terminó, me sentía como si me adentrara en las ruinas de una catástrofe. Sobre el escritorio descansaba, en un pequeño atril metálico, un pájaro disecado de pecho blanco y pico negro que me recordó a mis clases de anatomía forense.

—Es un cuco de pico negro. Creo que a Charly le gustaba mucho ese pájaro —bajó la voz, acercándose y poniéndose a mi lado.

—¿Por qué este pájaro? ¿Qué tiene de especial?

—¿No sabes lo que hacen los cucos? Por esta zona son toda una sensación, incluso mi jefe tiene uno igual en su despacho.

Negué con la cabeza. En mi mente no tenían nada de especial salvo el hecho de que eran famosos por darles nombre a los relojes de madera que daban la hora de manera estridente.

—Los cucos son conocidos por poner sus huevos en los nidos de otras especies de pájaro. Los colocan allí para que los críen y cuiden otras aves. Y cuando nacen, expulsan los huevos originales para no tener que competir por el alimento.

—Es cruel.

—Es la naturaleza, que busca su manera de adaptarse. Este, en concreto, es el cuco de pico negro. Lo sé porque el de mi jefe tiene inscrito el nombre en la placa y es una especie particular de cuco. Casi nunca suele colocar sus huevos en otros nidos. Prefiere quedárselos, construir sus nidos y cuidar a sus crías, para alimentarlas y saber que crecen bien. Supongo que por eso es tan querido por aquí, por el hecho de que un animal casi programado para engañar a los demás decida primar el amor al engaño.

Me acerqué a la figura y me fijé en sus ojos negros brillantes en los que pude intuir mi reflejo y la silueta de Jack sobre mí.

—¿Y por qué has dicho que casi nunca lo hacen? —inquirí sin querer alzar la voz.

—Porque a veces rompen esa regla y sí plantan sus huevos en otros nidos.

—¿Y se sabe por qué cambian de idea?

—Lo hacen cuando no les queda otra opción, cuando saben que ellos no podrán cuidar de sus crías o alimentarlas. En el fondo, supongo que todos los seres vivos somos iguales, siempre nos dejamos llevar por el instinto de supervivencia —sentenció.

Me di la vuelta y lo vi delante de mí, a solo unos pasos. Tenía los párpados rodeados por un fino hilo rojo y sus ojos brillaban desvelando que estaba emocionado. Le sonreí y me apoyé sobre el escritorio.

—Es difícil para ti, ¿verdad? —le dije en voz baja—. Por eso desaprobabas la invitación de tu madre.

Asintió al tiempo que apretaba la mandíbula, en silencio. Estaba a punto de llorar. Su fortaleza y su coraza de emociones parecían hacerse pedazos frente a mí, en ese cuarto en el que seguramente él había vivido recuerdos que ahora lo atacaban sin piedad, igual que me pasó a mí cuando visité esta última vez mi casa en Chester y entré en el despacho de mi padre.

—No tienes que simular ser fuerte e inquebrantable delante de mí, Jack —lo consolé en voz baja—. Apenas nos conocemos. No tienes por qué comportarte como el sargento que la gente espera, porque yo no espero nada ti. Para mí, tú eres el hermano de la persona que me salvó la vida. El hermano de quien llevo el corazón dentro de mí. Lo único que quiero es que no nos haga daño conocernos, y ahora mismo no puedo estar segura de esto.

Agachó la cabeza y noté un hilo brillante que se deslizaba por su rostro.

—Jack… —susurré, acercándome.

—Es la primera vez que entro aquí desde que falleció —exhaló con dificultad—. Y no sé. Pensaba que no me afectaría tanto. Nos fuimos distanciando conforme nos hicimos mayores, nos queríamos, pero cada uno entró en su propio círculo y yo traté de poner distancia cuando me fui de casa. Creo que durante los últimos meses hablábamos menos que nunca, y ahora pienso que fui egoísta alejándome de casa. No es que no lo viese, pero habíamos dejado de compartir secretos y conversaciones más allá de las que tienes con un familiar que ves de cuando en cuando. Al enterarme de su muerte, una parte de mí se alegró, ¿sabes? Pensé que al fin él dejaría de sufrir. De una vez por todas, mi madre podría dedicarse a ella y no tanto a cuidarlo. Pero…
—Su voz acabó por romperse—. Es imposible borrar los recuerdos compartidos. Veo esa cama y me vienen a la mente las veces que lo ayudé a levantarse para subirse en la silla de ruedas. En ese rincón nos sentábamos los dos y yo le contaba durante horas lo que recordaba sobre papá. Cuando se fue, él era muy pequeño y con el tiempo olvidó muchas cosas. Yo no solo lo empujaba cuando iba en silla de ruedas si tenía una fractura en alguna de las piernas, sino que también cuidaba su memoria, para que no olvidase lo felices que fuimos antes de que mi padre cambiara y desapareciese para siempre.

Le agarré la mano y, por primera vez, hice algo que me salió del corazón: con cuidado y lentamente, coloqué su palma en mi esternón. Jack levantó la cabeza y me miró a los ojos, sorprendido. Con su mano allí, cerré los míos y noté cada uno de mis latidos, bombeando con fuerza a un ritmo perfecto.

Bum.

Bum.

BUM.

Hice una inspiración profunda y sentí cómo la mano de Jack subía y bajaba sobre mi pecho al ritmo de mi respiración. Entrelacé sus dedos entre los míos y los acaricié sin ser consciente de lo que hacía. Abrí los ojos y me sorprendí al ver lo cerca que estaban nuestros cuerpos. Notaba su calor y casi podía percibir el desconcierto que mi pulso creaba en todo su cuerpo. Di un paso hacia él y tragué saliva. No sé por qué lo hice. Simplemente me dejé llevar, aunque una parte de mí me decía que estaba cometiendo un error.

—Jack… —susurré—. ¿Qué estamos haciendo?

Él no respondió. Creo que no podía hacerlo. Tan solo acercó su cabeza y apoyó su frente sobre la mía. Lloraba. Era innegable que mi corazón lo destrozaba. Notaba su aliento entrecortado y su mano temblando sobre mi cicatriz. Se aproximó un poco más y cerré otra vez los ojos. Nuestras narices se tocaron dos veces antes de aquel salto al abismo y en el mismo instante en que nuestros labios estaban a punto de juntarse, surgieron los pasos de Margaret que sonaban a través del pasillo y se dirigían directos al cuarto de Charles.

Jack dio un paso atrás y se puso a observar los libros tratando de disimular justo en el momento en que su madre apareció bajo el marco de la puerta.

—Ya he puesto sábanas limpias en tu cama, Jack. No te imaginas la alegría que me hace tenerte de nuevo aquí. Aunque sea por una noche. Tienes ropa en tu armario y creo que te sigue quedando bien.

—Gracias, mamá —respondió él, con la mirada esquiva.

Margaret nos observó extrañada, pero luego continuó como si nada:

—¿Estás cómoda aquí, Cora? Es una habitación preciosa y llena de recuerdos. Si ves algo que te guste, sería un placer para mí regalártelo y que lo tuvieses contigo en tu casa.

—Oh, no —respondí rápidamente al mismo tiempo que me peleaba con el nudo en mi corazón—. Creo que ya tengo algo conmigo de esta casa. —Sonreí y me di dos golpecitos en el pecho.

—Será mejor que me vaya a descansar —dijo de pronto Jack agachando la cabeza para evitar el contacto visual con su madre.

Me sentía como si nos hubiesen pillado de adolescentes y sonreí en mi interior en cuanto vi su cambio de actitud. Él salió de la habitación sin despedirse y Margaret me miró desde la puerta y simplemente dijo:

—Buenas noches, Cora. Si necesitas algo, estoy en mi dormitorio. ¿Vale?

—Gracias, señora Finley —respondí tranquila—. Estaré bien, no se preocupe.

Me sonrió con calidez y cerró la puerta, dejándome sola en la enigmática habitación de Charles Finley.

Capítulo 26
Edwin Finley
Steelville
Misuri
1998
Dos años antes de su desaparición

¿Y cuál es el motivo por el que uno busca justicia,
si no es por una simple cuestión de venganza?

Eran las dos de la madrugada cuando Edwin volvió a casa. Se molestó en aparcar el coche dentro del garaje, tratando de hacer el menor ruido posible, y se dirigió directo hacia el dormitorio, donde Margaret lo esperaba tumbada en la cama con los ojos abiertos en la penumbra. Ed levantó la sábana, se introdujo dentro de ella sin quitarse la ropa y abrazó a su mujer, que estaba de espaldas. Margaret sintió ese abrazo como los primeros que se daban durante aquellos veranos de principios de los ochenta, pero a él le pareció que abrazaba a una desconocida. Sumergió su boca entre su pelo tratando de inhalar el olor de su esposa. Cerró los ojos en cuanto su nariz tocó la nuca de Margaret y ella apretó el antebrazo de su marido para hacerle ver que estaba despierta y que necesitaba aquel abrazo. Era una conversación sin palabras, un perdón lleno de gestos, en la que ambos hablaban sin decirse nada, y en la que nada hubiese cambiado si lo hubiesen hecho. De pronto, Edwin empezó a sollozar y Margaret sintió sus jadeos. Se dio la vuelta y vislumbró el brillo de las lágrimas de su marido en la oscuridad.

—¿Qué te pasa, Ed? —le susurró.

Él era incapaz de responder. No le podía contar todas las contradicciones que sentía en su interior: la desolación que le había provocado el incendio, la inquietud que había sentido ante las imágenes de aquellas mujeres y que no podía arrancarse de la memoria la fotografía de su hermana Mandy. Tampoco tenía fuerzas para confesarle que había guardado aquel baúl de los horrores en secreto en una de las estanterías del garaje de su hogar. Margaret acarició el rostro de su marido y trató de secarle las lágrimas que no paraban de escapar de sus ojos llenos de preguntas y de tristeza. No sabía qué hacer ni qué decirle. Nunca lo había visto así. Tan débil, tan derrotado, tan hundido. E hizo lo que cualquiera que ama a alguien hace cuando no encuentra las palabras adecuadas: lo abrazó con fuerza en silencio y luego colocó la cabeza sobre su pecho.

Oyó su corazón latiendo con fuerza y, con cada latido, a Margaret le invadió la sensación de estar a escasos centímetros de un enigma que nunca podría descubrir. Se sentía cerca del corazón de su marido, pero lejos de su alma. Ed acarició el pelo de Margaret y comenzó a hablar:

—El mundo es un lugar horrible —dijo en voz baja—. Y si eres bueno, te devora. Si caminas con inocencia, te destroza. Si quieres cambiarlo, acaba contigo. Está lleno de injusticias. Está plagado de maldad. Siempre he creído que a la gente buena le pasan cosas buenas, pero... qué equivocado he estado. A Dios no le importa cómo seas ni cómo te portes —continuó—, pero el diablo sí está atento para descubrir lo débil que eres. Está al acecho, buscando a qué cordero llevarse sin permiso.

—Ed... —susurró Margaret, sorprendida por las palabras de su marido.

—Creemos que tenemos a un ser bondadoso vigilándonos y protegiéndonos, pero ¿y si estamos equivocados? ¿Y si Dios hubiese puesto al mismísimo diablo a vigilarnos para encontrar a quién arrastrar hasta el infierno, y lo único que le importa es que arriba no lleguen los malos? ¿Y si realmente se ha desentendido de cuidar a los buenos?

—¿Por qué hablas así, Ed? —Nunca se había sentido tan confusa.

—Porque este mundo está empeñado en que te sientas solo y en que crezcas creyendo que no tienes a nadie. Y pronto se lleva a tus padres, a tus amigos, a tus hermanos… Y tienes que pelear todos los días para acercar gente a tu alrededor antes de que te engulla la soledad.

Margaret se incorporó y le respondió mirándole a la cara:

—Yo estoy aquí contigo, Ed. Y los niños. No necesitamos a nadie más.

Él miró a su esposa y luego cerró los ojos y respiró hondo. Tanto que parecía anhelar quedarse dormido. Margaret observó las sombras del cuerpo de Edwin que se dibujaban por la luz de la noche en las paredes del dormitorio, y se fijó en un pequeño bulto en el bolsillo de su pantalón.

—Necesito dormir, Margaret, pero no dejo de oír el rugido del fuego —susurró casi dormido—, y no sé si son las llamas del incendio o de las puertas del infierno.

Ella se echó de nuevo sobre el pecho de su marido y le acarició el cuerpo hasta llegar al bolsillo. Introdujo la mano en él sin decir nada y sacó la pequeña figura de madera con forma de pájaro. La miró detenidamente en la penumbra, confusa, buscándole significado.

—¿Dónde has encontrado esto? —preguntó en un susurro, pero obtuvo otra respiración honda como respuesta.

Edwin se había quedado dormido y Margaret apretó la figura en su mano antes de cerrar los ojos y dejar que el sueño la invadiese poco a poco, segundo a segundo, acompañada por los latidos del corazón de su marido.

Capítulo 27

Cora Merlo
Steelville
Misuri
2017

No hay sonido que te lleve tan lejos
como lo hacen los latidos de un corazón abierto.

Me tumbé en la cama de Charles y apagué las luces tratando de dormir entre aquellas cuatro paredes, pero no podía quitarme de la cabeza aquel momento con Jack. ¿Qué había sido eso? ¿Cómo había derivado tan rápido una cosa en la otra? Si Olivia hubiese estado conmigo, hubiese tratado de sacarme los colores y es cierto que lo habría conseguido. «¿Qué diablos haces, Cora? ¿A qué estás jugando?». Le había puesto la mano a Jack en mi pecho porque sentía que era algo que necesitaba, que notar cerca mi corazón aliviaría un poco su tormento, pero no había previsto en absoluto que aquel gesto fuese a abrir un camino sin retorno de heridas garantizadas.

Me levanté de un salto, encendí la lampara de la mesilla de noche, cuya luz dio forma a los libros de las estanterías y a los marcos de las paredes, y caminé de un lado a otro de la habitación, nerviosa, tratando de poner orden a mis emociones. Miré la hora en mi móvil, ya era medianoche, pero me sentía incapaz de pegar ojo, en contra de las recomendaciones de los médicos. «Descansa», decían. «Debes guardar reposo», mandaban. Pero cuando estás en el otro lado te das cuenta de lo difícil que es seguir una simple indicación médica, porque te niegas a aceptar que has perdido el control.

Me acerqué a la estantería y leí el lomo de los tomos, tratando de aprender algo más de Charles, y llamaron de nuevo mi atención las decenas de libros sobre ornitología. En aquellas baldas descansaban libros antiguos y modernos, compendios en tapa dura en cuyas páginas volaban miles de aves de todo tipo: *Birds, The Art of Ornithology; Handbook of Bird Biology; Ten Thousand Birds; The Inner Bird; The Cuckoo* o *Birds in Flight.* Entre ellos, me fijé en uno con el lomo negro y fino, sin título, y lo extraje para ojearlo por encima, pero justo en el mismo instante en que lo saqué de la estantería y lo sostuve entre mis manos, una voz susurró de pronto:

—Cora.

Del susto dejé que el libro cayese al suelo, junto a mis pies descalzos. Me di la vuelta con rapidez y no había nadie. Oteé toda la habitación desesperada, pero estaba sola con la puerta cerrada. ¿Había sucedido en realidad? ¿Me lo había imaginado? ¿Había sufrido una alucinación auditiva?

—Cora —dijo de nuevo la voz y yo respondí con un chillido sordo y dando un paso atrás.

Mi corazón parecía querer salir a volar. Notaba sus latidos asustados, esos que retumban hasta en la punta de los dedos, y creí que se me iba a salir del pecho. Dirigí la vista hacia la cama, de donde me había parecido que surgía mi nombre, pero era imposible que viniese de allí. No había nadie. Entre las sábanas arrugadas solo estaban mis pensamientos sobre Jack.

—Te estás volviendo loca, Cora —susurré.

—¿Cora? —repitió la voz otra vez en un tono como si esperase una respuesta.

El sonido provenía de allí, de algún lugar de la cama, o quizá de donde mi cabeza quería hacerme creer. La idea de estar teniendo un delirio era cada vez más real. Me tiré al suelo y miré debajo la cama, pero solo encontré polvo. No sé qué buscaba ni qué pretendía encontrar, pero para mi mente analítica apoyar la cara en la moqueta para buscar de dónde venía una voz siempre hubiese sido un auténtico disparate.

—¿Me oyes? —Esas palabras iban acompañadas de un tono que me resultó familiar.

Dicen que cuando tienes alucinaciones auditivas estas adoptan la forma de alguno de tus recuerdos. Identifiqué un timbre masculino, pero no lo suficientemente grave como para interpretar bien a qué persona correspondía.

—¿Hola? —contesté en voz alta, incrédula por lo que estaba sucediendo.

—Junto a la mesilla de noche. —Miré hacia allí y me fijé por primera vez en una especie de tubo blanco de plástico flexible que sobresalía de la pared junto al cabecero—. Soy yo, Jack.

—¿Jack? —pregunté acercándome al tubo, confusa.

Luego sonreí, al darme cuenta de que se trataba de un comunicador que conectaba la habitación de Charles con alguna otra parte de la casa.

—Mi hermano y yo hablábamos por aquí cuando dejamos de compartir habitación de pequeños —susurró Jack—. Yo tendría siete u ocho años y él, bueno, dos menos. Mi padre agujereó la pared y colocó estos tubos para que pudiésemos hablar entre nosotros. Él había pasado una racha de varias roturas de huesos y mis padres pensaron que era mejor que durmiésemos separados, porque las noches solían ser dolorosas para él, sobre todo cuando dejaban de hacer efecto los analgésicos.

Charles apenas podía dormir entonces y se pasaba las noches llorando de dolor.

—Es la primera vez que veo algo así —le respondí mientras me tiraba sobre la almohada para estar más cerca del cilindro que sobresalía de la pared. Después me apoyé con la espalda en el cabecero y el tubo quedó a mi lado, a la altura del pecho—. Me parece precioso que vuestro padre estuviese tan empeñado en que tuvieseis esa conexión entre vosotros.

—Antes de separarnos dormíamos en literas, aquí en mi dormitorio, y nos recuerdo a los dos cubriendo la cama inferior con mantas que colgábamos desde arriba para construir un fuerte en el que nos creíamos invencibles —susurró—. Bueno, yo le decía que allí dentro él era invulnerable, le protegía el cuerpo con cojines y nos peleábamos sin que hubiese posibilidad de hacerle daño. Cuando empezamos a dormir en habitaciones separadas, me tumbaba en la cama y a veces hablábamos durante horas hasta el amanecer. Nos contábamos secretos y también comentábamos cómo había ido el día, o por la mañana, simplemente, nos despertábamos el uno al otro para jugar.

—Lo siento mucho, Jack —exhalé.

—Verme aquí en casa otra vez, en mi habitación, está avivando demasiados recuerdos de mi hermano. Es… extraño. Pensaba que llevaría esto algo mejor, pero, por muchas capas que ponga encima, en el fondo cuando pienso en Charles no me veo como un adulto, sino como el niño que siempre fui a su lado.

—Es normal —le respondí para animarlo—. Esto no tiene que ser fácil para ti, como tampoco lo es para mí. Me abruma pensar que a alguien a quien no conozco le debo tanto. Creo que nunca nada de lo que haga estará a la altura.

—A mí me acongoja el hecho de no haber conseguido que me contase que estaba pasándolo mal, hasta el punto de quitarse la vida. A veces creo que no debí marcharme de casa. La verdad es que no sé para qué lo hice. Fue hace unos años, cuando en la comisaría sonaba mi nombre para ocupar el puesto de sargento. Lo anuncié al llegar a casa, pero me la encontré vacía. Justo ese día Charles tenía dolores en las muñecas y mi madre lo llevó al hospital para comprobar si había sufrido alguna fisura en las articulaciones. Fue entonces cuando decidí que necesitaba dejar de cuidarlo tanto y darme prioridad a mí mismo. Cuando creces con alguien tan vulnerable a tu lado, se convierte en el centro de atención, y es normal, no me malinterpretes, pero… a veces uno necesita también delimitar su propio espacio. Nos seguíamos queriendo, seguíamos viéndonos, pero ya no era todo igual. El hecho de buscarme un lugar para mí y poner un poco de espacio hizo que poco a poco yo me fuese quedando al margen de las preocupaciones de la casa. Yo me pasaba los fines de semana por aquí, pero él empezó a salir un poco más, y con el tiempo, a pesar de querernos, dejamos de compartir tanto como antes. Supongo que les pasa a todos los hermanos cuando dejan de compartir la casa familiar. Se quieren, se preocupan los unos de los otros, pero dejan de estar al tanto de todas las emociones y las viven desde la distancia, si es que llegas a enterarte de ellas.

—Jack…, eres sargento de la oficina del sheriff. Estoy segura de que tu madre está orgullosa. Habla de ti con mucho cariño.

—Tal vez es porque soy el único que le queda. Nunca he recibido palabras de felicitación por mi ascenso.

—Puede que sea por miedo. Quizá teme que te pase lo que… —Me detuve un segundo al darme cuenta de que me había metido en un callejón complejo—… le sucedió a tu padre.

Se hizo el silencio y cerré los ojos, lamentándome.

—Quiero decir —traté de corregirme—, que ambos habéis vivido la misma vida, pero desde puntos de vista distintos. Ella cuidaba a un hijo enfermo y su marido se marchó. Tú crecías junto a un hermano frágil y tu padre se fue. Compartís mucho más que lo que os separa.

No me respondió y no supe si era porque le había herido o porque había dicho lo correcto.

—¿Jack? ¿Estás ahí? —susurré al comunicador.

—Perdona por lo de antes, Cora —me respondió de pronto con voz suave—. No sé por qué me he dejado llevar así. —Yo dibujé una sonrisa que traté de contener mordiéndome el labio—. No sé qué ha sido eso.

—No hay nada que perdonar —respondí sin saber muy bien cómo hacerlo. Una nunca encuentra las palabras adecuadas para lidiar contra el rubor—. Yo también me he dejado llevar y… ha sucedido muy rápido.

—Quiero decir —me interrumpió con voz seria—, que yo no soy así. No me abro en canal ni dejo que nadie me conozca en detalle porque sé que en cuanto se escarba un poco en mi vida no hay nada bueno que encontrar. Solo dolor y soledad. Y preguntas sin respuesta. Y contigo he de reconocer que todo es… distinto. Más fácil. Y odio admitirlo, porque apenas te conozco.

Aguanté un suspiro largo desde el otro lado de la pared. No sé por qué, pero me gustaba sentir que yo era fácil para alguien, porque siempre he tenido la sensación de que era como un puzle con miles de piezas imposibles de encajar. Insegura, inestable, empollona y casi siempre distante.

—Hace años, en primero de la escuela médica, salí con un chico durante unos meses. Se llamaba Ryan. A mí me gustaba, me parecía atractivo y era gracioso, me reía mucho con él. Pero cuando pasó el tiempo empecé a ser consciente de que nunca habíamos tenido una conversación de más de cinco frases. Me costaba expresarle mis miedos porque sentía que él no necesitaba saberlos y que en cuanto se los contase, se marcharía. Un día nos sentamos en silencio en una cafetería y estuvimos uno delante del otro, sin saber qué decirnos. Estudiábamos lo mismo, teníamos las mismas clases y éramos incapaces de encontrar nada en común. Y esa noche me mandó un SMS y me dejó porque se había dado cuenta de que estaba con alguien sin corazón. Ahora que lo pienso, quizá tenía razón.

—Eso no es verdad, Cora —me corrigió—. Seguro que sigues siendo la misma persona que antes del trasplante…, y no creo que sea una buena descripción la que hizo Ryan sobre ti, no pienso que no tengas corazón. Te has ofrecido a ayudar en cuanto se ha presentado la ocasión.

—Estoy distinta. La Cora de antes no estaría aquí, en un pueblo de interior, conociendo a la familia de mi donante. La Cora de antes no hablaría de emociones con alguien que acaba de conocer. La Cora de antes tendría miedo de esta conversación.

—¿Te puedo decir una cosa?

—Claro —respondí.

—El Jack de ahora sí tiene miedo de esta conversación —aseveró—. Tengo la sensación de que te conozco desde hace años, de que puedo hablar contigo de cualquier cosa. No sé por qué. Quizá el saber que de algún modo hay algo familiar en ti hace que tenga menos miedo a abrirme contigo, pero... —Hizo una pausa en la que agravó en tono—. No puede pasar nada entre nosotros, Cora —sentenció—. Y siento lo que ha pasado antes. Siento si mi comportamiento te ha hecho creer lo contrario.

Yo estaba de acuerdo. Había demasiadas emociones en el aire, demasiadas posibilidades de hacernos daño y de convertir una experiencia vital y un regalo maravilloso en una fuente inagotable de tristeza y rencor. Aquel pequeño error no podía repetirse. Su hermano me había dado su vida y una segunda oportunidad, y si pasaba algo entre nosotros y luego no funcionaba, enturbiaríamos un gesto de bondad genuina en otra muestra más de que el amor en el fondo existe para hacernos daño. Adelanté acontecimientos que no habían ocurrido aún. Yo acariciaría la cicatriz de mi pecho y, en lugar de gratitud, vería el rostro de Jack y todo lo que sufrí mientras estuvimos juntos. Él pensaría en lo que hizo su hermano al morir y recordaría que lo recibió una persona con quien las cosas no habían funcionado.

—Estoy de acuerdo, Jack —dije finalmente—. No puede pasar nada entre nosotros.

Esperó un instante en silencio y comprendí que acabábamos de cerrar un trato. Nada de romance. Nada de sufrir innecesariamente. Me quedaría un par de días más en Steelville y me marcharía el viernes por la mañana para estar de vuelta en casa con mi madre y ahorrarle el mal trago.

—¿Cómo te encuentras? —me preguntó, cambiando de tema.

—Bien, cansada, pero bien.

—Será mejor que duermas. Es tarde y tienes que descansar.

—Sí —respondí poniéndome cómoda.

Apagué la luz de la mesilla y escuché su voz una vez más.

—Buenas noches, Cora.

—Buenas noches, Jack —respondí en la oscuridad, sin darme cuenta de que todo estaba a punto de cambiar.

Capítulo 28
Edwin Finley
Steelville
Misuri
1998
Dos años antes de su desaparición

La inocencia siempre habla con verdad y
la madurez lo hace con interés.

A la mañana siguiente, Edwin desayunó deprisa y se marchó antes de que los niños se despertasen. Tenían la tradición de hacer tortitas los domingos por la mañana todos juntos, y cuando Margaret vio que su marido se levantaba al amanecer, pensó que un rato después se lo encontraría en la cocina con todo listo, a falta de inundar los platos de sirope. Pero la realidad era otra porque una pregunta en bucle martilleaba la cabeza de Edwin desde dentro, como si un pájaro carpintero estuviese a punto de abrirle un agujero en el cráneo. Había dormido, pero no había parado de pensar en toda la noche. Necesitaba respuestas. Cada poro de su piel revisaba sus recuerdos para comprobar si aquellas fotos eran lo que parecían.

Condujo unos minutos hasta Shady Lane y aparcó el vehículo frente a una casa de madera con el mismo diseño que una de las que habían sido pasto de las llamas. Antes de bajarse del coche abrió la guantera y sacó de allí la fotografía de la que parecía su hermana Mandy y la observó con detalle. La chica miraba al frente y, aunque tapaba parte de su cara con la mano derecha, como si quisiera detener el disparo de la cámara, se notaba en los rasgos del rostro detrás de los dedos la expresión de terror. Tenía el pelo castaño largo a la altura del pecho, igual que lo llevaba su hermana cuando desapareció en 1980.

Habían pasado muchos años, la calidad de la fotografía no era la mejor y no sabía si lo que podía desvelarse de esa cara era un fuerte parecido o si realmente era ella. En la imagen, la adolescente estaba tumbada sobre unas sábanas y llevaba puesta una camiseta blanca llena de pintadas de colores con un nudo en la cintura y unos vaqueros que en la imagen se intuían desabrochados. La fotografía estaba tomada con flash y se percibía en ella una nube blanquecina que contrastaba con las sombras marcadas del fogonazo de luz: los dedos de la mano se proyectaban oscuros en el rostro, el contorno del cuerpo lo hacía sobre la cama.

Guardó la polaroid y se bajó del coche decidido en dirección a la puerta de la casa. Tocó la aldaba con tres golpes y apretó los labios mientras asentía, tratando de darse fuerzas. Era temprano, demasiado quizá, pero segundos después oyó el ruido de unos pasos en el interior y una mujer mayor de pelo castaño rizado le abrió la puerta con gesto de sorpresa.

—¿Ed? Qué sorpresa. ¿Qué haces aquí?

La mujer vestía una bata de franela y, aunque al principio mostró cierta extrañeza, no tardó en dibujar una sonrisa de cariño.

—Sigues despertándote muy temprano, mamá.

—Oh, ya quisiera dormir como antes. Te enterarás cuando empieces a cumplir años. —Sonrió, y lo dejó pasar—. ¿Has desayunado? ¿Qué tal los niños? Qué horror lo del fuego. Espero que no sea verdad eso que dicen, que te metiste allí dentro.

—No lo es, mamá —mintió—. Ya sabes cómo es el pueblo. A la gente le gusta exagerarlo todo.

—¿Es cierto que han muerto varias personas en el incendio?

Edwin asintió al tiempo que suspiraba.

—Los Brown. No sé si los conoces. También una mujer de mi edad.

—En esto no exageraban —respondió su madre, seria—. ¿Te pongo un café? —preguntó al fin.

Intuía que aquella visita era rápida, pero quería alargarla lo máximo posible.

—No tengo tiempo, mamá.

La señora Finley miró a los ojos a su hijo y Edwin se dio cuenta de que le habían molestado sus palabras.

—No vienes desde hace dos semanas y cuando lo haces es sin tiempo para tomarte un simple café con tu madre. Tu padre tenía razón con aquello que decía: «Críalos, ámalos y si eres capaz trata de olvidarlos». Nunca te explican esta última parte cuando te quedas embarazada.

—Mamá… —suspiró Ed, sintiéndose culpable—. La semana que viene vendré con tiempo por la tarde, con los niños. Te lo prometo.

—Está bien —aceptó el trato. Adoraba a sus nietos y una tarde entera era mucho mejor que unos minutos a desgana—. ¿Y a qué has venido? ¿A comprobar que no me he muerto durmiendo como tu padre? —inquirió mientras se daba la vuelta y caminaba en dirección a la cocina.

—Para preguntarte por Mandy —lo soltó de golpe.

Hacía años que no decía el nombre de su hermana en voz alta y le costó hacerlo. En un principio la recordó siempre con un aura de admiración, pero con el tiempo, y ciertas habladurías, la admiración se fue convirtiendo en resentimiento. La señora Finley se detuvo en seco, de espaldas a su hijo, y negó con la cabeza. Luego se giró sobre sí misma y lo observó, con preocupación.

—No me menciones a tu hermana. Nunca se preocupó de llamarnos ni de enviarnos una simple postal.

Hizo como si nunca hubiésemos existido. Sé que odiaba este sitio y quizá no fuimos los mejores padres, pero no nos merecíamos que se marchase y se olvidase de quienes la criamos.

—¿Recuerdas qué ropa llevaba el día que se fue? —le preguntó de pronto, tratando de evitar el visible enfado de su madre.

—Claro. Nunca me olvidaré. —Ed revisó en su cabeza la fotografía que acababa de ver: el pantalón vaquero, la camiseta blanca pintada de colores—. Tu hermana se vistió con una sudadera rosa con líneas plateadas. Le encantaba esa sudadera.

El agente agachó la cabeza y suspiró hondo, aliviado. Se parecía, pero no podía ser ella. Entonces su madre soltó aquella bomba insignificante para ella, monumental para él.

—Le dije que se abrigase antes de salir hacia el instituto. Aquel día hacía fresco por la mañana y solo se había puesto una camiseta blanca, una corta que tenía unas líneas de colores pintadas en el pecho.

Edwin levantó la vista y notó cómo el corazón le daba un vuelco. Tragó saliva y permaneció inmóvil durante unos segundos, asimilando aquella frase. La chica de la foto era su hermana.

—Llevaba vaqueros. La recuerdo salir de casa enfadada por una discusión que había tenido esa mañana con tu padre porque quería irse con las amigas el fin de semana a Salem. Ya sabes cómo era tu padre, le respondió que no; y cómo era ella, que no quería que nadie le dijese qué hacer.

Ed asintió y trató de que su madre no se diese cuenta del horror que estaba sintiendo en su interior.

—¿Te puedo preguntar por qué dejasteis de buscarla?

—Bueno, fueron muchas cosas a la vez. Pasó el tiempo sin ninguna noticia, y los superiores de tu padre le tiraron muchas veces de la oreja por volcar demasiados recursos en algo que tenía pinta de una marcha voluntaria. Tu padre estaba enfadado desde que le contaste lo de aquella caja donde guardaba dinero para marcharse y que estaba vacía. Él peleó por mantener a varios agentes preguntando por toda la zona y pateándose todo el condado, pero llegó un punto en que no pudo estirarlo mucho más y justificarlo delante de sus superiores.

—Sí —admitió Edwin. Me acuerdo—. Pero pensándolo ahora…, se pudo haber gastado el dinero en otra cosa. O tal vez tuviese en la cabeza la idea de marcharse, pero finalmente sucediese algo que hizo que nunca llegase a irse.

—¿Quieres decir que no se fue y le pasó algo? —se preocupó de repente su madre.

—No. Solo… estoy pensando en voz alta —trató de enmendar su descuido—. Han pasado dieciocho años y hoy me he acordado de ella. Anoche tuve un sueño y me pareció un recuerdo de la infancia. Estábamos los dos tumbados en el sofá, y ella me acariciaba el pelo y me pedía perdón por haberme hecho daño.

—Os peleabais mucho.

Ed tragó saliva y miró a su madre emocionado.

—Pero también os queríais más que a nada del mundo. Es lo único que no entiendo. —Se quedó pensativa.

—¿El qué?

—Comprendo que nos abandonase a nosotros. Ella no encajaba mucho con tu padre, que era demasiado estricto. Ya sabes, la disciplina, la rectitud. Tú toleraste todo eso bien y quizá por eso eres así ahora. Pero puede que nos equivocáramos con tu hermana al no darle su espacio. Quizá ella lo necesitaba y por eso nos odiaba. No todos somos iguales y puede que no aguantase tanto control. Lo que nunca comprenderé es que te abandonase a ti. Que nunca te llamase. Te adoraba, Ed. Aunque quizá lo único que pretendía era no hacerte más daño.

Edwin se acercó a su madre y le dio un abrazo que la pilló por sorpresa. La señora Finley no recordaba cuándo le dio el último, porque no lo hizo ni cuando enterraron a su padre. El dolor durante la adolescencia había formado su carácter y la rectitud en su educación había asentado las bases de aquella coraza insalvable que, en aquel instante, Edwin se quitó derrotado por sus propios sentimientos. La señora Finley cerró los ojos con aquel abrazo y, en cuanto su hijo se separó de ella, se dio cuenta de que él apartaba la cara para que no viese sus lágrimas.

—Debo irme, mamá. Tengo cosas que hacer. Cuídate, por favor. No quiero que te pase nada —le dijo.

—¿Para esto has venido? ¿Para dejarme pensando en cuánto os echo de menos?

Edwin asintió en silencio y sonrió con cariño. Luego salió por la puerta y se montó en el coche.

—Prométeme que vendrás más —le dijo la señora Finley desde la puerta.

Él respondió con un ademán con la cabeza desde dentro del coche, sabiendo que era una promesa que la vida le impediría cumplir, y arrancó.

Capítulo 29
Cora Merlo
Steelville
Misuri
2017

Es difícil verbalizar que amas a alguien,
pero imposible callar el sentimiento contrario.

Desperté con el aroma del café recién hecho y, por un segundo, creí que estaba en casa. En la distancia oía ruidos de puertas y armarios abriéndose y cerrándose, y me imaginé a mi madre preparando el desayuno en la cocina como hacía antes de que me mudase al centro de Nueva York para estar más cerca de las clases. Al abrir los ojos vi la colcha y me ubiqué en cuanto me fijé en el pico negro del cuco que me observaba inmóvil desde el escritorio. La luz de la mañana otorgaba al dormitorio de Charles un aspecto bucólico en el que me sentía como si estuviese en medio de la naturaleza. Los colores verde y marrón se encontraban por todas partes, las ilustraciones de aves volando colgaban de las paredes y daban a la estancia una vitalidad hogareña. Hice la cama y me adecenté un poco el pelo con vistas a salir fuera a desayunar. Saqué ropa de mi maleta y busqué algo más apropiado que mi pijama de dos piezas que de pronto había dejado de gustarme.

Me cambié con un pantalón vaquero ajustado, me puse la blusa menos arrugada que encontré entre mis prendas y me eché perfume, el único que traía. Y pisé algo que había en el suelo. Al bajar la vista, vi que se trataba del libro de tapa negra que se me había caído la noche anterior cuando me habló Jack y no sabía de dónde salía su voz. Lo recogí con curiosidad y me fijé en que no tenía título por ninguna parte, aunque tampoco parecía un libro como tal, sino más bien una libreta o una agenda encuadernada en tapa semidura. Lo abrí por inercia y ante mis ojos apareció una escritura manuscrita en tinta azul que me dejó bloqueada en cuanto leí la primera línea:

Hace cinco años que se fue mi padre. Justo la semana pasada fue el aniversario de su desaparición. El gran sargento Edwin Finley decidió que estaba harto de su vida y de su hijo de cristal, y decidió largarse. Y hoy es mi cumpleaños y, por supuesto, no está aquí. He cumplido trece y lo he celebrado como los dos últimos, soplando las velas frente a mi hermano. Y lo entiendo. Entiendo su marcha. Yo también estoy harto de mí. Yo también me hubiese largado con los primeros vientos del bosque.

De repente sonaron tres golpes en la puerta y cerré el diario al instante, con un nudo en el pecho. No estaba bien. No podía leerlo.

—¿Cora? —dijo Margaret desde el otro lado de la puerta—. ¿Estás ya despierta? Te he preparado el desayuno.

—Sí.

Dejé el diario dentro de mi mochila y abrí la puerta para encontrarme con la sonrisa de Margaret. Llevaba un vestido verde botella de manga larga y un recogido en el pelo que le sentaba bien.

—Buenos días.

—Buenos días, Cora. ¿Has dormido bien? ¿Qué tal te sientes?

—Perfecta.

—¿Te has tomado la medicación?

—No. Aún no. Gracias, Margaret.

Volví sobre mis pasos y cogí el neceser donde guardaba mis pastillas. Lo último que quería en ese momento era trasladar mi montaña rusa emocional por estar en Steelville a mi sistema inmunitario, en el que los picos y valles de inmunosupresores me podían dar una sorpresa en forma de rechazo agudo. El cuerpo humano está diseñado para funcionar en un equilibrio químico perfecto y olvidarme de mi dosis de Tacrolimus era justo abrirles las puertas a mis linfocitos-T para que montasen una fiesta en el centro de mi pecho, provocando un daño miocítico en las células de mi corazón o estenosis en mis arterias coronarias. Mis pastillas no solo conseguían contener una infección, sino también aquella fiesta cuya traca final sería una subida de tensión aguda o una parada cardiorrespiratoria inesperada.

Salí al pasillo y seguí a Margaret hasta la cocina, donde me encontré con Jack de pie junto a la mesa, vestido de uniforme con la camisa beis. Sobre la mesa había tres platos llenos de tortitas y un bote de sirope de agave en el centro, esperando a ser servido. El hermano de Charles me saludó con una mueca y yo le sonreí sin decir nada. Creo que habíamos hablado demasiado y tenía la sensación de querer que el mundo entero me engullese.

—Di buenos días, hijo. Que parece que no te he enseñado a tener modales —protestó Margaret, como si hubiese sido mi madre.

Jack sonrió y movió los labios donde leí un «Buenos días».

—¿Qué pasa? ¿Os ha comido la lengua el gato?

Su madre nos miraba como si no entendiese nada, pero yo estaba segura de que se había dado cuenta de todo.

—Qué buena pinta tiene el desayuno, señora Finley. Muchas gracias por prepararlo —dije, agradecida.

La verdad es que era justo el tipo de comida que me apetecía. Algo dulce que me despertase de golpe.

—Oh, por favor, llámame ya siempre Margaret. Y yo no he sido. Las ha preparado Jack y me parece un detalle precioso. Es el desayuno que tomábamos los domingos con Charles.

Él levantó su taza de café a modo de brindis.

—No te he puesto café —añadió Margaret—, porque no sé si puedes tomar y no tengo descafeinado. Tengo infusión de hierbas y té. ¿Te gusta el té?

—La infusión está bien, gracias. —Sonreí.

Me senté a la mesa y Jack estaba justo enfrente. Su madre me preparó una infusión más amarga de lo que esperaba y tardé un rato en probarla porque estaba ardiendo. Desayunamos los tres en un silencio incómodo mientras ella de vez en cuando me observaba y esperaba mis miradas de «qué rico está todo». Jack se rio en dos ocasiones sin emitir sonido alguno y a mí se me escapó una carcajada en cuanto me di cuenta de que Margaret asentía cada vez que yo me llevaba un bocado de tortita a la boca. Admito que, no obstante, me divertí en aquel desayuno, flotaba en el aire una complicidad que pocas veces había sentido.

Jack y yo mantuvimos una conversación a base de miradas en la que ambos queríamos que la tierra nos tragase. Margaret era un encanto y en muchas facetas me recordaba a mi madre. Jack era opaco, pero a la vez un libro abierto. Sentía que tenía que pasar más tiempo con él, especialmente tras haber dejado las cosas claras la noche anterior: no podía ocurrir nada entre nosotros.

Terminamos el desayuno y yo me tomé mi medicación. Comprobé el pulso en el reloj y me di cuenta de que había olvidado cargarlo la noche anterior. Jack miró la hora y se puso en pie con prisa.

—Tengo que marcharme. Quiero ver cómo están los Corvin. Habrá papeleo que rellenar y hay que encontrar a la persona que se llevó al bebé. Iré a preguntar por el pueblo por si alguien más vio algo.

—¿Puedo ir contigo? —incidí—. Me gustaría ver cómo está Dylan.

En parte era verdad, pero una persona siempre da con el motivo perfecto para estar cerca de alguien con quien se siente cómoda.

—Eeeh, si quieres, claro. A su madre le gustará conocer a la persona que lo encontró.

—¿Es eso cierto, Cora? Me dijeron ayer que había sido la «forastera», pero no lo creí. Debí haberte preguntado anoche. ¿Lo encontraste tú? —se sorprendió Margaret.

Yo asentí, ruborizada.

—Bueno, yo no hice nada —repliqué—. Lo encontré. Y el tipo que se lo llevó logró escapar. Traté de seguirlo, pero no pude. Lo perdí de vista en el bosque. Dejó al niño en el suelo, junto a un árbol muerto. Lo vi hacer gestos extraños frente al pequeño, pero no pude verle la cara. Corrió y cuando me acerqué al árbol, encontré allí a Dylan y me desmayé.

—No me lo puedo creer. Es increíble, Cora. Ya solo por haber salvado a ese niño merece la pena que hayas venido a Steelville. Dios sabe lo que le hubiese pasado a ese pequeño si no llegas a encontrarlo. —Clavó la vista en algún punto perdido delante de ella y pareció recordar algo—. El bosque está lleno de alimañas dispuestas a engullir lo que más quieres. A veces creo que a tu padre... —Desvió la mirada hacia su hijo y yo vi en sus ojos una melancolía rabiosa— lo devoró un oso y por eso nunca lo encontraron. Ese niño podría haber corrido la misma suerte.

—¿Gestos extraños? ¿A qué te refieres? —preguntó Jack, como si aquello le sonara de algo.

Hasta este momento no había podido contarle con precisión cómo me había encontrado con Dylan y todo lo que había observado antes de desmayarme. En cuanto abrí los ojos, lo primero que quiso saber era si había visto el rostro del secuestrador, pero no me preguntó ningún otro detalle.

Ahora reparó en que podía darle información valiosa.

—No sabría explicarlo bien. Hizo como si moviese los brazos en un lento aleteo. Arqueaba la espalda y extendía los brazos atrás y adelante.

—¿Cómo dices? —inquirió Margaret, cuyo rostro cambió de la curiosidad a la preocupación.

—Estaba frente al bebé. Bueno, yo no sabía que Dylan se encontraba allí y movía los brazos como si fuesen las alas de un pájaro. Era extraño. Parecía una especie de coreografía lenta en la que movía los brazos atrás y adelante.

Jack dirigió la mirada a su madre, serio, y luego clavó sus ojos en mí.

—¿Qué pasa? —pregunté, confusa.

—¿Cómo te atreves, Cora? —dijo ella, visiblemente molesta.

—¿Perdón? —inquirí.

No entendía nada y menos aquel cambio de actitud repentino.

—¿A qué viene esto, Cora? ¿Quién te lo ha contado? —alzó la voz Margaret con un tono cargado de decepción.

—Mamá, cálmate —apaciguó Jack.

—No me pidas que me calme. Dime, ¿a qué viene esto? Te invitamos a casa, te abrimos las puertas de nuestro hogar y, tras la primera noche, ¿te ríes así de mi hijo, que te ha donado su corazón?

—¿Qué ocurre? ¿He dicho algo que le haya molestado? De verdad que no era mi intención. Es lo que vi. No me estoy inventando nada.

—Mamá, ella no sabe nada —intervino Jack para calmarla—. Mi hermano realizaba esos movimientos de vez en cuando. Algún domingo, cuando venía a casa, lo vi salir al jardín y hacerlos. Se colocaba mirando al sol y se estiraba con esos movimientos, como el aleteo de un pájaro. Una vez le pregunté y me respondió que eran para mejorar las articulaciones y evitar roturas.

—¿Y dónde aprendió eso? Quizá formase parte de algún grupo de chicos en el que todos hacían lo mismo. Puede que lo de Dylan haya sido una broma horrible de uno de los amigos de Charles.

—Cora… —dijo Margaret con tristeza—, Charles no tenía amigos. Estaba solo. Desde que Jack se fue de casa, hace unos tres años, se quedó solo. Salía a dar paseos para ver animales en el bosque, pero no tenía amigos.

—Quizá sí tuviese y tal vez usted no los conocía. Cabe la posibilidad de que no le hablase de ellos. Puede que conociese a alguien en esos paseos. Alguien que compartiese su pasión por la naturaleza y las aves. ¿De verdad no lo vio con nadie? ¿No hay algún grupo de avistamiento de pájaros en el bosque o cualquier cosa por el estilo?

Margaret negó con la cabeza. Sin embargo, Jack me observó con atención unos instantes y decidió algo en ese momento:

—Quizá deberías venir conmigo. Tengo que enseñarte algo.

Capítulo 30
Edwin Finley
Steelville
Misuri
1998
Dos años antes de su desaparición

En las sombras de la tristeza, nuestra propia luz
es la única que puede iluminar el camino de vuelta.

Edwin condujo hasta la comisaría y al entrar saludó con la mano en alto a Loris, que estaba sentada a su escritorio y que se levantó para acercarse a él en cuanto lo vio. Los domingos solía haber menos personal en la oficina y los agentes que trabajaban lo hacían patrullando desde temprano para recoger a los borrachos de la noche anterior.

—Enhorabuena, sargento. Me he enterado de tu ascenso. —Sonrió con orgullo.

—Gracias, Loris. En realidad nada cambia. Seguimos como siempre, ¿vale? No hace falta que me llames sargento. Prefiero seguir siendo solo Ed.

—Como quieras, Ed. Pero te lo mereces. No hay nadie aquí que se implique más que tú —dijo.

Él agachó la cabeza y prefirió cambiar de tema.

—¿Hasta qué año llegan los expedientes de la sala de archivo?

—¿Para qué quieres saberlo?

—Quiero comprobar un expediente de hace unos años —se justificó, tratando de no dar muchos detalles.

—Hasta 1970, creo. Si es algo anterior, se guardan en el sótano de la comisaría de Cuba. ¿Necesitas ayuda?

—No, no. Estoy bien, gracias, Loris.

—Ahora mismo estoy rellenando las diligencias de dos borrachos que tengo en el calabozo. Ya sabes, domingo de resaca. Animales que recuperan sus instintos cuando se toman tres cervezas de más.

—¿Comparten calabozo?

—Por supuesto. —Rio Loris—. No salen de ahí hasta que no hagan las paces y se den un abrazo.

Ed esbozó una sonrisa y se despidió con un simple:

—Ánimo con eso.

Luego se dirigió hacia una puerta al fondo de la sala principal, la cruzó y bajó las escaleras hasta el sótano, donde caminó por un pasillo que a ambos lados tenía como media docena de puertas azules hasta llegar a la del final. Allí encendió la luz desde fuera y la abrió con respeto. Dentro encontró una habitación con estanterías llenas de cajas de cartón de distintos colores, rotuladas con la numeración de los años que contenían. Las cajas blancas abarcaban desde 1992 hasta 1994, y no había rastro de los años posteriores. Los expedientes de los últimos años, de 1994 a 1998, descansaban arriba, sobre las mesas de los agentes, porque normalmente seguían recopilando datos, fichas, pistas, declaraciones y fotografías de los delincuentes durante un tiempo, hasta que se producía el traslado de la información al juzgado, donde se almacenaba durante un periodo prudencial durante el proceso de juicio, tras el que la devolvían a la comisaría de origen.

Las cajas marrones, algo envejecidas y abombadas por el paso del tiempo y la humedad, estaban datadas con fechas desde 1975 hasta 1992, junto a un número que representaba el caso que contenía. Esas eran las que le interesaban, no tenía que indagar más. Edwin buscó entre las baldas las cajas con fechas de 1980 y comprobó varias de ellas en las que encontró dos asesinatos de cónyuge, un atropello con víctima mortal, una docena de robos con fuerza de drogadictos que habían caído en las garras del crack y, finalmente, una llena hasta arriba de carpetas, en cuya portada se podía leer el nombre de su hermana: Mandy Finley. Cargó la caja escaleras arriba y la colocó cerrada sobre su mesa. No quería abrirla allí y pensó que lo mejor sería llevársela a casa y revisar el expediente de su hermana tranquilo. Mientras lo meditaba escuchó la voz de Randall a su espalda.

—¡Ed! Pensaba que no te tocaba turno hoy. ¿Acaso trabajan los sargentos en domingo?

Edwin sonrió y se dio cuenta de que la noticia ya era *vox populi*.

—Oye, Randall. No quiero que esto del cargo suponga ninguna diferencia de trato, ¿de acuerdo? No es algo que yo haya pedido.

—No te preocupes, Ed. De verdad. Es la primera vez que un superior me cae bien. —Sonrió—. Pero ¿no deberías descansar?

—No paro de darle vueltas a una cosa y…, bueno, también quería ir a ver a la niña.

—¿A quién? ¿A Mara?

—Sí.

—Voy contigo. No me gustó esa mujer de servicios sociales. Me quedo más tranquilo sabiendo que está bien con los Marks.

—Claro. Sin problema —aceptó Ed, aunque en el fondo pensó que no era buena idea.

Le interesaba hablar con la niña a solas.

—¿Qué es esto? —le preguntó su compañero al ver la caja sobre la mesa—. 1980/89 —leyó la numeración en voz alta—. ¿Un expediente de hace casi veinte años?

—Hay cosas que quiero revisar de mi pasado. Ya te lo contaré un día —replicó con seriedad.

Randall contempló a su compañero extrañado, pero decidió no agobiarlo con sus dudas.

JAVIER CASTILLO

—Claro. Si necesitas ayuda con lo que sea, puedes contar conmigo, ¿vale? —dijo con comprensión—. Y enhorabuena, sargento —añadió.

—Gracias. Y no me llames sargento. Sigo siendo Ed.

Salieron de la oficina y se dirigieron los dos al coche de Edwin. Este último cargó la caja en el maletero y Randall se subió en el asiento del copiloto. Hacía tiempo que no lo hacía y sintió nostalgia.

—Esto me recuerda a cuando empezamos a patrullar juntos, hace unos años —recordó—. Hemos cambiado un poco desde entonces —añadió con cariño—. ¿Recuerdas aquella vez que pillamos al crío de los Thompson robando alcohol y condones en el ultramarinos y cómo corría y se deshacía de las botellas de vino como si estuviese repartiendo periódicos? ¿Cuántos años tenía? En cuanto soltó la última botella corría que parecía imposible atraparlo y tú lo arrinconaste en el callejón y..., ¿qué te dijo? Recuérdame qué te dijo.

Ed esbozó una ligera sonrisa y respondió:

—Que no le quitase los condones, que no quería pillar el sida al cascársela.

—¡Eso! —Rio Randall—. Qué tiempos. Desde que al viejo Wallace se le metió en la cabeza dividirnos para abarcar más territorio y consiguió financiación para comprar más coches, patrullar es un auténtico suplicio. Una multa por aquí, un drogadicto por allá. Pero pasamos demasiado tiempo solos. Pensando y matando las horas.

Deseando que acabe el día para volver a casa o dar un paseo por el bosque.

Edwin asintió, pensativo. En el fondo de su corazón en ese momento deseaba estar solo.

—Sí que hemos cambiado, sí.

—Sin duda. Mírate, Ed. Tienes una familia preciosa, dos hijos. ¿Cómo está Margaret?

—Bien. Está bien —exhaló Edwin con distancia—. El pequeño tiene un problema y queremos hacerle pruebas para comprobar si sus defensas están bajas o ver qué es. No sé, siempre le ocurre algo. Se fractura los huesos con facilidad. El médico dice que cree saber de qué se trata, pero sin hacerle más pruebas no se arriesga a decirnos nada. Dice que puede ser genético y está pidiendo información a otros hospitales. Lo bueno es que Margaret parece que ha remontado al fin de su depresión y se está encargando de cuidarlo muy bien. Ha sido un bache largo, pero creo que está mejor. He tratado de estar a la altura como marido, pero no sé si he acabado yo también en algún pozo oscuro.

—Bueno —respondió Randall, serio—, todos nos encontramos agotados de vez en cuando y nos apoyamos en los que tenemos cerca, ¿no? Margaret te adora. Y si la necesitas, estará ahí. Al igual que tú has estado con ella.

—Puede —aseveró Ed, al tiempo que giraba el volante y se adentraba en una zona arbolada con casas enterradas entre las hojas—. Pero yo no he hecho nada para sacarla de esa tristeza. Hay veces en las que es uno quien debe encontrar solo el camino de vuelta.

Después de conducir un rato, frenó frente a una de esas casas. Edwin miró por la ventanilla y vio a la pequeña Mara arrodillada en el suelo del porche. A su lado, una adolescente de pelo largo miró hacia el coche con gesto preocupado.

Capítulo 31
Cora Merlo
Steelville
Misuri
2017

*Cuesta aceptar que somos resultado
de nuestros traumas, porque marcan más el camino
que nuestros momentos de felicidad.*

—Al final has conseguido llevarme a tu casa —bromeé
en cuanto entré por la puerta siguiendo los pasos de
Jack.

Residía en una pequeña vivienda modular de techo
plano, pintada en gris, justo a las afueras de Steelville.
Era una zona tranquila, de casas prefabricadas iguales
que la suya, con coches modestos aparcados sobre la
acera. No era el lugar en el que me imaginaba a todo un
sargento de la oficina del sheriff, pero admito que el
interior tenía mucho mejor aspecto de lo que la casa

aparentaba desde fuera. Una vez dentro, miré a ambos lados para hacerme una idea de los espacios y vi que todo estaba distribuido en una única habitación, con la cocina de un blanco reluciente a la izquierda y el salón decorado en tonos tierra a la derecha. Frente al sofá de dos plazas del salón, en una mesita de centro de cristal, había un plato con *noodles* secos y una lata de Coca-Cola con la anilla quitada. Salvo eso, todo estaba en un orden militar, aquella vivienda reflejaba la imagen perfecta de Jack: un hombre ordenado, humilde y en apariencia con poco que esconder.

—Disculpa el lío. Ha sido todo un poco precipitado.

—¿Lío? Te invitaría a mi piso en Nueva York para que supieses lo que es la escena de un crimen —bromeé—. Así que aquí vive el sargento de la oficina del sheriff de Steelville —añadí para romper el hielo.

No sabía qué quería enseñarme Jack, pero durante el camino hasta su casa lo había notado demasiado pensativo.

—No es gran cosa, pero bueno, como el alquiler no es muy caro, puedo ayudar a mi madre con los gastos de la casa. No necesito mucho más. Continuo la estela de los Finley: me he criado en Steelville, he terminado sirviendo a este pueblo y estoy irremediablemente atado a él —dijo en un tono que entremezclaba el orgullo y desesperanza—. Mi abuelo trabajaba en la oficina, mi padre también fue sargento y ahora yo sigo sus pasos, tratando de pisar las huellas que dejó hasta que desapareció.

Mientras hablaba me di cuenta de que en cuanto llegaba al asunto de su padre, agachaba la vista, como si rebuscase en su memoria. Aquel tema lo atormentaba por mucho que intentase ocultarlo y no sé por qué me vi con fuerzas para indagar en él. Instintivamente, recogió la mesa y metió el plato en el lavavajillas. Mientras seguía trasteando en la cocina, yo decidí dejar la mochila junto al sofá y lanzarme:

—¿Qué crees que le pasó a tu padre? ¿Por qué crees que se marchó? —le pregunté.

Se detuvo en seco y negó con la cabeza. Luego se giró sobre sí mismo y me contempló unos segundos, serio.

—No me lo tienes que contar si no quieres, Jack —me retracté al darme cuenta de que le dolía demasiado—. Es solo que... supongo que te lo habrás preguntado muchas veces. No tiene que ser fácil crecer con la pregunta de dónde está. Yo perdí a mi padre por un cáncer. Se lo llevó rápido. No es lo mismo, pero decidí estudiar medicina y especializarme en oncología por él. Supongo que nuestros traumas marcan más nuestro camino que nuestras alegrías. Creo que, como yo, trabajas en la oficina del sheriff por seguir el fantasma de tu padre.

Jack me observó en silencio, inmóvil, y yo sentí que había tocado hueso.

—Ven. Quiero enseñarte algo —dijo de pronto, dirigiéndose hacia una puerta al fondo de la estancia.

Lo seguí nerviosa y cuando estuve a su lado, se giró, me miró a los ojos y sentí que estaba dando un paso que no se había atrevido a dar con nadie. Todavía no sabía que tras la puerta se escondían todas las piezas de un puzle que llevaba años tratando de reconstruir. Giró el pomo y empujó la puerta, dejando a la vista el interior de una sala empapelada hasta el techo por cientos de fotos, recortes de periódico y anotaciones a mano en pósits. Había un mapa gigantesco en una de las paredes con varios puntos marcados en rojo. La habitación estaba casi vacía y sin muebles, salvo una estantería y un escritorio lleno de carpetas, y a un lado destacaba la fotografía policial en blanco y negro de un rostro que no había visto nunca y que tenía un nombre anotado bajo él: «Gavin Crane».

—¿Qué es esto? —pregunté, confusa, ya que no esperaba encontrarme con todo aquello.

—El fantasma de mi padre —respondió con voz seria—. Y llevo diecisiete años detrás de él.

Capítulo 32
Edwin Finley
Steelville
Misuri
1998
Dos años antes de su desaparición

Cada pintura es siempre una ventana
hacia el interior del alma.

Edwin aparcó frente a la casa de los Marks, una villa construida en madera y pintada de verde que casi se perdía entre los árboles. Allí, en el porche, vio a la pequeña Mara sentada en el suelo frente a una adolescente de unos quince años de pelo moreno y largo. La niña llevaba otra ropa distinta a la del día anterior: un vestido blanco de cuello amplio en forma de corazón. La joven vestía una blusa amarilla de manga corta que combinaba con gracia con una falda larga plisada de color marrón.

Los agentes observaron durante un instante a la pequeña, que se mostraba seria y cabizbaja, mientras la adolescente hablaba con ella sin conseguir llamar mucho su atención. Edwin se bajó del coche y Randall siguió sus pasos y se colocó a su lado. El sargento aclaró su garganta en cuanto se acercó a los peldaños de madera para llamar la atención de ambas, que tenían desparramadas a su alrededor un puñado de tizas con las que estaban garabateando el suelo. Mara pintaba sin levantar la cabeza y, a su lado, la joven la observaba en silencio y le facilitaba los colores al tiempo que le daba indicaciones sobre cómo continuar el dibujo.

—Veo que habéis hecho buenas migas —alzó la voz Edwin, para que lo oyesen desde abajo. Quiso dibujar su mejor sonrisa, a pesar de que por dentro estaba inquieto, y Randall asintió, tratando de no agobiar a la pequeña con la presencia de dos adultos uniformados—. Tú debes de ser la hija de los Marks —saludó, dirigiéndose a la muchacha, que se apartó el pelo y dejó ver su rostro delicado de piel pálida y una sonrisa por la que asomaban unos perfectos dientes blancos.

Tenía una belleza natural, de esas que además reflejan la fragilidad en los ojos.

—Soy Amelia, sí —respondió con educación. Se puso en pie y gritó en dirección a la vivienda—: ¡Mamá! ¡Ha venido la policía!

—Solo hemos venido a saber cómo se encuentra Mara y cómo ha pasado la noche —aclaró el sargento—.

Soy Edwin Finley, de la oficina del sheriff, y él es mi compañero, Randall Boyce.

Mara levantó la vista al oír su voz y reconoció a Ed al instante. Se puso en pie y bajó las escaleras hasta ponerse a su altura. Luego levantó la cara hacia él y lo saludó con una mueca que en cualquier otra persona hubiese significado un «me alegro de verte», pero que en la niña podría significar cualquier cosa.

—Eh, hola, Mara —dijo Edwin con tono cálido—. Veo que te llevas bien con Amelia. ¿Cómo estás?

La pequeña no le respondió y en su lugar le agarró el dedo de una mano y tiró de él escaleras arriba, en silencio, hasta que llegó al lugar donde ambas estaban pintando en el suelo. Randall se quedó abajo y prefirió alejarse en dirección al coche para darles a los tres algo de espacio y no interrumpir ese encuentro espontáneo que se acababa de producir.

—Mi madre está dentro —dijo Amelia, como si estuviese acostumbrada a aplacar la incertidumbre con aquella frase.

Los ojos de Ed viajaron a la figura esbelta de la adolescente y agachó la cabeza en cuanto recordó que una de las chicas de las imágenes de la polaroid tenía el mismo tono de piel que ella. Apretó la mandíbula, incómodo y asqueado, y dirigió su mirada a Mara, que se había vuelto a sentar en el suelo junto al dibujo y pintaba concentrada. Una mujer de unos cuarenta años se asomó por la mosquitera de la puerta y la abrió en cuanto lo vio junto a las niñas.

—Hola, agente. ¿Qué tal todo?

—Hola, señora Marks. Soy Edwin Finley, sargento en la oficina del sheriff.

—Sé quién es. Esto es un pueblo y tarde o temprano te encuentras con todo el mundo en el Rich's. Le he visto allí varias veces con su mujer y sus hijos. ¿Cómo están, por cierto? Son ustedes una familia preciosa. —La señora Marks saludó a Randall desde la distancia y luego volvió a dirigir su atención al sargento.

—Gracias, señora Marks —dijo Ed al tiempo que recordaba, con dolor, la discusión con su mujer la noche anterior.

—El pequeño tiene algún problema, ¿verdad? —le preguntó la señora Marks sin pudor. Era de ese tipo de personas que hablaba sin controlar el daño que podía hacer—. Siempre veo que lo lleváis en la silla y suele tener vendas. ¿Qué le pasa?

—Le estamos haciendo pruebas, pero aún no sabemos nada. Es distinto a su hermano, eso sin duda. Se cae mucho y suele fracturarse huesos con facilidad. Pero, bueno, es un niño, los niños se caen y se hacen daño, y el mío ha tenido mala suerte con las caídas. Eso es todo —replicó algo molesto. Estamos esperando a ver si desde St. Louis nos dicen algo más. El consultorio médico de Steelville no es que tenga mucha experiencia con algo así.

—Entiendo —dijo la señora Marks—. Supongo que vienen por Mara, ¿verdad? —preguntó cambiando el tono.

—Sí, solo queremos comprobar que está todo bien y saber cómo ha pasado la noche.

Edwin estuvo a punto de decirle que hacía una labor preciosa y que le agradecía su disposición a refugiar a Mara, pero prefirió guardarse los cumplidos. Amelia se sentó junto a la niña y le acercó la tiza verde, con la que Mara empezó a pintar pequeños círculos que salpicaron el suelo. La señora Marks observó a Mara durante unos instantes e hizo un gesto a Edwin para alejarse de ellas.

—Es una niña muy dulce. Educada y respetuosa. No hace un ruido —dijo en voz baja, sorprendida—. En cuanto llegó anoche y le enseñamos que compartía habitación con Amelia, corrió a abrazarla. Y ya ve, han hecho buenas migas. Esta mañana, cuando he ido a despertarlas, estaban las dos durmiendo juntas en la cama.

—Parece una niña muy especial que ha tenido mala suerte —aseveró Ed, observándola.

—Ahora bien, no quiere hablar mucho, al menos conmigo —añadió la señora Marks.

—Es normal. Está algo asustada y confusa por lo que ha pasado. No sé si se lo han contado, pero su madre murió en el incendio y su padre está desaparecido. ¿Cómo estaría usted si se encontrase de repente sin nadie de su familia?

—Me lo han dicho, sí. Es una tragedia. Y me da mucha pena, porque es una niña maravillosa. Ha hecho la cama cuando se ha despertado y tiene solo cinco años. De verdad que lo es. A veces cuesta asimilar lo injusta que es la vida con algunos.

—Estamos tratando de encontrar al padre, pero de momento no hay suerte. Parece que la cosa se alargará. Intentamos averiguar qué sucedió en aquella casa y aún no hemos logrado reconstruir lo que pasó. Si aparece el padre, no está del todo claro que pueda asumir la custodia.

—¿Alcohólico? Siempre son alcohólicos. ¿Sabe qué? Si no quiere saber nada de su hija, no se preocupe. Es una niña encantadora que se merece un buen lugar donde crecer.

—Estamos aún investigando, pero, bueno, no nos precipitemos. Si esto se alarga mucho, supongo que lo normal será ver si hay hueco en la residencia, aunque parece que ha encajado bien con su hija. Quizá podríamos ver si hay manera de que pase aquí algo más de tiempo, si a usted no le importa.

—Por supuesto que no me importa —contestó la señora Marks y observó a ambas niñas jugando juntas—. Amelia siempre ha querido una hermana pequeña y está feliz con tener al fin a alguien con quien compartir cuarto. Tuve un parto complicado cuando ella nació, ¿sabe? Me dijeron que no podría volver a quedarme embarazada. Lo pasé mal. Bastante. Siempre habíamos querido tener una familia numerosa, pero supongo que la vida te va llevando de un lugar a otro para darte lecciones. Quizá nosotros no estábamos destinados a traer más niños al mundo, sino a ayudar a los que lo necesitasen. Por eso solicitamos convertirnos en un hogar de acogida. Mara es el cuarto menor que pasa por esta casa, pero suele ser algo temporal. Siempre han sido adolescentes de padres conflictivos y esta es la primera vez que viene a casa alguien de su edad. Admito que estamos encantados con ella.

Edwin asintió al tiempo que observaba a las niñas. Mara levantó la vista del dibujo del suelo y le sonrió; entonces recordó el motivo por el que estaba allí.

—¿Le importa que hable a solas con Mara un par de minutos? Tengo que preguntarle algunos detalles sobre sus padres.

—¿Sus padres? ¿No cree que se pondrá nerviosa?

—Es importante. Quizá nos ayude a encontrar a su padre, Gavin. Ayer pasamos unas horas juntos y creo que le caí bien —insistió Ed.

—Eh…, está bien —aceptó la señora Marks—. Amelia —llamó a su hija—, ¿puedes venir un momento? Necesito que me ayudes a encontrar más ropa de cuando eras pequeña para Mara.

—Sí, mamá —respondió Amelia al tiempo que se ponía en pie.

La adolescente se deslizó por el suelo con paso delicado y, antes de entrar en la casa y perderse en la penumbra del hogar, miró a Edwin y a Randall, a quienes sonrió como despedida. En el porche se quedaron Edwin y Mara solos. Randall se apoyó en el coche y se encendió un cigarro. Desde ahí poco o nada podía oír. La niña puso una expresión seria en cuanto se dio cuenta de que Ed se agachaba a su lado. Agarró una tiza marrón y comenzó a dibujar unas líneas aleatorias delante de ella.

—Hola, Mara. ¿Cómo has pasado la noche?

—Hola —respondió la pequeña sin levantar la cabeza del suelo.

—¿Qué estás pintando?

La niña elevó los hombros como respuesta. Edwin apretó la mandíbula y buscó en su cabeza cómo abordar aquello.

—¿Te gustan los Marks? ¿Te tratan bien?

Mara asintió en silencio.

—Puedes ser sincera. Si no estás a gusto con ellos puedo intentar conseguir que duermas con otra familia.

Negó con la cabeza y luego añadió:

—Me gusta Amelia. Es buena conmigo —dijo al fin—. Quiero estar con ella.

—Me alegro, Mara —replicó Edwin en tono cálido—. ¿Sabes? Les he hablado a mis hijos de ti y están deseando conocerte. Podrías venir a casa algún día y ver una película con ellos. Podríais ver *Jumanji* juntos. ¿Te gustó *Jumanji*?

Mara gesticuló un sí con la cabeza.

—Tiene muchos animales. Me gustan los animales —dijo la niña, sin intención de elaborar mucho la frase.

—Bien, eso es bueno. A mí también me gustan los animales. Los monos me divierten mucho, pero donde esté un oso que se quite todo lo demás. Son valientes y fuertes. Como tú, Mara.

—A mi padre también le gustan los animales —continuó. Levantó la vista, miró a los ojos a Ed como si estuviese orgullosa de saber algo que nadie más sabía y le susurró—: Le gustan los pájaros.

—¿Los pájaros?

Mara asintió.

—Tiene relojes por toda la casa con pájaros que salen a cantar. Los cuida mucho y no me deja tocarlos.

—Relojes de cuco. Se llaman relojes de cuco —aclaró el sargento, que recordaba haberlos visto en el sótano.

Si había más relojes de ese tipo por la casa, Edwin no recordaba haberlos visto, porque seguramente se hubiesen convertido en cenizas.

—Sí. Eso. Relojes de coco. Cuco. ¿O coco? Hay uno muy bonito colgado del salón que mi padre no quiere que toque. Es rojo. El pájaro que sale es rojo. Y la canción que suena es bonita. Tin, tan, tin… —tarareó la pequeña.

—Mara… —la interrumpió Ed con delicadeza—, justo venía a preguntarte por tu padre —añadió al ver abierta aquella puerta—. Me dijiste que no querías que volviese, pero nosotros tenemos que encontrarlo para saber que se encuentra bien. ¿Sabes dónde puede estar?

La niña cambió de actitud y negó con la cabeza, sin abrir la boca. Aquel tema le afectaba. Mara agachó la cabeza y comenzó a dibujar en el suelo con más interés, Edwin se dio cuenta de que no tenía mucho tiempo antes de que se cerrase en banda y no quisiese hablar.

—¿Tiene algún lugar al que podría haber ido? ¿Algún sitio en el que pueda estar pasando unos días?

—El bosque —dijo de pronto—. La casita de madera.

—¿Una cabaña? ¿Dónde? ¿Sabrías llegar?

Mara negó con la cabeza y luego se encogió de hombros.

—Bien. Gracias, Mara. Me has ayudado mucho —dijo Ed, reconfortante.

La niña levantó la vista y miró a su alrededor, tratando de evitar el contacto visual con él. Se la notaba incómoda y el sargento percibió que estaba a punto de abandonar la conversación.

—¿Te puedo preguntar una cosa, Mara? —preguntó en voz baja en un intento de calmarla. Ordenó en su mente las palabras y trató de tener cuidado con lo que decía. Mara tragó saliva y siguió pintando sin decir nada—. Es sobre la pelea que me contaste que tuvieron tus padres.

La pequeña estiró la mano, agarró la tiza amarilla y comenzó a dibujar líneas con ella, ignorando las palabras del agente.

—Dijiste que tus padres discutieron por unas fotos de mujeres. ¿Tú alguna vez has visto esas fotos por las que se pelearon?

Mara hizo una pausa sin apartar la vista del suelo y luego negó con la cabeza. Edwin respiró profundamente y se encorvó un poco para ver el rostro de la pequeña. El corazón del sargento latía con intensidad. Intuía que estaba delante de la confirmación de algo atroz.

—¿Tu madre encontró las fotos y por eso discutieron? Fue eso lo que pasó, ¿verdad?

La niña asintió con la cabeza e hizo un trazo largo en curva.

—¿Y sabes si formaban parte de alguna revista o algo así? A veces los mayores compramos revistas que tienen fotos de mujeres y hombres en bañador.

Edwin quería atinar lo más posible y saber si realmente las polaroids del baúl habían sido el motivo de la disputa del matrimonio antes del incendio. A veces para que un niño dijese la verdad había que comprobar con cuidado si era coherente en la historia que contaba. Que no decía que sí todo el rato o comprobar si repetía la última frase de la pregunta por inercia.

Mara negó con la cabeza y estiró la mano para pintar un poco más.

—Bien. Eso está bien —aprobó Edwin, preparando el terreno para una última pregunta. Mara estaba seria y su cuerpo temblaba ligeramente por el garabateo en la madera—: ¿Eran fotos que tu padre guardaba en algún sitio? —le preguntó con delicadeza.

Mara asintió apretando los labios. Dejó de pintar y el sargento se dio cuenta de que estaba a punto de llorar.

—¿En el sótano? ¿Estaban en el sótano? —Quiso que se lo confirmara, rápido.

Mara emitió un bufido y se cubrió la cara con el codo para limpiarse las lágrimas.

—¿En una caja del sótano, Mara? —insistió desesperado.

Mara levantó la cabeza y miró a Edwin a los ojos. Su rostro se cubrió de lágrimas, sus ojos reflejaban tristeza y arrepentimiento. De pronto, Mara asintió y se derrumbó en llantos ahogados sobre Edwin. El agente miró el suelo y vio lo que había dibujado la niña: decenas de ramas de árboles entrelazadas y llenas de hojas que se extendían y acababan en una jaula amarilla, en cuyo interior había pintado la silueta de un pájaro negro.

Capítulo 33
Cora Merlo
Steelville
Misuri
2017

No todos los latidos de un corazón están marcados
por el mismo sentimiento,
pero cada uno de ellos es imprescindible.

Estaba rodeada de anotaciones, recortes de periódicos y preguntas sin respuesta. Las paredes se hallaban empapeladas de arriba abajo con notas superpuestas una encima de otra, fotografías a color y en blanco y negro o textos de letra diminuta que construían un mosaico imposible. Mis ojos volaban por la estancia tratando de comprender qué era todo aquello y, casi sin querer, me vi arrastrada al interior de la habitación movida por la curiosidad.

—¿Qué es esto?

—El mayor misterio de mi vida —respondió Jack—. El caso que trato de resolver desde que me incorporé al cuerpo.

Miré a todas partes y me abrumó la cantidad de información que había reunido allí. Me fijé en varias de las fotografías y todas ellas parecían conformar las piezas de un puzle imposible hecho de tristeza y dolor. Reconocí el rostro de Edwin, su padre, con la mirada al frente, en una imagen muy parecida a la que Margaret tenía en el pequeño altar del salón. Había rostros de otros hombres, algunos vestidos de uniforme, y uno con aspecto de haber sido extraído de una ficha policial. Leí el titular de un recorte de periódico con bordes amarillentos: «Sargento desaparecido. Misterio sin resolver en Steelville». La nota estaba enterrada entre muchas otras con frases del mismo estilo: «El sargento Edwin Finley desaparece en extrañas circunstancias». «¿Abandono de hogar o tragedia sin resolver?»; «¿Dónde está Edwin Finley?», rezaba otro. Uno de los recortes era de la portada de un periódico llamado *Crawford County News* con el titular «Oficial desaparecido a las puertas del bosque», y la acompañaba la imagen de un vehículo de la comisaría rodeado por un cordón policial. Me fijé en la fecha de la portada, «Sábado, 16 de septiembre de 2000». Habían pasado diecisiete años desde aquello.

En ese momento, Jack entró también en la habitación y esperó en silencio a mi lado.

—La desaparición de tu padre. Intentas descubrir qué le pasó —exhalé.

Asintió sin decir nada y yo me fui acercando a las paredes, sobrepasada por la cantidad de información que había colgado de ellas. La pared de la izquierda estaba casi completamente empapelada por recortes que hablaban de la desaparición de Amelia Marks, la hermana de Mara. Había una foto de ella entre las notas y me perdí en su cara. También me fijé en las facciones dulces que tenía en la imagen que habían usado en los carteles de «Se busca». Traté de imaginar el contexto en el que se hizo aquella fotografía, que debieron colgar por todas partes. Dirigí la vista a esa zona en la que estaban los recortes sobre Amelia y leí para mí misma. «Horror en Steelville. Camarera desaparecida». «La búsqueda de Amelia se centra en los clientes del *diner* en el que trabajaba». «Se baraja la hipótesis de la fuga de Amelia Marks con el sargento Finley». «Las marcas de neumático en el aparcamiento son la única pista de la que tirar». El espacio y la cantidad de artículos dedicados a Amelia eran gigantescos en comparación con las notas sobre Edwin. Algunos tenían titulares de un cariz tan sensacionalista que tan solo servían para hacer más daño a los familiares. Me di cuenta de que estos titulares estaban creados para asegurarse un mayor número de ejemplares vendidos. Identifiqué el formato característico del *Manhattan Press*, un periódico nacional que pocas veces se interesaba por asuntos tan locales, y leí un titular que rezaba «Nadie busca ya a Amelia Marks», con fecha de 2007, y firmado por una tal Miren Triggs.

—¿Crees que tu padre se marchó con Amelia Marks? —pregunté a Jack, que no había apartado la vista de mí desde que habíamos entrado en la habitación.

—No. Bueno, no creo —respondió—. Mi padre estaba buscando a Amelia, pero siempre he pensado que sucedió algo mientras lo hacía de lo que quizá no estaba muy orgulloso y que por eso nunca más volvió a casa.

—¿Qué quieres decir? ¿Por qué piensas así?

—La mañana del día en que mi padre desapareció, un par de semanas después de que no se supiera nada de Amelia Marks, lo vi llegar a casa con las manos y la ropa ensangrentada.

—¿Qué? ¿Crees que tu padre le hizo algo a Amelia? ¿Es eso lo que me quieres decir?

—No lo sé. Esto no se lo he contado nunca a nadie. Llegó a casa muy afectado, como si estuviese bloqueado por algo que le había sucedido o que había hecho. Estaba muy serio, con la mirada perdida. Nunca antes lo había visto así. Me pidió ayuda para esconder su ropa manchada de sangre y me hizo prometerle que le guardaría el secreto. Yo era un niño y, cuando desapareció, no conté nada porque se lo había prometido. Pensaba que tarde o temprano volvería y que si lo contaba lo metería en algún lío.

297

—Jack… —exhalé.

Le temblaba la voz al hablar.

—Una parte de mí buscaba en su comportamiento algo que me dijese que él no tenía nada que ver con Amelia, pero otra me decía que le había hecho algo a la hija de los Marks. Así que temí confesar aquello por si le culpaban. Luego pasaron los meses y poco a poco aquel secreto se convirtió en una carga, algo que debía haber contado en su momento, pero que no me atreví a hacer. Creí durante un tiempo que al no hablar de cómo lo vi aquella mañana, me había convertido de algún modo en su cómplice. Tienes razón en eso que has dicho, que nuestros traumas marcan más nuestro camino que nuestras alegrías. Yo seguí sus pasos para estar más cerca de la verdad de lo que sucedió, y para redimirme por el secreto que guardé cuando era un niño.

—¿Por qué me cuentas todo esto, Jack? ¿Por qué a mí?

—Déjame contarte el resto de la historia. Es mucho más compleja de lo que parece. Además ahora creo que hay algo de ti que conecta con todo esto.

Yo me quedé sin aliento ante esas palabras.

—Mi padre no solo buscaba a Amelia Marks, sino también a su hermana, a mi tía Mandy Finley, que desapareció en 1980 y a quien nunca conocí.

Señaló hacia otro de los rincones donde había colgada una fotografía desgastada de una chica morena y sonriente, vestida con un chándal rosa, y mirando a la cámara sin vergüenza alguna. Me aproximé a esa zona y me di cuenta de que en el suelo, justo debajo de esa imagen, había una caja de cartón marrón envejecida con la numeración 1980/89 escrita con rotulador negro.

—¿Qué es esto? —inquirí, confusa.

La historia se estaba presentando ante mí como un puzle complejo con distintos niveles, como si fuese un juego de matriuskas donde ibas adentrándote cada vez en un misterio más profundo, con mayor trascendencia y dolor. No entendía qué se podría encontrar una vez que se abriese la última figura y, sobre todo, qué tenía que ver yo en esta historia.

—Esa caja tiene el archivo del caso de la hermana mayor de mi padre. Él era joven cuando ella desapareció. Todo el mundo pensó que se había ido a Los Ángeles. Según he leído en el expediente, había contado sus planes de fugarse de casa para escapar de Steelville a muchos amigos y testigos. Mi abuelo era sargento de la oficina del sheriff, al igual que mi padre y ahora lo soy yo, y trató de encontrarla lanzando órdenes de búsqueda a otros estados, pero Mandy nunca apareció —dijo Jack, con la distancia que da algo que no le afectaba demasiado—. No existían todavía las nuevas tecnologías, de modo que era complicado seguir el rastro de alguien a menos que esa persona quisiera que se la encontrase. Yo no sabía nada de esto. Es más, mi padre nunca nos habló de ella. Sucedió cuando él era un muchacho. En poco tiempo abandonaron la búsqueda y, de algún modo, el caso quedó en el limbo. Todo está en esa caja. —Señaló con la mano al archivo—. La encontré en el garaje hace años, revisando las cosas de mi padre. Recuerdo que la trajo a casa un día y se obsesionó con ella. Fue un tiempo después cuando…, bueno, le pasó algo que hizo que él también desapareciese.

Tragué saliva al comprender el dolor que aquella historia podría haber causado en su familia. Era difícil imaginar cómo lidiar con todo de golpe y crecer con una infancia en ruinas por la desaparición de un padre y con un hermano enfermo que requería un extremo cuidado. Entendí entonces por qué Jack era tan serio, estaba lleno de cicatrices que habían moldeado su carácter.

—Mi abuelo era muy estricto y severo. Durante un tiempo hizo todo lo posible para que se le escuchase allá por donde iba y que se movilizasen recursos para buscar a su hija, pero el paso del tiempo, y la certeza cada vez más acuciante de que Mandy se había ido de manera voluntaria conforme todos sus amigos fueron confesando que Mandy se quería marchar de casa, hizo que se cancelase la búsqueda por las presiones de sus jefes. Hay poco sobre la desaparición mi tía Mandy, pero mi padre descubrió algo que confirmaba que no se fue voluntariamente, al igual que creo que tampoco lo hizo Amelia

Marks. Lo que encontró marcó sus últimos años con nosotros, cada vez pasaba menos tiempo en casa, discutía más con mi madre y cada día que pasaba se comportaba más y más como un extraño. Mi padre era una persona jovial y cariñosa, pero poco a poco fue cambiando hasta que en el año 2000, Amelia y él desaparecieron como si se los hubiese tragado la tierra.

Hizo una pausa en la que percibí su emoción. Hablar de su padre sí le dolía. Había dedicado su vida y sus recuerdos a comprender qué había pasado y había crecido además con la duda de que Edwin había hecho algo horrible.

—Amelia es la hermana de Mara, ¿verdad? La chica que conocí anoche, ¿no?

Trataba de poner orden en toda esa historia.

—Sí y no. Amelia es la hija biológica de los Marks. Conociste anoche a su madre y…, bueno, ya viste lo rota que está la señora Marks por no saber qué le ocurrió a su hija tantos años después. Mara fue adoptada cuando era una niña y, según he comprobado en su expediente, vivió un tiempo con ellos, ya que estaban inscritos como hogar de acogida para niños en situaciones especiales, antes de formalizar la adopción en 1999.

—¿Y sus padres biológicos? ¿Les pasó algo?

—La madre de Mara murió en el incendio que hubo en el pueblo en 1998. Ella tenía entonces cinco años.
—Apuntó a uno de los recortes del periódico *Crawford*

County News que mostraba en portada una fotografía de la zona y las casas quemadas—. Su padre se desvaneció ese día y nunca más se supo de él. Tenía una tienda de antigüedades en el centro que no volvió a abrirse, justo donde ahora hay una lavandería en Main Street.

—Qué horror —exclamé—. Muere tu madre, desaparece tu padre, acabas en un hogar de acogida y dos años después desaparece tu hermana adoptiva. Parece que está tocada por la mala suerte.

—O que ella es quien atrae la mala suerte, ¿no te parece? —aseveró Jack, revelador.

Me quedé inmóvil unos instantes tratando de colocar juntas todas las piezas, pero me resultaba imposible comprender la manera de conectar todas las historias a la vez.

—¿Crees que Mara tiene algo que ver con todo esto? —le pregunté—. No tiene ningún sentido. Tenía, ¿cuántos? ¿Siete u ocho años cuando sucedió lo de Amelia y tu padre?

—Quizá ella no, pero sí su padre biológico, desaparecido desde el incendio de 1998 —señaló entonces la última pieza del puzle: las fotografías policiales en blanco y negro de un hombre de rostro amigable con gafas de pasta y raya al lado, que en la imagen frontal tenía en los ojos un brillo especial, de alguien cercano—. Él es Gavin Crane —me dijo—, el padre de Mara, y creo que conecta los tres casos: la desaparición de mi tía

Mandy en 1980, la de Amelia Marks a finales de agosto del año 2000 y la de mi padre unas semanas después.

Hizo una pausa tras desplegar todos los enigmas que escondía Steelville y yo suspiré confusa, porque seguía sin entender las razones por las que me estaba contando todo esto.

—Y no solo eso, Cora —añadió—. Ahora, desde hoy, creo que de algún modo, todo esto conecta contigo.

—¿Qué? ¿Conmigo? —contesté sobrepasada.

—Bueno, con una parte de ti —aclaró. Miró hacia mi pecho y comprendí que se refería a mi corazón—. Los pájaros, Cora. La habitación de mi hermano Charles está llena de amor por los pájaros. El cuco de su habitación. Y creo que todo se ha conectado en mi cabeza en cuanto has mencionado a la persona en el bosque moviendo los brazos como si fuesen alas —sentenció.

Capítulo 34
Edwin Finley
Steelville
Misuri
1998
Dos años antes de su desaparición

Una mala decisión en el momento equivocado,
un paso en falso hacia alguien que no eres,
y sus consecuencias buscarán
el modo de que te alejes de ti.

Tras despedirse de Mara, Randall notó a Edwin más extraño que nunca. Lo observaba desde el asiento del copiloto y se fijaba en la manera en que agarraba el volante, con fuerza, como si estuviese descargando sobre él una rabia que no llegaba a comprender. El silencio mortal que había asaltado al sargento tras hablar con la pequeña lo estaba martirizando y deseó en ese instante haber estado presente durante la conversación que su compañero tuvo con la niña.

—¿Qué te pasa, Ed? —le preguntó—. ¿Estás bien?

Este no respondió y apretó la mandíbula al tiempo que respiraba hondo con la mirada fija en la carretera.

—¿Qué te ha dicho Mara?

Al sargento le temblaba el labio y los ojos rojizos insinuaban que estaba conteniendo sus emociones tanto como podía.

—Ed, tranquilo, ¿vale? —insistió—. Mara estará bien con esa familia —replicó Randall, tratando de calmarlo—. Los niños se adaptan rápido a cualquier entorno. Y la hija de los Marks parece que la está ayudando a que lo consiga rápido.

—Nada está bien —dijo Edwin al fin—. El mundo es horrible. ¿No lo ves? Abre los ojos y mira a tu alrededor. Todo, las calles, la gente, los árboles, la maldita naturaleza. Todo está podrido. Todo parece que está bien en la superficie, pero si escarbas un poco siempre encontrarás dolor. Dolor y tristeza. Dolor y maldad. Dolor y muerte.

—Ed...

—Esto no es por Mara, Randall. Es... por lo podrido que está todo. Tengo la sensación de haber estado protegiendo algo que no merece ser cuidado. No debimos ayudar en ese incendio y tendríamos que haber dejado que el pueblo entero se viniese abajo.

—No lo dices en serio, Ed. Estás enfadado por algo. ¿Qué te pasa? ¿Qué te ha contado Mara? ¿Es sobre su padre? ¿Sabe dónde está?

Edwin tragó saliva y apartó la vista de la carretera para mirar a su compañero. Por un instante estuvo a punto contarle la existencia de las fotografías que había encontrado en casa de los Crane y lo que sabía en ese momento de la historia de su hermana. Cómo Mandy soñaba con salir de Steelville y cómo desapareció del mundo, haciendo creer a todos que había puesto tierra de por medio y que se había olvidado de su familia. Le quiso contar que a medida que pasaba el tiempo su odio hacia ella fue creciendo, sobre todo durante su adolescencia, y cómo ahora todo se desmoronaba porque había hallado una verdad horrible para la que no estaba preparado: alguien se la llevó, la mató y escondió su cadáver en algún lugar. Alguien que lo había hecho muchas veces, con diferentes mujeres de distinto tipo y condición. Alguien con una vida normal, que lo hacía todo a escondidas, oculto. Alguien como él, con una familia, y que solo había sido descubierto por el coraje de su mujer, que encontró las fotos y decidió plantarle cara, sin éxito. Ahora el fuego había revelado la verdad, una historia dura y compleja, y el principal sospechoso estaba desaparecido. Sin embargo, solo fue capaz de decirle estas palabras:

—Ha dicho que fue su madre quien encendió el fuego en la casa.

Solo tuvo fuerzas para mentirle.

—¿Qué? —Randall lo miró extrañado durante unos segundos y notó que algo no iba bien.

—Nos había mentido. Ha cambiado de versión. Dice que su padre, Gavin Crane, lleva semanas sin aparecer por casa y que su madre ha quemado la casa.

—Ed… —No sabía qué decir, estaba demasiado sorprendido.

—Activaremos el protocolo de abandono de hogar del padre. No es delito irse de casa dejando a tu hija con su otro progenitor. No está bien, pero nosotros ahí no tenemos nada que hacer. Pasa el expediente a servicios sociales, ¿vale?

—Como…, como quieras —respondió—. Tú eres el sargento. Pero… ¿estás seguro?

Edwin apretó el volante con fuerza y, sin decir nada más, asintió. Llegaron a la comisaría y cada uno se dirigió a su escritorio. Randall buscó el teléfono del hospital forense, marcó el número y, después de tres tonos, una voz femenina se puso al otro lado del auricular.

—Soy Randall Boyce, oficial adjunto de la oficina del sheriff del condado de Crawford. Ayer cursamos la solicitud de autopsia de Nora Crane y llamaba para cancelarla.

—Del incendio, ¿verdad?

—Eso es —confirmó—. La testigo que teníamos ha cambiado de versión y nuestra teoría se viene abajo. No vamos a seguir investigando. Es todo tan dramático que no queremos alargar mucho esto.

—Dame un segundo…, sí. No se preocupe, pero me avisa un poco tarde. Como era una petición urgente se han dado prisa. Hemos enviado el informe esta mañana por fax. —Hizo una pausa en la que pareció buscar el comprobante y añadió—: A las 11.42. Hace unos veinte minutos.

—¿Nos la han mandado por fax? —preguntó—. ¿A la atención de quién?

—De Edwin Finley. Es quien nos aparecía en la solicitud.

—Está bien. Muchas gracias.

Randall colgó y buscó al sargento con la mirada. Estaba sentado a su escritorio, con la cabeza baja. La levantaba de vez en cuando para comprobar la pantalla de su ordenador, donde fijaba la vista durante unos momentos antes de agacharla de nuevo. Entonces Randall fue hacia la mesa de Loris y la saludó con una sonrisa amplia.

—¿Ha llegado algún fax para Edwin o para mí? —le preguntó, sentándose sobre la mesa.

—Sí, hace un rato —replicó—. Lo he dejado en la mesa de Ed —respondió sin darle apenas importancia.

Randall no perdía de vista a su compañero. Le preocupaba su actitud. Había cambiado mucho en tan solo unas horas. Parecía saber algo que no quería contarle.

—Gracias, Loris. —Hizo el amago de marcharse, pero se detuvo y preguntó—: ¿Has leído qué decía el fax?

—Solo que era de la oficina del forense. Nada más.

No pudo evitar una mueca de preocupación al escuchar las palabras de su compañera y se acercó a la mesa de Edwin, que apagó la pantalla en cuanto vio que Randall se acercaba. Giró su silla y colocó los papeles de la mesa.

—Ed, he llamado a la oficina para suspender la autopsia, pero dicen que ya han enviado el informe por fax.

—Sí. Estaba aquí, en mi mesa.

—¿Y qué decía? —intentó sacarle conversación a Ed, que parecía demasiado esquivo y sin ganas de entrar en detalles.

Este hizo una pausa demasiado larga y, serio, volvió a mentir:

—Muerte por inhalación de humo. No hay nada contra el padre. Nora Crane murió por el incendio y la pequeña Mara no es una testigo fiable. Es lo que querías, ¿no? Que olvidásemos el asunto. Pues esto acaba aquí. No tenemos nada. Gavin Crane es inocente —sentenció manteniendo el contacto visual con Randall, que lo observaba confuso.

Él apretó los labios y finalmente, tras unos segundos de duda, aceptó:

—Está bien, Ed. Olvidémonos de este asunto.

—Sí. Haremos eso —ordenó—. Lo olvidaremos. Si vuelve, hablaremos con él. Que se encargue de todo lo demás servicios sociales.

Randall asintió y volvió a su mesa, al fondo de la sala. Cuando Edwin estuvo seguro de que nadie lo observaba, encendió el monitor de su ordenador y contempló un rostro que parecía mirarlo diciéndole: «Yo lo hice». En la pantalla se mostraba la ficha policial de un hombre blanco de treinta y muchos años, con cara amable, peinado con la raya al lado y con gafas de pasta marrón. La ficha correspondía a una detención por una pelea de bar en el Double Shot en 1992. Habían pasado seis años desde que sacaron esa fotografía, ahora desactualizada, pero no podía haber cambiado mucho. Leyó el informe de la detención y descubrió que fue arrestado por patear la cara de otro cliente hasta dejarlo inconsciente por haberle llamado bicho raro. Lo pusieron en libertad a la mañana siguiente, con una multa y una falta leve. Comprobó su fecha de nacimiento, 1955, y calculó que tendría unos veinticinco años cuando desapareció su hermana Mandy. Era el segundo hijo de Allison y Henry Crane. Se había criado en Park Hills, un pueblo cercano a Steelville, a una hora al este, famoso por sus minas a cielo abierto que habían dado varios gigantescos mordiscos al bosque. Tenía una hermana mayor llamada Ava, que en el expediente aparecía como casada. De sus padres, solo seguía viva su madre, Allison, que se encontraba en la actualidad en el domicilio familiar de Park Hills, el 231 de St. Davis Street.

Edwin apuntó la dirección en un papel y miró a ambos lados antes de imprimir en blanco y negro la fotografía de Gavin Crane. La impresora escupió el folio con su rostro y el sargento lo escondió con rapidez en el interior de una carpeta, junto al informe forense de Nora Crane. Le temblaba el pulso, pero no de miedo, sino de rabia. Se puso en pie y se marchó con paso decidido sin despedirse de nadie.

Capítulo 35
Diario de Charles
Anotación del 22 de octubre de 2005
Trece años

Hoy ha venido Mara a casa para que mi madre lea las cartas a la suya. Estaban llorando cuando les he abierto la puerta e imagino perfectamente lo que sienten. La falta de respuestas sobre lo que le pasó a Amelia las debe estar destrozando por dentro. Llevan cinco años sin saber dónde está y no parece que vaya a volver. Mi hermano cree que está muerta y yo digo que se ha ido de casa. Nos hemos apostado cinco dólares. Dice que algún pirado la mató y que enterró su cuerpo en alguna parte del bosque. Yo estoy convencido de que se fue, igual que papá.

Hace un par de semanas organizaron una marcha por el pueblo para rememorar la desaparición de Amelia. Unas cien personas salieron caminando desde Main

Street hasta llegar a la puerta de la comisaría. Una vez allí, Randall dio un discurso emotivo y entre líneas creí escuchar la única mención en todo el acto a su excompañero desaparecido, a mi padre. Acudimos a la marcha, por supuesto, y mi madre empujó mi silla (ahora mismo tengo la cadera algo fastidiada) en silencio durante todo el camino. Creí que le molestaban las miradas de pena de todos los del pueblo porque volvía a estar en una silla de ruedas, pero cuando llegamos a casa protestó porque la gente parecía haberse olvidado de mi padre. Pero supongo que es normal porque la desaparición de papá no daba tanta pena como la de una chica guapa.

Siempre me había llamado la atención que Mara nunca se refiriese a Amelia como su hermana y cuando le he preguntado a mi madre, resulta que es porque no lo son. A Mara la adoptó la familia Marks después del incendio de hace unos años. Yo era pequeño, tenía seis años, y la verdad es que mi memoria de aquella época es un poco difusa. Recuerdo imágenes concretas de mi madre preocupada mirando al horizonte anaranjado de la noche. Recuerdo el olor a humo por toda la casa. Y también cómo cambiaron mis padres.

Los meses que siguieron a aquel fuego los rememoro con tristeza sin saber muy bien por qué. Mi padre jugaba menos con nosotros y estaba más ausente. Tengo la sensación de que a partir de aquellas llamas todo se desmoronó. Ahora que lo pienso, justo después del incendio, Mara comenzó a venir a casa con su madre. Puede que sus padres reales muriesen allí. Lo tengo que preguntar.

Capítulo 36
Cora Merlo
Steelville
Misuri
2017

Para resolver un enigma no solo debes
desenredar el nudo,
sino colocar cada hebra en su propio ovillo.

—Yo no tengo nada que ver con esto, Jack —protesté inundada por todas aquellas pistas que colgaban de las paredes. La confusión y la incertidumbre se cruzaron en mi camino. No entendía cómo podía estar mi corazón vinculado a las tragedias repetidas que ocurrían en torno a Steelville, pero la idea de que el dolor no solo estaba presente en la vida de Charles, sino que era una constante en su familia, me destrozaba por dentro—. ¿Para qué me lo cuentas?

—Para protegerte, Cora —replicó Jack, serio—. Querías conocer a Charles, pero tengo la intuición de que cuanto más sepas de él y cuanto más te acerques a nosotros y a Steelville, mayor va a ser el peligro que corras. Creo que mi hermano es la unión de cada uno de estos misterios, pero aún no he podido descifrar cómo.

—¿Por qué crees eso, Jack? —exhalé abrumada.

Me sentía incómoda y notaba un ligero hormigueo en las yemas de los dedos. Cerré la mano con fuerza para controlar la sensación.

—Los pájaros, Cora. Están presentes en todos los casos —señaló la estantería y vi por primera vez algo en lo que no me había fijado.

Un pequeño arcón de madera tallada con dibujos de ramas de árbol que crecían como un sistema circulatorio humano. Me recordó a las que vi en el bosque, cuando me llevaban en la camilla tras el desmayo. Me acerqué intrigada al pequeño baúl y vi que en la parte superior había una jaula con la puerta abierta con un pájaro enigmático en su interior.

—¿Qué es esto? —le pregunté, curiosa.

—Mi padre lo trajo a casa en 1998, justo después del incendio, y lo escondió entre sus cosas del garaje. Creo que era de Gavin Crane, el padre de Mara. Mira el pájaro del centro. Tiene la forma de un cuco.

—Es solo un baúl, Jack —traté de quitarle importancia a esta casualidad.

—No es solo un baúl, Cora —replicó. Lo tomó y lo puso sobre el escritorio. Entonces desbloqueó el cierre, levantó la tapa y metió la mano para coger algo de su interior que yo no podía ver. Me puse nerviosa al contemplar la solemnidad y el cuidado con el que manejaba la caja—. Dentro estaba esto —añadió, extendiendo delante de mí un puñado de fotografías polaroids de imágenes oscuras y bordes amarillentos.

Las sostuve entre los dedos sintiendo el hormigueo con más intensidad. Era extraño formar parte de un secreto. Poca gente confiaba en mí de aquel modo, abriendo las puertas de su pasado y de su dolor más profundo. Me fijé en la primera imagen y reconocí con horror las formas de un muslo femenino y el lateral de una cintura con manchas de sangre seca. Pasé la fotografía, confusa, creyendo que mis ojos me habían hecho una trampa y había caído en un efecto óptico, y me quedé helada al comprobar que en la segunda captura se veía claramente la silueta de una mujer, tumbada en el suelo sobre unas sábanas blancas, con moratones, el pelo enredado como un nido de arañas sobre la cara y una postura forzada en la que se intuía que era imposible que estuviese dormida.

El corazón trepó hasta mi garganta y casi pude notar los latidos en la tráquea. Estaba a punto de vomitar. En la carrera había visto cadáveres, diseccionado partes de órganos y había observado también las consecuencias de la muerte en un cuerpo de carne y hueso, pero no me había enfrentado a nada que tuviese que ver con la maldad, y aquellas fotos parecían estar llenas de ella.

—¿Qué diablos es esto, Jack? —exclamé con terror.

Tragué saliva para calmar mi corazón y pasé a la siguiente imagen con la certeza de que sería peor: otra mujer, en otra postura, con los ojos cerrados, con las manos atadas en primer plano con un cordel. Todas eran fotografías de chicas asesinadas. En una de ellas identifiqué los indicios de *rigor mortis*. En otra el cuerpo inerte de una muchacha joven negra. Una de ellas al menos estaba viva en la imagen: una joven de piel pálida con expresión asustada y la mano delante de ella para evitar salir en la fotografía. Llevaba una camiseta blanca con pintadas de colores vivos en el frontal y se intuía claramente el estilo de los años ochenta.

—Es el enigma que obsesionó a mi padre hasta que se lo llevó a él —aseveró Jack—. Y esa de ahí, la de la camiseta de colores, es Mandy Finley, su hermana. Entre las notas de mi padre encontré la confirmación de que llevaba puesta esa ropa el día que desapareció. Esa foto se la hizo quien se la llevó, como también realizó las otras imágenes que has visto.

Contuve la respiración y traté de dar sentido a todo aquello.

—¿Esto lo hizo el padre de Mara? ¿Era un asesino en serie o algo así?

—Creo que sí. Mi padre lo buscó durante los dos años posteriores al incendio de manera obsesiva. Cuando terminaba de trabajar volvía a casa y se encerraba en el garaje, se sentaba en una mesa de herramientas y revisaba una y otra vez los archivos que traía del trabajo. —Señaló un montón de cajas de la esquina, algunas de las cuales tenían sellos de distintos estados—. A veces llegaba tarde y discutía con mi madre por estar allí, perdido entre los papeles, en secretos que no quería contarle, antes que pasar tiempo con nosotros. Supe de la existencia de las cajas porque a veces le ayudaba a sacar los archivos de su coche, aunque nunca me contó qué eran. Años después, cuando me incorporé al cuerpo, descubrí que lo había estado haciendo a espaldas de la comisaría.

—¿Cómo lo sabes?

—He revisado cada uno de los expedientes que llevó mi padre durante sus años de servicio y siempre era muy testarudo con los procesos para llegar a la verdad. Nunca abandonaba un caso ni cerraba ningún expediente sin haberlo resuelto. Era de esa clase de agente que se tomaba la justicia muy en serio, y creo que lo de Gavin le sobrepasó. Uno puede creer que vive en un mundo injusto, que la suerte desempeña un papel fundamental en el camino, y que puedes tratar de colocar los contrapesos adecuados en la balanza para volver las cosas a su estado natural, pero cuesta asimilar que existe la maldad pura ahí fuera. Esa que es irremediable e incontrolable, como si formase parte del ADN de determinadas personas, y que por más que intentes redirigirlas o reconducirlas seguirán haciendo el mal porque está en su naturaleza.

Asentí, afligida.

—Como te decía, mi padre nunca cerraba un caso en falso, pero con Gavin hizo algo que tuvo que ser intencionado. Entre los papeles de la muerte de su mujer en el incendio se encontraba la autopsia, que confirmaba una fractura craneal y coágulos de sangre formados bajo la capa de piel quemada. El informe era claro: muerte violenta por golpe con objeto contundente en la cabeza. Y, sin embargo, mi padre cerró el expediente. Su firma aparece en el archivo del caso. Su búsqueda oficial terminó ahí.

—¿Por qué crees que lo hizo?

—Porque quería cazarlo él. Eso era lo que hacía a deshoras. Poco a poco se trajo a casa más cajas de otros estados, con casos de mujeres que nunca fueron encontradas. Con este método logró identificar a cuatro de las que salen en las fotos. —Señaló cuatro carpetas extendidas sobre la mesa—. Brenda, Isabelle, Rhonda y Dana, desaparecidas entre 1983 y 1996.

Me llevé las manos a la boca y contuve el aliento mientras ponía en orden aquel horror. La historia de Edwin me parecía devastadora, su desaparición parecía una tragedia griega en la que una serie de decisiones erróneas lo habían llevado sin darse cuenta hasta el abismo. Pero lo que había detrás de todo era aún peor: la vida oculta de un monstruo que nadie había encontrado, que se movía y apresaba a sus víctimas en sus momentos más vulnerables y que parecía hacerlo con impunidad.

—No debió buscarlo solo. Quizá con la ayuda de algún compañero todo hubiese sido distinto. Tal vez de manera oficial lo hubiese encontrado antes.

—Supongo que necesitaba hacer ese camino en solitario.

Sentí un nudo de emoción al escuchar aquella frase.

—Mi padre siempre me repetía una y otra vez —dije— que no tratase de buscarle explicación a su enfermedad, que no me quedase anclada en lo que le pasaba, porque cuando empiezas a andar en dirección al dolor, tus pasos los controla la soledad y esta solo busca alejarte de ti mismo. Quería que me apoyase más en mi madre, que pasásemos más tiempo juntas. Pero... supongo que yo también empecé mi propio camino hacia la soledad. Me mudé a la ciudad para estudiar medicina. —Agaché la cabeza al darme cuenta de que Jack me miraba a los ojos con atención. Me sentí vulnerable—. Hay veces que necesitas andar sola para poder valorar todo lo que se ha quedado atrás.

—Creo que todo está conectado de algún modo, o quizá es lo que quiero creer. Llevo años revisando cada línea que escribió mi padre, leyendo declaraciones, notas, inspeccionando las denuncias de desaparición y obsesionándome con el contenido del baúl, como le pasó a mi padre. El contenido de esta habitación fue lo que lo arrastró al vacío. Y yo llevo años tratando de encontrarlo en él. Al revisitar el cuarto de Charles y ver todo aquello relacionado con los pájaros, al oír que el hombre del bosque hacía los mismos movimientos que mi hermano, he valorado la posibilidad de que, de algún modo, las historias puedan estar conectadas.

—Pero… ¿cómo?

—No lo sé, Cora. Pero esto no me gusta nada. Los pájaros sobrevuelan el dormitorio de mi hermano, están en el maldito baúl y ahora en los movimientos de la persona del bosque, que imita la actitud de un cuco.

Suspiré sobrepasada y vi que Jack tragó saliva. En ese momento supe que estábamos cruzando puertas sin retorno.

Capítulo 37
Edwin Finley
Steelville
Misuri
1998
Dos años antes de su desaparición

No hay nada peor que sentirse perdido
porque no sabes qué estás buscando.

Edwin condujo por la carretera 8 en dirección este envuelto en árboles, ríos y lagos del Bosque Nacional Mark Twain, en el centro de Misuri, una zona que se extendía desde el límite de Steelville, donde cada núcleo arbolado tomaba distintos nombres (Zahorsky, Cedar Creek, Huzzah), hasta abarcar una veintena de condados, engullendo pueblos y carreteras entre terrenos naturales inhabitables y salvajes. Ed pensó en lo que le había contado Mara, sobre que su padre podría estar en una cabaña en el bosque, y al contemplar la magnitud de aquella extensión que tenía delante, supo que encontrarlo allí sería una tarea imposible.

Atravesó Potosi y continuó un rato más hasta llegar a Park Hills, donde se sorprendió al ver el erial en el bosque que habían formado los restos de la antigua cantera de plomo de la ciudad. Park Hills había sido en el pasado una explotación minera para la extracción de zinc y plomo y a pesar de haber abandonado las actividades mineras a mediados de los setenta, cuando la ciudad no era más que cinco pueblos distintos que se fusionaron posteriormente, los terrenos habían quedado inutilizables y sin vida en ellos. La ciudad, sin embargo, tenía un ligero parecido a Steelville, un encanto natural por la vegetación imperante en la zona residencial, y Edwin encontró en sus calles un patrón muy parecido a su lugar de nacimiento. Los árboles crecían por todas partes y rodeaban las casas de madera de una planta.

Poco después del mediodía, el agente aparcó el coche frente al 231 de St. Davis Street, donde empezaba un camino de gravilla que desembocaba en una vivienda baja pintada en gris con un buzón torcido en la puerta. En el frontal de la casa, sobre el porche, había colgada una señal desvencijada de Stop. Comprobó la dirección que había anotado y se aseguró de que el número era el correcto. Sus pasos sonaron sobre la gravilla primero y sobre la madera después y cuando estuvo delante de la puerta roja, a punto de llamar al timbre, una anciana de pelo corto blanco abrió la puerta y lo sorprendió con la mano en el marco.

—¿Hola? —dijo la mujer, con tono confuso y preo-cupado.

—¿Señora Crane? ¿Es usted Allison Crane?

—¿Sí? ¿Ha pasado algo, agente?

—Soy Edwin Finley, sargento de la oficina del she-riff del condado de Crawford.

—Está usted lejos de su hogar, agente —dijo la anciana—. Pero supongo que sé por lo que viene. Es por Gavin, ¿verdad? ¿Qué ha hecho esta vez?

El sargento se quedó helado al comprobar que la mujer esperaba aquella visita.

—Bueno, mejor no me lo diga —añadió la señora Crane—. No quiero saber detalles. No necesito saber-los. Ya soy mayor para disgustos. Creo que ya he teni-do suficiente.

Edwin asintió sin decir palabra y la buena señora agachó la cabeza, se dio la vuelta y entró en la casa.

—Pase. No se quede ahí. Acabemos con esto —dijo de espaldas, perdiéndose en la oscuridad interior.

Edwin siguió sus pasos y entró también en aquel hogar que olía a lavanda.

—¿Quiere algo de beber? ¿Agua? ¿Un té?

—Nada, gracias —respondió Ed. No había prepa-rado qué decir porque no sabía qué quería encontrar, pero le pareció buena idea para seguir el rastro de Gavin hablar con su madre. Quizá sabría dónde encontrarlo—. No querría robarle mucho tiempo.

—Tiempo es lo único que me queda y cada vez es un poco menos. No se preocupe, el mío ya no vale mucho. Cuando llegas a los sesenta y ocho años en este país, te sientes una carga para todos.

La anciana lo guio por la casa hasta la cocina y le ofreció sentarse a una mesa con un mantel de cerezas. Abrió un mueble, sacó un vaso de cristal arañado y se sirvió agua fría de una botella de cristal. Se sentó entonces delante de Edwin, dio un sorbo y preguntó:

—¿Qué quiere saber sobre Gavin?

—Lo que pueda contarme. Supongo que no lo sabe.

—¿El qué?

—Ha habido un incendio en Steelville, que ha afectado a su hogar y a varias casas más, y su mujer, Nora, ha muerto.

—¿Y él? ¿Ha fallecido? —preguntó sin que le afectase aquella posibilidad.

—No sabemos dónde está su hijo. Por eso he venido. Lo estoy buscando. Su nieta Mara, la hija de Gavin, ha sobrevivido. Creo que él provocó el incendio.

—¿Gavin tenía una hija? —emitió un bufido irónico al terminar la pregunta.

—Parece que le sorprende más que tuviese una hija a que incendiase su casa —respondió Ed.

—Por supuesto, porque a pesar de no querer verlo, conozco a mi hijo mejor que nadie. Y sé que aunque formase una familia no podría quererla. Él es incapaz de amar. Por eso me sorprende que la tuviese.

—¿No sabía que tenía una nieta? —le interrogó Edwin, sorprendido—. Tiene cinco años. ¿Hace cuánto que no ve a su hijo? —preguntó para armar la historia.

—Nueve o diez años —suspiró, pero no de arrepentimiento, sino más bien de alegría de que hubiese sucedido así hasta ese momento—. He perdido la cuenta.

—¿Una década sin ver a su hijo?

—Así es. Y sabía que tarde o temprano recibiría una visita como la suya, agente. Gavin es un chico incapaz de querer a nadie. Nunca nos quiso ni a su padre ni a su hermana ni a mí.

Ed contempló a la mujer, que hablaba desde el desengaño y el rencor.

—No sé qué hicimos mal con él, pero siempre fue radicalmente distinto a la familia. Los Crane somos amables y cariñosos. Empáticos. Nos preocupamos por la comunidad, tratamos de ayudar siempre que podemos y él… parecía no tener alma. Estaba enfermo. No sé cómo decirlo. Su hermana era dulce y siempre he pensado en cómo hubiese sido nuestra vida si solo nos hubiésemos quedado con ella y no hubiese llegado él. Su padre murió por los disgustos que le daba, ¿sabe? Cáncer de colon. En cuatro meses ya no hubo nada que hacer. Siempre he creído que fue por las úlceras que le provocaba el tema de Gavin.

—¿Qué hacía Gavin? —preguntó el sargento, intentando sacar algo en claro.

—Nunca me dijo «te quiero». Nunca. Ni de niño ni de adolescente. No expresaba lo que sentía. Yo creía que tenía algún tipo de autismo. Cuando le interesaba algo, no dejaba de pensar en ello y mostraba una obsesión enfermiza. También tenía… un deseo incontrolable. Ya sabe. Satisfacción personal. De niño lo pillé en varias ocasiones en la habitación de su hermana Ava tocándose en la oscuridad mientras observaba cómo dormía.

Edwin agachó la cabeza y desvió la mirada hacia un mueblecito de la cocina en el que había algunas fotografías enmarcadas. Varias de ellas captaban el rostro de un hombre mayor, una era en blanco y negro y lo mostraba de perfil. Entendió que seguramente fuesen retratos de su marido. En otra de las imágenes aparecía una mujer con un bebé en brazos.

—Esa de ahí es Ava, con mi nieto. Ella sí que es un ángel. Se casó con un contable y vive feliz con su marido en Salem. Mi nieto ya es mayor, pero ha sacado su personalidad. Cariñoso y divertido. No entiendo por qué Gavin nació así, nunca he conseguido descifrar qué pasaba por su cabeza. Supongo que así es la vida. Crías a tus hijos igual y luego cada uno vuela a su manera, y por más que lo intentes y te esfuerces, su destino es incontrolable.

—Estoy de acuerdo. Yo tengo… dos hijos —dijo Ed—. Y los quiero más que a nada de este mundo. Pero la vida ha marcado un camino distinto para cada uno de ellos. El pequeño tiene problemas y de algún modo me veo reflejado en usted. Por más que te esfuerces, es imposible controlarlo todo.

—Y, sin embargo, aquí está, tratando de encontrar y controlar a un imposible. —Edwin guardó silencio un instante y la mujer continuó—: Déjeme contarle más sobre Gavin y se dará cuenta de que pierde el tiempo.

—Por favor —replicó, observándola con atención.

La anciana bebió de su vaso y se aclaró la boca.

—¿Va a apuntar lo que le cuente por si lo detiene? —preguntó.

—No hace falta —respondió, seco.

En su cabeza se había plantado la semilla de una idea horrible que solo germinaba en el campo del dolor.

—Está bien —dijo la mujer, contrariada—. Como le decía, Gavin era muy obsesivo. Cuando le interesaba algo, era imposible quitárselo de la cabeza. Con diez u once años empezó a seguir a sus compañeras del colegio hasta casa. Él decía que lo hacía por asegurarse de que llegaban bien a sus hogares, pero en numerosas ocasiones recibimos quejas de los padres, preocupados por la actitud de mi hijo, porque las seguía en silencio y en la distancia. Le pedimos decenas de veces que dejara de hacerlo, pero continuó con ese comportamiento. Aquello se volvió un problema y al final lo echaron del instituto cuando asaltó a una de ellas al salir de clase. No sucedió nada, solo la asustó, y los padres no pusieron denuncia, pero el incidente llegó al comité de educación y lo expulsaron en el acto.

Volvió a beber. La señora Allison hablaba desde el rencor, cansada de la vida, y en cada una de sus palabras y pausas entre las frases se intuía que hubiese preferido no saber nada de su hijo.

—No todo era malo en él, ¿sabe? Del mismo modo que se obsesionaba con las chicas, también lo hizo por la naturaleza. Le gustaba pasear por el bosque, aquí al lado. Se llevaba los prismáticos y podía pasarse el fin de semana entero en él, observando pájaros y otros animales. Le fascinaba su libertad, pero también lo prisioneros que eran de sus instintos. Cuando volvía y hablaba con pasión de lo que había visto, era el único momento en que yo sentía que mi hijo tenía algún atisbo de sentimientos.

—¿Pájaros?

—Sí, tenía algunos libros de ornitología y los leía con entusiasmo. No se me olvidará nunca lo que me dijo en una ocasión. Fue en ese instante cuando yo sentí que había dado a luz a un monstruo. Llegó a casa entusiasmado, después de pasar el día en la zona boscosa al oeste de aquí, y me contó lo que hacían los cucos para reproducirse con una fascinación abrumadora. Luego, con su padre delante, me dijo: «Yo soy igual, mamá. No puedo controlarme, aunque sepa que está mal lo que hago. Es mi naturaleza».

Edwin no sabía qué responder. No podía hacerlo. La imagen del monstruo que tenía en la cabeza se estaba materializando delante de sus ojos. Ignoraba qué hacer ni cómo encontrarlo.

—Aquella noche su padre y yo no pudimos pegar ojo —continuó la anciana— y al día siguiente Henry le consiguió un trabajo en la mina para mantenerlo ocupado. Era… 1973, creo. Gavin odiaba ese trabajo con todas sus fuerzas, gritaba al llegar a casa por el daño que le hacía la mina al bosque, por la cantidad de animales que morían por su culpa. Era difícil ver la pasión con la que protegía a la naturaleza y al mismo tiempo ese desapego que ejercía con todo lo relacionado con nosotros y con su hermana. Pero mantuvo el empleo, a pesar de las protestas y las quejas. Estuvo con la mente ocupada y los episodios de seguir a las chicas desaparecieron. Al año siguiente la mina cerró y cuando surgieron aquellos cursos de orientación para colocar a los que habían perdido su puesto de trabajo, se apuntó a un taller de ebanistería, por matar el tiempo. Aquello le gustaba. Empezó a hacer figuritas con trozos de madera que encontraba en el bosque. Tallaba aves y animales. Cuando cogió algo de práctica, comenzó a construir pequeños muebles que vendía y así se ganaba la vida. Parecía que se había asentado. Se compró un coche. Alquiló una casa en Flat River, el nombre que recibía antes una parte de lo que ahora llamamos Park Hills, pues esta zona es la fusión de cuatro pueblos distintos, por si no lo sabía. Lo visitábamos a menudo. Henry estaba muy orgulloso porque había cambiado a mejor.

La mujer hizo una pausa larga y apartó la mirada, como si hubiese llegado a un episodio que le costaba relatar.

—Pero era todo una fachada, ¿verdad? —concluyó Edwin.

La señora Crane asintió con la mirada perdida. Sus ojos se habían llenado de lágrimas y movía la cabeza de un lado a otro, como si estuviese encajando sus recuerdos en el lugar adecuado.

—Un día —dijo—, Gavin visitó a su hermana Ava en Salem, que por entonces tendría unos treinta y tres años, si no me falla la memoria. Ya era principios de los ochenta y durante los años anteriores habían mantenido una relación distante, especialmente desde que Ava se había casado y mudado a la ciudad. Ella era ocho años mayor que él y la diferencia de edad tampoco había ayudado a que pudiesen tener un vínculo muy fuerte. Gavin se ofreció para pasar el día con mi nieto, que tendría once o doce años, y enseñarle la naturaleza. Ava aceptó, pues pensaba, como todos, que su hermano había cambiado.

—¿Y qué pasó? —Oír el año en que desapareció su hermana hizo que un escalofrío le recorriese la nuca, apenas podía contener los nervios.

—Por la noche, cuando volvieron del bosque, mi nieto tenía manchas de sangre en la ropa y apenas hablaba. Estaba aterrorizado. Gavin dijo que habían estado cazando y destripando a unos animales. Ava entró en cólera. Le preguntó a su hijo una y otra vez si Gavin le había puesto la mano encima o si le había hecho algo. Lo llevó al médico a buscar algún indicio de…, bueno, ya sabes, y por suerte parecía que todo se había quedado en un susto. A partir de entonces, Ava le prohibió volver a acercarse a su hijo y la familia se rompió para siempre. Gavin dejó de venir a vernos y Henry murió unos años después de aquel incidente. Mi hijo puso tierra de por medio, aunque de vez en cuando volvía y saludaba desde la puerta sin entrar en casa. Pero un día vino a verme y antes de marcharse, me miró serio y dijo que era hora de abandonar el nido, exactamente con esas palabras. Se mudaba de Flat River. Me regaló ese pajarito tallado de ahí. —Señaló una estantería del mueble de la cocina donde descansaba la figura de un ave con el pico largo—. Y nunca más volví a verlo.

Capítulo 38
Cora Merlo
Steelville
Misuri
2017

Muchas veces la chispa que lo enciende todo
surge de un simple error.

Jack me miró en silencio y yo vi en sus ojos el dolor de una vida llena de preguntas. Rodeados los dos por notas, recortes y acertijos sin respuesta, admito que me sentí vulnerable y aprisionada. Salí de aquel cuarto, porque necesitaba respirar y me detuve en mitad del salón, junto a una mesilla de madera donde descansaba la figura de un pequeño pájaro de cristal.

—Me preocupas, Cora —me explicó Jack con sinceridad en su voz. Me había seguido y yo noté su cuerpo cerca de mí—. Creo que has recibido un corazón de alguien a quien quizá no querrías tener dentro, pero aún no sé muy bien por qué. Y siento que el hecho de estar aquí en Steelville te pone en peligro.

Me puso la mano en el hombro y yo me di la vuelta. Me toqué el pecho y acaricié la cicatriz bajo la blusa. Él bajó la vista y me vio hacerlo.

—La donación de tu hermano me ha salvado, Jack —exhalé—. Es solo un órgano. No me puede cambiar. El corazón de tu hermano ya no es de él. Ahora forma parte de mí y no siente, no piensa, no puede hacerme daño.

Jack me observó en silencio y no pude adivinar en qué estaba pensando. Tan solo dijo:

—Eso espero, Cora, porque lo que has contado sobre lo que has visto en el bosque, lo del hombre moviendo los brazos, Charles también lo hacía. En cuanto has descrito esos movimientos he recordado a mi hermano. Cuando éramos niños, nunca lo había hecho, pero un domingo, en una de mis visitas para ver cómo estaban, lo vi en el jardín moviendo los brazos así. Creo que todo empieza a encajar, Cora. La clave está en los pájaros. Tiene que estarlo. Pero no sé cómo darle sentido. Eso de ahí —apuntó hacia una figura de cristal con forma de pájaro que había sobre la mesa—, me lo regaló Charles unos meses antes de morir. Me dijo que lo tratase con cuidado, porque era tan frágil como él.

—Un cuco de cristal —susurré al reconocer en sus formas las del ave disecada de la habitación de Charles.

Miró hacia el cuarto donde almacenaba las pruebas y yo sentí que estaba preocupado.

—Mi hermano sabía algo. Quizá quería decirme algo. Un tiempo después se llevaron a la niña de tres años y la abandonaron en el bosque. Y de nuevo, ahora lo de Dylan, aunque Charles ya no está entre nosotros.

—No te sigo, Jack.

—Es lo que hacen los cucos, Cora —me replicó—. Ponen sus huevos en nidos de otras especies y expulsan de él a las crías originales, arrojándolas al vacío para que mueran en la naturaleza.

—Mara es hija de Gavin —conecté con aquella idea—. Y es adoptada por los Marks. Una vez que su hija se asentó en casa de estos se deshizo de Amelia, la hija biológica, para que la familia se centrase en ella.

Jack clavó sus ojos en mí y me hizo comprender que acababa de dar un paso en la dirección correcta.

—¡Eso es! —exclamó.

—Gavin Crane lleva ¿cuántos?, ¿diecisiete años desaparecido? ¿Crees que es él quien se ha llevado al bebé al bosque? ¿Piensas que Charles lo llegó a conocer? ¿No ha podido morir en todo este tiempo?

—Puede que Gavin esté vivo, Cora. Tal vez mi padre lo encontró tras lo de Amelia, se enfrentó a él y fue incapaz de reducirlo. No tenía ninguna orden de búsqueda. Es posible que siga cerca, en los pueblos próximos al bosque, vigilando cómo está su hija. Quizá se ocultase en él y haya vivido todos estos años sin llamar la atención. Quizá, repito, mi padre tuvo la mala suerte de encontrarlo y enfrentarse a él solo. Y nadie pudo ayudarlo porque decidió hacer las cosas así, sin confiar en los demás.

—¿Y crees que Charles está conectado con todo esto? —pregunté—. No tenía ninguna relación con Gavin.

—No, pero sí con Mara. Ya te dije que mi padre la invitaba a casa cuando éramos niños y jugábamos con ella. Nos llevábamos bien los tres, pero cuando desaparecieron Amelia y mi padre todo se acabó. Durante un tiempo, al menos. En la adolescencia Charles y ella retomaron el contacto y pasaban tiempo juntos. Cada vez más. Aunque mi madre diga que Charles no tenía amigos, no es verdad. Los veía a veces por pueblo a los dos, y creo que se llevaban muy bien.

—¿Y por qué mentiría en eso tu madre?

—No lo sé, Cora. Pero es por Mara por lo que no me gustaba la idea de que estuvieses en casa. Tras la muerte de mi hermano, ella y mi madre se ven a menudo. Pasa mucho tiempo con ella y creo que su cercanía no le conviene. No me preguntes por qué. Hay algo que no me gusta en ella, especialmente desde que conozco la historia de su padre. Por eso te ofrecí que durmieses aquí ayer y por eso acepté quedarme yo allí contigo, para asegurarme de que estabas bien. Agradezco la compañía que ha hecho a mi madre después de la muerte de Charles, pero desde que descubrí la historia de Gavin hace unos años, nunca me ha gustado que estuviese cerca de Charles ni de mi madre.

Por un segundo me dio rabia que su oferta para que durmiese en su casa no tuviese que ver con un interés hacia mí, pero me deshice de aquel pensamiento con una pregunta.

—¿Crees que Mara ha podido tener algo que ver en el robo del bebé?

—No lo sé —aseveró—. Pero sí que ella tenía contacto con Charles y mi hermano sentía fascinación por el cuco, exactamente igual que su padre, Gavin Crane. Y también tenían en común los movimientos que has descrito del hombre que robó y abandonó a Dylan en el bosque. ¿No te parece que por ahí puede haber una conexión? Ella es la única persona que une a Gavin y a Charles.

Pensé en la magnitud de lo que Jack me estaba contando. Las mujeres asesinadas, entre las que se encontraba Mandy Finley. La desaparición de Amelia Marks y dos semanas después la de su padre. Los bebés robados en el pueblo, la persona del bosque moviendo los brazos frente a Dylan, el suicidio de Charles... Todo era horrible y, en el fondo, sentía como si estuviese viviendo un sueño extraño y que, en realidad, mi vida en Nueva York como residente del hospital fuese la de otra persona. Algo tiraba de mí para que descubriese qué sucedía en Steelville, y por más que me negase a aceptar los hechos, sabía que era mi corazón el que se movía arrastrado por el magnetismo de Jack y de un enigma sin respuesta.

—Yo solo quiero saber qué le pasó a mi padre y encontrar a Gavin Crane antes de que se lleve a otro niño o asesine a otra mujer —dijo Jack.

—¿Has hablado con los antiguos compañeros de tu padre? —pregunté—. ¿Recuerdan los últimos pasos que dio antes de desaparecer? Quizá de esta manera sabremos dónde buscar. —Me incluí en aquel plan.

—Saben lo mismo que yo y no he tratado de ir más allá de lo que aparece en los informes. Su compañero entonces era Randall Boyce. Lo conoces; es mi superior, el capitán Boyce. El día en que desapareció mi padre llevaban dos semanas buscando a Amelia Marks. Fue cuando lo vi llegar a casa con las manos ensangrentadas. Mi hermano se había partido un brazo y fuimos al hospital en cuanto llegó mi padre. Por la tarde se marchó, parece ser que llamó por teléfono al capitán Boyce porque quería enseñarle algo. Pero nunca se presentó. Le tuvo que suceder algo. Lo que sea que quisiera enseñarle salió mal. El capitán llamó a casa por la noche para preguntar cuándo llegaría mi padre a la comisaría. Entrada ya la madrugada, fue él quien vino a casa afectado a darnos la noticia de que había aparecido su coche, pero que no había rastro de él.

—¿Y no has vuelto a hablar sobre el tema con el capitán? Quizá te ayude si le cuentas todo esto de Gavin y tus últimos descubrimientos.

—¿Y enseñarle a mi superior lo que hacía mi padre a espaldas del cuerpo? No me gustaría manchar su imagen. Mi padre dio su vida por este pueblo y no quiero que una obsesión mía destroce el legado que dejó.

—Tu padre no solo buscaba justicia, Jack, sino también respuestas, igual que tú. —Él agachó la cabeza y asintió varias veces. Estaba luchando contra sí mismo y esas batallas son difíciles porque siempre estás en desventaja. Te dices cosas que sabes que te duelen, te tocas heridas que solo tú sabes que están abiertas—. Si crees que quería obrar con buen corazón —añadí al tiempo que yo tocaba el mío—, no estás manchando nada.

Asintió al tiempo que miraba mi mano sobre el pecho y entonces susurró:

—Tienes razón. Hablaré con él.

Se quedó en silencio unos instantes, observándome, y yo sentí aquel silencio como un vuelco en mi corazón. De pronto dio un paso hacia mí y supe que estaba a punto de saltarse nuestra promesa. Respiré hondo y noté su mano en mi cintura. Cerró los ojos, se acercó a mi cara y no hice nada para evitarlo. Cerré los míos y sentí cada latido en el pecho, cada dedo hundiéndose en mi blusa.

—Jack... —susurré.

Y de pronto sentí sus labios, su olor, su tacto y el revoloteo del corazón en mi pecho, como si fuese un pájaro buscando la salida en una jaula con la puerta abierta. No sé lo que duró aquel beso, ni tampoco cuánto tardamos en tumbarnos en el sofá, ni cuándo nos quitamos la ropa, pero al terminar él descansó sobre mi pecho y comenzó a llorar en cuanto oyó los latidos del corazón de su hermano. Le abracé la cabeza y tiré de él hacia arriba para rescatarlo de sus recuerdos, de los golpes de la memoria al ritmo de ese órgano que latía en mi interior. Cerré los ojos y de repente lo sentí. La caída al vacío, el golpe en las entrañas, el frío gélido de la noche. Ya había notado aquello antes, justo antes de que fallara mi corazón.

—¡Cora! —chilló Jack—. ¡Cora!

Me vi a mí misma corriendo por el bosque, huyendo de algo que no podía ver. Me arañaba el rostro con las ramas bajas y oía mis pasos intercalados con mis jadeos.

—¡Socorro! —chillé—. ¡Socorro!

—¡Cora! —gritó Jack.

Capítulo 39
Edwin Finley
Steelville
Misuri
1998-2000

*Alimentar a un demonio interior
siempre termina con la rotura
de sus cadenas.*

Al volver a casa desde Park Hills, Edwin conducía invadido por la tristeza. Devastado por sus recuerdos y por la confirmación de que seguramente Gavin Crane hubiese asesinado a su hermana, decidió parar en un bar de carretera para beber entre desconocidos. Solo cuando se hizo de noche fue consciente de que se había excedido con la bebida. Retomó la marcha y circuló todo el camino agarrando el volante con fuerza y levantando las cejas en un intento de que los ojos no se le cerrasen por completo. En la entrada de Steelville un vehículo patrulla le dio el alto por conducir haciendo eses.

—Joder, Ed… —dijo Randall al apuntarlo con la linterna—. ¿Qué diablos haces? ¿Has estado bebiendo?

—Déjame—respondió cegado—. Solo quiero llegar a casa.

—¿Qué ha pasado? ¿Por qué estás así?

—No es nada —mintió—. He tomado un par de cervezas con el estómago vacío.

—¿Conmigo vas a usar las excusas de la gente? Baja del coche, anda. Te llevaré yo.

—Deja que me vaya, Randall. Estoy bien. Si he llegado hasta aquí desde Park Hills, puedo terminar el trayecto a casa.

—Ni hablar, Ed. Para servir y proteger. Ya lo sabes. Sal del coche y sube al mío. No puedo dejar que alguien vea tu vehículo oficial haciendo eses por el pueblo. Te acerco a tu casa y mañana vengo a por tu coche y te lo llevo.

Edwin cerró los ojos y negó con la cabeza, pero no le quedó más remedio que aceptar las órdenes de su compañero. Se subió al coche y se disculpó en cuanto se sentó a su lado y arrancó.

—¿Qué te ocurre, Ed? —preguntó mientras circulaba por Main St.

—Que el mundo es una mierda. Que estoy cansado de proteger y servir a gente que quizá no merezca que se la proteja y le sirva. ¿Cómo sabes cuando evitas un atraco que la persona a la que han robado no ha hecho algo peor antes? ¿Cómo sabes que cuando detienes a un ladrón, este no lo hacía porque tenía un buen motivo? Si alguien grita «ayuda», acudimos a socorrerlo sin pensar en que puede ser alguien horrible que quizá merezca lo que le está ocurriendo. Tienen una máscara. Todos la tienen. Las personas se visten de lo que quieren que creamos que son, pero en el fondo pueden estar tan podridas por dentro como la peor versión de nosotros mismos.

—Es nuestro trabajo, Ed. No podemos revisar la vida de la gente para saber si intervenir o no. El sistema no funciona así. Debemos proteger, contener el riesgo de que alguien salga herido y hacer que se encargue la justicia de lo demás. Es como funcionamos.

—No me hagas reír, Randall. En el robo del 24/7 del año pasado. No dudamos en disparar cuando aquel negro se escondió entre las botellas de cerveza.

—Venga ya, Ed. Creíamos que iba armado. Siempre lo están. Lo sabes. Tenemos que protegernos. Evitar riesgos.

—¿Y quién los protegerá a ellos si alguno de nosotros se cambia de bando? —insistió Ed.

—Has bebido demasiado, compañero —dijo Randall aparcando frente a la casa de los Finley—. Descansa, ¿quieres? Mañana te traigo el coche —añadió, al tiempo que el sargento asentía y se bajaba del vehículo.

—Trabajas demasiado, Randall.

Ed pisó el felpudo de casa y releyó el mensaje que tenía impreso: «Aquí vive una buena familia». Suspiró antes de abrir la puerta y, dentro, se encontró a Margaret sentada en el sofá con los niños, viendo la televisión. Sus hijos se incorporaron con velocidad y corrieron a abrazarlo entre risas y Margaret le sonrió desde el sofá. Edwin se acercó en silencio dando pasos lentos y se sentó a su lado. Jack lo observó con admiración y se colocó en el sofá echándose sobre el cuerpo de su padre. Charles se tumbó en el hueco que quedaba, con la cabeza en el reposabrazos y los pies sobre los muslos de su madre. Los cuatro se dispusieron a ver un programa, pero Edwin tenía su mente en otro lugar. Margaret notaba que de vez en cuando a su marido se le escapaba una lágrima, y ella la recogía con la mano, sin decir nada.

Poco a poco pasaron los días, luego las semanas y después los meses, y la actitud de Edwin no volvió a ser la misma, por más que Margaret le preguntase por lo que hacía tantas horas en el garaje amontonando y revisando cajas de expedientes. Ed se había prometido a sí mismo encontrar a Gavin Crane y sacarle como fuese la información sobre lo que hizo con su hermana. Había prohibido a su familia acercarse a indagar entre sus cosas durante el tiempo que pasaba en el garaje, alegando que le habían asignado algo turbio y que era mejor que los niños se mantuviesen alejados. Aunque omitiera los detalles, al menos ahí decía la verdad.

No lo hacía, sin embargo, cuando a principios del 2000 empezó a salir por las noches dos o tres veces por semana a visitar bares de carretera y clubes de alterne que estuviesen en las inmediaciones del bosque. Creía que si Gavin estaba vivo y escondido y no quería que lo viesen, visitaría aquellos lugares en los que nadie miraba a la cara a los clientes por temor a que identificasen la suya. Cada una de esas noches le dijo a Margaret que tenía turno de patrulla, que el cargo de sargento al que le habían ascendido llevaba asociadas aquellas vigilancias nocturnas, aunque saliese de casa con ropa de calle. El matrimonio se fue llenando de mentiras y su mujer se dio cuenta de que estaba cada vez más sola con los niños.

En aquellos dos años Charles se fracturó los huesos en tres ocasiones: una vez, dos falanges de la mano al golpearse con una mesa mientras corría detrás de Jack; otra, una fisura en el húmero mientras se peleaba de broma con su hermano, y la última, la tibia de la pierna derecha, que se quebró en dos por un resbalón en la bañera que para cualquier otro niño hubiese sido tan solo un golpe seguido de unas carcajadas. Cada una de las fracturas por lo menos sirvió para que durante unos días su padre saliese del garaje y volviese a ser quien era. Tras la fractura de la tibia, Edwin estuvo un tiempo sin salir de noche a buscar a Gavin Crane, que parecía más un fantasma que una persona. Durante el par de meses que duró la recuperación de su hijo trató de pasar tiempo con la familia. De tal manera que se unió a los juegos de mesa por las noches y desde fuera, desde la ventana exterior, cualquiera que se hubiese asomado habría pensado que aquella familia era inquebrantable.

Visitó a la familia Marks en numerosas ocasiones y los invitó a cenar a casa para que Mara conociese a los chicos y ampliara su círculo de amigos. Al verla tan pequeña y tan frágil le costaba imaginar que compartiese la sangre con un monstruo, y a él le reconfortaba un poco el alma saber que de algún modo estaba compensando lo que haría en caso de encontrarlo. Mara, Jack y Charles se llevaron bien, y la familia Marks siempre agradeció el cariño con el que Margaret y Edwin los trataban. Pero aquella felicidad no era más que un espejismo que duró lo que tardaron los huesos de Charles en soldarse. Poco después, cuando recibió una caja marrón con el sello de Illinois y el nombre de Dana González escrito en un lateral, con la que logró identificar a una de las chicas de las fotografías del baúl, volvieron las salidas nocturnas, la tristeza y las noches de desesperanza.

Al terminar su turno, enseñaba la fotografía de Gavin en bares de mala muerte, en antros de carretera cubiertos por luces de neón que atraían a lo peor de cada zona y reunía a hombres perdidos de mirada vacía con la promesa de alcohol barato y mujeres fáciles. En alguna ocasión el barman de uno de esos antros le comentaba que le sonaba el rostro de Gavin Crane de haberlo visto alguna vez, y Edwin volvía a casa y marcaba aquel punto en un mapa impreso de la región. Con el tiempo había conseguido marcar bares en Bixby, Richwoods, Ironton, Lesterville, Vivurnum y Davidville, y llegó a la conclusión de que Gavin podía estar oculto en algún lugar de la vasta región que ocupaba el Bosque Nacional de Mark Twain, con más de un millón y medio de insondables acres y que ocupaba los territorios en veintinueve condados, principalmente en las tierras altas de los Ozarks, entre los que se encontraba el de Crawford.

Si estaba allí dentro en alguna cabaña oculta en la maleza sería imposible encontrarlo. Por eso siguió buscando en los pueblos de la región, preguntando hasta la extenuación y conduciendo por la noche por sinuosas carreteras. Cada vez se enfrentaba a una lucha interna donde el antiguo Edwin le pedía que regresara a casa, pero el monstruo que estaba alimentando tenía claro el desenlace en caso de que diera con el paradero de Gavin. Ed era un esclavo de su dolor y en muchas ocasiones acudía a los recuerdos de la infancia con su hermana y lloraba en soledad mientras el capó de su coche engullía las líneas de la carretera.

Un viernes por la mañana a finales del verano del año 2000, Ed recibió la llamada de Randall:

—Edwin —dijo al teléfono—, ha desaparecido la hija de los Marks, Amelia. Anoche salió del trabajo y no llegó a casa.

Él supo al instante que se trataba de Gavin. Recordó el rostro angelical de la joven, la gracia y el cariño con el que trataba a Mara y deseó con todas sus fuerzas encontrarlo de una vez y acabar con todo. El sargento aguantó de manera estoica los golpes de la señora Marks en el pecho cuando él mismo le contó que habían hallado manchas de sangre junto a las marcas de un neumático Goodyear, algo que tampoco los llevó a ningún lado, porque era una marca común que incluso él llevaba en su coche patrulla. Sin embargo, estaba seguro de que el culpable era Gavin, pero no podía contarlo. No podía desvelar que lo buscaba en secreto desde hacía dos años. Dirigía la investigación con diligencia durante el día y por la noche volvía a la carretera, a los antros decadentes, para mostrar su foto a borrachos destrozados por la realidad. En su cabeza Gavin Crane había vuelto. Había salido de su escondite en el bosque y había decidido llevarse a la hermanastra de su hija. Quizá la había buscado tras saber que estaba viva y se había encontrado con alguien vulnerable que brillaba con luz propia. La vida de Mara estaba condenada a la tristeza mientras su padre estuviese cerca.

Un viernes, dos semanas después de desaparecer Amelia, Edwin entró a un bar de carretera a medio camino entre Steelville y Berryman, se sentó en la barra y pidió una cerveza al barman. En el bar apenas había cinco almas en pena, y de fondo sonaba una canción country que nunca había escuchado. Había dos hombres en la barra, otro atrapado en las garras de una máquina tragaperras, y dos más mirando una televisión donde emitían la reposición de un partido de rugby. A su lado, uno de los dos hombres llevaba una gran barba descuidada que trepaba por su rostro hasta los pómulos. Edwin se giró hacia él y dijo con tono desanimado:

—Amigo.

Metió la mano en su bolsillo trasero en busca de la fotografía de Gavin para preguntarle si lo había visto alguna vez, pero cuando el desconocido se volvió hacia él con gesto inexpresivo, Edwin contuvo el aliento y trató de disimular a pesar del relámpago que sintió en todo su cuerpo cuando reconoció, bajo la barba, las facciones y la mirada inerte de los ojos de Gavin Crane.

Capítulo 40

Cora Merlo
Steelville
Misuri
2017

*Hay señales que el mundo te presenta
para que elijas el camino correcto
y otras que son creadas por tu alma
para protegerte de tus errores.*

Desperté con el ruido de mi propio grito y sintiendo que estaba a punto de asfixiarme. Me encontraba en el salón de Jack. Él seguía a mi lado y me miraba preocupado.

—¿Qué ha pasado, Cora? ¿Una pesadilla?

—Me faltaba el aire —jadeé, asustada— y sentía que me caía al vacío.

Era una sensación extraña, como si tuviese la certeza de que iba a morir. Mi corazón parecía una bomba de relojería dispuesta a estallar en cualquier momento.

Estoy segura de que si me hubiese atrevido a preguntar al doctor Parker me habría dicho que era normal que el corazón de vez en cuando se saltase un latido y me generase esa sensación de vértigo incontrolable. Él le daría algún nombre que yo recordaría de los libros de texto (una fibrilación, un aleteo auricular o incluso una taquicardia supraventricular) y se quedaría tan tranquilo creyendo que a mí me calmaba escuchar jerga médica. Yo sabía que si los episodios se repetían a menudo necesitaría un marcapasos para asegurarme de que mi nuevo inquilino no dejaba de pagar el alquiler cuando le viniese en gana.

—¿Qué crees que puede ser?

—Creo que una arritmia —dije casi sin aire—. Ya está controlada. —Hice una pausa larga para respirar—. Estoy bien.

—¿Estás segura? —insistió.

—Sí, tranquilo —exhalé, incorporándome.

Me di cuenta de que era de noche. Habíamos pasado todo el día allí, en su casa, primero entre sus secretos y luego sumergidos en los de ambos. Se marchó al baño y yo me vestí antes de que volviese. Una cosa era dejarse llevar y otra muy distinta creer que aquello iba a alguna parte. Estábamos destinados a herirnos. Yo me marcharía a continuar con mi vida y con mis estudios en unos meses y él no podría venir conmigo porque la ciudad era todo lo contrario a Steelville. Me desenredé el pelo con los dedos y sonreí con complicidad en cuanto me ofreció un vaso de agua.

—Voy a ir a hablar con el capitán Boyce.

—¿Ahora?

—Sí. Es un tema algo difícil y no quiero hacerlo en comisaría. No me apetece que nadie de la oficina sepa esto.

—¿Quieres que vaya contigo?

—No. De verdad que no. Puedes quedarte aquí si quieres mientras tanto. Estarás mejor que con mi madre, te lo aseguro.

—Está bien. Te esperaré —acepté—. Pero no esperes que te prepare la cena —añadí con una sonrisa que él me devolvió.

Abrió la nevera y me mostró su más que aceptable despensa de soltero: cuatro latas de Coca-Cola, tres pizzas congeladas y una botella de plástico de leche fresca. Había también media cebolla reseca en una de las baldas. Sonrió cuando admitió que no sabía cuánto tiempo llevaba allí.

—Será mejor que traiga algo de comida —dijo—. Estaré aquí en un rato. ¿Qué te apetece?

—Llevo con antojo de esas hamburguesas del Rich's desde que he llegado. ¿De verdad son tan buenas?

Jack me sonrió y respondió desde la puerta:

—¿Quieres salsa con las patatas?

Asentí, ilusionada, y cerró la puerta tras de sí, dejándome sola y en silencio en aquella casa. Era extraño quedarme así en un lugar ajeno, especialmente porque no sabes dónde están las cosas así que no tienes ni idea de qué puedes tocar o no. Me fijé en que en las paredes no había colgados cuadros y tampoco vi ninguna foto familiar en el salón. Se notaba que allí vivía alguien que quería pasar página de sus recuerdos. Llamé a mi madre para romper el silencio que estaba consumiéndome por momentos y, mientras sonaban los tonos, caminé hacia el cuarto donde Jack guardaba todo lo relacionado con el caso. Mi madre respondió justo cuando tenía delante el baúl de madera con las ramas talladas.

—¿Cielo? —dijo su voz al otro lado del auricular.

Noté su alegría en una sola palabra.

—Mamá —la saludé con una sonrisa en la cara y estoy segura de que ella la sintió sin tenerme delante.

—¿Cómo estás? ¿Cómo te está tratando la señora Finley?

Oírla era llenar de calidez la incertidumbre de Steelville y todo lo que me había contado Jack. Acaricié el dibujo del pájaro enjaulado de la caja al tiempo que respondía:

—Bien —respondí—. Es una mujer encantadora. Esta mañana hemos desayunado tortitas —omití el hecho de quién las había hecho—, el día está siendo interesante.

—¿Estás con ella ahora? ¿Puede oírte?

Levanté la vista y vi la foto del padre de Jack colgada en la pared.

—Estoy en mi dormitorio, no puede oírnos, no te preocupes —mentí.

No le podía contar que estaba en la casa de su hijo después de habernos acostado. No estoy muy segura de que lo aprobase, por mucha confianza que tuviésemos la una en la otra.

—Bien, hija, mejor. Porque quiero que me digas la verdad. ¿Te encuentras cómoda allí?

—Sí, pero creo que regresaré mañana.

—Lo sabía. Sabía que no estabas a gusto —replicó mi madre al instante al oír lo que quería escuchar.

—No, no —la interrumpí—. No es eso. Pero…, no sé. Son demasiadas cosas. Demasiada información y creo que no estaba preparada para esto. Volveré a casa, reordenaré mi vida y trataré de recuperarme lo antes posible para estar pronto de vuelta en el hospital.

—Me alegro, hija. Quiero lo mejor para ti. ¿Charles era guapo? —preguntó, de sorpresa, mi madre.

—Bueno, era especial, eso sin duda. —Sonreí—. Pero su hermano… no está mal.

—¡Cora! —protestó con humor.

Pensé, divertida, en aquel momento, que si hubiese sabido toda la historia, habría gritado sin duda más fuerte.

—Estoy bromeando, mamá —dije bajando el tono—. Mañana saco los billetes y cojo el primer vuelo que haya desde St. Louis, ¿vale?

—Genial, cariño. Avísame con la hora y voy a por ti al aeropuerto.

—Trato hecho, mamá —respondí, sabiendo que mi vuelta calmaría al fin sus nervios.

—¿Qué tal tu corazón? —preguntó—. ¿Te has tomado la tensión?

Mierda. No lo había hecho.

—Doce, ocho —respondí con rapidez.

—Bien. Va todo perfecto. No sabes lo agradecida que estoy, Cora.

Preferí no contarle el hormigueo que sentía en las manos, porque intuía que no era normal. Quizá solo fuera un efecto secundario de la medicación, pero también podían ser los indicios preliminares de un rechazo general.

—Yo también. Creo que va todo genial —le dije—. Tengo ganas de ese viaje por carretera contigo. ¿Has pensado qué ruta quieres hacer?

—Cualquiera que no pase por Misuri será bienvenido —respondió.

Solté una carcajada al tiempo que volvía al sofá del salón y me sentaba. Me abrumaba hablar con mi madre rodeada de una historia dolorosa y perturbadora. Agarré mi mochila, que estaba junto al sofá, y la abrí al recordar que había dejado algo importante en su interior. Metí la mano y vi el diario de Charles.

—Te quiero mucho, hija.

—Y yo a ti, mamá —dije al tiempo que colgaba y observaba el cuaderno.

Pasé las hojas y noté la brisa que salía con el vuelo de sus páginas. Me fijé en la letra de Charles, algo irregular, mezclando las mayúsculas con las minúsculas en cada palabra y cuyos renglones se torcían hacia arriba como si algo estuviese tirando de ellas por el borde superior. Mis ojos se posaron en otra de las páginas y comencé a leer sin darme cuenta…

Capítulo 41
Diario de Charles
Anotación del 8 de diciembre de 2007
Quince años

Creo que me he enamorado de Mara. No puedo dejar de pensar ella y supongo que eso es el amor. Me gusta su sonrisa y su manera de caminar. Tiene algo en los ojos que es difícil de explicar. Cuando me mira, siempre se ríe. Ayer me dijo que tengo cara de gorrión y yo le respondí que me sentía más bien como un águila. Siempre está hablando de pájaros, y dice que de niña su padre le contaba cosas sobre ellos. Su madre vino a echarse las cartas y estuvimos un rato a solas en mi cuarto, pero no le gustó que no tuviese apenas libros. Dijo que un chico que no tiene pasión por los libros no merece ser amado. Compraré libros, aunque sea por estar con ella.

Me gusta mucho. Es la única persona que no me mira con tristeza ni se compadece de mí cuando voy con muletas o en silla de ruedas. Últimamente apenas me rompo nada y mi madre dice que es normal, que la osteogénesis mejora con el tiempo, aunque no me puedo confiar. Pero yo creo que es porque Mara está cerca. Me da suerte. Me caigo menos y cuando me golpeo, mis huesos aguantan mejor. Creo que su compañía me viene bien. ¿No dicen que la felicidad te puede curar? ¿No hablan siempre de que la actitud es capaz de hacer remitir un cáncer? ¿Por qué el amor no tendría el mismo efecto? Me gusta Mara. Ojalá ella sienta lo mismo.

Capítulo 42
Edwin Finley
Steelville
Misuri
2000
Un día antes de su desaparición

La ira es la única emoción que cuando surge
es capaz de eclipsar a todas las demás.

Edwin se había quedado inmóvil, observándolo mientras trataba de contener el huracán que sentía en su interior. Era él, no había duda. La abundante barba escondía sus facciones, pero no podía ocultar la mirada fría y sin alma.

—¿Qué quieres? —respondió, mirándolo con gesto inexpresivo.

Ed se debatió allí mismo entre asaltarlo o hacerlo fuera. Recordó que sus esposas estaban en el coche y que no era buena idea enfrentarse a un hombre en un bar en el que era la primera vez que lo veían. Apretó la mandíbula y por un segundo creyó que Gavin Crane se había dado cuenta de que lo había reconocido. El agente abrió la mano en su bolsillo interior y trató de salir del paso lo mejor que pudo.

—¿Cómo va el partido?

Consiguió aplacar a duras penas el volcán en erupción en su interior. Gavin se quedó pensativo unos segundos. Se notaba que era una persona tranquila y que nada parecía afectarlo. Estaba analizando con calma la situación y la pregunta. Observó a Edwin de arriba abajo y luego, sin decir nada, se giró hacia la barra y clavó sus codos en ella. El agente contempló su perfil y vio en él la forma de su frente. Estaba seguro de que era Gavin Crane y al fin lo tenía delante. Recordó las fotografías que había encontrado y los detalles de los casos que había logrado identificar. El último de ellos el de Rhonda Adler, una chica negra de Kentucky que desapareció cuando hacía *trekking* en el bosque y cuyo cadáver desnudo fue encontrado con doce puñaladas flotando en el río Mississippi. En la polaroid del baúl no se veía el rostro de Rhonda, pero sí el color de su piel y la posición exacta de nueve de las puñaladas que coincidían con las de la autopsia.

—No lo sé. No me importa una mierda el fútbol —dijo Gavin Crane de pronto, sin mirar a su interlocutor—. Uno no viene aquí a ver el fútbol, sino a olvidar los errores que ha cometido.

Ed se volvió hacia la barra cuando llegó su cerveza y le dio un trago porque necesitaba controlar las manos.

—¿Y ha cometido muchos? —le interrogó.

—¿Muchos qué? —Gavin hizo una pausa larga en la que Edwin estuvo a punto de entrometerse y luego continuó—: ¿Errores?

Ed vio al camarero alejarse y después miró al hombre del final de la barra que los observaba con la mirada triste.

—Errores —aclaró.

—¿Acaso hay alguien aquí que no los haya cometido? —preguntó sin esperar una respuesta.

Edwin lo contempló de nuevo y se fijó en su ropa. Estaba sucia y tenía los pies llenos de barro. Tragó saliva y respiró hondo, cuando de pronto, Gavin Crane metió la mano en el bolsillo y tiró un par de billetes sobre la barra:

—Quédese con la propina —gritó en dirección al barman. Entonces bajó la voz para confesarle algo—: Y muchos estamos destinados a equivocarnos una y otra vez hasta el día en que muramos —aseveró antes de girarse y dirigirse hacia la puerta.

Edwin esperó un instante con aquella frase resonando en su cabeza y, de repente, sacó cinco dólares y los dejó junto a su copa. Antes de salir, miró por la ventana y vio a Gavin acercarse a una camioneta roja con matrícula de Illinois y subirse en ella. En cuanto arrancó y encendió las luces, salió fuera y se dirigió con prisa hacia su coche, el Dodge azul que habían comprado como vehículo para la familia. La camioneta roja se incorporó a la carretera 8 y Edwin lo siguió en dirección a Steelville. El sargento abrió su guantera y sacó de ella su pistola, que tiró sobre el asiento del copiloto. Gavin conducía bruscamente, acelerando con fuerza tras cada curva y, de vez en cuando, Edwin tenía la sensación de que sospechaba que lo seguía. Cuando quedaban pocos minutos para llegar a Steelville, Gavin giró a la derecha por Cave Road y condujo unos minutos hasta que cruzó el puente sobre el Meramec. Edwin aminoró la marcha. En aquella zona oscura y apartada Gavin sí se daría cuenta de que lo estaba siguiendo y él no quería correr riesgos. Apagó las luces de su coche y vio cómo la camioneta giraba de pronto, se colaba entre dos árboles pocos metros después de atravesar el río y se abría paso por un carril de tierra invisible desde la carretera.

El agente esperó un poco y, finalmente, siguió las líneas de tierra paralelas dibujadas en el camino sobre la vegetación. La luz de la luna se colaba en pequeños haces blancos que hacían brillar la humedad del suelo y que dejaban ver cada pocos metros la ruta que debía de haber seguido Gavin con su vehículo, que ya había perdido de vista. Iba despacio y, en algunas zonas, el bajo de su coche chocaba con fuerza con piedras que emergían como puñales desde el suelo. No localizaba a la camioneta de Gavin, pero era imposible que hubiese seguido otro camino que no fuese el que estaba marcado. Avanzó durante dos largas horas a un ritmo lento y poco a poco se dio cuenta de que no sabía dónde se encontraba. Era consciente de que el tipo de árboles era diferente, con troncos más anchos y altos e, incluso, la temperatura parecía ser mucho más fría. Conducía movido por la rabia y el dolor cuando vio a lo lejos la camioneta de Gavin aparcada en un pequeño claro del bosque. Por fin, la hora había llegado.

Cogió su pistola, se bajó del coche a unos cien metros de la camioneta y descubrió que entre la maleza, un poco más adelante, había una cabaña de madera con una luz encendida. Caminó en la penumbra, tratando de que sus pasos quedasen amortiguados por las plantas y la tierra húmeda y, cuando alcanzó la construcción, se asomó por la ventana con el corazón recordándole que aún estaba a tiempo de dar marcha atrás. El zumbido de un generador era lo único que se oía en aquel lugar. En el interior, iluminado por una bombilla que colgaba de un cable del techo, vio la figura de Gavin cruzar por delante de la ventana y dirigirse a una especie de cocina con una diminuta hornilla de gas y una pequeña sartén oxidada sobre una tabla de madera llena de cubiertos y utensilios sucios. Lo vio coger algo de allí y dirigirse a alguna otra parte fuera de su vista. De la pared del fondo colgaban varios relojes de cuco, de distintas formas y tamaños. No había duda, era él. Edwin se acercó a la puerta y cerró los ojos un segundo mientras oía los pasos de la persona que le había obsesionado durante dos años al otro lado y calculaba a qué distancia se hallaba. De repente, pisó una rama que crujió bajo su pie y, justo en ese instante, los pasos de Gavin se acercaron con tal rapidez que el sargento solo tuvo tiempo de dar una patada a la puerta con todas sus fuerzas y gritar:

—¡Ah!

Gavin se cayó al suelo de espaldas por el golpe que recibió de la puerta. Ed entró colérico y se tiró sobre él sin darle tiempo a entender qué pasaba.

—¿¡Tú!? —exclamó al reconocerlo del bar, con expresión de terror.

Trató de zafarse de Edwin, pero él había cargado todo el peso de su cuerpo sobre el pecho de su contrincante y no tardó en lanzarle el primer puñetazo, que le partió el tabique nasal. Su rostro se llenó de sangre y no le dio tiempo a notar la calidez del líquido rojo antes de recibir otro puñetazo con la misma fuerza en la ceja.

—¿Dónde está? —gritó Ed—. ¿Qué le has hecho?

Gavin se cubrió la cara con las manos asustado. Edwin era puro ímpetu y rabia y ese hombre al que golpeaba tan solo un cobarde que atacaba a quien no podía defenderse.

—¡Yo no he hecho nada! —gritó de pronto —. ¡Yo no he hecho nada!

—¿Que no has hecho nada? —Ed lo golpeó de nuevo y sus nudillos le hicieron un corte en el pómulo—. ¿Dónde tienes a Amelia? ¿Eh? ¿¡Dónde!? —chilló lleno de rabia.

—No sé de qué me hablas. Para, por favor —suplicó.

Pero Edwin no se detuvo. Le dio otro puñetazo y chilló con fuerza preso de la desesperación. Después de tanto tiempo viendo las fotos que había encontrado en el sótano, después de haber hablado con su madre y confirmado aquella historia, después de haber leído la autopsia de su mujer, sabía que aquel gallina no merecía otra cosa. Le agarró la cabeza con ambas manos y Gavin trató de tirar de sus brazos, sin poder hacer nada. Lloraba. No podía controlar a aquel hombre furioso y asumió por un instante que todo se iba a acabar allí. Los dedos recios del sargento agarraban su rostro y no pudo parar de llorar aceptando su destino, pero sin querer, se le escapó una súplica a un dios en el que no creía.

—Lo siento —balbuceó casi sin poder respirar—. Lo siento, lo siento —repitió.

Tenía el rostro bañado en sangre y Edwin paró un instante al ver el pánico en sus ojos.

—¿Qué le has hecho a Amelia? —chilló, furioso.

—¿Amelia? —preguntó Gavin entrecerrando los ojos.

Aquella respuesta desencadenó sin freno su ira y, sin poder aguantarlo más, tiró con fuerza de la cabeza de aquel al que había perseguido con obsesión y golpeó con ella el suelo con tal rabia que tembló toda la cabaña.

Capítulo 43

Cora Merlo
Steelville
Misuri
2017

Abres una puerta y te das cuenta
de que otra se ha cerrado.

Pasé algunas páginas del diario de Charles y sentí que me estaba colando en un lugar al que no había sido invitada. El corazón me latía con fuerza y, por un segundo, no supe si mi donante intentaba pedirme que no invadiera su intimidad. Me alegré de haberme enterado de que Charles había amado a Mara, porque por una vez me di cuenta de que una parte de mí entendía lo que era querer a otra persona distinta a tu familia. Yo nunca había conectado así con nadie, o al menos no me había gustado nadie de ese modo, tanto como para querer cambiar, aprender nuevas cosas o salir de mi zona de confort. El único ejemplo cercano que tenía era el de mis padres, que se habían conocido en el instituto, cuando mi madre tenía quince y mi padre diecisiete, y lograron sortear todos los obstáculos que la vida les puso por delante. Se habían querido más que a nada en el mundo y yo lo vi durante mi infancia: bailaban sobre la cama o tomaban copas de vino sentados en la terraza mientras se contaban esos sueños que tenían intención de cumplir. Y los fueron cumpliendo poco a poco, hasta el día en que ambos se dieron cuenta de que habían dejado algunos para demasiado tarde.

Mis relaciones siempre habían sido un simple desahogo físico que solían terminar tarde o temprano. No sabía por qué, pero era incapaz de sentir conexión con nadie, puesto que me movía en un círculo de gente con el que siempre hablaba sobre el cuerpo humano, al que habíamos reducido a un complejísimo e intrincado sistema de química, células, nervios, arterias, conductos y órganos. Así que nunca conversábamos de lo que habían sentido aquellos cuerpos que diseccionábamos desde primero. Mis compañeros eran capaces de resumir en un párrafo la respuesta nerviosa y las zonas del cerebro que se iluminaban con un orgasmo, pero incapaces de saber por qué una persona aparecía una y otra vez en los recuerdos ni por qué alguien querría tener hijos con la cantidad de cambios que provoca en el cuerpo de una mujer. El amor era inexplicable e inexpugnable en mi carrera, un subproducto de una reacción química que un puñado de hormonas creaban en el cerebro. Nadie se molestaba en explicar que cuando sentías algo por alguien, lo primero que notabas era un nudo a la altura del corazón.

Me toqué el mío y noté los latidos. Cerré los ojos y, por primera vez desde que había llegado, sentí que el viaje había merecido la pena. Entre tanta desolación por la enfermedad y tanto dolor que rodeaba a la familia Finley, encontré un brillo de luz en la vida de Charles. Jack era una persona formidable y Charles había conocido el amor.

De pronto alguien llamó a la puerta y durante un instante dudé si abrir o no. No estaba en mi casa y Jack no me había dicho que esperase una visita. Era de noche y, a menos que Jack hubiese olvidado algo, dudaba que hubiese vuelto tan pronto de casa del capitán Boyce.

Llamaron de nuevo, esta vez con tres golpes que retumbaron en el silencio de la noche. Era absurdo no abrir, puesto que las luces de la casa estaban encendidas y quien estuviese al otro lado maldeciría a Jack por no hacerlo. Él era el sargento de la oficina del sheriff y quizá algún vecino cercano quería hacerle alguna petición a deshora. Guardé el diario en la mochila, corrí la cortina de la ventana del salón y me encontré de frente con el rostro de Mara.

—¿Cora? —dijo al otro lado del cristal con gesto de no entender por qué tardaba tanto en abrir.

Me dirigí a la puerta y la saludé:

—Hola, Mara. Me alegro de verte.

—He ido a buscarte a casa de Margaret, pero me ha dicho que estabas aquí. ¿Está Jack?

—Ha ido a… —Estuve a punto de meter la pata, Mara no podía enterarse de que Jack estaba investigando a los padres de ambos—. Ha ido a comprar algo de comida —respondí con prudencia.

—Bien. —Miró a ambos lados de la calle y cruzó ambos brazos para abrigarse—: ¿Puedo pasar? Hace algo de fresco por la noche —añadió.

—Claro —respondí al tiempo que me apartaba a un lado.

Ella se adentró en la casa y se quedó en pie en el centro de la estancia, esperándome, hasta que le señalé el sofá en el que yo había estado tumbada un rato antes con Jack. Se movía con agilidad y nerviosismo. Sus delgados brazos recordaban a las patas de un jilguero. De pronto me di cuenta de que el cuarto de las pruebas estaba abierto. Me dirigí hacia allí rápido para cerrar la puerta mientras ella se sentaba y me sonreía desde la distancia.

—¿Qué se siente? —me dijo de pronto.

Por poco. Pero estaba segura de que no se había dado cuenta de lo que escondía aquella habitación.

—¿A qué te refieres? —pregunté confusa.

Me acerqué a ella y me quedé de pie al otro lado de la mesa, sobre la que descansaba la pequeña figura del cuco de cristal.

—A tener el corazón de Charles en tu interior. ¿Qué se siente? —repitió con calma.

—¿Que qué siento al tenerlo conmigo?

Asintió.

—Me siento agradecida —respondí—. Pero… no noto nada más que un pulso normal que permite que no me falte el aire. Estoy confusa por estar aquí, y creo que venir a Steelville ha sido una manera de ordenar mis emociones, valorar mi vida y agradecer a Jack y Margaret cómo me han abierto las puertas de las suyas.

—Desde que te vi ayer llevo todo el día deseando hablar contigo. Me gustaría sentarme un rato delante de ti y despedirme de él. Verás…, Charles y yo… estábamos juntos —dijo al fin en un suspiro—. Supongo que no lo sabías.

—¿Juntos? —le pregunté sin querer, sorprendida.

Me emocioné al recibir tan buenas noticias sobre Charles. No solo había amado tal y como había leído en su diario, sino que también había sido correspondido.

—Lo amaba más de lo que se puede querer a una persona. —Agachó la cabeza y se estremeció—. Su muerte me dejó destrozada. No ha sido fácil digerirla estas últimas semanas, pero al menos sabía que había un trozo de él latiendo en alguna parte. Charles estaba cada vez peor, se sentía vulnerable y cansado. Decía que no estaba a la altura, a pesar de que para mí él siempre fue más que suficiente.

—¿Por qué? —pregunté.

—No soportaba el tormento de cada fractura, lo que llevaba aparejado cada hueso roto. Era duro, ¿sabes? Vivir con ese miedo a estar dos o tres meses escayolado y a las operaciones en las que le introducían placas de refuerzo en los huesos. Decía que yo no merecía tener que cuidarlo. Que su madre lo hacía encantada. Ella lo vendaba, le lavaba las heridas, le masajeaba el cuerpo, pero a mí me daba igual. Lo amaba, ¿sabes? Era la única persona que estuvo a mi lado siempre, sin llamarme bicho raro y sin reírse de que no tuviese padres. No sé si te han contado mi historia, pero mi madre murió, mi padre se marchó y mi hermana adoptiva desapareció. Yo era la maldita. Nadie quería acercarse a mí ni dirigirme la palabra —aseveró con tristeza.

—Lo siento. Supongo que también a él lo apartaron en el instituto.

Asintió, emocionada, y continuó:

—Nos unían muchas cosas y comenzamos a pasar cada vez más tiempo juntos. Él también había perdido a su padre en su infancia, igual que yo, y conectamos cuando pudimos hablar de nuestros miedos y sueños. De todo lo que nos fascinaba y nos generaba terror.

—¿Y cómo era Charles? —pregunté, curiosa por conocerlo en las distancias cortas.

—Divertido. Muy divertido. —Dibujó una sonrisa en su boca en la que se reflejaba una preciosa nostalgia—. Bromeaba todo el tiempo sobre su fragilidad con juegos de palabras sobre sus huesos.

—Igual que yo ahora con mi corazón —añadí, emocionada.

Mara bajó la vista y me miró el pecho con fijación. Tenía los ojos vidriosos y noté en un instante un cambio de actitud.

—Tan cerca y… a la vez tan lejos —dijo en tono triste.

—Mañana me voy, Mara. Vuelvo a casa.

—¿Te vas?

Aquella noticia pareció afectarle casi tanto como la muerte de Charles. Asentí sin querer entrar en detalles.

—¿Por qué tan pronto?

—Creo que si me quedo más tiempo descubriré cosas que no quiero saber. Todo es…, confuso. Hay muchas historias tristes en torno a su vida y temo que me está afectando. Si sigo adentrándome en su vida descubriré algo que me hará daño. He abierto muchas puertas y es hora de cerrar algunas. Me quedaré con las cosas buenas que sé de él: lo que quería a su madre, a su hermano, el lugar en el que vivió o el aspecto que tenía su dormitorio, que reflejaba el amor por los pájaros y la naturaleza.

Hizo una pausa, asintiendo, y luego inclinó la cabeza e inquirió:

—¿Has dicho amor por los pájaros?

Cambió su expresión a la incomprensión.

—Le encantaban, ¿no?

—Charles los detestaba. Sé que durante un tiempo fingió interés en la naturaleza y en particular por los pájaros porque yo le dije que me gustaba su libertad. En algún lugar de mi infancia recuerdo que incluso yo iba al bosque a observarlos, pero esa época pasó —rechistó de repente—. Estuvo un tiempo contándome que a él también le gustaba la naturaleza, pero cuando llevábamos varios meses saliendo me confesó que en el fondo decía aquellas cosas para encajar conmigo. Que no entendía nada de ellos y que incluso los empezó a odiar con todas sus fuerzas desde que su madre había comenzado a salir con una persona que cada vez que iba a casa le llevaba un libro nuevo sobre pájaros que él nunca leía. Los colocaba en la estantería por respeto porque la quería, pero no abría ni uno solo de ellos por el asco que sentía por aquel hombre, que se comportaba como si fuese el dueño de la casa.

—¡¿Los odiaba?! —exclamé, incrédula—. Creía que…

—Una vez, incluso, me contó que la pareja de su madre le había regalado un cuco disecado.

—Pero su madre dice que los adoraba... Su habitación...

—Su habitación se llenaba de objetos con cada nueva visita del novio de Margaret, quien incluso le instruyó a hacer ejercicios de movilidad simulando que volaba para evitar fracturas. Era un tipo raro en las distancias cortas. Un auténtico perturbado y obsesivo por las aves. Creo que rompieron, pero no estoy segura. En las últimas semanas he visto su coche aparcado frente a su casa.

—¿Sabes cómo se llamaba la pareja de Margaret?

—Claro —respondió visiblemente molesta—. Es Randall Boyce, el capitán de la oficina del sheriff.

Capítulo 44
Edwin Finley
Steelville
Misuri
2000
Un día antes de su desaparición

Un perdón no sirve de nada si no va acompañado
de una esperanza de enmienda.

Gavin abrió los ojos aturdido y lo primero que vio fue la puerta de su cabaña. Luego miró a los lados y trató de comprender por qué no estaba en la cama. Sentía dolor y notaba la piel tirante en su cara, pero no entendía el motivo. Entonces percibió el sabor de la sangre en la boca y saboreó por una vez el miedo de quien tenía todas las de perder. La presión en las muñecas le cortaba la circulación de las manos y recordó de pronto el asalto de aquel hombre que casi lo mata estampando su cabeza contra el suelo. Estaba sentado en una silla en el centro de la estancia y al bajar la vista vio que tenía la ropa manchada por su propia sangre. No podía respirar por la nariz, al estar llena de sangre coagulada, y le dolía mucho la parte posterior del cráneo, donde también notaba el pelo húmedo. Seguía siendo de noche, pero no podía saber cuánto tiempo había pasado.

Prefirió no hablar. Temía que el desconocido siguiese por allí. Miró a ambos lados por si veía algún indicio de vida fuera de la cabaña, pero al darse cuenta de que no había nadie más con él, trató de forcejear con las esposas que tenía puestas a su espalda, sin éxito. Los pies los tenía atados con presillas negras. Ni siquiera podía hacer un simple movimiento de torso, una larga cuerda que daba varias vueltas por su pecho se lo impedía. Estaba preso, sin posibilidad de escapar, y solo se atrevió a hablar cuando aceptó que se hallaba a merced de aquel hombre:

—¿Hola? —dijo una vez, en voz baja—. ¿Hola? —repitió un poco más fuerte, sin estar seguro de querer una respuesta—. ¿Hay alguien? —chilló con fuerza ahogándose en su propio llanto, pero nadie le respondió—. ¡Joder! —gritó.

Dio un par de sacudidas a los lados intentando aflojar la cuerda del pecho, pero el nudo era firme y no cedió ni un milímetro. Lloró, y no lo hizo por miedo, sino porque sabía que todo había acabado. Se preguntaba quién sería aquel hombre y por qué le hacía algo así. Luego pensó que poco importaba saber la respuesta exacta, sino más bien en qué había fallado. Recordó las veces que se había puesto en riesgo, las veces que había ido a visitar a su hija Mara para observarla jugar desde la distancia, e imaginó que alguien lo había visto. Siempre había sido muy precavido con sus pasos y pensaba que no había cometido ningún error.

—¿¡Hola?! —chilló en dirección a la puerta, pensando que en cualquier momento el opresor volvería.

De repente escuchó una respiración a su espalda y fue consciente de que lo tenía detrás. Estaba sentado en un sofá desvencijado lleno de manchas y lo observaba en silencio, pensando qué hacer con él.

—¡Eh, tú! —alzó la voz sin poder verlo—. No sé quién eres ni qué quieres. Tengo algo de dinero en el mueble junto a la cama. No es mucho, pero suficiente para pillar algo de droga o lo que quieras. No tienes que hacer esto. Está todo ahí.

El flash de una fotografía iluminó de blanco toda la habitación. Luego Edwin se levantó sin responder y sus pasos resonaron sobre la madera hasta que se detuvo delante de Gavin. Llevaba una cámara polaroid que había encontrado en una estantería y de la que colgaba la foto que acababa de hacer aún sin revelar. La sacó y se la tiró a la cara sin decir una palabra. Colocó el ojo en el visor y apuntó de cerca su rostro. Tenía la ceja y el pómulo hinchados, la nariz amoratada y la barba y gran parte de la cara cubiertas de sangre. El flash volvió a pintar todo de blanco y el sonido del mecanismo que expulsaba la foto se entremezcló con los jadeos de Gavin, aterrorizado.

—¿Qué quieres? —Buscaba una respuesta—. No tengo nada. Por eso vivo aquí. Lo perdí todo en un incendio hace un par de años. Por favor. Suéltame. No me hagas nada.

—Año 1980 —dijo Edwin de pronto—. Mandy Finley sale del instituto en Steelville vestida con un pantalón vaquero y una sudadera rosa con líneas plateadas, debajo llevaba una camiseta blanca con el frontal de colores.

El rostro de Gavin cambió de la incomprensión a la sorpresa y Edwin supo leer en aquella mirada que la recordaba perfectamente.

—No sé de qué me hablas —dijo de golpe, desesperado.

En su voz se notaba el miedo a ser descubierto. Todo parecía haber terminado para él.

—Año 1996 —vociferó Ed, alzando la voz por encima de la de Gavin—. Rondha Adler, una chica negra de Kentucky camina por el bosque y es asaltada y asesinada con doce puñaladas en el pecho. —El agente hizo una pausa al tiempo que sacaba la fotografía de la cámara y la tiraba sobre él—. Tiraste su cuerpo al río.

Gavin agachó la cabeza y emitió sollozos desesperados.

—1984. Julia Wiggins, de Illinois. Alguien la asaltó mientras usaba una cabina de teléfono y hablaba con su novio. El chico oyó los golpes, los gritos y un motor de coche que aceleraba al otro lado de la línea. Nunca se encontró el cuerpo.

—Joder... —exhaló Gavin entre llantos—. ¿Eres policía? ¿Es eso? Deténme, por favor. Llévame ante la justicia y pagaré por lo que he hecho —suplicó—. No me puedo controlar. Estoy maldito. No estoy bien. Es superior a mí.

—1987. Susan Crow —continuó, serio. Su voz se había apagado y en ella era imposible encontrar algo de empatía—. Conducía su bicicleta a plena luz del día en Fort Scort, Kansas. Rubia, con un vestido largo amarillo, y una flor blanca a la altura del cuello. Su cuerpo no apareció.

Edwin lo observaba atento y, mientras contaba cada una de aquellas historias, su corazón le pedía a gritos que acabase de una vez con él.

—¿Qué hiciste con sus cuerpos? —preguntó enfadado—. ¿Dónde te deshiciste de ellas?

Gavin negó con la cabeza, sin dejar de llorar, y Edwin se acercó a él. Cargó su pistola y le apuntó a la cabeza. Apoyó el cañón en la frente y el asesino cerró los ojos, creyendo que todo iba a acabar.

—¡Donde! —chilló.

—Ahí fuera. En el bosque —admitió Gavin al fin—. A los pies del árbol, frente a la cabaña. —Lloró desesperado—. No dispares, por favor. Ayudaré en lo que sea. Os diré lo que necesitéis. Pediré perdón a las familias.

A Edwin le temblaba el pulso. Nunca antes había encañonado a alguien indefenso a la cabeza y la sensación era muy distinta a apuntar a alguien armado en la distancia. Allí, con Gavin en la silla, sentía que él tenía la última palabra.

—Un perdón no sirve de nada si no hay manera de que las traigas de vuelta —susurró—. Todo el daño. Todo el sufrimiento durante tanto tiempo. La falta de respuestas.

—Lo siento… —Lloró a modo de súplica—. Lo siento… —balbuceó.

—Mataste a tu mujer delante de tu hija —dijo Edwin—. Encontró tus trofeos, las fotos de todo lo que hacías, y por eso la mataste. Quemaste la casa queriendo borrarlo todo, incluida a tu hija. Pero una cosa es asesinar a una desconocida inocente que te cruzas por el camino y otra muy distinta la muerte de alguien cercano, cuya sangre te salpica aunque no quieras.

—Yo la quería… —confesó—. Yo la quería…, pero no puedo parar. Por favor, entrégame a la justicia y que me condenen a muerte. Estoy agotado de esconderme, de tratar de luchar contra mí mismo.

—¡Mientes! —gritó Ed al tiempo que lo empujaba con la pistola.

Solo hacía falta un poco más de presión en el dedo índice y todo habría acabado. El viaje de Edwin se habría completado, de la sensatez a la locura. No todo el mundo que se enfrenta al dolor se adentra en ese camino, porque esa puerta solo se abre ante quienes crecen entre el drama y las heridas y no pueden olvidar. Ed se comportó siempre de manera correcta, trataba de ser un agente justo y servicial, pero con el tiempo se dio cuenta de que cualquier coraza que construyese solo era provisional. La vida le iba desestabilizando con pequeños golpes que no esperaba (una hermana desaparecida, una hija perdida tras el parto, un hijo enfermo y lleno de fragilidad…), y le fue quitando trozos de sí mismo que trató de curar sin éxito. De pronto un día la carne se abrió y dejó a la vista la profundidad del corte.

Pero apartó el cañón de la cabeza. Y lo observó de cerca durante unos segundos. Gavin temblaba, y también lo hacía Edwin, de rabia. Se dirigió fuera de la casa y buscó el árbol al que se refería. En dirección recta desde la puerta destacaba el tronco de un gran pino cuya copa se perdía en el cielo. La tierra que rodeaba el árbol no era tan compacta como la de los alrededores y el sargento comprendió que había sido removida. Regresó a la casa y buscó algo con lo que cavar. En un armario encontró la pala. Salió de nuevo y la clavó en la tierra.

Jadeaba con cada palada, mientras dentro de la casa Gavin esperaba en silencio la confirmación de sus atrocidades. Un rato después, la pala golpeó algo blando; era un fragmento de piel seca. Se arrodilló en el suelo y escarbó con las manos, llenándose las uñas de tierra. Entonces agarró un trozo de tela amarronado, seguido de los huesos de un pie. Tiró de una tela que sobresalía entre la arena suelta y vio el amarillo apagado de un vestido antiguo. Luego sin querer acarició el torso de un esqueleto y, mientras lloraba desolado por aquella fosa del terror, tiró de un trapo y reconoció las sinuosas líneas de la camiseta de su hermana. Se arrodilló desesperado y lloró a su hermana como nunca lo había hecho. Cuando se desprendió de toda la tristeza acumulada, se dio cuenta de que la única emoción que le quedaba dentro era la rabia.

Caminó con decisión a la casa y pateó a Gavin. La silla a la que estaba atado cayó al suelo. Se abalanzó sobre él y le dio un puñetazo que abrió de nuevo el torrente de sangre de su nariz. Lo agarró del cuello dispuesto a estrangularlo y sus manos se tiñeron de rojo tapando los restos de arena. El asesino no podía hacer nada para defenderse y lo miraba asustado. Sabía que era el fin.

Pero Edwin recordó a su familia. Vio los rostros de Jack y Charles, la luz dorada del atardecer mientras jugaban fuera, las noches en casa divirtiéndose con los juegos de mesa… y reflexionó sobre cómo volvería a mirarlos para decirles, con la conciencia tranquila, que su padre era un buen hombre. Entonces aflojó las manos, las apartó de su cuello y Gavin respiró profundamente, comenzando a toser con fuerza.

Ed se levantó de golpe, recogió las fotografías que había tirado y se marchó de allí. Caminó hasta su coche en la oscuridad y se montó en él. No era capaz. No podía hacerlo. Se había jurado una y otra vez que si se presentaba la ocasión acabaría con él, pero no era fácil dar aquel último paso. Arrancó el vehículo y condujo sin parar de llorar durante un par de horas de vuelta a casa por el camino de tierra hasta que llegó a Cave Road y se incorporó a la carretera justo en el momento en que el sol estaba asomando por el horizonte. Durante todo el camino no dejó de pensar en qué hacer y cuándo volver, y detuvo el coche delante de su casa con la mirada perdida. De pronto escuchó dos golpes en la ventanilla y vio a Jack, su hijo, golpeando el cristal con la punta de los dedos:

—¿Papá? —le preguntó—. ¿Dónde estabas?

Capítulo 45
Jack Finley
Steelville
Misuri
2017

A veces es mejor dejar los recuerdos intactos
para no estropearlos con la realidad.

A pesar de conocerlo desde niño, cuando era compañero de su padre, era la primera vez que Jack acudía a la casa del capitán Boyce, en el límite del pueblo. Para él el capitán siempre sería la persona que les anunció su desaparición aquella fatídica noche en la que se lo tragó la tierra y, por algún motivo, quizá para alejarse del dolor que le causaba aquel tema, había preferido tratarlo con la distancia que le otorgaban los rangos diferentes que tenían cada uno. En algún lugar de la mente de Jack, clavado en las profundidades de la memoria de la infancia, Randall siempre había sido el portador de la peor noticia de su vida. Cuando recordaba a su padre y las tardes en las que jugaban juntos, en algún momento siempre aparecía con nitidez el rostro de Randall bajo la puerta, diciéndole a su madre las palabras que pronunció aquella noche:

—Los chicos han encontrado el coche de Edwin abandonado en Cave Road, a las afueras, a la entrada del bosque.

Jack observó la casa desde fuera mientras se dirigía hacia la puerta; era una preciosa vivienda de madera de dos plantas pintada en verde con cortinas blancas. Un camino de grandes baldosas de piedra unía la acera con la casa y partía en dos un jardín cuidado con esmero. En el lado izquierdo resaltaba un gran roble que debía de llevar allí toda la vida. Cuando llegó hasta la puerta, llamó con tres golpes firmes y esperó un poco hasta que oyó los pasos al otro lado.

—¿Jack? ¿Qué haces aquí? —dijo confuso el capitán al abrir y verlo en su porche—. ¿Ha pasado algo?

El sargento recordó el aspecto de Randall aquella noche en que llegó a su casa, afectado por la desaparición de Edwin. En aquellos años era un joven atlético de unos treinta años, sin pelo en la barba y piel clara. Ahora tenía delante a un hombre fortachón, con rostro delicado de mofletes rojizos y pelo gris. Vestía un pantalón negro y una camisa a cuadros en colores tierra. Sin la ropa de uniforme, el capitán aparentaba estar más cerca de los sesenta que de los cuarenta y nueve que en realidad tenía. Se le notaban los años de oficina, de salir poco a la calle y no jugarse el cuello. Cuando Jack era niño, veía en Randall la misma figura que la de su padre, por eso si los veía juntos siempre pensaba que entre los dos podrían correr tras cualquier malhechor y placarlo como si fuesen jugadores de fútbol americano.

—Capitán —saludó al tiempo que hacía un ademán con la cabeza—. Disculpe por venir a su casa sin avisar. Quería hablar con usted, es un tema difícil y creo que la comisaría no hubiese sido el mejor lugar para hacerlo.

Randall lo observó en silencio y encogió el entrecejo.

—¿Ha pasado algo, Jack? —preguntó—. ¿Qué ocurre?

—No, nada, capitán. No es algo urgente, pero sí es importante para mí. Es… —Le costó armar aquella frase. Eran muchos años buscando algo etéreo y esquivo, y parecía que las palabras adecuadas también habían aprendido a esconderse—. Es… sobre mi padre.

El capitán se quedó serio unos instantes y lo contempló con preocupación.

—Claro —dijo al fin—. Siempre he pensado que tarde o temprano deberíamos hablar de lo que ocurrió entonces. Me pillas cocinando, pero pasa, por favor. No te quedes ahí. —Hizo un gesto con la mano para invitarlo a entrar y Jack tragó saliva mientras reconstruía en su mente las preguntas que tenía que hacerle.

Era difícil abrir aquellas heridas y volver a los años de la infancia en los que todo se desmoronó, pero por algún motivo la presencia de Cora en el pueblo había avivado en él las ganas de correr las cortinas de la memoria y dejar que se iluminasen las sombras de su pasado.

Jack siguió al capitán Boyce por la casa hasta llegar a la cocina y, una vez dentro, este le ofreció un asiento al tiempo que se dirigía a la hornilla y apagaba el fuego, sobre el que crepitaba una sartén con aceite hirviendo.

La cocina era amplia y hogareña, con una isla central con encimera de granito bajo un formidable extractor del que colgaban utensilios de cobre. Randall abrió la nevera, sacó un cartón de huevos y colocó dos junto a la sartén que bailaron en círculos al tiempo que él levantaba la vista y la clavaba en los ojos del visitante.

—¿Sabes? —dijo el capitán—. Tu padre era un tipo formidable. Creo que nunca este pueblo ha tenido a nadie como él. ¿Cuántos años tenías cuando se marchó? ¿Ocho?, ¿nueve?

—Diez.

Asintió y a continuación rompió un huevo y lo echó sobre la sartén. La yema permaneció intacta unos segundos hasta que la golpeó con una espátula de madera.

—Es verdad. Os recuerdo bien. Erais dos críos. Charles y tú. Tu padre siempre hablaba de vosotros con orgullo y felicidad. Erais lo único que conseguía volverlo vulnerable, ¿sabes? Cuando hablaba de vosotros dos, se le notaba ese brillo en los ojos de esperanza.

Jack se fijó en cómo rompía la yema del otro huevo en la sartén.

—No es fácil volver a remover esto —dijo el joven sargento—, pero usted y yo nunca hemos hablado de mi padre. Llevo un tiempo repasando lo que ocurrió y he encontrado algunos hilos de los que tirar. Es poca cosa, y… no hay mucho detalle en el expediente, pero usted es la persona que trabajó con él en aquella época. Quizá me pueda ayudar.

Randall asintió al tiempo que apartaba la sartén del fuego.

—Lo sé, Jack. Sé que hace tiempo te llevaste de la oficina el expediente de su desaparición. No te dije nada porque te aprecio, aunque sabes que no está permitido llevarse archivos a casa sin autorización. También en eso te pareces mucho a él.

—Lo siento, capitán. Lo quería hacer fuera del horario de trabajo y no pensé en protocolos. Es algo personal que lleva años… persiguiéndome.

—No te preocupes, hijo. Lo entiendo. Lo de tu padre fue un palo para todos. Incluido yo. No sé qué le sucedió. Supongo que estarás al corriente de que por aquel entonces estábamos buscando a Amelia Marks.

Jack asintió. Randall se apartó la comida en un plato y lo llevó hacia la mesa de la cocina.

—¿Te importa que coma? —le preguntó mientras agarraba un trozo de pan y lo cortaba con un cuchillo.

—No se preocupe por mí —respondió, acercándose a la mesa.

El capitán se sentó y le señaló dónde podía hacerlo él sin decir palabra.

—Amelia era una belleza que había empezado a trabajar hacía poco en un *diner* de las afueras. Ahora se llama Betsy's, pero por entonces era el Molly's. Tuvo ese nombre durante…, no sé, ¿veinte años? Se comía bien allí. Te trataban con cariño y, no sé si has estado, pero el entorno es una preciosidad. Justo a la entrada del bosque. El aparcamiento está rodeado de naturaleza y vegetación.

Jack buscó en su mente el nombre del *diner* mientras vio cómo el capitán se llevaba el tenedor a la boca y le daba un mordisco al trozo de pan.

—Aquel caso, el de Amelia, era… difícil. Una chica joven, guapa, que trabajaba en un lugar de paso… Cualquier pirado que recorriese la 8 ese día se podría haber encaprichado al verla y esperado en el aparcamiento hasta que saliera del trabajo…

—Se encontraron marcas de neumáticos en el aparcamiento y sangre en el suelo.

—Sí. De un neumático común. Nadie vio nada ni oyó nada. Se despidió de sus compañeros ese día y alguien se la llevó. Buscamos el cuerpo durante un tiempo, sin suerte. Tu padre se obsesionó con ella, aunque, a decir verdad, él llevaba ya un tiempo extraño.

—¿A qué se refiere con extraño?

—Esquivo. Desde que lo ascendieron se comportó cada vez de manera más extraña. Llegaba tarde al trabajo como si estuviese cansado o no hubiese dormido bien. Estaba cada vez más y más… enfadado con el mundo. Algo lo atormentaba, eso sin duda, y creo que la desaparición de Amelia le llegó en un momento complicado. Quizá se sintió sobrepasado y se fue. Quizá tenía una vida que ninguno de los demás conocíamos y prefirió apostar por ella. O quizá le pasó algo.

—Le pasó algo, capitán. Estoy seguro.

—¿Cómo lo sabes?

—El día que mi padre desapareció, vino a casa por la mañana con las manos manchadas de sangre. No había pasado la noche en casa.

—¿Manchadas de sangre? ¿Crees que tu padre le hizo algo a Amelia? ¿Es eso lo que me estás diciendo?

—No. Bueno, no lo sé. Fuimos al hospital en cuanto llegó porque mi hermano se había roto el brazo. Me pidió que guardase el secreto de cómo lo había visto. Más tarde, al volver del hospital mi padre se marchó sin decir adónde iba y ya por la noche fue cuando usted vino a casa a avisarnos de que su coche había aparecido en Cave Road, junto al río.

—Vaya —dijo dejando de comer y prestando atención a lo que Jack le contaba—. No sabía lo de la sangre en sus manos. ¿Qué crees que había hecho esa noche?

—No lo sé. Por eso he venido. Usted fue la última persona que habló con él.

—Ah, sí. Me dijo que me tenía que enseñar algo. Estábamos con lo de Amelia y pensé que estaría relacionado con el caso. Lo esperé toda la tarde, pero no apareció. Después encontraron el coche en Cave Road y cuando vi las manchas de sangre, yo mismo fui a vuestra casa a avisaros.

—¿Qué contó cuando hablasteis? ¿Cómo fue esa conversación?

—Estaba serio y…, de algún modo, enfadado. Edwin era una persona formal y correcta, pero…, lo noté distinto en aquella llamada. No recuerdo sus palabras exactas, pero… me quedé preocupado en cuanto colgó.

Jack asintió y repasó en su cabeza el expediente de su padre. De pronto Randall se levantó de la mesa afectado:

—Apreciaba mucho a tu padre, ¿sabes? Le tenía un cariño especial. Nos asignaron como compañeros al incorporarme a la oficina y me ayudó mucho a integrarme en el pueblo. Mis padres son de Salem y yo no tenía muchos amigos aquí. A él lo conocía todo el mundo, como a ti. Yo le tenía mucho cariño. Ven —dijo dirigiéndose hacia la puerta que conducía al salón—, quiero enseñarte algo.

Jack lo siguió hasta una estancia que tenía un aire familiar. Las paredes del salón estaban pintadas de verde y una de ellas la recorría una prominente librería. En un rincón agradable había una chimenea encendida con las brasas al rojo vivo. Randall se agachó junto al fuego y agarró un atizador con el que golpeó las ascuas. Frente a ella se situaba una mesa de centro que dejaba ver algunos libros oscuros bajo el cristal y, tras ella, un sofá gris en lino sin una sola arruga. Todo estaba en un orden perfecto. Las paredes restantes aparecían salpicadas por fotografías enmarcadas en negro. El sargento se acercó a una de ellas mientras el capitán removía el fuego. Olía a leña quemada, a naturaleza muerta.

—Creo que en una de esas fotografías de ahí estoy con tu padre cuando empezamos —dijo sin levantarse.

Jack se fijó en la fotografía familiar frente a la que se había parado. Era una pareja adulta con un niño de apenas unos meses en brazos. El hombre se parecía claramente a Randall, pero no era él.

—¿Este es usted? —preguntó al tiempo que señalaba la foto.

—Oh, sí. De niño. Cuando vivía en Salem con mis padres. Mi padre era contable y mi madre…, bueno, trabajaba más que él, pero no recibía nada a cambio. Me cuidaba a mí y mantenía una casa con un presupuesto imposible. La crisis de los ochenta nos pilló de lleno y ella hacía malabares para estirar el poco dinero que llegaba a casa.

—¿Viven?

—¿Cómo dice?

—Si sus padres viven.

—Mi madre, sí. Tiene setenta años y está en una residencia en Salem. La visito de vez en cuando. Mi padre murió de alzhéimer hace... seis años —dijo, tirando un tronco de madera sobre las brasas.

Jack dirigió la vista hacia otra de las imágenes y vio a Randall y a Edwin juntos, cada uno con el brazo encima del hombro del otro, vestidos de servicio y con una amplia sonrisa de oreja a oreja. Reconoció a su padre al instante, con su barba poblada negra y su porte atlético. La camisa de manga corta dejaba ver unos antebrazos musculados.

—Esa fotografía de ahí fue antes del incendio, en la barbacoa anual que organizaba el teniente Wallace. No sé si te acuerdas del incendio en Bird Nest Road. Fue un par de años antes de...

—Sí me acuerdo —no le dejó acabar la frase.

—Tu padre salvó a un crío de las llamas. Estuvo increíble. Sin duda fue un valiente. Pero... imprudente.

Jack se fijó en una tercera fotografía y en ella reconoció el rostro joven de su capitán, sin camiseta. Randall debía de tener doce o trece años en aquella imagen y miraba a la cámara con expresión de júbilo.

—¿Este es usted? —inquirió.

—Sí —respondió, acercándose a verla de cerca—. Me gusta esta fotografía. Me recuerda quién soy. O, bueno, quién era entonces y a no olvidarme de ello. No todo es formalidad. Este trabajo te hace encorsetarte y ocultar quién eres realmente. Si alguien te pide ayuda, no puedes acudir mostrándote asustado, sino que debes esconder tus emociones debajo de la máscara a la que te obliga el cuerpo. Supongo que ya lo sabes. Con el tiempo, esa máscara se te pega a la piel y acabas olvidándote de ti mismo. Los humanos somos la única especie que cambia con el entorno. Los animales salvajes crecen programados por sus instintos más básicos y es imposible alejarlos de lo que son. Un águila cazará un ratón si lo ve correr en la naturaleza. Un oso salvaje te devorará si te considera su alimento. Todos los humanos cambiamos de algún modo y está bien tener recuerdos de lo que fuimos o somos en nuestro interior. En realidad, lo necesitamos. Gente cercana con la que poder ser tú mismo. Era difícil ver a tu padre sin esa máscara de corrección. A ti te ocurre lo mismo. Os parecéis mucho, ahora que lo pienso. Demasiado.

—¿Cuántos años tenía usted ahí? Parece realmente feliz en la imagen.

—Esa foto es de 1980, así que doce años. Me gusta verla. Todo un preadolescente sin prejuicios, lleno de instintos animales. Creo que esa sonrisa es la más sincera que he tenido nunca. ¿Recuerdas tu risa más sincera? ¿Tu carcajada más profunda?

—Hace tiempo que no me río, capitán.

—Pues deberías encontrar algo que te llene. Algo que te haga sentir completo. Y hacerlo, cueste lo que cueste —le aconsejó.

Jack vio el rostro de Cora en su cabeza y rememoró sin querer el tacto de su piel. Entonces una pregunta surgió de su mente y la lanzó sin pensar en las consecuencias:

—¿1980? —preguntó Jack, con el corazón retumbando en su pecho.

Recordó que aquel año fue el que desapareció su tía Mandy. Algo se encendió en la oscuridad de su mente, pero no lograba conectar las ideas. Jack se acordó de todas las notas que había en las paredes de su cuarto y repasó en su cabeza las pistas que había recopilado su padre sobre Gavin Crane. Trataba de vincular las fotos y recortes sin saber bien adónde lo llevaban e intentó ocultar que estaba alterado mientras sus ojos volaban al resto de cuadros de la pared. Se fijó en que también había ilustraciones de aves que volaban entre los árboles formando geometrías imposibles. Esas ilustraciones eran esbozos dibujados a mano simulando el aleteo grácil de un pájaro oscuro.

—¿Y no recuerda qué le hizo tan feliz? —le interrogó el joven sargento mientras se giraba hacia su capitán al tiempo que trataba de comprender qué era lo que había pasado por alto.

Pero era demasiado tarde. De pronto notó el golpe seco de un hierro en la cabeza y todo se fundió a negro.

Capítulo 46
Edwin Finley
Steelville
Misuri
2000
El día de su desaparición

Los errores guiados por la rabia o bien te alejan
de tu vida o te la arrebatan por completo.

Edwin no supo cómo reaccionar cuando vio a su hijo al otro lado de la ventanilla del coche, observándolo incrédulo. Había conducido abstraído, sin dejar de pensar en qué hacer con Gavin Crane y cómo solucionar aquello, y no se había dado cuenta de que aún tenía las manos y el rostro con manchas de sangre.

—Entra en casa, Jack, y abre el garaje desde dentro —fue lo primero que le dijo—. He perdido las llaves.

—¿Papá? —respondió el pequeño, confuso. Lo miraba lleno de terror, temiendo que a su padre le hubiese ocurrido algo. El amor hace esas cosas: rellena de luz las sombras de quienes tenemos cerca—. ¿Te encuentras bien? Tienes…

—Ahora voy, Jack —le interrumpió Ed—. Te he dicho que entres y me abras el portón.

El corazón de Edwin latía con fuerza y, por más que se esforzaba, no podía evitar, al cerrar los ojos, ver el rostro de Gavin en la cabaña. No sabía qué hacer con él. No tenía ningún plan. En algún lugar de su mente pensó en que lo mejor era avisar a la oficina, contarles lo ocurrido y que se encargase de todo la justicia. Pero esa decisión contradecía a la que ya había tomado cuando cerró su expediente de búsqueda un par de años antes. Entonces había omitido del archivo el informe del forense que demostraba que Nora Crane, su mujer y madre de Mara, había muerto de un golpe en la cabeza y no a causa del incendio. Edwin se había prometido buscarlo para descubrir qué le había sucedido a Mandy y, ahora que lo tenía a su merced y que había confirmado aquella verdad horrible, no se había atrevido a dar el paso final.

Metió el coche en el garaje y esperó a que su hijo cerrase de nuevo antes de salir del vehículo. Lo miró a los ojos, sintiéndose culpable y sin saber cómo continuar. No tenía ningún plan. El terror no le dejaba pensar. Tenía a un hombre atado en una cabaña del bosque, pero en ese momento, con su hijo allí, no podía evitar sentirse lleno de contradicciones.

—¿Qué te ha pasado? —preguntó Jack—. Estás manchado de sangre, papá. ¿Te has hecho daño?

—Ve a mi cuarto y tráeme ropa limpia —dijo Ed, volviendo en sí—. De la cocina coge una bolsa de basura, y del cuarto de baño, una toalla mojada. Rápido —ordenó—. Y evita que se acerque tu madre.

—¿Por qué? Tenemos que llevar a Charles al médico. Se ha caído.

—¿Se ha roto algo? —preguntó Edwin, prudente.

El niño asintió con la cabeza al tiempo que tragaba saliva.

—Tiene el brazo muy hinchado —respondió.

—Está bien. Haz lo que te he dicho y ahora llevamos a tu hermano al médico. ¿De acuerdo?

El crío asintió de nuevo.

—Jack —lo llamó Edwin antes de que se marchase—. No le digas nada de esto a tu madre. Ni a nadie. Tiene que ser nuestro secreto.

—¿Secreto? —dudó, temeroso.

—Sí, Jack. Es algo entre tú y yo. Prométemelo —añadió solemne.

El pequeño tragó saliva y asintió.

Pasaron la mañana en el hospital y Edwin oyó el diagnóstico de su hijo con la distancia que da el saber que ya no eres la misma persona.

—Fractura de radio y cúbito —dijo el doctor—. Demasiado para una caída tan leve. ¿Están seguros de que se cayó desde la cama?

—Sí, por supuesto —protestó Margaret mientras Edwin apenas oía la conversación, porque su mente estaba en la cabaña.

No sabía qué hacer. Cuando por fin se subieron al coche, y Margaret le recriminó su ausencia, Edwin no pudo abrirse y contarle qué le ocurría. Discutieron. Él no sabía en aquellos momentos cómo reconducir su dolor. Se sentía muerto por dentro y a la vez herido de rabia. Lo cierto es que cuando te mueves motivado por ella, el destino nunca es el que uno espera.

—Dime adónde vas por las noches —le recriminó Margaret—. Dime qué haces cuando sales del trabajo.

—No te gustaría saberlo —respondió él, consciente de que aquella búsqueda había acabado—. No tienes derecho a hacer esto. Son mis cosas. No tenemos por qué saberlo todo el uno sobre el otro —le explicó con dificultad.

—Te lo suplico, Edwin. —Se acercó y le acarició la cara—. Si no me contestas, asumiré que estás saliendo con otra persona y esto habrá llegado a su fin. Aquí, ahora. No puedo seguir así. No puedo vivir entre tantos secretos. Si no lo haces por mí, hazlo por los niños —aseveró desesperada.

Se miraron a los ojos, pero Edwin no podía contarle lo que había hecho o lo que pensaba hacer. Al menos no aún. No podía hablarle de su hermana, del baúl que había encontrado, de las mujeres asesinadas por Gavin, de que lo tenía atado en una cabaña en mitad del bosque.

Le apartó las manos de la cara y volvió a poner las suyas al volante. Margaret lo miró sorprendida y se derrumbó entre lágrimas. Ella pensaba que su matrimonio se hundía, y él, que su vida entera dependía de lo que hiciese en aquella cabaña. Lo podía matar y nadie se enteraría. Podría ocultar su cadáver con el resto y el misterio se mantendría para siempre, pero al menos la espiral de violencia se detendría.

—¿De verdad es esto lo que quieres?

—Necesito pensar —dijo, serio.

Llegaron a la casa y Edwin no se bajó del vehículo. Tenía algo que hacer. Margaret le pidió que se quedase en casa y él dudó porque sabía que si se marchaba nunca volvería a ser el mismo.

Pero se dio cuenta de que ya no lo era. Su corazón estaba ennegrecido y sucio, encharcado por la oscuridad de esas noches buscando a Gavin mientras conducía de bar en bar. Comprendió que por más que quisiese dar marcha atrás hasta el día del incendio, cuando descubrió aquella caja de pandora dispuesta a colarse en sus entrañas, la persona jovial que jugaba con sus hijos cuando salía del trabajo se había esfumado para siempre y había sido conquistada por alguien que solo veía dolor y muerte por todas partes. Decidió que si quería recuperar la esperanza y volver a ser quien era, debía poner fin a aquella historia y enterrarla en su pasado, aunque para hacerlo tuviese que regresar al bosque y acabar lo que había empezado.

Con los ojos inundados de lágrimas se despidió de sus hijos y le prometió a su mujer que esa noche le contaría por qué había cambiado. Cuando quiso darse cuenta, conducía alejándose de su casa sin dejar de llorar mientras se repetía una y otra vez en voz baja:

—Por la noche te lo contaré todo, Margaret.

Paró un rato frente al Betsy's, el bar de carretera en el que habían secuestrado a Amelia Marks, y que antaño había sido el lugar en el que trabajaba su hermana después de clase. Veinte años separaban ambos momentos. Leyó las luces de neón rosa y se fijó en los coches aparcados. En el suelo un cuervo negro daba saltos con ambas patas en busca de algo de comida junto a las ruedas de los vehículos. Edwin clavó sus ojos en los del pájaro y se perdió en su oscuridad.

Lloró en soledad, como lloran los hombres que lo dan todo por perdido, y cuando por fin logró armarse de valor, sacó su móvil, un Nokia que apenas usaba y que habían repartido entre el personal de la oficina, y marcó un número.

—¿Ed? —respondió la voz de Randall al otro lado.

—Te necesito —dijo Edwin entre sollozos.

Una tristeza difícil de controlar le había invadido.

—Eh, eh. ¿Qué pasa, amigo? —le interpeló su compañero, confuso—. ¿Qué ha ocurrido?

—Te necesito. He…, he encontrado algo y… necesito tu ayuda —le suplicó.

—Claro, Ed. Cuenta conmigo para lo que necesites. Somos un equipo, ¿no?

El sargento se recompuso como pudo y agarró el volante con fuerza.

—¿Sabes llegar al puente de Cave Road? —le indicó.

—¿Cave Road? ¿Qué pasa?

—¿Sabes llegar o no? —protestó, sin querer explicarle aún nada.

—Sí, al noreste. ¿Es por Amelia? ¿Has descubierto algo?

—Te lo cuento allí.

—Eh…, está bien. Voy para allá. —Aunque la verdad parecía que no comprendía nada.

—No se lo digas a nadie, Randall. No le digas a nadie adónde vas —repitió en una orden que decía mucho entre líneas.

—Cla…, claro, Ed —tartamudeó, con la voz llena de confusión—. Me pongo en camino, ¿vale?

—Confío en ti, Randall.

—Y yo, Ed. Somos un equipo.

Edwin colgó el móvil y permaneció unos momentos observándolo, pensando en llamar a casa. Tenía el rostro de Margaret clavado en la retina, sus ojos tristes pidiéndole que no se marchase y que volviese a ser quien era, pero no sabía si sería posible. Estaba a punto de emprender el descenso final y era consciente de que encontrar la línea era una cosa y cruzarla otra muy distinta. Por eso había llamado a Randall. Porque él no estaba hundido en la oscuridad que Edwin había vivido desde que empezó a buscar a Gavin, era ajeno al dolor de perder a una hermana sin encontrar respuestas, y con su presencia, tomar la decisión correcta sería más fácil. Era su manera de pedir ayuda. Por una vez no haría las cosas solo. Recordó el incendio y cómo había entrado en la casa en llamas. Le vino a la cabeza la sensación de soledad que sintió en la negrura de aquellas paredes que se venían abajo y en cómo una mano entre el humo lo había rescatado en el último momento.

Observó el Betsy's una última vez con los ojos rojos de llorar. Se bajó del vehículo, abrió el maletero y sacó de él la bolsa de basura con la ropa que llevaba puesta la noche anterior, que estaba llena de sangre y restos de tierra, y la tiró en un contenedor que él mismo ya había revisado días antes mientras investigaba la desaparición de Amelia y en el que no había encontrado ninguna pista. Después quitó la batería del móvil y tiró ambas partes entre los árboles, junto al bar. Se montó de nuevo en su coche y arrancó, sin estar seguro de lo que estaba haciendo. Condujo hasta Cave Road y paró el coche cerca del puente. Mientras esperaba, se fijó en una mancha oscura en un lado del volante y también en la manija interior de la puerta. La acarició con los dedos hasta que comprendió que era sangre de Gavin que no había limpiado esa mañana.

—Joder —dijo sobrepasado.

Se bajó del vehículo y esperó fuera, observando los árboles y el puente que cruzaba el Meramec, cuyo cauce descendía con tranquilidad y dejaba ver a un lado una zona de arena donde se amontonaban las ramas que el río era incapaz de engullir en su lecho. Levantó la vista hacia donde se perdían los árboles, porque allí, en algún lugar siguiendo durante un par de horas el camino de tierra oculto tras el puente, debía de estar la cabaña. Entonces imaginó a Gavin tirado en el suelo, inmóvil y sin posibilidad de escapar. Pasaron varios vehículos por aquella carretera y, poco después, apareció desde el sur el coche de Randall, que se detuvo junto a él al tiempo que bajaba la ventanilla

—¿Qué pasa Ed? ¿Qué ocurre? —gritó, sin comprender nada.

El sargento se apoyó en la ventana de su compañero y lo observó un instante en silencio. El sol estaba bajando, insinuando el anochecer, y la luz que invadía el coche contrastaba con el tormento que vivía Ed en su interior.

—¿Sabe alguien que has venido?

—Nadie. Estaba en la oficina solo —respondió—. ¿Qué ocurre? ¿Qué has encontrado?

Edwin asintió y luego abrió la puerta y se sentó a su lado.

—Será mejor que lo veas.

Capítulo 47

Cora Merlo
Steelville
Misuri
2017

Amar es cuidar sin esperar ser cuidado
y sin miedo a ser herido.

—¿El capitán Boyce? —pregunté incrédula a Mara, que me observó sin comprender mi sorpresa.

—Sí, ¿lo conoces? Randall Boyce —respondió—. Es el capitán de la oficina del sheriff. Lleva toda la vida en el cuerpo. Charles no lo aguantaba porque era el antiguo compañero de su padre, cuando él..., bueno, cuando se fue. Durante un tiempo los estuvo visitando mucho, para contarles cómo iba su búsqueda, pero luego la cosa decayó al no haber avances...

—Lo conocí ayer, en la batida para encontrar al bebé. Él organizaba al grupo de voluntarios —respondí.

No sé por qué, pero me preocupé al relacionar ambas historias. Los libros que le regalaba a Charles, los pájaros, el hecho de que formase parte de la batida y que decidiese hacia dónde teníamos que dirigirnos. De pronto, todo había dado un giro en mi cabeza y piezas imposibles de unir en un principio parecían conectadas en torno al capitán de la oficina del sheriff. Y Jack había ido a verlo...

—Nunca me ha gustado el capitán Boyce —añadió Mara—. Nunca. No tengo grandes recuerdos de cuando fui a vivir con mi familia adoptiva, solo vienen a mí imágenes difusas de aquellos dos años antes de que desapareciese mi hermana Amelia. Sin embargo, sí recuerdo que a ella no le gustaba que Boyce viniese con el padre de Charles, cuando este último se pasaba para preguntar cómo me encontraba. Recuerdo al padre de Charles como a un gran tipo, alguien a quien mirabas a los ojos y sentías su calor natural. Fue él quien me encontró en el incendio, ¿sabes? Nos invitó varias veces a su casa durante esos años. Era buena persona, pero... su compañero me parecía extraño. Nunca hice buenas migas con Randall Boyce. A veces aparcaba frente a la casa, a cualquier hora, y la miraba en silencio. Yo veía su coche desde el dormitorio y muchos días tardaba varias horas en irse. Al principio pensaba que lo hacía para comprobar que yo estuviese bien, pero a Amelia tampoco le gustaba. Luego, con el tiempo, dejó de hacerlo y me olvidé.

—¿Para qué crees que te vigilaba?

—¿Te cuento lo que creo? ¿Lo que he pensado con el tiempo?

—¿Qué?

—Que no me observaba a mí, sino a Amelia —lo soltó de golpe, dejando que sus palabras volasen en el aire.

—¿En serio? ¿Por qué crees eso?

—Porque las visitas cesaron en cuanto desapareció Amelia. Pero… yo qué sé. Parece afable, aunque Charles no lo soportaba.

—¿Jack sabía la relación del capitán con su madre? ¿Sabía esto último que me has contado?

—No lo sé. Puede que no. Empezaron a salir hace no mucho y Jack ya no vivía en casa. Aunque aquí en el pueblo todo el mundo habla, es verdad que llevaron la relación con mucha discreción. Nunca los vi por ahí juntos ni se dejaron ver en pareja. Yo lo sé porque Charles me contó que el capitán los visitaba en su casa y que flirteaba de manera falsa con su madre, pero si no me lo hubiera dicho, jamás lo habría imaginado. Aunque la gente viese el coche de Randall Boyce aparcado en la puerta, estoy segura de que nadie sospechaba que hubiera una relación entre ellos dos, más bien pensarían que el capitán era tan supersticioso como el resto del pueblo.

—Joder —protesté en voz alta.

—¿Qué pasa? —preguntó.

—Jack ha ido a su casa ahora —le dije, algo preocupada—. Está… investigando la desaparición de su padre, y también buscaba pistas sobre… —Era difícil abrir aquella puerta a los secretos de una familia, pero Mara había conseguido darle la vuelta a la imagen que me había formado de ella. En la cercanía notaba su amor por Charles y mi corazón, de algún modo, me pedía que confiase en ella—. Sobre Amelia.

—¿Qué? —inquirió, confusa.

—Jack lleva muchos años tratando de comprender qué le sucedió a su padre. Sé que buscaba a tu hermana cuando desapareció. De hecho, no se supo de él pocos días después. Me lo ha contado. Quizá estén relacionados ambos casos. Quizá… —lancé aquella teoría al aire— Randall Boyce tenga algo que ver con lo que le sucedió a tu hermana.

—¿Y dices que está con él? ¿Que ha ido a su casa? —Se la notaba realmente preocupada.

—Ha salido hace un rato.

Mara ladeó la cabeza y luego me hizo una mueca, como queriendo expresar que quizá no pasaría nada, pero algo dentro de mí me estaba diciendo a gritos que el capitán Boyce era el denominador común de todo aquello, pero… ¿por qué? ¿Cuántos años tendría el capitán en 1980 cuando desapareció la hermana de Edwin Finley? ¿Doce? ¿Trece? Me moría por entrar en la habitación de Jack y revisar los expedientes, pero con Mara allí no era buena idea. La foto de su padre biológico también colgaba de las paredes. Sentí un extraño sudor frío en la nuca y volvió el hormigueo suave en la punta de mis dedos. Me toqué la frente y me di cuenta de que estaba sudando.

—¿Te encuentras bien? —me preguntó Mara.

—Sí, estoy bien —mentí.

No me gustaba nada la pinta que tenían aquellos síntomas. Miré la hora y me di cuenta de que me había saltado una toma de la medicación. Joder. «No te hagas esto, Cora», me dije a mí misma. Eran demasiadas emociones y preguntas de golpe que habían hecho que el tiempo volase delante de mí como si estuviese leyendo una novela de suspense a altas horas de la noche. Rebusqué en mi mochila y encontré las pastillas de Tacrolimus. Quizá mis niveles habían bajado por debajo de los diez nanogramos por milímetro que debía mantener y por eso mostraba indicios inesperados de rechazo. O quizá esa dosis no era suficiente. Me temblaba el pulso y me dirigí con rapidez a servirme un poco de agua para tragarme las pastillas.

—¿De verdad te encuentras bien? —me preguntó Mara, preocupada, mientras yo me metía en la boca tres pastillas de golpe y bebía con rapidez.

—Sí. Es solo que tengo que ser más metódica con la medicación. El corazón de Charles es un… alma libre a quien tengo que mantener a raya con cariño, amor y… con el equilibrio químico perfecto de inmunosupresores en mi torrente sanguíneo —bromeé, pues pronto noté que la medicación empezaba a hacer efecto.

Ella sonrió, sobre todo por haber incluido en la ecuación el amor y el cariño.

—Creo que eres una buena persona, Cora —dijo Mara—. Lo sé y me alegro de que alguien como tú haya podido recibir ayuda de Charles.

—Gracias, Mara —le respondí devolviéndole la media sonrisa.

—Gracias a ti por venir a Steelville. Me ha encantado conocerte, Cora. El corazón de Charles latiendo en el pecho de una doctora. ¿Quién se lo iba a decir con lo que odiaba a los médicos? —Sonrió en broma.

—Aún me quedan unos años para serlo. —Sonreí también—. Le entiendo, durante un tiempo yo odié la medicina, ¿sabes? Odiaba los hospitales, los médicos y cualquier cosa que tuviese una bata. Estaba resentida porque no habían curado a mi padre. Pero, conforme crecí, comprendí que hay lugares a los que la ciencia aún no llega, porque somos complejos, porque la vida es compleja. Tenemos cientos de miles de millones de células, cada una con una función y también con la posibilidad de convertirse en algo distinto a lo que marca su naturaleza y degenerar en un monstruo horrendo que engulle y contagia con su podredumbre todo a su alrededor. Y me propuse aportar mi granito de arena para llevarla un poco más allá.

Mi mente viajó sin querer a la historia de Gavin Crane y conecté la mecánica de un tumor con su existencia. ¿Y si el capitán estuviese relacionado de algún modo con Gavin Crane y... lo hubiese cambiado, como las células de un cáncer transforman a las de su entorno? Por edad, en 1980, el capitán Boyce tendría doce o trece años, quizá un adolescente. Pero... ¿y si estaba conectado con él de algún modo? Tenía que hablar con Jack.

—Al fin admites las limitaciones de la ciencia —dijo Mara—. Y ahí es donde entra la espiritualidad de cada uno.

—La espiritualidad no cura, Mara.

—Pero sí sana, Cora. A mí me sanó. Crecí preguntándome por qué mi madre biológica había tenido que morir. Recuerdo una discusión horrible de mis padres, cómo mi padre golpeaba a mi madre con la figura de un pájaro dorado que teníamos en el salón. Me escondí en el sótano y fue el padre de Jack quien me encontró allí. Durante meses me persiguieron por las noches los recuerdos de aquel incendio. Traté de borrar a mi padre biológico de mi mente según fueron pasando los años y creo que lo conseguí. Cuando pienso en su rostro, lo único que veo es una mancha borrosa sobre un cuerpo informe. Fueron años dolorosos y el problema del dolor es que también borra los rostros de las personas que quieres. Después de la desaparición de Amelia, tenía que ver fotos de ella para recordar cómo era la hermana que siempre había querido. Crecí en un hogar en el que me convertí en una sustituta, en la niña pequeña que reemplazaba a alguien perfecto a quien yo no podía hacer sombra. Cuando cumplí diez u once años lo empecé a pasar mal. Tenía pesadillas, creía que una camioneta roja se plantaba enfrente de casa y me observaba desde lejos. Pensaba que algo horrible me pasaría, como le había pasado a Amelia. Mi madre me llevó a terapia, decían que mis pesadillas eran normales, que yo estaba revisitando recuerdos y temores del pasado, pero nada más lejos de la realidad. El problema nunca fue ese, sino que desde que era muy pequeña se olvidaron de alimentar algo que no te puede prescribir un médico.

—¿El qué?

—Amor. Amor sincero. Sin condiciones, sin etiquetas, sin prejuicios, sin nada que lo enturbiase.

—El incendio fue un punto de inflexión que borró todo rastro de mi vida anterior. He crecido pensando que quizá siempre fue lo mejor. —Trató de hacer memoria—. Una vez, en una de las visitas que hice de niña a su casa, el padre de Jack me pidió que le contase todo lo que recordaba. Que si sabía de algún lugar donde pudiera refugiarse mi padre, pero era incapaz de conectar recuerdos. Estaba bloqueada. Durante años me sentí así, atrapada en un laberinto de desesperanza. Y entonces Charles me sanó. Él consiguió sacarme de mi agujero. Mi madre adoptiva me quería, no digo que no, pero… durante mucho tiempo vivió en el pasado, tratando de encontrar motivos para quererme cuando ella había perdido lo que más amaba. Incluso ahora sigue persiguiendo su fantasma, y no la culpo, ella no pudo darme su amor porque se quedó sin su hija, y convirtió mi segunda oportunidad, mi segunda casa, en un lugar de sombras que solo miraba al pasado. Charles me decía que estábamos los dos rotos de algún modo: él literalmente y yo emocionalmente —disertó agachando la mirada y fijándose en el cuco de cristal de la mesilla—. Charles me regaló una figura como esa poco antes de morir.

Me llamó la atención este punto y traté de reflexionar el motivo de esos cucos de cristal.

—Supongo que Charles dio una de esas figurillas a cada persona que era importante para él.

Evitó mirarme a los ojos en cuanto dije aquella frase. Me di cuenta de que estaba emocionada.

—¿Qué pasa? —le pregunté, confusa.

—Que la mía se rompió. Se cayó al suelo la última vez que nos vimos, el día antes del accidente. —Suspiró emocionada y percibí que incluso ella creía que la muerte de mi donante no era más que fruto de la mala suerte.

—¿Te puedo preguntar por qué discutisteis?

—Porque él quería romper conmigo.

—¿Por qué? Os queríais —protesté, enfadada por aquella contradicción.

—Porque no aguantaba la idea de que yo le cuidase. Había venido a casa y pasamos la tarde juntos, como muchas veces hacíamos. Aquel día hablamos sobre el futuro, sobre qué haríamos más adelante. Era bonito imaginarse una ficción alejada de Steelville, pero pasaban los años y ambos seguíamos en el pueblo sin un porvenir claro. Y de pronto me lo dijo. Me soltó que quería romper. Que lo nuestro se acababa, que temía que pasara más tiempo y yo me convirtiese en una esclava de su fragilidad. Decía que me quería libre, que yo fuese feliz. Pensaba que merecía alguien mejor que él, pero... ¿qué hay mejor que lo que me dio? —Me miró sin poder evitar las lágrimas.

Contuve la respiración.

—Quería lo mejor para ti —exhalé al tiempo que tragaba saliva.

—Me enfadé con él. Charles se puso en pie, dispuesto a marcharse, y yo le pedí que no lo hiciese. Le supliqué. Pero me dijo que no podía hacerme eso. Que con su enfermedad se podía vivir, pero que era como tener sobre la cabeza la espada de Damocles, esperando un mínimo error para que volviese el sufrimiento. Opinaba que yo necesitaba cumplir sueños y que con él sería imposible. Y... entonces me enfadé y... agarré la figura que me había regalado y la rompí ante sus pies. Lo hice sin pensar. Entonces… —le costó continuar, porque venía la parte más dolorosa—, se marchó sin decirme nada más. Al día siguiente me enteré de que había cogido el coche de su padre y que había tenido un accidente. Él no conducía. No sé adónde iba. No pude despedirme de él. —Miró de nuevo mi pecho y yo suspiré con el corazón encogido—. Supongo que la vida te golpea así, sin esperarlo. Nos aleja de la gente sin que nos dé tiempo a asimilarlo y… debemos convivir con todas las cosas que no tuvimos el valor de decir y con todos los errores que no tuvimos tiempo de corregir —añadió, sin ser consciente, como yo ya intuía, de que Charles se había suicidado en un acto de amor.

Dudé si contarle lo que sabía, las circunstancias que rodeaban su muerte y la certeza que tenía su hermano de que había acabado con su vida de manera voluntaria, pero era incapaz de valorar qué era mejor: si llevar en el recuerdo el amor de alguien a quien perdiste de manera repentina o saber que su amor por ti fue el motivo de su muerte. No te enseñan esto en ninguna carrera. Miré el reloj que colgaba de la pared. Jack llevaba más de dos horas fuera y no sabía cuánto tiempo podría tardar. Mara notó mi inquietud y, de pronto, se lanzó a preguntarme sin ningún pudor:

—¿Te gusta Jack?

—No lo sé —mentí—. Pero aunque me gustase, nuestras vidas son muy distintas. Nuestros mundos no pueden acercarse. Yo vivo en la ciudad, él es sargento en Steelville.

—No te he preguntado si podría funcionar, sino si te gusta.

—Bueno, no sé. Hace un par de horas que se fue…

—Estás preocupada por él —aseveró, convencida de que aquello significaba algo.

Asentí en silencio.

—Con Charles aprendí que amar era cuidar sin esperar ser cuidado y sin miedo a ser herido.

Aquella frase revoloteó en los recovecos de mi corazón. Tragué saliva. Me costó deshacerme del nudo en cuanto coloqué sus palabras en la imagen que tenía de mis propios padres.

—Pensaba que Jack estaría ya de vuelta. Y… no sé. Hay cosas que no terminan de encajarme sobre la desaparición de Edwin y Amelia. Lo que me has contado de Charles, que detestaba los pájaros, y la relación de Randall con su madre… No sé, hay algo que no me da buena espina en todo esto.

—¿Has probado a llamarlo por teléfono?

—No tengo su número.

—Déjame a mí —dijo, y se puso a rebuscar entre sus cosas—. Creo que lo tengo anotado en la agenda. Charles estaba empeñado en que pudiese avisar a su familia si le pasaba algo estando conmigo—. Sacó su teléfono y, unos segundos después, encontró el número y llamó.

Puso el manos libres y me alivié en cuanto el teléfono dio el primer tono. Lo colocó sobre la mesa, junto a la figura del cuco para que pudiese acercarme y, de pronto, la llamada se cortó.

—¿Ha colgado? —me preguntó, confusa.

Mara llamó de nuevo y yo me incliné sobre el móvil esperando oírlo, entonces sonó aquella voz mecánica e inerte pronunciando una frase que lo cambiaría todo:

—El teléfono al que llama está apagado o fuera de cobertura.

—¿Qué? ¿Lo ha apagado? —protesté en voz alta, mientras mi corazón me avisaba con cada latido de que algo no iba bien.

Capítulo 48
Edwin Finley
Steelville
Misuri
2000
El día de su desaparición

El error que más repetimos es confiar
en aquellos solo porque aún no nos han herido.

Randall siguió las instrucciones de Edwin para acceder al camino de tierra que atravesaba el bosque y pronto la luz de la tarde dejó paso a un ocaso que se insinuaba entre las copas de los árboles.

—¿Dónde vamos, Ed? —preguntó a su compañero mientras el vehículo avanzaba entre los baches—. ¿Adónde me llevas? ¿Por qué no me lo cuentas ya?

—Sigue por aquí, queda poco —respondió Ed, sin apartar la vista del frente.

El vehículo avanzó por los dos surcos de tierra compacta sobre la que no crecía la hierba hasta que el camino se difuminó entre la vegetación. Edwin no sabía bien cómo explicarle a Randall lo que había hecho y permaneció en silencio todo el trayecto mientras se perdían entre un bosque cada vez más compacto. Finalmente alcanzaron un pequeño claro, donde había aparcada una camioneta roja frente a una cabaña de madera.

—¿Qué es esto, Ed? Dímelo.

Una vez su compañero apagó el motor, Edwin agachó la cabeza y buscó la manera de contarlo.

—He encontrado al padre de Mara, Gavin Crane —le explicó con la voz rota. Randall lo miró y se quedó pensativo, tratando de comprender las consecuencias de aquella frase—. Mató a su mujer antes de quemar la casa.

—¿Qué? —replicó con gesto sorprendido—. Pero...

—Mentí en su expediente —admitió—. Estaba enfadado. No quería encontrarlo de manera oficial. Quería encontrarlo yo. Lo necesitaba.

—Ed... oh, cielos, ¿por qué...?

—Encontré unas fotos —confesó mientras se le escapaban las primeras lágrimas—, unas fotos horribles. Fotos de mujeres asesinadas por Gavin Crane. Chicas maniatadas, cadáveres amoratados —soltó en un exabrupto—. Lo que contó la pequeña es verdad. Sus padres habían discutido por unas fotografías, pero... eran de lo que hacía su padre a espaldas de su familia. Era un asesino. Visité el sótano de la casa quemada, donde se escondió Mara, y las encontré en un baúl de madera.

—Joder… —dijo, incrédulo—. ¿Estás seguro?

—Está dentro. Lo tengo en una silla atado. Ahí —señaló en dirección al socavón de tierra que había escarbado—, frente al árbol, enterró algunos cuerpos de las mujeres a las que asesinó.

Randall contuvo el aliento sin apartar sus ojos del sargento.

—Joder, Ed. ¿Y qué hacemos aquí? Tenemos que llevarlo a comisaría —protestó.

—Mató a mi hermana hace muchos años. Cuando yo era un crío, en 1980. Nunca te lo he contado, pero mi hermana desapareció cuando no era más que una adolescente, como muchas de las chicas a las que mató, y nunca más supe de ella. Estaba en una de las fotografías. Ese hijo de puta las fotografiaba antes o después de matarlas, para no olvidarlas. Se llevó a mi hermana, destrozó sus sueños y aquello devastó a nuestra familia hasta el punto de que dejamos de hablar de ella. Pensamos que se había marchado de casa, que había preferido olvidar a su familia, pero… ese hijo de puta la mató y lleva todos estos años libre, haciendo lo mismo cada vez que se le presenta la oportunidad.

—Dios santo, Ed… —Se llevó las manos a la cabeza y se cubrió los ojos—. ¿Estás seguro?

Edwin asintió.

—¿Y qué quieres hacer? Dime, ¿qué quieres hacer? —repitió desesperado.

—Matarlo —aseveró Edwin.

—¿Qué? No podemos hacer eso —dijo con miedo.

—Te he llamado para que me convenzas de que no lo haga. Necesito que me digas un motivo para no entrar ahí y pegarle un tiro en la cabeza —le pidió con voz grave.

—Ed…, joder. ¿Así que era esto lo que hacías? Buscar al maldito Gavin Crane. Tenías que habérmelo dicho. Somos compañeros. ¿Qué le has hecho? ¿Eh? ¡Dime!

—Está vivo. Está atado. No puede escapar.

Randall rebuscó entre sus cosas y encontró su móvil.

—Tenemos que avisar a los demás —dijo mientras acariciaba las teclas de su Nokia.

—¿Para hacer qué? —Puso la mano sobre el teléfono y evitó que se lo llevase a la oreja—. ¿Para que lo detengan y entre en un proceso judicial eterno en el que pelear la pena capital? ¿Y si al juez se le ocurre no condenarlo a muerte? Podemos ahorrarnos todo ese proceso. El desenlace será el mismo, haremos justicia, y nos aseguraremos de que no haya sorpresas o que un abogado se saque alguna excusa de debajo de la manga. Nadie sabe que está aquí. Lleva desde el incendio escondido como una rata, y seguramente a Amelia Marks le haya hecho lo mismo que a las demás. Merece morir. Nadie lo busca ni lo espera.

Randall agachó la cabeza y pensó en silencio mientras apretaba la mandíbula.

—No tenías que haber hecho esto, Ed… —protestó a modo de súplica.

—No podía pensar en otra cosa. Estos dos años…

—¿Por eso estabas tan distante? Joder, Ed —protestó.

Edwin asintió.

—Déjame verlo —le pidió—. Necesito verlo.

Ed extendió la mano hacia la cabaña y Randall entendió la invitación para que se dirigiese hacia allí. Se bajó del coche y caminó pisando el suelo de tierra en silencio, mientras oía los graznidos y silbidos de los pájaros que sonaban en la distancia. Por un segundo ni un sonido más le llegaba de aquel bosque. Edwin salió del coche también, pero se quedó junto al vehículo mientras él aminoraba la marcha a medida que se acercaba al socavón de tierra que había cavado Edwin. Allí pudo ver algunos huesos, restos de piel y telas entremezclados con la tierra. Se llevó la mano a la boca y miró a su compañero con preocupación.

Después se dirigió en silencio a la cabaña, empujó la puerta y se asomó al interior. En el suelo y tirado a un costado, vio a Gavin atado a la silla, de espaldas a la puerta. Desde donde estaba, le podía ver la nuca y la coronilla con el pelo sucio de sangre seca y las manos moradas en la espalda por la presión de las esposas. El agente contuvo el aliento un segundo y volvió a mirar a su compañero desde allí, junto a la puerta. De pronto Gavin empezó a hablar con su voz ajada por todo lo que había gritado durante las horas previas en soledad.

—Pensaba que me dejarías morir aquí. —Lloró—. Mátame de una vez si es lo que quieres hacer conmigo.

Randall no respondió y dio un par de pasos al frente, introduciéndose en la cabaña, mientras Ed se acercó hacia ella en silencio. Todo estaba hecho un desastre, como la noche anterior. El pulso de su excompañero de patrulla temblaba una vez distinguió perfectamente el cuerpo de Gavin tumbado en el suelo. El sargento entró en la cabaña también y ambos contemplaron a Gavin atado a la silla, a merced de los dos.

—Pensaba que no te atreverías a volver y a terminar lo que empezaste —dijo Gavin, envalentonado.

Randall rodeó el cuerpo de Gavin y se puso delante de él.

—Pero… —dijo Gavin sorprendido al no ver a quien esperaba, pero no tuvo tiempo de decir nada más: Randall le propinó una patada en la cara y luego se agachó a su lado.

Edwin no se esperaba la actitud de su compañero, pero no hizo nada por detenerlo.

—Si vuelves a abrir la boca te meto una bala entre ceja y ceja —le susurró Randall a Gavin—. Ed —alzó la voz en dirección a su compañero—, ayúdame a sentarlo.

—Randall… —susurró Edwin, con un nudo en el pecho.

La imagen que tenía de su compañero se evaporó en el mismo instante en que levantó la pierna para golpear a Gavin. Randall lo asió de los brazos y esperó a que el sargento se agachara para ayudarlo a tirar del asesino hacia arriba. Lo sentaron mirando hacia la puerta y este comenzó a reír entre toses en cuanto vio que tenía delante a Edwin, dejando ver sus dientes cubiertos de sangre por la patada.

—No te rías, ¡hijo de puta! —gritó Ed al tiempo que se lanzaba hacia él y le daba un puñetazo—. Estás muerto, ¿me oyes? ¡Muerto! —chilló, levantando el puño una vez más y conteniendo la bestia interior que le pedía que le golpease. Lo agarró de la camisa y gritó frente a su cara—: ¡¿Por qué?! ¡Eh! ¿Por qué? —repitió, dejando que la impotencia lo invadiese por completo.

Tenía su rostro a unos centímetros, la vista clavada en sus ojos y sabía que en ellos no encontraría nada más que desolación y oscuridad.

—No podía controlarlo, ¿entiendes? —Tosió. Luego trató de recuperar el aliento en cuanto Edwin lo soltó, colérico. Su cuerpo parecía pedirle que acabase con aquello—. Está dentro de mí. Es algo que me pide a gritos que sacie mi hambre de algún modo. Hay personas que…, simplemente, somos así. Lo tenemos dentro. La sociedad cree que puede cambiarnos, moldearnos a su antojo. Confía en que puede buscarnos un trabajo y enderezarnos con las responsabilidades, olvidando el hecho de que hay animales imposibles de domesticar. Durante un tiempo pude olvidar mi instinto, pero siempre resurgía, porque estoy programado para hacerlo. La naturaleza no es bondadosa, ¿entiendes? Y nosotros somos hijos de ella.

—¡Hijo de puta! —chilló Ed justo antes de golpearlo una vez más con el puño en el mentón.

El rostro del asesino estaba lleno de contusiones, tenía la ceja abierta aunque la sangre que había emanado por la herida se había secado hacía ya unas horas. De pronto, Edwin se dirigió a su compañero, lo miró a los ojos y, casi sin que tuviese tiempo de reaccionar, le quitó el arma de su funda y apuntó a la cabeza de Gavin.

No pudo evitar un grito de rabia y dolor. Le temblaba la mano, el brazo, todo el cuerpo. Sin pensarlo, colocó el dedo en el gatillo y apretó. El disparo resonó en todo el bosque. Las aves de la zona levantaron el vuelo y dejaron verse por encima de las copas de los árboles justo al atardecer. En casa de los Finley, Margaret deambulaba a un lado y a otro del salón y sus hijos la observaban con preocupación ajenos a aquel disparo que lo cambiaba todo.

En la cabaña la pistola humeante seguía en la mano de Edwin, que temblaba, desconcertado. Gavin estaba sorprendido de que se hubiese atrevido a disparar, aunque el sargento había desviado el disparo en el último momento y la bala había perforado la pared de madera de la cabaña. No había apuntado finalmente a su objetivo. Randall se acercó a su compañero, con miedo, y le agarró el arma con cuidado.

—Ed... —le pidió—. Dame el arma. Dámela.

—¡No! —protestó Edwin, apuntando de nuevo con más rabia al rostro de Gavin Crane.

—Quiere que pierdas el control. Vamos a llevarlo a comisaría y que se encargue la justicia. Tenemos pruebas de sobra para que le apliquen la pena capital.

Edwin comenzó a sollozar y se le escapó una lágrima que recorrió su mejilla. En ella viajaban los recuerdos de su infancia con Mandy, todas aquellas veces en las que se tumbaron en el sofá y hablaron de un montón de sueños que nunca cumplirían. Eran tan solo dos niños con muchas metas que alcanzar. Se imaginó cómo habría sido su vida si su hermana hubiese estado siempre a su lado, los recuerdos que podrían haber compartido los dos, cómo se habrían apoyado el uno al otro siempre como ya hacían de pequeños. Entonces fue consciente de que cuanto más alimentaba esas ideas llenas de amor, más crecían sus deseos de venganza, pues esta se alimenta precisamente de todo lo que más quieres.

—¿Qué has hecho con Amelia? —susurró Ed, entre jadeos—. ¿Dónde la has enterrado? —dijo sobrepasado—. ¿Qué has hecho con ella?

—Ed..., dame el arma —le interrumpió Randall, colocando su mano encima de la pistola y haciendo que apuntase al suelo—. Tú no eres así. Tú estás por encima de esto, compañero. —El sargento lo miró a los ojos y vio en ellos su preocupación—. Dame el arma —repitió.

Con cuidado se la quitó de las manos y Edwin se las miró, sorprendido de sí mismo. Le temblaban los dedos y el corazón, su alma entera gritaba a voces en su interior preguntándole qué estaba haciendo. Gavin sonrió y miró a Randall con altivez. Ed levantó la vista hacia el asesino y cambió de expresión cuando el sonido de un disparo retumbó en sus oídos. Por un instante creyó que su compañero se había armado de valor y estaba disparando a Gavin, pero pronto notó un dolor ardiente en la garganta y el calor de un líquido que le bajaba desde el cuello. De repente sintió que le costaba respirar y se palpó el cuello en el lugar en el que notaba el dolor y su mano se cubrió de sangre. Se giró hacia Randall y se dio cuenta de que le estaba apuntando con la pistola.

—Lo siento, Ed. Pero tenías que haberlo dejado. Tenías que haber parado una vez cerraste el expediente.

Edwin trató de hablar, pero tenía la garganta cubierta de sangre. Lo miró con terror. Con una mano le agarró el brazo con fuerza y con la otra intentó detener esa hemorragia incontrolable en el cuello.

—Randall... —apenas pudo decir su nombre.

—No he olvidado a tu hermana, ¿sabes? —le soltó de pronto, en una frase que terminó por explotar los últimos pilares de su entereza.

Randall se zafó de él casi sin esfuerzo. Él dio entonces un par de pasos hacia atrás, mientras trataba de poner en orden lo que estaba ocurriendo. Pero la mente de Edwin recurrió a su familia: su vida entera se le escapaba entre los dedos. Vio el rostro de Margaret y pensó en que no podría cumplir su promesa de volver para contarle qué había estado haciendo. Contempló a su hijo Jack corriendo entre risas por los pasillos de casa mientras él lo perseguía. Recordó a Charles en la penumbra de la noche, junto a su cama, susurrándole que había tenido una pesadilla en la que se caía por unas escaleras y él consolándole, incansable. Su mundo entero se evaporaba por haber buscado respuestas a preguntas del pasado.

Edwin contempló a Gavin y luego volvió a dirigir la vista a Randall, tratando de buscar la conexión entre ambos, pero los recuerdos de su vida no paraban de agolparse en su cabeza, deslizando la idea de que todo era en vano. Notó los latidos de su corazón regurgitando su propia alma y calculó que por más que lo intentase no tendría tiempo de llegar a un hospital antes de morir. La bala habría perforado sin duda alguna arteria y la tráquea, y la sangre ya se estaba colando en sus pulmones al mismo ritmo que se escapaba entre los resquicios que dejaba su mano. Su cabeza le lanzaba preguntas cuyas respuestas ya llegaban tarde. ¿Qué había pasado por alto? ¿Qué pasos había dado en falso?

Se apoyó en la puerta de la cabaña en cuanto perdió el equilibrio y trató de aceptar su destino, cada vez más claro. Parpadeó con lentitud y deslizó su espalda por el marco hasta que se quedó sentado en el suelo. Su compañero se acercó hasta donde estaba y rebuscó entre sus bolsillos mientras él se apretaba el cuello con fuerza, sabiendo que solo retrasaba el desenlace.

—¿Por qué? —consiguió preguntarle con sus últimas fuerzas. Randall ignoró su pregunta y metió la mano en el bolsillo derecho del pantalón donde encontró las llaves de las esposas—. ¡Por qué! —repitió Ed, en un agónico intento de comprender qué pasaba.

Se soltó el cuello, agarró con ambas manos a ese hombre en quien había confiado y lo miró a los ojos. Mientras un torrente de sangre iba inundando su pecho. Pero Randall no respondió. Aguantó, con la mandíbula apretada, la mirada del sargento durante unos segundos en los que la ira y la impotencia se desvanecieron con la misma rapidez que las manos de Edwin fueron perdiendo fuerza hasta soltarlo. Randall se puso en pie y miró a su compañero.

—Hemos hecho un buen equipo, Ed. Preferiría que todo hubiese terminado de otro modo, pero supongo que a ti tampoco se te puede cambiar. Lo llevas dentro y..., al final..., ¿no somos simples animales? —dijo con melancolía.

En ese instante Edwin vio cómo el aire se impregnaba de nuevo de cenizas planeando como copos de nieve y cómo la luz del cielo se teñía de un dorado familiar. Oyó las risas de sus hijos y giró la cabeza hacia fuera de la cabaña, pero no vio el bosque, sino el jardín de casa. Los críos aparecieron corriendo cruzando de lado a lado; Charles riendo sin miedo y Jack detrás de él, persiguiéndolo con ilusión. Su mujer estaba al fondo, sin dejar de sonreírle. En el suelo había un guante de béisbol y una pelota. Él levantó la mano para acariciar a Margaret, que estaba preciosa con aquella luz. Y comprendió que regresaba a aquella tarde feliz en la que todo empezó a desmoronarse. Ella se aproximó con calma hacia él como solo caminan los recuerdos, se agachó a su lado y lo miró a los ojos. «Te quiero», le pareció que le decía Margaret. «Lo siento», trató de responderle él. Le cogió la mano, se la llevó al pecho para que notase sus últimos latidos y ella le sonrió con tristeza. Gavin y Randall contemplaron a Edwin emitir su último sollozo con la mano derecha colocada en el centro de su esternón.

Capítulo 49
Jack Finley
Steelville
Misuri
2017

Da miedo aceptar cuánto de suerte
hay en nuestro destino
y cuántos errores nos llevan a otro camino.

Jack despertó aturdido y con la cabeza dolorida en un lugar desconocido. Veía con dificultad el suelo inclinarse una y otra vez hacia el mismo lado y solo cuando se disipó la neblina que le impedía enfocar con claridad, comprendió que estaba en una cabaña de madera, donde colgaba una única bombilla del techo iluminando la estancia. Tenía las manos dormidas, esposadas por encima de la cabeza, y miró sus muñecas para descubrir que estaba encadenado a la pared. Tenía los pies rodeados con una cinta de nailon blanca llena de manchas y la boca cubierta con una cinta americana que le impedía hablar.

—Joder, Jack —dijo una voz en algún lugar a su izquierda—. Te pareces tanto a tu padre…, no podías dejar pasar el tema, ¿verdad? —Era el capitán Boyce.

Estaba apoyado en una especie de cocina rudimentaria y lo miraba con la camisa a cuadros abierta, bajo la que se veía una camiseta interior blanca algo sudada y con manchas de tierra. En sus manos recias sostenía un cuchillo de hoja larga y tocaba la punta con uno de los dedos, haciéndolo girar sobre la yema. El joven emitió un gemido, lleno de rabia, y trató de patalear y luchar contra sus cadenas.

—Lo llevas en los genes, en la sangre que fluye por tu cuerpo, ¿sabes? Tu padre era como tú. No podía dejar todo como estaba. No podía estar sin buscar, hacer preguntas o perseguir una respuesta difícil de conseguir. No nos distinguimos en nada de los animales, de sus instintos más básicos. Y tu padre, tristemente, era curioso como un simple gato callejero. Igual que tú, Jack —continuó el capitán, poniéndose en pie y acercándose a él.

El sargento replicó con otro gemido y pegó un tirón con sus manos que hizo que el sonido de las cadenas invadiera la estancia y reverberase en el vacío de la noche.

—Creo que me he portado bien con vosotros todos estos años. ¿Por qué tenías que remover nada? —dijo a media voz—. ¿Por qué? —repitió en un jadeo al tiempo que apoyaba el cuchillo sobre su cara.

Apretó la punta contra su piel y Jack contuvo la respiración apretando los dientes con fuerza bajo la cinta. Finalmente Randall lo levantó y un fino hilo de sangre se deslizó por su rostro hasta perderse en el bosque de su barba.

Una suave brisa se colaba entre las tablas de madera y emitía un silbido leve que rellenaba el silencio que quedaba entre los bufidos que exhalaba Jack por la nariz. Tenía al capitán a unos centímetros de su cuerpo, pero estaba tan inmovilizado que cualquier intento de golpearlo resultaría inútil, tan solo serviría para enfadarlo y precipitarlo todo. Necesitaba tiempo. Tenía que pensar. Miró a ambos lados y se fijó en una puerta interior de la cabaña, entreabierta, de la que emanaba una luz cálida. Había varias sartenes sobre la encimera de la cocina, una rudimentaria hornilla de gas y un sofá con un estampado horrible que debía llevar allí toda la vida. A un lado había una mesita con dos vasos vacíos sobre ella y, al fondo, en la zona más oscura, varios rollos de plástico grandes apoyados sobre la pared, de los que suelen usar los pintores en las viviendas para no manchar, junto a una pala manchada de tierra.

—Mmm —trató de hablar Jack al haber entendido el uso de todo lo que había—. Mmm —protestó lleno de rabia.

—¿Quieres hablar? —le preguntó Randall—. Te puedo quitar la mordaza si lo deseas, pero no grites. No te servirá de nada. Estamos en el bosque, en mitad de la nada. Aquí solo te oyen las bestias.

Jack contempló a su superior y asintió entre bufidos de su nariz.

—Si gritas, te la vuelvo a poner —amenazó—. Prométeme que no gritarás. Hazlo por tu padre. Él no lo hizo —dijo, al tiempo que agarraba un extremo de la cinta americana y pegaba un tirón.

—¡Hijo de puta! —gritó Jack, colérico—. ¡Fuiste tú! Dijiste que te había llamado por teléfono y que lo esperaste toda la tarde, pero no era verdad. Solo era una mentira más y… nadie lo comprobó.

La rabia de Jack olvidó los rangos. El capitán dibujó una sonrisa y a continuación se alejó con tranquilidad hacia unos estantes del fondo de donde cogió una cámara polaroid sin apenas prestarle atención.

—Yo mismo te creí. Comprobé el registro de llamadas del teléfono de mi padre y allí estaba su llamada a tu teléfono, pero… te inventaste que lo habías estado esperando. Os visteis… —dijo derrotado—. Os visteis aquel día. —Se lamentó una vez más.

—¿Es eso lo que quieres saber? ¿Qué ocurrió? ¿Qué hice con él? —preguntó el capitán con calma.

Se colocó delante de Jack y apuntó la cámara hacia él, pero se arrepintió antes de pulsar el disparador. Dejó la cámara en la mesa junto a los vasos, se acercó al sargento y le abrió la camisa de un tirón, haciendo que los botones rebotasen y se perdiesen en el suelo. El capitán miró el cuerpo de Jack, las sombras que su musculatura brillante creaban en su torso, y estuvo tentado de tocarlo, pero respiró hondo y apagó aquel impulso agarrando de nuevo la cámara y mirando por el visor.

—Así está mejor —dijo, justo un momento después de que el flash diese un fogonazo e iluminase el cuerpo de Jack.

—¿Qué haces? ¿Eh? Te pone esto, ¿hijo de puta? ¿Es esto lo que te gustaba? Era tu compañero. ¡Trabajabais juntos! Confiaba en ti. —Lloró Jack—. Fuiste tú quien asesinó a esas chicas... —exhaló—. Mi padre buscaba a Gavin Crane, pero siempre fuiste tú, no él. Tú. Pero... ¿por qué? ¿Por qué tenía Gavin esas fotografías? Tenías que ser muy joven cuando desapareció su hermana. No puede ser...

—Su hermana... —titubeó el capitán. Agarró la fotografía que había escupido la cámara y la aleteó varias veces con la mano derecha. El torso de Jack se abría paso en la neblina de la imagen y la levantó frente a su rostro como si estuviese comprobando su diferencia con respecto a lo que tenía delante—. Su hermana fue mi primera víctima, ¿sabes? —dijo finalmente.

Jack contuvo el aliento al escuchar aquella frase que daba la vuelta a toda la historia.

—Es difícil olvidarla. Fue... alucinante. Es difícil de describir esa sensación de poder, el sentirte invencible. Era como... estar volando. Como si hubiese abierto las alas en el cielo y mirase desde arriba sobrevolando el bosque mientras decidía qué criatura débil me podría comer. No fue planeado. Yo tenía doce años entonces. ¡Doce! Y después de este tiempo no he olvidado ni un instante de aquella tarde. Todo se precipitó muy rápido, pero... cuando estaba tumbada sobre las sábanas... —Hizo un gesto con la cabeza, como si señalase el cuartucho de la cabaña desde el que provenía la luz tenue, y continuó—: Y empezó a suplicar, a decir que no contaría nada, que haría todo lo que yo quisiera..., me di cuenta de que no había ninguna sensación mejor. Sentirte dueño del destino de alguien. Sentir que... liberas al animal que llevas dentro.

—Pero ¿cómo? —replicó el sargento, incapaz de entender que alguien tan joven pudiera haber hecho algo así solo.

Era imposible que hubiese asaltado a una chica de diecisiete años y llevarla hasta allí..., y entonces lo comprendió todo.

—No lo hiciste solo. Alguien te ayudó —exhaló—. Gavin te ayudó. Pero... ¿por qué? ¿De qué lo..., de qué lo conoces?

—Gavin Crane es mi tío, Jack —dijo de pronto, molesto por tener que explicarlo—. Es hermano de mi madre.

Crane es su apellido de soltera —aseveró—. Cuando se casó con mi padre, adoptó su apellido, Boyce. Después me tuvieron a mí. Edwin lo comprobó todo, incluso visitó a mi abuela en Hills Park. Me lo contó ella un tiempo después. Supongo que incluso vería fotos mías de pequeño, pero… no nos relacionó, hasta el mismo momento en que… se derrumbó ahí mismo, junto a la puerta.

Jack respiró hondo, sobrepasado por aquella última frase.

—Tu padre estuvo cerca, ¿sabes? Pero creo que nunca llegó a entenderlo del todo. Me arrepiento un poco de no habérselo contado. No sacié su curiosidad antes de que muriese, pero… fue rápido. No hubo tiempo de… esto. Creo que esta vez va a ser distinto. Lástima que aún queden unas horas hasta el amanecer. Me encantaría que oyeses cómo se despierta el bosque antes de morir, Jack. Es mi parte favorita: el canto de los pájaros, el rugido de la naturaleza. Pero no creo que tardes tanto.

—Si me matas, te buscarán y te encontrarán —replicó, furioso.

—¿Quién? ¿La oficina del condado de Crawford? Soy el capitán, Jack. Yo muevo a los efectivos. Yo firmo los expedientes. Yo destino el presupuesto. Y buscarte en el bosque… es algo para lo que no hay suficientes recursos. Deberías saberlo. Este país tiene dinero para mandar tanques a miles de kilómetros, pero no para proteger ancianas en el interior de sus fronteras. No te preocupes, organizaremos alguna batida para buscarte. Con voluntarios. Quizá participe ese bombón que te has traído de la ciudad.

—Como le pongas un dedo encima…

—¿Qué harás? Estarás muerto, Jack —dijo con prepotencia—. Me da pena por tu madre. Me entristece mucho. Bueno, no demasiado, pero sí un poco. Lo intenté un tiempo con ella, salimos…, pero… no terminaba de funcionar. Traté de ocupar el puesto de tu padre, pero tu madre no me atraía lo suficiente. No funcionábamos en la cama. Demasiado mayor para mí, creo. Me gustan más jóvenes, como tu chica.

Jack se movió con fuerza con ganas de golpearlo, pero era imposible.

—¿Cómo se llamaba? —dijo mientras el sargento forcejeaba lleno de ira en vano—. ¿Cara? No, no. Cora. Eso es. Cora. —Se relamió los labios.

—¡Hijo de puta! —gritó Jack una y otra vez, una y otra vez, una y otra vez, perdiendo fuerza en cada grito, hasta el punto en que sus insultos quedaron reducidos a simples susurros apenas imperceptibles.

Jack estaba en shock. La pieza que lo unía todo era la única persona que nunca imaginó. Lo recordó aquella noche en que llegó para anunciarles la noticia de la desaparición de su padre y cómo todos confiaron en su historia sin ponerla en duda. Lo rememoró conduciendo en la noche, con él en el asiento de atrás y su madre delante, hasta el lugar en el que había aparecido el coche de Edwin, en Cave Road.

—Mi tío Gavin a veces nos visitaba en Salem, donde yo vivía con mi madre. Un día, en 1980, me ofreció salir a la naturaleza, a pasar un día de hombres en la familia Crane, como él lo llamó, y mi madre aceptó —dijo Randall—. Estuvimos un par de horas dando vueltas con el coche sin rumbo, deambulando de un lado a otro, pero cuando pasábamos por Steelville, mi tío aminoró la velocidad en cuanto vimos a una chica que caminaba hacia las afueras del pueblo. Vestía un pantalón vaquero y una sudadera rosa. Era... preciosa. Llevaba la mochila del instituto. La seguimos sin bajarnos del coche y mi tío me preguntó si me gustaba. ¿Cómo no iba a gustarme? A esa edad cualquier cosa con tetas te la pone dura. —Bufó—. Y en cuanto dije que sí..., todo fue muy rápido. Mi tío aceleró de repente y la atropellamos. Yo me quedé helado, era un crío. Casi me meé en los pantalones. Mi tío empezó a gritarme que lo ayudase a meterla en el coche.

De pronto cambió de registro y empezó a reír.

—¡Yo era un crío! No tenía ni idea de nada y no sé por qué pensé que era para llevarla a un médico, que había sido un error o un accidente. ¿Te lo puedes creer? —dijo negando con la cabeza—. Salí del coche para ayudarlo y la tumbamos entre los dos en el asiento de atrás. Estaba conmocionada por el golpe y apenas se movía. Yo era incapaz entonces de asimilar lo que sucedía y cuando pasamos de largo por la puerta del consultorio de Steelville, le pregunté por qué no parábamos y mi tío me dijo: «Porque estamos de cacería, Randall» —sentenció el capitán con voz reveladora—. Aquella tarde fue la primera vez que vine aquí, a la cabaña. Este lugar es increíble. Me hice un hombre, ¿sabes? Lo que…, lo que se siente cuando rompes todos los disfraces que nos impone la sociedad y dejas que tu animal tome el control. Al principio estaba cagado como un niño, pero… en cuanto lo pruebas…, no hay nada igual. Aquí, rodeado de la belleza natural, de los árboles, del silencio, de bestias compañeras, de pájaros que cantan indiferentes ante lo que haces. Porque para la naturaleza la muerte es parte de su día a día, los instintos son lo que nos conectan con todo. Una vez que lo entiendes, que sabes que todos los animales nos movemos a una, sabiendo que unos han nacido para comer y otros para ser comidos, comprendes que estamos en la cima de la pirámide no porque podamos devorar a todos los que están por debajo, sino porque elegimos qué comer.

—Eres un maldito degenerado.

—Te equivocas —replicó el capitán—. Solo tengo los ojos más abiertos que tú.

Randall se alejó unos pasos de él y lo contempló desde lejos.

—Cuando llegué a casa aquel día, me costó asimilarlo todo. Esa revelación de haber abierto la puerta a mi animal interior. Me encerré en mi cuarto y no podía parar de pensar en la chica y en repetir lo que habíamos hecho. La adrenalina, el poder. Pero mi madre entró en cólera con mi tío cuando encontró algunas manchas de sangre en mi ropa y me prohibió volver a verlo. Él se pasaba por casa a veces y me regalaba libros sobre zoología. Me fascinaba encontrar comportamientos humanos de todo tipo en aquellos animales. Fue nuestra manera de permanecer en contacto. En aquellos libros a veces él dejaba una fotografía escondida entre las páginas y con cada una de ellas, mi interior me pedía repetir. Cuando cumplí los veintiuno, conseguí el puesto en la comisaría de Steelville y… me mudé aquí. Fueron buenos años, ¿sabes? Aquella época sin tantas cámaras de tráfico, internet y los malditos móviles. Era todo más fácil, estábamos menos conectados. Si desaparecía una chica en Kansas, nadie de Misuri la buscaba o conectaba los puntos con otra de Kentucky o Illinois. La muchacha no había publicado en ninguna parte adónde iba ni la posición estaba triangulada por GPS. Ahora si las cámaras de tráfico te localizan en las inmediaciones de dos o tres asesinatos del mismo tipo…, se acabó la partida. Por eso ahora solo…, bueno, solo buscamos mujeres a las que nadie espera. Es más fácil si no hay denuncia que remueva el fango.

—¿Buscamos? —inquirió Jack, con un nudo en la garganta.

—Oh, sí. Tu padre encontró a mi tío. Dedicó bastante tiempo a hacerlo, y al final lo encontró. Era un buen agente, pero… le pudieron sus instintos. Lo siguió hasta aquí, le pegó una paliza y lo ató a una silla y… me llamó. Entonces le pegué un tiro en el cuello y murió desangrado ahí mismo. Creo que te enterraré en su agujero.

Jack lloró al conocer el desenlace de su padre. Le dolían las manos por las esposas y comprendió que no podría hacer nada para escapar.

—Bien, elige. ¿Ciervo o gallina? ¿Qué va a ser? —preguntó Randall dirigiéndose a un cajón.

—¿Qué? —No entendió la pregunta.

—Disparo o cuchillo. ¿Cómo quieres morir?

—Te crees importante por esta mierda…, pero no eres más que un enfermo. Un niño roto al que traumatizaron de pequeño, y que se cree que puede llenar su vida vacía con el dolor de los demás. Pero… el dolor no llena, solo te destruye. Y destruye todo lo que tienes cerca. Hace que nada merezca la pena —disertó el sargento, con ira—. Míreme, capitán. Míreme aquí. —Trató de llamar su atención, volviendo otra vez a los formalismos que el rango otorgaba para ganar tiempo—. ¿Acaso cree que en la comisaría todos no pensamos que es un perdedor? Nos reímos de usted a su espalda.

Le vemos marcharse solo a su casita de juguete, bien peinado, sin una mancha. Usted da pena, capitán. Y por más que se esfuerce, nunca será más que una maldita rata.

El capitán lo miró con rabia y trató de ocultarla sin éxito.

—Bien, disparo, ¿verdad? —dijo Randall, sacando una pistola y apuntándole a la cabeza.

—¡No! —gritó con fuerza Jack.

—¡Eh, capitán! —lo llamó de repente Cora, que apareció a su espalda. El capitán se giró sorprendido y no tuvo tiempo de esquivar el golpe en la cabeza con un atizador de metal.

Capítulo 50

Cora Merlo
Steelville, Misuri
2017

Lo más importante de la vida
es que cuando llegue el fin,
tu corazón esté lleno de heridas.

Al enterarme de que Jack había apagado el teléfono, algo en mi interior me pidió que saliera en su búsqueda.

—¿Me acompañas a casa del capitán Boyce? —le pregunté a Mara, inquieta al pensar que algo no iba bien.

—Claro —respondió—. Te llevo en mi coche. No vive lejos.

Si algo había aprendido de Steelville es que todo estaba cerca y me preocupé en cuanto fui consciente de que las horas corrían y Jack no volvía ni atendía las llamadas. Todo lo que me había contado Mara sobre que era el capitán quien regalaba los libros de ornitología a Charles, hizo que todas las alarmas girasen alrededor de él. Randall Boyce había sido quien había dirigido la búsqueda del pequeño Dylan, y, aunque su figura no encajaba con la de la persona que había visto en el bosque, el movimiento de brazos era el mismo ejercicio que él había tratado de enseñar a Charles para reforzar su musculatura. Cogí mi mochila y salimos de casa cerca ya de la medianoche. Steelville dormía y la luna menguante en el cielo presagiaba el transcurso de mis emociones.

—Es aquí —me señaló Mara, cuando nos acercamos a una casa de madera de dos plantas justo al final del pueblo.

Frente a ella, aparcado bajo la luz de una farola, reconocí al instante el vehículo de Jack.

—Está aquí. Es el coche de Jack —dije sintiendo un escalofrío.

—Déjame llamarlo por teléfono de nuevo, quizá se ha entretenido —replicó Mara. Sacó su móvil y lo llamó, pero apartó la oreja al instante y negó con la cabeza—: Apagado.

Aparcamos detrás del coche de Jack y caminamos juntas por el camino de baldosas hacia la puerta. Las dos no perdíamos de vista si aparecían sombras extrañas, atentas a una amenaza de la noche, una triste costumbre que practicábamos por ser mujeres. Me asomé por la ventana y comprobé que todas las luces estaban apagadas. Mara llamó al timbre y esperamos. Desde fuera no se oía ningún ruido, salvo el crepitar de las hojas de los árboles acariciadas por la brisa.

—Han tenido que salir a algún sitio —dijo mi improvisada compañera—. No está el coche del capitán. Si quieres, podemos esperarlos aquí. Tendrán que volver para recoger el coche de Jack.

—Creo que algo no va bien, Mara —le advertí en voz alta—. Tengo una corazonada —me atreví a pronunciar por primera vez.

Mara me miró a los ojos, creo que sorprendida por escucharme hablar así de lo que sentía en mi interior, y luego bajó la vista hacia mi pecho. Yo no podía quedarme con aquella duda, esperando sin hacer nada. Rebusqué entre los objetos del porche algo duro que pudiese usar y, entre algunas macetas con flores y plantas bien conservadas, llamó mi atención la escultura de un pájaro de piedra del tamaño de mi puño. Lo agarré y, tras percibir su peso en la mano, lo lancé con fuerza contra el cristal de una de las ventanas junto a la puerta, que se rompió con una fragilidad familiar.

—¿Qué haces? —inquirió Mara sorprendida—. Es la casa del capitán de la oficina del sheriff.

—Lo que me pide mi corazón —le respondí.

Aparté los restos de cristal que se habían quedado colgando del marco de madera e introduje el brazo para levantar el cierre.

—Ayúdame a abrirla, corre —exclamé en voz baja.

—Cora, si nos pillan...

—Soy amiga del sargento —respondí irónica con el corazón a mil por hora.

Abrimos juntas la ventana y me ayudó a introducirme por la apertura. Luego me extendió la mano y yo tiré de ella para que entrara también. Olía a leña quemada e identifiqué en la penumbra una chimenea recién apagada.

—¿Hola? —grité—. ¿Jack? —vociferé con miedo, pero solo nos respondió el silencio.

—No hay nadie —se lamentó Mara—. Han tenido que ir a algún sitio.

—Un segundo —dije al ver en la semioscuridad el interior del salón—. ¿Qué es...?

Busqué en las paredes un interruptor que me permitiera encender la luz y, cuando por fin palpé uno, me quedé helada al encontrar la pared hasta arriba de marcos y cuadros de ilustraciones de pájaros pintados en negro, en distintas posturas durante el vuelo. Reconocí la silueta de un águila y las formas sinuosas de un cuervo, pero también había pájaros comunes: pequeños gorriones y aves de tamaño medio. Reconocí el pecho rayado de un cuco común y un dibujo pintado a lápiz del mismo cuco de pico negro que tenía Charles en su habitación.

—Así tenía Charles su cuarto —susurró Mara, asqueada por encontrar las similitudes—. Le regalaba estas ilustraciones que Margaret colgaba en casa. A Charles no le gustaban, pero prefería no discutir con su madre, porque ella sustituyó las fotografías con recuerdos dolorosos que colgaban en sus paredes por estos cuadros a simple vista inofensivos.

Entre los cuadros colgados no solo había ilustraciones, sino también algunas fotografías impresas dentro de unos marcos negros. Me acerqué a comprobar la historia que contaban. Vi imágenes del capitán de joven, vestido de uniforme, apoyado sobre el vehículo de servicio. En una de las fotos estaba junto a otro miembro del departamento y, al fijarme, me di cuenta del parecido de Jack con aquel hombre. Debía de ser Edwin. En la imagen, los dos se agarraban del brazo y transmitían una confianza genuina entre ellos. En otra de las fotografías me topé con un joven adolescente eufórico y sin camiseta. La imagen tenía una neblina oscura y se notaba que estaba hecha con una mala cámara. A un lado me llamó la atención una foto oscura en la que se intuía la silueta de una cabaña de madera rodeada de árboles y vegetación. No parecía una fotografía impresa de stock, sino que por su realismo, su mal encuadre y la manera en que la luz emanaba desde el interior, daba la impresión de que había sido tomada con una cámara desechable. Se notaba que ambas imágenes eran de la misma serie y percibí algo turbio en ellas, como si fuesen los recuerdos de una larga noche aciaga. Mara se acercó a mi lado y su vista se quedó clavada en aquella foto con gesto de sorpresa.

—Un segundo… —dijo, examinándola con interés y acariciando el marco—. Conozco ese lugar —reveló, inquieta, como si al verla hubiese desbloqueado un recuerdo oculto en algún lugar de su memoria—. Yo…, yo he estado ahí. En esa cabaña en el bosque —añadió.

—¿La conoces?

—Me recuerdo de niña jugando con la tierra, justo delante de esa puerta, hace muchos años —añadió con la vista perdida en algún punto frente a ella—. Con mi padre —dijo al fin con la voz ajada por la emoción—. Sí, es esa cabaña. Estoy segura. Yo he estado ahí, Cora. De niña. Antes de ser adoptada —añadió.

Mi corazón dio un vuelco y mi mente se puso a viajar por la historia que me había contado Jack sobre ella. El asesinato de su madre a manos de Gavin Crane y su posterior adopción por parte de los Marks. Aquel incendio había ocurrido en 1998, Mara era tan solo una niña, pero lo suficientemente mayor como para guardar en su memoria momentos esporádicos de su vida anterior al suceso.

—Lo he recordado al verla. He tenido un *déjà vu*. —Gesticuló delante de mí como si rebuscase en los rincones de su mente, y añadió—: Yo fui algunas veces con mi padre, ahora lo recuerdo. —Cerró los ojos y se emocionó delante de mí, como si le doliese entrar en aquella etapa de su vida—. Le gustaba mucho la naturaleza. Me…, me llamaba pajarillo —exhaló.

—¿Con tu padre? ¿Y por qué tendría el capitán una foto de esa cabaña?

—No lo sé —susurró, sobrepasada—. Recuerdo que el sargento me preguntó por ella; lo recuerdo, pero… no supe decirle dónde estaba.

No tenía sentido. ¿Por qué tenía Randall una fotografía de la cabaña del padre de Mara? Entonces, de repente, comprendí los puntos en común.

—Porque también ha estado allí… —solté, suspirando.

Cerré los ojos y rememoré las circunstancias en las que había desaparecido Edwin. En aquel entonces estaba buscando a Gavin Crane y…, tras pasar una noche fuera, volvió a casa con las manos manchadas de sangre. Esa tarde se marchó de nuevo y nunca más regresó. Evoqué las palabras de Jack cuando me contaba su historia: «Puede que Gavin esté vivo, Cora. Tal vez mi padre lo encontrase tras lo de Amelia, se enfrentase y no pudiese con él».

Comprendí que si Gavin Crane se había escondido en algún lugar del bosque y Edwin lo había encontrado, la única manera de que el capitán Boyce tuviese la imagen de esa cabaña era que él también supiese de la existencia de aquel lugar. Jack me contó que su padre había llamado al capitán para enseñarle algo, pero este dijo que

Edwin nunca se presentó a aquella cita. Entonces llegué a la única conclusión posible: el capitán mintió. Conocía el escondite de Gavin Crane. «Te tengo, hijo de puta».

Entonces algo llamó mi atención en la fotografía, una textura difusa de la que no había sido consciente hasta ese mismo instante: había pequeñas gotas rojas sobre el cristal y también por la pared que rodeaba el marco. Toqué el cristal y me di cuenta de que era sangre seca. Bajé la vista al suelo, buscando el origen de la salpicadura y, en la moqueta, justo en aquella zona, descubrí unas manchas más grandes del mismo color rojizo, junto a un atizador de chimenea.

—Esto no pinta bien —señaló Mara a media voz.

—Tenemos que encontrar a Jack —exclamé con el ritmo cardiaco galopando hacia mi garganta. Me acerqué a Mara sintiendo una opresión en el pecho y pensando que algo horrible le estaba sucediendo a Jack—: Mara, dime, por favor, que recuerdas cómo llegar a esa cabaña.

—¿Qué? —inquirió confusa y con expresión de preocupación.

—Creo que el capitán está allí con Jack. Tienes que hacer memoria. Como sea.

—Hace muchos años de aquello… —Mara cerró los ojos delante de mí y percibí que estaba tratando de abrir la cerradura de su mente, como si intentara forzar una puerta que había permanecido hermética durante toda una vida—. No puedo, Cora… —dijo.

—Por favor, haz memoria. Piensa en aquellos años —le supliqué.

Mara agachó la cabeza delante de mí y emitió un largo suspiro. La observé, preocupada, cuando por fin empezó a hablar:

—Se llegaba por un camino de tierra a las afueras, pero no recuerdo bien desde dónde. Yo era una niña…, Cora. No miraba el recorrido. El padre de Jack y Charles me preguntó, pero yo no quería recordar. No podía hacerlo sin llorar. —Dejó escapar una lágrima, sobrepasada por mi exigencia.

—Hazlo por Charles —le pedí—. Su hermano está en peligro.

—Mi padre… me llevó allí varias veces a jugar en el bosque. Fue hace mucho, Cora…, y yo no presté demasiada atención —me respondió en voz baja.

—El coche del capitán no está. Han ido a algún sitio, y creo que es a un lugar donde nadie pueda localizarlos —repliqué, inquieta.

—¿Piensas que están en la cabaña?

—¿Se te ocurre otro lugar mejor?

Mara negó con la cabeza, en silencio.

—Tienes que hacer memoria. Por favor.

Tragó saliva y supe que notó en mi mirada la desesperación sincera que surgía del amor. Mara cerró otra vez los ojos y de pronto soltó:

—Había un río y un puente lo cruzaba.

—¿Qué más? ¿Cómo se accedía al camino de tierra? Dime que lo recuerdas, por favor.

—Girábamos al pasar una pequeña capilla blanca con una cruz en la entrada.

—¿En coche? ¿En qué dirección?

—No lo sé, Cora.

—El sol. ¿Dónde estaba? ¿A un lado, delante o detrás de ti?

Mara apretó un poco los ojos, como si el sol le estuviese dando en la cara.

—Recuerdo volver de allí antes de que se hiciese de noche con los rayos de sol frente a mí —exhaló.

—Al este. La cabaña se encuentra al este de Steelville —repliqué—. Salgamos a buscar esa capilla. No podemos perder tiempo.

Cogí el atizador de la chimenea, temerosa, sin saber si lo necesitaría y nos montamos en su coche. Arrancamos en dirección este, circulando solas por Main Street. En la calle no había un alma y todo el pueblo parecía vivir ajeno a mi tormento interior. Busqué entre mis cosas y saqué el móvil. Entré en Google Maps y exploré hasta localizar iglesias cerca de Steelville: tan solo había una presbiteriana junto a la carretera que salía del pueblo. Mara condujo en silencio mientras miraba a ambos lados, con el rostro cubierto de lágrimas. Se notaba que había abierto la puerta a una parte de su vida que prefería olvidar. Las luces del coche iluminaban el asfalto y, en cuanto alcanzamos la iglesia, Mara negó con la cabeza.

—¿Estás segura?

—Era blanca y algo más... pequeña —indicó.

Comprobé de nuevo el mapa y no había ninguna más en aquel camino.

—Sigamos —dije—. Puede que esté bastante más lejos o incluso pasando el siguiente pueblo.

Avanzamos un rato más, dejando atrás Steelville, y enseguida nos rodeó la vegetación por todas partes. Yo miraba a los lados, en busca de algún indicio de aquella capilla, en vano. Pasamos una gasolinera y un solitario bar de carretera y, de pronto, Mara chilló y pegó un frenazo brusco cuando los faros iluminaron un ciervo que saltó frente al vehículo.

—¡Joder! —grité—. ¡Qué susto!

El corazón me dio una sacudida en el pecho que sentí hasta la punta de los pies.

—¿Estás bien, Mara? —le pregunté mientras escuchaba sus jadeos.

La observé y vi que estaba mirando hacia un lado, con la vista clavada en una construcción desvencijada que destacaba engullida entre los árboles.

—Es esa... —susurró de golpe—. Es esa la capilla abandonada.

La luna iluminaba la pintura deteriorada de una pequeña iglesia de madera abandonada a su suerte. Encima de la entrada destacaba una cruz oscura y oxidada, cuya apariencia hacía ver el daño del paso del tiempo. Tragué saliva, nerviosa.

—Creo que a partir de aquí hay que girar a la izquierda y debería haber un puente más adelante. Luego se accedía a la cabaña entre dos grandes pinos a la derecha.

Aceleró y poco después nos encontramos de bruces con un desvío a la izquierda que parecía que no llevaba a ninguna parte. Nos adentramos en aquella zona: un carril estrecho que serpenteaba entre los árboles y que desembocaba en un puente sobre el río.

—Era cerca de aquí —susurró agarrando el volante con respeto—. Como te he dicho antes, había dos pinos grandes, como si fuese una puerta, y creo recordar que pasábamos entre ellos.

Pero había árboles por todas partes y era difícil no toparse con dos que no se ajustasen a esa descripción. Cruzamos el puente, Mara detuvo el coche y contuvo el aliento.

—¿Qué ocurre?

—Era por ahí, Cora —susurró mientras señalaba dos troncos que crecían al borde de la carretera.

Una parte de mi corazón me pedía a gritos que no avanzase más y que regresara a casa al día siguiente con mi madre. Pero otra parte chillaba que me arriesgase por una vez y que llenase mi vida de errores y heridas.

—Vamos —musité.

El bajo del coche golpeó una roca en cuanto abandonamos la carretera entre aquellos dos árboles. Miré a mi compañera de viaje, preguntándome si realmente podía confiar en ella. Circulamos unos minutos por ese paraje desconocido para mí hasta que delante de nosotras aparecieron al fin dos surcos de tierra que marcaban el camino hacia una oscuridad que cada vez era más espesa. El pecho me iba a explotar de terror.

—Mara… —le dije con la mano en el corazón—. Confío en ti —añadí, dejándome llevar por esa unión que ella había tenido con Charles.

Ella me miró preocupada y volvió a clavar la vista al frente, siguiendo el camino que marcaba nuestro destino. Avanzamos a través de la oscuridad observadas por un sinfín de ojos brillantes que se insinuaban en la noche. Un rato después apareció en la distancia una luz tenue entre los árboles. Mara aminoró la marcha en cuanto vislumbramos el reflejo de la luna sobre el coche del capitán Boyce.

—Está ahí —susurré mientras el corazón me retumbaba en el pecho con virulencia—. Apaga las luces.

Mara me hizo caso, pero me miró preocupada antes de bajar.

—Cora, este lugar me aterra. Me trae demasiados recuerdos de unos años que querría olvidar —dijo.

Asentí en silencio y me bajé del coche a hurtadillas con el atizador de la chimenea en la mano sin saber bien para qué. Me daba confianza, como si con él me estuviese agarrando de algún modo a la vida. Rodeé el coche del capitán y Mara me siguió unos pasos por detrás, en silencio. Parecíamos dos felinos deambulando en la noche. Sentía un nudo en el pecho y un sudor frío en la nuca. Me di cuenta de que el pulso me temblaba y no era de miedo. No me encontraba bien, pero no quise detenerme. Tragué saliva y me acerqué a la cabaña. Entonces oí los sollozos de Jack y la voz del capitán.

—¿Ciervo o gallina? —decía el capitán.

Me asomé por la ventana y Mara se colocó a mi lado. Jack estaba esposado a una pared. Las dos nos miramos con expresión de sorpresa y ambas asentimos.

—¿Qué? —sollozó Jack.

—Disparo o cuchillo. ¿Cómo quieres morir? —le preguntó el capitán.

No teníamos tiempo. Empujé la puerta y me deslicé en el interior sin saber muy bien qué estaba haciendo. Jack me vio agazapada como un gato a punto de saltar y reconocí en sus ojos el brillo de la esperanza.

—Te crees importante por esta mierda…, pero no eres más que un enfermo. Un niño roto al que traumatizaron de pequeño, y que se cree que puede llenar su vida vacía con el dolor de los demás —vociferó Jack al capitán, tratando de llamar su atención para que no se diese la vuelta—. Pero… el dolor no llena, solo te destruye. Y destruye todo lo que tienes cerca. Hace que nada merezca la pena. Míreme, capitán. Míreme aquí —repitió con prisa, justo en un momento en que yo aún estaba demasiado lejos—. ¿Acaso cree que en la comisaría todos no pensamos que es un perdedor? Nos reímos de usted a su espalda. Le vemos marcharse solo a su casita de juguete, bien peinado, sin una mancha. Usted da pena, capitán. Y por más que se esfuerce, nunca será más que una maldita rata.

El capitán lo miró con rabia y trató de ocultarla sin éxito. Yo estaba a dos pasos de Randall cuando de pronto, apuntando la pistola hacia Jack, soltó:

—Bien, disparo, ¿verdad?

—¡No! —chilló Jack.

—¡Eh, capitán! —grité sacando fuerzas de mi corazón.

El capitán se giró hacia mí y el atizador silbó en el aire hasta que impactó sobre su cabeza, haciendo que cayese dolorido y conmocionado. El sonido de un disparo me explotó en los tímpanos y temí que la bala me hubiese herido. Me abalancé sobre él y otra vez le golpeé en el costado. Oí el crujido de un hueso roto y pensé que quizá le había partido una costilla. Corrí hasta Jack y me peleé unos instantes con sus esposas sin poder quitárselas.

—Las llaves —exclamó Jack—. Coge las llaves —repitió con prisa.

Recorrí toda la cabaña con la mirada mientras el capitán se retorcía en el suelo.

—Allí —gritó Jack—. ¡En la mesa!

Dirigí la vista a una tabla sobre la que descansaban dos vasos de cristal y me llamó la atención el brillo metálico de dos llaves pequeñas. Las cogí corriendo y abrí una de las esposas de Jack, cuando de pronto escuché la voz de Mara, apagada.

—Cora...

Me volví hacia ella y la vi tocándose el pecho con expresión de terror, pero yo no tenía tiempo que perder y no me di cuenta de lo que estaba ocurriendo. Temía que el capitán se levantase y me atacase de nuevo, aunque parecía bastante fuera de juego. Metí la otra llave en la segunda esposa y, antes de girarla, me detuvo la voz de Mara que me llamaba desolada. La miré otra vez y cuando apartó las manos del pecho, una mancha de sangre emergió desde el lugar en que estaba su corazón.

—¡Mara! —chillé llena de pánico.

El rojo se extendió con rapidez por su ropa, como un incendio que crecía desde su interior. Jack tomó la iniciativa y forcejeó con la llave con la mano libre para soltarse, pero antes de que llegara hasta ella cayó al suelo bocarriba.

—¡No! ¡No! —grité, mientras me dirigía corriendo hacia el amor de Charles.

Jack se soltó y yo me tiré sobre el cuerpo de Mara. Le tapé la herida con fuerza, pero la sangre emanaba a borbotones entre mis dedos. La bala debía de haberle dado en el corazón y con cada latido se acercaba más y más a su muerte. La miré a los ojos.

—No te mueras —le rogué desesperada, aunque sabía que aquella era una herida incurable—. ¡Mara, no!

Me miró desde el suelo y extendió la mano derecha para acariciarme la cara. Luego bajó su mano hacia mi pecho y sentí su caricia mojada de sangre en mi esternón.

—Estás aquí, Charles —exhaló casi sin voz como si fuese un reencuentro fortuito.

Mara dibujó una sonrisa cálida en su rostro y noté que su respiración se aceleraba sin control. Se estaba muriendo y ambas lo sabíamos. Me acerqué más y ella cerró los ojos al sentir en mi pecho los latidos del corazón de Charles. Yo, sin embargo, notaba en el suyo el ritmo galopante. Hasta que de repente se apagó.

—Mara… —susurré desesperada.

—¡Cora! —me gritó Jack, justo en el instante en que noté un extraño movimiento a mi espalda.

Me giré y vi que un hombre mayor con cazadora marrón estaba sobre mí. Reconocí la silueta que había visto en el bosque dejando a Dylan. Levantó la pierna y no pude hacer nada para detener su patada en mi pecho, me golpeó el esternón y caí rodando al suelo. Pude girar la cabeza y me di cuenta de que Jack, una vez libre y con todos sus reflejos en acción, se tiró a un lado para coger la pistola, que se encontraba a los pies del capitán.

—¡Alto! —gritó Jack en dirección al anciano, apuntándole con el arma.

—No eres capaz de disparar —le soltó el hombre, acercándose a él, mientras yo me revolcaba de dolor en el suelo, sin aire.

Me ardía el pecho. Me temblaba el cuerpo. Yo ya había sentido aquello. El golpe había impactado en mi esternón y casi podía sentir los alaridos de Charles en el pecho.

—¡No des ni un paso más o disparo! —amenazó Jack, mientras me miraba de reojo. El agresor dio un paso más y, cuando iba a pasar junto a Mara, agachó la vista y su rostro cambió de expresión.

—¿Mara? —dijo el desconocido, sorprendido.

De pronto uní todas las historias en mi cabeza y supe quién era. Me trasladé al cuarto lleno de pistas de Jack y recordé varias de las fotografías colgadas y los recortes repartidos por las paredes. Pero sentía que ya era demasiado tarde y que estaba a punto de desmayarme.

—Eres Gavin Crane —adivinó Jack al mismo tiempo que yo. Notaba cómo poco a poco me invadía un frío gélido que crecía desde la punta de mis dedos—. Estabas oculto aquí, cuidado por tu sobrino.

Gavin lo ignoró y se agachó junto al cuerpo de Mara. Luego levantó la vista y miró lleno de ira a Jack, que lo apuntaba con el arma.

—Quieto ahí.

—Habéis matado a mi hija…

—¡Quieto! —gritó Jack.

Un aullido, seguido de otro disparo, tronó en la cabaña. Yo cerré los ojos, agotada por el cansancio.

—¡Cora!

Jack se abalanzó hacia mí y sentí sus caricias en mi piel fría. Oí en la distancia sus gritos pidiendo ayuda. Suspiré una última vez en la oscuridad y percibí la figura de mi padre delante de mí, triste por verme. De pronto, por primera vez, sentí el aleteo de un pájaro revoloteando en mi pecho y supe de algún modo que Charles me gritaba que ese no era el momento. Me dejé llevar, noté la brisa del bosque en el rostro, el olor de la naturaleza invadiéndolo todo y recordé que, por una vez, había amado sin miedo.

Epílogo

Desperté sintiendo una caricia cálida en la mano al tiempo que los pitidos de un monitor cardiaco me transportaban de nuevo al día que mi vida cambió. Estaba cansada y no podía abrir los ojos, pero el cosquilleo en la palma me reconfortaba de un modo que me resultaba familiar. Mi padre solía acariciarme de aquella manera cuando era niña mientras me cantaba esa nana que había inventado mi madre y que a veces las dos solas la susurrábamos por la noche, para no olvidar nunca su marcha:

> *Sleep, little bird.*
> *You'll fly with little wings*
> *I'll watch you fellin' free*

And cry because you were before
flying only with me.

Sentía que flotaba de felicidad, pero a la vez tenía miedo de haber cruzado al otro lado fallando la promesa que hice a mi madre de vernos al día siguiente. Abrí los ojos y la claridad me cegó durante unos momentos con un blanco hospitalario lleno de esperanza. Estaba viva, o al menos eso parecía. Noté una opresión horrible en el pecho y recordé el golpe que me había dado Gavin Crane. Luego la cabaña y finalmente me di cuenta de que ya no estaba en ella.

Frente a mí se encontraba Jack, postrado a los pies de la cama y sus ojos reflejaban preocupación. Vestía la misma ropa que entonces y estaba lleno de manchas de sangre. A mi lado Margaret tocaba con sus dedos mi línea de la vida y supe que buscaba en ella indicios de que continuaba sin interrupciones.

—¡Cora! —exclamó Jack con esperanza al darse cuenta de que me había despertado.

Se acercó a mí y trató de contener mi impulso a incorporarme.

—Eh, eh. Tranquila. Tienes que descansar —añadió en voz baja.

Noté su mano en mi antebrazo y levanté la vista para mirarlo a los ojos. Tragué saliva, nerviosa, llena de preguntas, queriendo rellenar los recovecos de memoria en mi cabeza. Margaret me soltó la mano y sonrió llena de júbilo.

—Estás bien, Cora… —susurró.

Reconocí en sus ojos la ilusión de que mi corazón seguía latiendo.

—¿Dónde…, dónde estoy? —inquirí confusa.

—En el Mercy Hospital de St. Louis —respondió Jack—. Me vine en la ambulancia contigo. Conseguí llevarte al centro médico de Sullivan, pero no tenían equipo de cardiología. Creía que te morías. Los médicos dicen que el golpe provocó una arritmia aguda en tu corazón y perdiste el conocimiento por la falta de riego. Te han…, te han puesto un marcapasos.

Suspiré hondo y me palpé el pecho bajo la clavícula izquierda. Entonces noté un relieve duro bajo unos apósitos. Ahí estaba mi nuevo compañero. Otro cuerpo extraño dentro de mí que mantendría la relación entre Charles y yo con una cadencia perfecta.

—¿Cuánto tiempo llevo aquí?

—Dos días —contestó, dulce, Margaret.

—¿Dos días? —El rostro de mi madre vino a mi mente—. ¿Mi madre sabe algo?

—Tu madre tiene que estar a punto de llegar. La avisé en cuanto pude y ha cogido el primer vuelo —me respondió Jack, visiblemente afectado.

—¿Mara…? —pregunté sin llegar a terminar la frase.

Jack apretó los labios y negó con la cabeza.

—Ha fallecido. No se pudo hacer nada. Al igual que Gavin Crane. Tuve que dispararle —admitió, sin ningún arrepentimiento en su voz—. El capitán Boyce se encuentra detenido y el FBI se ha hecho cargo de la investigación de todo lo que hicieron juntos. Como sus víctimas están repartidas por varios estados, intentarán poner orden cuanto antes. De momento buscan mujeres desaparecidas y asesinatos sin resolver en los estados limítrofes con Misuri para vincular los casos que guarden algún tipo de relación. El problema es que, al abarcar tantos años, tendrán mucho trabajo que hacer hasta reconocer a las mujeres de las fotografías y poder así identificar los restos de las víctimas enterradas en las inmediaciones de la cabaña del bosque. Randall Boyce ha confesado que Gavin ya estaba mayor para ir secuestrando mujeres como hacía antes y que se conformaba con imitar la conducta del cuco. O bien cogía crías de animales o se llevaba bebés para realizar una especie de ofrenda y que los devorase la naturaleza.

Margaret agachó la cabeza a mi lado, llena de arrepentimiento.

—Tenía que haberle hecho caso a Charles. Él me advirtió de que Randall escondía algo horrible —dijo Margaret—. Me siento tan mal por haber dejado que entrase en casa y haber confiado en él… Era compañero de Edwin y siempre me pareció buena persona, pero la

soledad es mala compañera, y... no vi que era un monstruo. —Lloró—. Lo creí.

—No tienes culpa de nada, mamá —replicó Jack—.
Nos engañó a todos. En la comisaría estamos sorpren-
didos de que el capitán llevase esa doble vida. Es ahora
cuando las piezas parecen encajar, pero es imposible
unirlas si no sabes dónde buscar. Papá no logró hacerlo
y murió intentándolo.

Margaret emitió un sollozo largo y doloroso al
recordar a su marido.

—Hay algo más, Cora —dijo Jack—. Los médicos
dicen que tu corazón empezaba a mostrar indicios de
rechazo.

Recordé el hormigueo, los sudores fríos, el bom-
beo esporádico e irregular de mi pecho al poco de llegar
a Steelville. Aquella frase no me gustó nada. Quizá Jack
sabía algo que no se atrevía a decirme.

—Necesito otro corazón... —aseveré, desolada.

—Tienes niveles altos de un marcador de rechazo
—continuó—. Están tratando de identificar el motivo,
dicen que con la dosis que tomas deberías de estar perfecta, pero parece que tu cuerpo no asimila correctamente la medicación.

No podía enfrentarme a abrirme en canal otra vez ni
que un nuevo donante llenase mi cuerpo de dolor. No
podía trasladar más sufrimiento a mi madre, que ya había
pasado por bastante. Repasé los días previos y traté de

identificar cuándo empezaron los escalofríos y el hormigueo, y me di cuenta de que había sido la tarde siguiente de despertar en Steelville, tras aquella noche en que Jack y yo nos susurramos a escondidas. Entonces lo comprendí y fui consciente de mi error. Repasé mentalmente mis apuntes de la asignatura de Farmacología II y recordé la infusión que me tomé en casa de Margaret esa mañana.

—Hierba de San Juan —susurré.

—¿Cómo dices? —preguntó su madre.

—Interfiere con los inmunosupresores. Al desayunar, la infusión ¿de qué era? —pregunté a Margaret de repente.

—¿Qué?

—¿De qué era la infusión que me tomé esa mañana? ¿Era hierba de San Juan?

—Eh…, sí. La tomo porque me hace sentir mejor… —replicó, confusa.

—Eso es. Afecta a los inmunosupresores. No estaba rechazando el corazón, sino que la medicación no me hacía efecto —exclamé, contenta—. Tan solo debo dejar pasar unos días tomando la dosis correcta de medicación y me pondré bien.

—¿En serio?

—Creo que sí —dije—. No es un rechazo, solo necesito unos días.

Até cabos y recordé mi desmayo en el bosque, pero bien podría haber sido por un esfuerzo demasiado temprano. Pero…, los temblores, el sudor frío, eran muestra clara de que algo no iba bien en mi cuerpo y solo se debía a la incompatibilidad probada de la hierba con mi Tacrolimus.

De pronto, Jack se acercó a mí y me dio un beso en la frente que ambos entendimos qué significaba. Era su manera de decirme que se alegraba de que estuviese bien y que sabía que pronto me marcharía a Nueva York. Y justo cuando se iba a separar de mi frente, levanté las manos con dificultad y tiré de él hacia mis labios. Sentí cómo su madre nos miraba sorprendida, pero me dio igual. Quería despedirme de él de aquel modo. Nuestras vidas estarían siempre unidas por su hermano y por los recuerdos de estos días en el pueblo. Steelville se había desplegado frente a mí como un enigma inesperado que se fue expandiendo conforme me adentraba en él.

Tanto Steelville como la vida de Charles habían sido para mí como un árbol que crecía desde las raíces. Esa era la parte que le daba vida, el corazón en mi caso, y se expandía al llegar a la copa en intrincadas ramas que se perdían en el cielo. Nunca pensé que aquel viaje para descubrir la vida de mi donante me adentraría en un misterio que abarcaba varias décadas. Un misterio que había dejado un reguero de dolor. Me gustaba pensar en un símil, aquello me había dejado un poso de semillas, y ya se sabe que parece imposible que de un puñado pueda crecer todo un bosque lleno de vida y muerte.

Justo cuando nuestros labios se separaron oí unos pasos rápidos que se acercaban por el pasillo y, un instante después, el rostro de mi madre con un gesto desesperado apareció bajo el marco de la puerta. Sus ojos delataban enfado, pero enseguida extendió los brazos en mi dirección y se arrojó sobre mí sin decirme nada. Me abrazó y noté sus sollozos y creo que ella sintió los míos, porque pronto percibí en su manera de tocarme su eterno amor sincero.

Conseguí el alta tres días después y me despedí de Jack y de Margaret con la mano en el corazón en la puerta de un diminuto *rent a car*. Nos pudimos marchar rápido, porque Jack me había traído todas mis cosas desde Steelville. Sin decirle nada a mi madre, había decidido alquilar un coche para hacer la vuelta desde Misuri a Chester por carretera, regalándonos el viaje como nos habíamos prometido. Cuando cruzamos la frontera con Illinois, eché un vistazo atrás y tuve la certeza de que tal vez en algún lugar de aquellos bosques se había quedado una parte de mí. El viaje con mi madre duró dos semanas y paramos en Indianápolis, Cincinnati y Columbus, Cleveland, pero también visitamos pequeños pueblos en los que reconocí una parte de la esencia y el alma de Steelville.

Los siguientes meses los pasé en Chester con mi madre y justo el 1 de febrero de 2018 recibí una llamada del doctor Parker para comunicarme que las últimas analíticas estaban perfectas y que mi corazón latía lleno de vida. Esa misma tarde recibí un correo del hospital y no pude evitar llorar mientras lo leía:

Estimada Mrs. Merlo:

El doctor Parker, jefe de la unidad de cardiología, nos ha informado de su alta definitiva y de que podría retomar la residencia en nuestro hospital. Si usted sigue interesada en completar su formación en oncología con nosotros, el equipo y toda su promoción la esperan mañana a las 9.00 en la sala de reuniones del decano.
Atentamente,

Jefe de residencia médica

Al día siguiente subí las escaleras con prisa, vistiendo la bata que tuve que colgar unos meses antes, y me detuve en seco en cuanto oí mi nombre en la distancia.
—¡Cora!
Era Olivia, que subía corriendo detrás de mí. La esperé con una sonrisa cargada de emoción y me abrazó sin que yo pudiese decirle nada.

—No te imaginas cuánto me emociona que estés aquí, Cora —dijo en mi oído en un tono en el que noté su sinceridad.

—Y yo de volver —contesté con dificultad.

Tragué saliva. Apenas podía hablar. Miré al fondo y vi la puerta de la sala donde empezó todo.

—¿Estás preparada? Llegas en un día difícil. Ayer estuvimos revisando entre todos un caso de cáncer de páncreas agresivo. ¿Traes algo para apuntar? El doctor Mathews es muy, muy metódico, y quiere que cada uno anotemos nuestro propio expediente.

—Eh…, sí. Creo que tengo… —Cogí mi mochila y la abrí para buscar dónde poder tomar apuntes y, entre mis cosas, me topé con el diario de Charles.

—¿Vienes? —me preguntó, caminando en dirección a la puerta.

Olivia se dio la vuelta y me guiñó un ojo antes de entrar en la sala de reuniones del decano.

—Entra tú —dije, nerviosa.

Me quedé inmóvil, observando cómo el resto de residentes se movía dentro de la estancia, y tragué saliva porque todo me recordaba a aquel inicio en que mi corazón se detuvo. Saqué el diario de la mochila y lo contemplé por fuera unos segundos. Miré al frente y mis ojos se cruzaron con los del doctor Mathews, que me reconoció y me sonrió esperando que me uniese al grupo. Allí, durante aquella fracción de segundo en que me quedé sola ante las puertas de mi último escalón para ejercer como oncóloga, pensé en todo lo vivido y en cómo me sentía: mi inseguridad había desaparecido y mis miedos se habían evaporado.

Entonces di un paso al frente y algo se deslizó desde el interior del diario. Realizó un vuelo lento hasta que delicadamente se posó sobre mi pie. Miré al suelo y reconocí el borde de una polaroid, como las que guardaba Gavin en la caja. El corazón se me detuvo al ver aquella imagen y, por un segundo, pensé que Charles también había accedido a salir de cacería en plena naturaleza con Randall, como él había hecho previamente invitado por su tío. Pero al fijarme en la foto reconocí a Mara sonriente, con sus dientes blancos y su mirada alegre, junto al rostro de Charles, que solo tenía ojos para ella.

Me agaché y recogí la foto. En ella vi a dos personas felices, como una pareja cualquiera que se quiere demasiado como para hacerse daño. Respiré hondo, me toqué el pecho emocionada y la coloqué de nuevo dentro del diario, sabiendo que en mi cuerpo descansaba un amor verdadero.

Agradecimientos

Para mí esta es la parte más especial de todo el libro. Esa en la que agradezco a todas las personas que me han inspirado y ayudado en cada paso para que mis historias lleguen hasta tus manos. Soy de esos lectores que, tras acabar un libro, revisa con interés esta sección con la ilusión de conocer un poco más de toda la gente que estuvo implicada en él de un modo u otro.

A pesar de que escribir es un acto solitario, es emocionante saber que para que leas este libro todas las partes que lo componen han pasado por un sinfín de manos que juntas han conseguido la titánica tarea de convertir pedazos de papel usado en un ejemplar humeante saliendo de la imprenta. Desde correctores pendientes de que no se me escape una errata hasta maquetadores que dan forma lógica a un texto de más de cien mil palabras. También artistas y diseñadores de cubierta que buscan la mejor manera de que el rostro con el que la historia se presenta al mundo refleje con sutileza lo que esconde su interior.

Lo que acabo de describir es la parte creativa; es decir, la que se introduce en las entrañas del texto y ayuda a presentarlo de manera perfecta. Cuando entrego una novela a mis editores y pasa ese proceso creativo, siempre me lanzo a imaginar cuál será su destino. Una vez que las palabras y los párrafos ya están revisados hasta la extenuación, fantaseo con toda la gente que se encargará de que un simple documento de Word cobre vida en papel, con un olor y un tacto especiales capaces de erizarte la piel al pasar sus hojas a altas horas de la madrugada.

Visualizo a los responsables del reciclado del papel que se usa para las páginas interiores, triturando montañas de celulosa y convirtiéndolas en gigantescos rollos que más tarde los trabajadores de imprenta colocarán en aparatosas máquinas capaces de imprimir cientos de páginas por segundo. Sueño con los intrincados bailes de la máquina de doblado de pliegos preparando cada uno de los bloques interiores del libro, con la encoladora calentando y deslizando el líquido por el interior del lomo y con la cortadora pasando su cuchilla con velocidad por los bordes de las hojas hasta que todas las piezas vayan encajando dentro de una cubierta brillante deseosa de captar tu atención.

No me olvido tampoco de los operarios recogiendo los ejemplares terminados de una cinta y colocándolos en palés que luego se moverán de aquí para allá cargados de libros. A los transportistas que conducirán durante horas y que se encargarán de que no haya ninguna librería desatendida. Y a los libreros que abrirán las cajas llenas de ejemplares y los dispondrán con ilusión en sus estanterías más preciadas para que alguien se enamore de un enigma sin respuesta. A todas y cada una de esas personas a las que no conozco, pero que contribuyen a que lo que escribo viaje de mi ordenador a las manos de medio mundo, les doy las gracias de todo corazón. Si eres una de esas personas que participan en todo este proceso, quiero que sepas lo importante que eres para mí, para mis libros y para que cientos de miles de personas de todo el mundo se sumerjan en un juego en el que incluso a los más avispados les habrá costado adivinar el final. Gracias, de todo corazón.

Siempre aprovecho y lleno esta sección de nombres de aquellas personas a las que sí conozco. De esta manera me encargo de que reciban un pequeño mensaje con segundas y terceras intenciones que solo entiende quien las recibe.

El cuco de cristal lo escribí durante parte del año 2021 y todo el 2022, y admito que durante muchos meses me encontré perdido en la inmensidad de las emociones del peculiar corazón de Cora.

Ha habido momentos en los que me sorprendía al ver cómo una historia que planifiqué meticulosamente antes de escribirla me pedía a gritos moldearse a su antojo, trastocando todos mis planes y creando, sin yo saberlo, uno de los finales más especiales de cuantos he escrito. Había personajes que me pedían participar más, enigmas que surgían casi sin querer dentro de la historia y dolor, especialmente dolor, que necesitaba aflorar en muchos de los rincones de la vida de Charles y Jack. Espero, con todo mi corazón, que esta historia te haya entusiasmado, emocionado y sorprendido tanto como a mí mientras la escribía.

Durante el tiempo en que me perdía entre los entresijos de *El cuco de cristal* han pasado tantas cosas en torno a mis libros que ha sido difícil no sentir que todo se escapaba de mi control y trascendía mucho más de lo que nunca predije. Mis anteriores novelas están realizando un largo camino gracias a vuestras lecturas y recomendaciones y siento que os debo tanto que estoy deseando veros en persona en las firmas y devolveros una milésima del cariño que volcáis en lo que escribo. Vosotros, mis lectores, habéis llevado mis novelas en volandas mucho más lejos de lo que nunca imaginé y tengo la sensación de que siempre estaré en deuda con todos los que me leéis desde cualquier rincón del mundo.

Este año 2023 mi cuarta novela, *La chica de nieve*, viaja de la mano de Netflix a todo el planeta y, sin duda, será una etapa que llevaré siempre en la memoria porque sé que he cumplido un sueño de esos que ni se pasan por la cabeza. Cuando uno teclea en la soledad de un escritorio, junto a una taza de café, es imposible imaginar que con unas palabras escritas sobre un fondo blanco se pueda volar tanto. Han sido tantas las emociones que he experimentado que estoy seguro de que cualquiera que lea *El cuco de cristal* encontrará entre líneas mis momentos de júbilo y mis lágrimas de alegría, pero también la tristeza por los que se fueron, la incertidumbre por la maldita covid, que no termina de desaparecer, y el miedo a perder a alguien importante en mi vida.

Como siempre trato de hacer en cada libro, mis palabras en estas hojas están escritas con la mano en el corazón. Necesito dar las gracias a mi mujer, Verónica, que me ha arropado más que nunca con sus abrazos cuando escribía y sé que cuando en mis frases hay un atisbo de calor, es porque la tenía cerca al teclear.

También agradezco a mis peques, Gala y Bruno, por su paciencia infinita y por la cantidad de veces que se han asomado a mi despacho con una sonrisa mientras escribía para darme ánimos y palabras de aliento. Cuando leáis esto de mayores que sepáis que, aunque os decía que no podía jugar porque estaba escribiendo, en realidad me moría de ganas de tirarme al suelo y dejarlo todo. Sois el motivo por el que escribo y, al mismo tiempo, por el que dejaría de hacerlo.

Gracias a todo el equipo de Suma de Letras, como siempre, mi refugio y santuario, donde siento que cuidan cada pequeño paso que doy y cada aventura que emprendo, y con quienes no solo disfruto trabajando, sino que cada visita a la editorial se convierte casi en una fiesta de esas que trastocan todos los planes. En especial, gracias a Gonzalo, mi editor, por aguantar mis altos, mis bajos y mis momentos de duda, y también por esa confianza ciega en cada una de mis ideas.

Gracias también a Ana Lozano, por el calor y cariño que siempre desprenden sus palabras y por estar al pie del cañón para nuestra edición extrema en la que lloramos juntos.

También a Núria Tey, por seguir ahí aunque la vea menos, y a Núria Cabutí, por las risas y el empuje que siempre muestra con mis libros.

A Mar, porque la echo de menos, y a Leticia, que parece que siempre tiene buenas noticias que compartir.

También a gracias a Rita, Ana y Pablo, que crean sincronizados el mejor camino para que mis historias las descubran quienes las tienen que descubrir.

También gracias a Michelle G. y David G. Escamilla, por seguir llevando mis libros al otro lado del charco con cariño y entusiasmo. Sumamos un par de mezcales más a nuestra celebración pendiente.

Gracias a Conxita por cuidar con tanto mimo el viaje de mis historias a la pantalla. A Verónica Fernández, Diego Ávalos y Ted Sarandos, por ser casa desde el primer día. Gracias a José Antonio y Alberto Félez y a Cristina Sutherland, por viajar a mi lado.

Gracias de corazón a María Reina, por llevarme a recorrer los rincones de medio mundo y también a Yolanda, por el trabajazo que hay detrás de cada una de mis portadas. También a Marta Cobos, Ana Balmaseda, Marta Martí, Carmen Ospina y, por supuesto, al genial Patxi Beascoa.

Gracias también a mi maravillosa K. K., por sus consejos, su entusiasmo y su eterna calidez. El mundo del libro es mejor desde que formas parte de él.

También a Susana Ramírez, orgullosa propietaria de una cicatriz en el pecho que fue el germen de esta historia, y por sus detallados audios explicando sus emociones al salir de la operación de corazón. Estoy seguro de que hay parte de ella en Cora.

Agradezco con entusiasmo a la Asociación Nacional de Huesos de Cristal por su labor de investigación, divulgación y apoyo a los pacientes y familiares que se enfrentan a un diagnóstico que siempre es difícil de asimilar. Os animo a los que estáis leyendo esto que os paséis por www.ahuse.org y realicéis una pequeña aportación que puede mejorar la vida de mucha gente.

También agradezco con todo mi corazón a Fetco, la Federación Española de Trasplantados de Corazón, y a todos sus miembros, por su formidable trabajo de apoyo, información, acogida y acompañamiento de personas que se tienen que enfrentar a un procedimiento así, pero especialmente por la maravillosa promoción del programa de donante de órganos, que tantas vidas salva, muchas de ellas en el último segundo como le ocurre a Cora. No puedo dejar de recomendar que accedáis a su web www.fetco.es y que solicitéis información sobre el carnet de donante en www.ont.es

Me reservo siempre la parte más importante de los agradecimientos, el final, para vosotros, lectores. Gracias, con toda mi alma, por llegar hasta aquí. Gracias, con todas las letras. Gracias, por cada mensaje, apoyo y recomendación de mis historias. Gracias por elegir mi libro entre otros miles de otros autores con el mismo o más talento que yo. De entre todos ellos, de entre todas las historias que se han publicado, habéis decidido pasar vuestras horas conmigo, y ese es el mayor regalo que se le puede hacer a un escritor. Siempre estaré en deuda con vosotros. Gracias con todas mis fuerzas. Os quiero muchísimo. Más de lo que creo que sería capaz de expresar.

No quiero extender las gracias mucho más (aunque sabéis que me muero por hacerlo), pero creo que es mejor que mantengamos nuestra promesa: yo no dejo de escribir y vosotros, cada vez que os pregunten algún libro que leer, recomendéis *El cuco de cristal,* sin contar de qué trata, más allá de la sinopsis, igual que habéis hecho con todos mis libros. Este es nuestro juego. Por mi parte, mantenemos este pacto, y yo, a cambio, estoy lo antes posible otra vez en librerías con un nuevo enigma en el que lo más importante siempre es el misterio que se esconde en el corazón de los protagonistas. ¿Qué me decís? ¿Queréis jugar?

Con locura,
Javier Castillo

Fotografía del autor: © Evenpic

JAVIER CASTILLO creció en Málaga. Estudió empresariales y un máster en Management en ESCP Europe. El día que se perdió la cordura (Suma), su primera novela, se ha convertido en un fenómeno editorial, traducida a 15 idiomas y publicada en más de 60 países. Asimismo los derechos audiovisuales han sido adquiridos para la producción de la serie de televisión. Su segunda novela, El día que se perdió el amor, obtuvo el reconocimiento del público y la crítica, así como Todo lo que sucedió con Miranda Huff. La chica de nieve fue la novela más leída del confinamiento en 2020 en España y en 2023 se ha estrenado como miniserie en Netflix con gran éxito. El juego del alma supuso su consolidación global como uno de los maestros del suspense. Con ellas ha alcanzado más de 1.700.000 ejemplares vendidos. El cuco de cristal es su sexta novela.

🐦 @JavierCordura
📷 Javiercordura